그대에게 버리나니

그대에게 내리나니 · 上

1판 1쇄 찍음 2016년 6월 20일
1판 1쇄 펴냄 2016년 6월 27일

지은이 | 지연희
펴낸이 | 고운숙
펴낸곳 | 봄 미디어

기획 · 편집 | 정수경, 김민지

출판등록 | 2014년 08월 25일 (제387-2014-000040호)
주소 | 경기도 부천시 원미구 소향로17, 304(두성프라자)
영업부 | 070-5015-0818 편집부 | 070-5015-0817 팩스 | 032-712-2815
E-mail | bommedia@naver.com
소식창 | http://blog.naver.com/bommedia

값 10,000원

ISBN 979-11-5810-226-5 04810
    979-11-5810-225-8 04810(세트)

그대에게 내리나니

上

지연희 장편 소설

목
차

서(序) 이별을 고하다

"유연."

청년이 한 발 내디디며 팔을 뻗어 뒤돌아선 소녀를 품 안에 가두었다. 몸을 뒤틀어도 빠져나갈 수 없을 만큼 굳건하지만 숨을 조일까 염려하는 듯 부드럽기도 했다. 입매를 굳히고 있던 소녀가 눈을 크게 뜨고 숨을 멈추었다. 알려 준 적 없는 자신의 이름이 청년의 다정한 목소리에 실려 들려왔다.

청년의 달콤한 목소리는, 얇은 옷자락을 사이에 두고 전해지는 그의 체온만큼이나 거센 바람을 마음에 불러일으켰다.

'알고 계셨습니까.'

소녀가 가만히 고개를 가로저었다. 유연(由緣). 인연이 닿았음을 의미하는 그 말. 조금 전 돌려준 인장에 새겨 넣은 글자를 보고 입에 담은 것에 지나지 않을 터였다. 설령 자신의 이름을 부른 것이라 한들, 고작 이름자 따위를 알고 있다는 사실에 감격하여 마음이 약해지는 것은 안 될 일이었다. 미동도 없이 굳어진 소녀의 귓가에 다시 한 번 다감한 음성이 흘러들었다.

"가지 마라, 김유연."

다시금 덧붙은 말은 조금 전 청년이 입에 올렸던 것이 다만 인장에 찍어 두었던 글자가 아니라 소녀의 이름임을 분명히 하고 있었다.

유연이 가느다랗게 한숨을 내쉬었다. 청년의 목소리는 그적이나 지금이나 소녀의 마음을 녹아내리게 할 듯 감미로웠다. 이대로라면 다시 다음을 기약하게 될지도 모른다. 그러나 그 만남에는 아무런 의미가 없을 것이었다. 소녀가 지금껏 댕기를 길게 늘어뜨린 소녀로 머무르듯이.

소녀는 자신을 놓아줄 생각이 없는 팔 안에서 몸을 뒤로 돌렸다. 뺨이 청년의 가슴께에 닿았다. 줄곧 아래를 향하고 있던 팔을 들어 청년의 허리를 휘감았다. 갑작스러운 움직임에 당황한 청년의 팔이 느슨해졌음에도 소녀는 그대로 몸을 붙인 채 기대어 있었다.

청년이 살짝 뒤로 물러났다. 둥근 이마에 이어 부드러운 호선을 그리는 눈썹이 드러나더니 긴 속눈썹이 그림자를 드리운 까만 눈동자가 청년을 향했다.

"이대로 지금처럼, 내 곁에 머무르지 않겠느냐."

소녀의 말간 눈동자에 이는 파랑이 청년의 마음을 뒤흔들었다. 예상치 못한 접촉에 걷잡을 수 없이 흔들리는 눈동자를 보고 충동적으로 내뱉은 말이었으나 후회도 없었다. 청년은 여전히 부드럽지만 확고한 뜻이 담긴 목소리로 다시 한번 속삭였다.

"내 곁에 있어다오."

소녀가 발돋움하여 청년의 얼굴을 더 가까이했다. 시야에 담기는 것은 오로지 서로의 눈동자, 그 안에 담긴 자신의 얼굴이 전부였다. 오늘이 마지막. 굳게 결심한 소녀의 목소리가 작게 울렸다.

"돌려주십시오."

청년이 그 뜻을 짐작하려 들 새도 없었다. 부드러운 온기가 그의 입술 위에 스치듯 닿았다가 떨어졌다. 소녀가 뒤로 물러서는 것을 느끼며 조그만 몸을 품 안으로 끌어당겼다.

소녀가 고개를 돌리기 전에 목덜미 뒤쪽을 받쳐 들고 그대로 다가들어 꼭 다물린 붉은 입술을 머금었다. 몸 안에 남은 숨을 모조리 토해 내야 할 것 같은 거센 힘에 소녀의 입술이 살포시 열렸다. 더없이 상냥한, 나른하고 유혹적인 움직임으로 잔뜩 겁에 질린 소녀의 마음을 정성스레 달랬다.

청년을 밀어내던 손길은 어느샌가 부질없는 시도를 멈추고 그의 등마루 위에 가볍게 얹혔다. 끈기 있게 얼러 내던 그의 혀끝을 조심스럽게 두드려 온 것도 비슷한 때였다.

소녀의 마음에 아직 망설임이 남아 있었으나 청년이 이끄는 대로 사푼하게 움직여 입술을 스치고 조금씩 안으로 새어 들어왔다. 마치 처음인 듯 빠져들어 가던 입맞춤에서 청년을 일깨운 것은 등줄기를 꼭 누르는 소녀의 손가락이었다. 엷은 한숨과도 같은 가냘픈 성음은 무척 매혹적이었으나 조금 전 그가 스쳐 들은 목소리를 고스란히 살려 냈다.

"돌려주십시오."

청년이 천천히 입술을 떼어 냈다. 줄곧 허공에 떠오를 듯 말 듯 아슬아슬하게 하느작거리던 소녀의 발 전체가 온전하게 바닥에 닿았다.

청년의 팔은 힘을 풀면 그대로 흘러내릴 것 같은 소녀의 허리를 여전히 휘감고 있었으나 한 치의 간격도 용납하지 않던 조금 전에 비해 느슨했다.

청년의 시선이 소녀의 얼굴 위를 배회했다. 발갛게 물든 입술은 다시 머금고픈 충동을 불러일으킬 만큼 사랑스러웠지만 입맞춤의 여운 따위는 남아 있지도 아니한 것처럼 굳게 다물린 채였다.

금방이라도 눈물을 쏟아 낼 듯 위태로이 넘실대는 까만 눈동자에는 항상 그를 향하던 부드러운 미소도 찬탄도 담겨 있지 않았다.

"무슨 뜻이냐."

"받은 것 돌려 드리고, 드렸던 것 되돌려 받아 모두 제자리를 찾았사옵니다. 무엇을 더 말씀드리오리까."

소녀의 차분하고 건조한 말투에 어린 소년으로 되돌아간 듯 울려 대던 가슴의 고동이 거짓말처럼 잦아들었다. 소녀의 접촉은 앞으로 함께하겠다는 약속을 들려주기 위함이 아니라 이제 마지막이라는 선고를 내리기 위함이었다. 다시금 자신을 끌어당기는 청년의 행동에 완강한 거부를 표한 소녀가 입술을 꼭 깨물었다가 한마디를 터뜨리듯 토해 냈다.

"대사성 어른 댁 따님도……."

채 맺지 못한 말과 함께 밤물결처럼 넘실거리던 눈동자에 숨어 있던 아물지 않은 상흔이 모습을 드러냈다. 남겨진 것은 오로지 그녀 자신뿐. 소박맞은 것과 다를 바 없는 초라하고 하잘것없는 모습을 직시하며 얻게 된 상처는 청년이 짐작할 수 없는 것이었다. 무어라 변명할 수 없는 청년의 입술이 가늘게 떨렸다.

"그러니 이제는 소녀를 놓아주십시오."

겁도 없이 낯선 집에 발을 들이던 경솔한 아이는 손목을 쥐고 입술이 눌리어도 얼굴을 붉히기만 했다.

무의미하게 얽어매는 종잇장을 보고는 제 발로 찾아와 상대는 떠올리지도 못할 기억의 조각을 붙잡고 먼저 입술을 맞부딪쳤다. 그렇기에 지금, 소녀의 처지가 이러한 것이다. 전혀 귀할 것 없는 행실이 단정치 못한 여인이기에.

"그럴 수 없다."

청년의 무거운 목소리가 답으로 돌아왔다. 소녀의 얼굴에 얼핏 조소가 어렸다.

전혀 유쾌하지 못했던 일 년 전의 만남을 끝으로 자신의 존재를 까맣게 잊은 이가, 귀한 꽃 두 송이를 쥐어 더 꺾어 들 손도 없으면서 갑자기 다정스레 구는 이유는 알 수도 없고 알고 싶지도 않았다.

"하면 소녀에게 무엇을 주시렵니까. 중전의 자리라도 약조하여 주시겠사옵니까, 상감마마."

소녀의 목소리에 빈정거림이 실렸다. 청년의 눈동자를 거칠게 흔드는 드센 풍랑을 보며 차가운 어조로 말을 이었다.

"소녀가 보기에 전하께서는 이미 양팔 가득 안고 있으면서 떨어뜨린 하나를 아쉬워하는 어린아이와 다름없으시옵니다. 어찌어찌 집어 먼지를 털어 내고 보니 마음에 들지 아니하더라 하면 다시 버려서도 누가 감히 무어라 말씀 올리겠사옵니까. 하오나 소녀, 여러 여인을 마음에 품은 사내의 하잘 것없는 여인 하나가 되고 싶지 아니하옵니다."

소녀가 눈에 띄지 않게 입술 안쪽을 깨물었다. 칼로 도려내는 것처럼 아픈 마음을 들켜서는 안 되었다. 아무런 대답도 없이 복잡한 눈으로 내려다보는 청년을 향해 공손하게 허리를 굽혀 보였다.

"이만 물러가옵니다. 만수무강하옵소서."

정중하게 예의를 차린 인사 후에 돌아선 단정한 걸음은 문을 나서는 것과 동시에 흐트러졌다.

급하게 멀어지는 신발 소리를 들으면서도 청년은 손가락 하나 까딱하지 못했다. 결국은 이렇게 되고 말았다. 꿈속에서 본 것과 완전히 같지는 아니하였으나 표표히 걸음을 딛는 뒷모습은 다르지 않았다.

한참을 망연하게 서 있던 청년이 문득 고개를 돌렸다. 그의 몸 너머로 소녀가 힐끗 내려다보던 자리에는 아무렇게나 흐트러진 노리개 하나가 뒹굴고 있었다. 몸을 구부려 주워 드는 손길에 떨림이 묻어났다.

인장(印章)의 한 귀퉁이가 떨어져 나가 조그맣게 깨진 조각이 바닥에 남아 있었다. 손톱보다도 더 작게 조각난 날카로운 편석(片石)을 집어 들었다.

인장 몸체의 팬 홈에 조각을 끼워 꾹 눌렀다. 손끝에서 불그스름한 기운이 배어 나왔다. 청년이 고개를 저었다.

"이제 와 너를 놓아줄 수 없다. 설령 이것이 내 이기심이라 하여도."

하나

봄빛에 취하여 길을 잃었고

"덕해, 갑작스럽게 이 무슨 일인가 말일세."

"언제는 전하께서 미리 말씀해 주시는 법 있었는가."

"그래도 근래에는 걸음을 아니하시지 않았나."

"그런 핑계를 대면 전하께서 아니 찾으신다고 소홀히 여겼으니 왕을 능멸한 것이라 하셔도 드릴 말씀이 없네, 희봉."

두 늙은이의 대화가 그것으로 잠시 멈추었다. 덕해는 전갈을 듣자마자 해쓱해진 희봉의 얼굴을 안쓰럽게 바라보다가 소매를 잡아끌었다.

"아무튼, 좀 보세."

이미 그들 주변은 종종걸음으로 오가는 이들로 가득했다. 대부분 이것저것을 팔에 잔뜩 끼고 몹시 서두르고 있었으나 그들만큼은 그 분위기에서 동떨어진 것처럼 보였다.

탁 트인 마루에 엉덩이를 대고 앉아 소맷부리 안에서 폭이 좁은 두루마리를 하나 꺼내어 가느다랗게 눈을 뜨고 바라보는 덕해의 모습은 퍽 신중했다. 희봉도 그 옆에 이마라도 맞댈 기세로 바짝 붙어 앉아 새끼손톱만 한 글자들을 꼼꼼하게 읽었다.

"이리 급히 불러들여야 할 것 같으면 여간한 아가씨는 아니 올 것이니."

종이 위를 종횡무진 배회하던 그들의 시선이 약속이나 한 듯 한곳에 모였다. 남산골. 글줄이나 읽을 줄 알아 입신양명의 꿈을 버리지 못한 가난한 선비들의 집촌이나 진배없는 곳이었다.

찢어지게 가난한 집안 살림에 넌더리가 난 호기심 많은 처녀들은 큰 망설임 없이 두루마리 위에 이름자를 올려놓았다. 그렇다고 아무나 올려 주는 것은 아니었다. 대략 혼기에 접어들었거나 조금 넘은, 얼굴이 반반하고 몸태도 나쁘지 아니하며 행동거지도 어느 정도 단정하다는 느낌을 받을 수 있는 이여야 했다.

"권 소저."

희봉이 남산골 아래 적힌 여러 이름 중 하나를 가리켰다. 금방 혼인하여도 이상할 것 없는 나이, 열여섯. 다소 어려 보이는 것이 흠이지만 용모가 곱다는 첨언이 깨알같이 작은 글씨로 덧붙어 있었다. 덕해가 가볍게 고개를 끄덕여 동의를 표했다.

"사람을 보내세."

눈길이 닿았던 글줄 위에 손톱자국이 났다. 누구를 불러들였는지 표시하기 위한 임시방편이었다. 세필도 없고 무명지를 물어뜯어야 할 만큼 긴한 사항도 아니니 그 정도면 충분했다. 서로 얼굴을 바라보고 고개를 끄덕인 두 내관은 누가 먼저랄 것도 없이 일어나서 분주한 사람들 틈으로 섞여 들었다. 무엇을 어떻게 해야 할지 잘 알고 있는 이들의 움직임이었다.

"날이 좋으면 꽃구경을 갈 것이라 한 그 말, 잊지는 아니하였겠지."

고개를 수그리고 있는 젊은 내관의 어깨가 미미하게 떨리자 용포를 걸친 청년이 웃음을 흘렸다. 젊은 내관은 환이 말하는 그 '꽃구경'이 나뭇가지에 매달려 고개를 내민 연약한 꽃송이를 완상하는 것이 아님을 알고 있었다. 간혹 제가 간관이라도 된 듯 직언을 늘어놓기 좋아하는 자였으니 그 전갈을 넣으러 가는 길을 몸서리나도록 싫어하였을 것이다.

"지금이라도 그만두기를 바라느냐."

"……아니옵니다."

머뭇거림이 묻어나는 대답에는 진심이 담겨 있지 않았다.

그러나 아무려면 어떠랴. 젊은 임금, 환은 자리에서 몸을 일으켰다.

경연에 참여하고 신료를 만나 이야기에 귀를 기울이는 일을 아주 걷어치운 것은 아니었으나 성실하다고는 할 수 없었다. 굳이 성실할 필요도 없었다. 모든 일은 그의 귀보다 대왕대비의 귀에 먼저 들어갔고 그가 의견을 표하기 전에 이미 결정이 나 있었다. 그가 할 일은 그저 인장을 눌러 찍는 것이 전부였다.

"나가 볼까."

환의 목소리가 울리기 무섭게 문이 열렸다. 환은 천천히 몸을 일으키며 상념을 몰아내고는 호젓하게 걸음을 옮겼다. 곧, 눈부신 햇살이 흩어지는 밝은 세상과 대면했다.

"이렇게 나와 보는 것도 오랜만이구나."

내리쬐는 햇볕을 음미하며 환이 여유롭게 중얼거렸다. 불어 드는 바람은 아직 서늘했지만 망울을 터뜨린 꽃송이가 여기저기 매달리고 연둣빛 새싹이 수줍게 고개를 내민 모양은 완연한 봄기운을 불러일으키고 있었다.

대답을 기대하지 않은 혼잣말이긴 하였으나 아무런 반응도 나타내지 않는 젊은 내관을 향해 환이 말을 던졌다.

"그대는 춘흥을 알지 못하는가?"

"봄바람은 처녀 바람이라 하지 않사옵니까."

다소 짓궂은 데가 있는 질문에 무뚝뚝한 목소리로 꺼낸 대답 안에는 악의 없는 놀림이 담겨 있었다.

"매양 잔소리를 늘어놓아 희봉에게 일을 배우는가 하였는데 의외로 덕해와도 비슷하군."

환이 젊은 내관을 향해 고개를 돌렸다. 내관이나 궁인은 궐에 차고 넘치도록 많았다. 그러나 그의 가까운 자리를 차지하고 있는 자들은 환이 즉위하기 전부터 곁에 있던 두 늙은 내관과 대령상궁, 그리고 이 젊은 내관뿐이었다. 자연 그들끼리도 얼굴을 자주 맞대게 될 것이고 늙은이의 경험과 지혜는 대개 젊은이에게 전해지기 마련이었다.

"너 또한 새로 피어난 꽃송이가 궁금한 것이냐 물으려 하였건만."

환의 곁을 지키는 젊은 내관은 인물이 퍽 준수한 편이었다. 봄바람에 일렁이는 처녀의 마음을 잡아채어 가슴앓이를 하게 할 만한 그 모습 어디에서도 여느 내관과 비슷한 점은 찾을 수 없었다. 간혹 그가 어찌 내관이 되었는가 궁금증이 이는 일이 있었으나 환이 입 밖으로 내는 일은 거의 없었다. 사람에게는 제각기의 사정이 있는 법이었다. 대신 환은 자리에 없는 이들에 대해 말을 꺼냈다.

"그 늙은이들의 우의(友誼)에 대해 이상하게 여기는 것이 비단 과인만은 아닐 터인데."

"모든 것이 다 소신의 업보 아니겠사옵니까."

환은 긴 한숨을 섞어 답하는 덕해의 목소리가 떠올라 빙그레 웃었다. 그 말투는 시름이 섞인 것보다는 오히려 다정한 쪽에 더 가까웠다. 도무지 융통성이라고는 찾아볼 수 없는 희봉과 어떤 상황이든 유들유들하게 헤쳐 나가는 덕해의 조합은 누구의 눈에나 의외였고, 덕해가 희봉의 뒤치다꺼리를 하느라 골머리를 앓는 것으로 보이는 때가 보통이었다.

"그리 긴 시간 동안 기꺼이 짊어지고 갈 정도의 업보라면 과인도 지고 싶군."

환이 무심결에 외로움을 털어놓았다. 젊은 내관이 잠깐 걸음을 머뭇거렸다. 진심으로 의지할 수 있는 누군가에 대한 갈증이 가득한 목소리가 애달팠다. 그러나 환은 이내 아무 말도 하지 않은 것처럼 표표히 걸음을 딛기 시작했다.

여유로운 걸음은 몇 개의 담과 문을 지나 마침내 궐 가장 바깥의 담까지 도달했다. 한 발 더 딛는 것으로 구중심처를 벗어날 수 있었다. 이 걸음이 있지도 아니한 권위와 지키지도 못하는 책무 따위를 벗어던지고 영영 떠나는 첫걸음이라면 얼마나 좋을까.

환이 걸음을 더욱 빨리했다. 온몸을 짓누르는 무거운 익선관과 용포 따위는 벗어 던지고 흑립에 결 좋은 비단옷을 걸친 팔자 좋은 한량인 양 행세하는 그 잠깐의 시간이 짧게나마 위안이 되어 줄 것 같았다. 그 순간을 해결할 수도 없는 고민 따위에 휘둘리느라 허투루 흘려보내고 싶지 않았다.

✤　　　　✤　　　　✤

조심스럽게 대문을 빠져나온 소녀가 주변을 살짝 두리번 거렸다. 볕이 따사로운 봄날의 한낮, 때마침 길에는 지나는 사람도 없었다. 소녀가 눈을 감고 고개를 젖혔다.

담장 안과는 사뭇 다르게 살아 움직이는 청량한 공기와 햇 살을 만끽하다가 눈을 반짝 떴다. 모처럼 누리게 된 온전한 자유를 제대로 즐기려면 집 앞에서 미적거릴 게 아니라 빨리 이 자리를 벗어나야 했다.

그럴 가능성은 극히 적지만 소녀를 아는 누군가와 만나게 되면 퍽 곤란한 지경에 처하게 될 것이었다.

"누이."

막 몸을 돌리던 소녀가 얼굴을 찌푸렸다. 대문간에서 몇 발짝 떼기도 전에 염려하던 상황에 맞닥뜨린 셈이었다. 방 금 들려온 목소리의 주인은 허름한 옷에 감싸인 뒷모습만 보 았으리라. 소녀가 마음의 동요를 들키지 않으려 애쓰며 두어 발짝 움직였을 때 조금 전보다 또렷하고 낭랑해진 목소리가 다시 발길을 붙잡았다.

"앞서가는 저 낭자는 주부 댁 외동딸 유연 낭자가 분 명……"

"치서."

소녀, 유연이 목소리를 무시하기를 포기하고 몸을 돌렸다. 장난기 어린 눈동자 한 쌍이 그녀와 눈길이 마주치는 순간 싱긋, 미소를 머금었다.

"그리 곱게 단장하고 어딜 가는 길일까."

유연이 자기도 모르게 제 옷차림을 살펴보았다. 거친 감으로 지어진 새 옷과 검박한 신은 아무리 좋게 보아 주어도 곱게 단장했다고 보기 어려웠다. 반어적 표현을 알아듣지 못한 척 유연이 딴청을 부렸다.

"글공부에 전념해야 할 도령이 이 시간에 어찌 나왔어?"

"사랑에 있으면 듣기 싫어도 소리가 다 들리는걸."

치서가 아무렇지도 않게 어깨를 으쓱하며 유연에게로 다가왔다. 부모의 대화와 하인들의 잡담에 조금만 귀를 기울이면 이웃에서 일어나는 일을 알아내는 것은 아주 쉬웠다. 게다가 한두 시진쯤 전, 모처럼 만에 대문을 나서는 이웃 안방 마님의 행차는 평소에 비해 소란한 분위기를 자아내기도 했다.

치서는 이쯤이면 몸 가벼운 소녀가 살그머니 모습을 드러내지 않을까 생각하고 잠깐 나와 본 참이었지만, 발견한 것은 기대 이상이었다.

유연의 옷차림은 가세에 전혀 어울리지 않는, 빈한한 집에서 태어나고 자란 규수가 평소에 입을 법한 것에 지나지 않았다.

"내가 나오는 소리가 들렸다는 거야?"

유연이 고개를 갸웃했다. 그녀의 어머니, 신 씨가 불공을 드리러 나선 뒤 한 시진도 넘게 꼼짝 않고 앉아 있다가 반닫이 안에 감추어 둔 옷을 두르고 남몰래 집을 나선 참이었다. 그녀 자신이 만들어 냈을 소음은 기껏해야 방금 전 대문이 삐걱거린 소리에 불과했으리라. 그런데 이웃 소년은 어떻게 알고 나왔을까. 유연의 반응에 치서가 웃음을 터뜨렸다.

"누이는 역시 귀여워."

"하지 마."

치서가 뻗은 팔이 제 머리 위쪽으로 오는 것을 본 유연은 재빠르게 몸을 피하며 손을 가볍게 쳐 냈다. 말이 맞물리는 바람에 들은 것은 치서의 웃음기 어린 '누이' 소리뿐이었다. 유연이 입술을 앙다물었다가 숨을 터뜨렸다.

"누이 소리도 그만해. 오라비도 아니면서."

유연의 부모가 대를 잇기 위해 양자로 들인 사촌 오라비는 같은 집에서 산 적도 없고 때때로 문안 인사나 드리러 오는 정도였다.

무남독녀 외동딸로 자랐기 때문인지 본성이 그러한 것인지 타인과의 관계 맺기에 다소 서툰 편인 유연과는 자연 서먹할 수밖에 없어 누이니 오라버니니 하는 다정한 말이 오가는 일은 극히 드물었다. 그런 유연에게 서슴없이 누이라고 부르는 이는 하필이면 이웃에 사는 동갑내기 소년이었다. 같은 해에 태어난 데다 생월까지 늦으면서 손아래 동생을 부르듯 능청스러운 말투로 꼬박꼬박 누이라고 호칭하는 모양새가 얄미웠다.

유연이 몇 번이나 타박했으나 치서는 그저 싱글거리기만 할 뿐 그 습관을 고치지 않았다.

"변복을 하고 생쥐처럼 몰래 나오는 성정만 보아도 나보다 한참이나 어린걸."

"글줄이나 읽는 대신 남의 집 대문 소리에 귀 기울이는 도령은 성숙한가."

유연이 눈살을 찌푸려 보였지만 치서는 그 말에 반박하는 대신 화제를 돌렸다.

"그런데 그 차림으로 어딜 가려는 거야?"

"으음…… 세상 구경?"

잠깐 망설이던 유연이 가볍게 대꾸했다. 치서가 눈을 가늘게 뜨고 유연의 뒤편을 건너다보다 다시 물었다.

"혼자서?"

"응."

"몸종은? 이번엔 좀 오래 버틸 것 같더니 그새 또 짐 꾸려 나간 모양이지?"

짓궂은 데가 있는 목소리에 유연이 땅바닥을 가볍게 걷어 찼다. 엷은 먼지가 피어올라 신코와 치맛단 끄트머리에 사뿐하게 내려앉았다.

치서가 못마땅한 기색이 가득한 유연의 얼굴을 바라보았다. 여아답지 않게 수놓기보다 글 읽기를 즐기는 이웃 아기씨는 때때로 불쑥 일어나 대문 밖으로 달음질치는 바람에 몸종 여럿이 그 수발을 들지 못하고 나가 떨어졌다더라, 하는 이야기를 종복들에게서 쉽게 전해 들을 수 있었다.

"아냐. 어머니를 따라간 거라고. 믿을 만한 사람은 많지 않으니까."

"불공을 드리러 가는 것 이상으로 누이를 잘 지키는 일도 중요할 텐데."

치서의 말에 유연이 어깨를 움츠렸다.

"너도 같이 가면 좋겠지만 네 아버지께서 못마땅하게 여기실 것 같아 그냥 두고 가는 것이야. 혹시라도 허튼 생각을 하는 게 아니라면 좋겠구나."

어머니 신 씨의 목소리가 귓전에서 울리는 것 같았다. 별 걱정을 다 한다며 웃어넘긴 것이 떠올라 마음이 불편해졌다.

몸종을 채근하여, 혹은 몸종이 따라올 것을 알고 쪼르르 달려 나가던 어린 소녀는 이제껏 혼자서 집을 나서는 법이 없었다. 아마 신 씨는 유연에게 몸종으로 붙여 놓은 삼월이를 데려가면 그녀가 바깥나들이를 할 리 없다고 생각하며 마음을 놓았을 것이다.

"치서는 사내니까 모르는 거야. 안채 담장 안에 틀어박혀 있어야 하는 게 얼마나 지루한지."

유연이 시무룩하게 중얼거렸다. 치서는 유연의 아버지인 재청의 사랑에 들를 적이면 두 번에 한 번 꼴로 그녀를 보았던 기억을 떠올렸다. 그러나 사랑채는 안채 담장 바깥에 있지 않으냐는 놀림을 입에 올리자니 유연의 얼굴에 풀이 죽은 기색이 너무나도 역력했다.

"걱정이 되어서 그러는 거지. 나도, 어른들도."

"어린아이도 아닌데 다들 무얼 그리 걱정하는지 몰라."

유연이 여전히 불만 섞인 어조로 투덜거리다가 치서를 똑바로 바라보았다.

"네가 무어라 해도 난 갈 거야."

"그렇겠지."

결연한 유연의 목소리를 흘리듯 치서가 가볍게 대답했다. 유연이 망설이다 입을 열었다.

"뭐…… 그리 걱정되면, 같이 가든가."

집에서 일각도 걸리지 않는 짧은 거리를 나올 때에도 몸종이나 다른 종복이 따라붙었기에 가족도 없이 혼자 나서는 길은 처음이었다. 우연히 마주친 치서와 잠깐 대화를 나누는 사이 스멀거리고 밀려든 불안감에 충동적으로 말을 꺼내어 놓고 곧 후회했다.

치서도 장차 선비가 될 사람이어서 그런지 은근히 꼬장꼬장하게 구는 면이 없지 않았다. 유연과 동행하는 것보다는 말리는 쪽을 택하는 게 자연스러웠고 설령 같이 간다 하여도 피곤하게 굴 게 분명했다. 유연의 걱정을 아는지 모르는지 치서가 신중하게 고개를 지었다.

"그러고 싶지만 유감이야."

"무슨 일이라도 있어?"

"형님이 오시는 날이거든. 평소대로라면 지금쯤 도착할 때가 되었는데."

치서의 말에 유연이 서둘렀다. 얼마 전에도 과거 준비를 하느라 산사인지 지방 서원인지에 들어갔다는 치서의 형을 얼핏 본 적이 있었다. 어렸을 때와 달리 융통성 따위 하나도 없는 고지식한 선비가 되어 있었다. 아마 이웃 소녀가 이런 꼴로 몰래 외출을 감행한다는 걸 알면 그대로 붙잡아 대문 안에 들여놓고 제 부모에게 고할지도 모를 일이었다.

"그럼 난 간다."

"조심해, 누이. 다정하다고 아무나 따라가지 말고 신기하다고 아무 데나 들어가지 말고."

유연이 고개를 돌려 날카로운 눈길을 쏘아 보내고는 빠른 걸음으로 멀어져 갔다. 유연이 서 있던 자리를 아쉬운 마음으로 바라보는 치서의 등 뒤에서 낯익은 목소리가 들려왔다.

"웬일로 마중을 나왔구나."

치서가 몸을 돌리고 고개를 위로 젖혔다. 말 등에서 훌쩍 뛰어내리는 이는 그의 형, 치상이었다. 치서가 정중하게 인사를 건넸다.

"오랜만입니다, 형님."

"네 방향감각도 여전하구나. 어쩌면 매번 그쪽을 바라보며 기다리고 있단 말이냐."

치상은 치서의 대답을 기다리지 않았다. 말고삐를 쥔 채 대문 앞에서 몇 번 헛기침을 하자 행랑아범이 반가운 얼굴로 뛰어나와 고삐를 받아 들었다.

치상이 치서를 향해 손짓했다. 치서가 마지막으로 몸을 돌려 유연의 모습이 완전히 사라진 것을 확인하고는 천천히 형을 따라 대문 안으로 몸을 들였다.

몸종인 삼월이가 지어 놓은 소박한 옷에 가장 평범한 신을 신은 유연은 치서에게서 등을 돌리자마자 달음질치기 시작했다.

허락받지 않은 외출인 데다가 작정하고 빠져나온 게 금방 표가 날 이런 옷차림을 하고 행랑 사람들이라도 마주치면 곤란한 일이었다.

집에서 꽤 멀리 떨어졌다는 생각이 들 때까지 숨이 턱에 닿도록 뛰어온 유연은 자리에 멈추어 서서 천천히 숨을 고르며 주변을 살폈다.

아직까지는 기와집이 즐비하게 늘어선 모양이 제가 사는 곳과 크게 다르지 않았다. 군이 찾자면 규모도 작고 고색창연한 느낌이 드는 유연의 집에 비해 더 화려한 위용을 뽐내는 느낌이 드는 정도랄까.

가쁘던 숨결이 어느 정도 진정되자 다시 발을 딛기 시작했다. 길 한가운데로 걸어가면서 맞부딪치는, 코끝을 간질거리는 봄바람에 설레면서도 그것이 너무 드러나면 이상해 보일까 봐 신경을 썼다.

기와집이 가득한 거리가 끝나는 저쪽, 야트막한 담과 담 사이로 나 있는 좁은 골목길이 자꾸만 마음을 잡아당겼지만 홀로 나온 첫 외출에서 길이라도 잃으면 곤란하다 싶어 큰길로만 다니기로 결심했다. 그렇게 해도 이 길만 따라가면 지금과 썩 다른 풍경이 펼쳐진다는 것은 예전에 재청을 따라 나왔던 경험을 통해 기억하고 있었다.

저만치서 들려오던 사람들의 왁자한 목소리가 조금씩 가까워지고 있었다. 유연처럼 몰래 나오지 아니하여도 좋을, 아무렇게나 땋은 머리를 달랑거리는 초라한 차림의 어린아이들이 깔깔거리며 뛰어다니고 있었다.

아이 중 하나가 즐거운 목소리로 노래를 부르기 시작하자 누구랄 것도 없이 입을 모아 따라 불렀다. 어른들이 부르는 노래를 귀동냥으로 얻어듣고 흉내 내고 있을 그 목소리는 어려운 말이 늘어선 앞부분을 뭉뚱그려 흥얼거린 뒤 분명히 알아들은 뒷부분을 신나게 불러 젖히고 있었다.

"반달이냐, 원달이냐."

"네가 무슨 반달이냐, 초생달이 반달이지."

노래 끄트머리에 다시 까르륵 웃음을 터뜨린 아이들은 술래잡기라도 하려는지 부산하게 흩어졌다.

밤하늘에 떠오른 고운 달을 시샘하기라도 하는 노래인가 보다, 여상히 넘긴 유연은 이내 귓전에서 웅웅거리는 거리의 소란스러움에 정신을 빼앗겼다.

가끔 뒤를 돌아 제가 온 길을 되짚어 보려 했지만 온 길을 확인하기 전 이미 주변에서 일어나는 일들에 눈길을 빼앗기기 일쑤였다.

소박한 차림의 어린 소녀에게 주의를 기울이는 사람은 거의 없었다. 거리에는 어깨를 스치다시피 분주히 지나치는 사람들에게서 나는 갖가지 냄새가 조금의 여과도 없이 바로 코끝을 찔렀다.

집 안에서 느껴 본 적 없는 낯선 감각은 불쾌감과는 거리가 멀어, 유연은 그때마다 자기를 스쳐 지나가는 사람들을 한 번씩 바라보았다. 그렇게 고개를 돌려 대다 보면 시선은 자연히 길 양쪽에 늘어선 좌판이며 상점에 머무르기 마련이었다.

어린 계집아이의 눈을 단번에 사로잡는 노리개라든가 보는 것만으로 군침을 삼키게 하는 먹을거리 따위는 물론이고,

소금에 잔뜩 절이거나 말린 바닷고기를 늘어놓아 쿰쿰한 냄새를 풍기는 어물전부터 색색의 고운 천이나 온갖 종이를 잔뜩 걸어 놓은 곳까지 유연의 눈길이 어지럽게 움직였다. 그야말로 별천지에 발을 디딘 느낌이었다.

"계집아이로 태어났다고 이런 걸 모르고 지내야 한다는 건 억울해."

유연이 입술을 비쭉 내밀고 걷는 사이에 양편으로 늘어서 있던 것들이 사라졌다. 길은 여전히 넓었고 제법 높다란 담에 둘러싸인 안쪽으로 삐죽하게 기와지붕이 솟아 있었으나 왕래하는 사람은 현저히 줄어들었다.

낯선 풍경을 접하자 잊고 있던 불안감이 슬그머니 솟아올랐음에도 걸음을 멈추지는 않았다. 이 길의 끝에 무엇이 있을지 호기심이 인 탓이었다.

궁금증을 품고 나서도 일각 남짓은 지난 것 같은데 주변의 풍경은 여전히 비슷했다. 갑작스레 혹사를 당한 소녀의 발바닥에 통증이 밀려오기 시작했다. 더 가도 딱히 다른 게 나타날 것 같지는 않았다.

출발할 적에는 중천에 떠올라 있던 해도 어느새 한 뼘 넘게 기울어 있었다. 신 씨가 불공을 마치고 돌아오는 때는 대개 저녁나절이었다.

이제 천천히 왔던 길을 되짚어가 집 근처에서 조금 쉬고 있으면 신 씨의 가마가 대문간에 닿는 모습을 멀리서 지켜볼

수 있을 것이었다. 자신이 사라졌음을 알고 찾기 시작하면
바로 얼굴을 내밀면 되었다.

막 몸을 돌리려는 찰나였다. 조용한 길 끄트머리에서 낯선
소리가 들려왔다. 갑자기 들려온 것 같지만 어쩌면 아까부터
울리고 있었으나 이런저런 생각을 하느라 미처 알아차리지
못한 것일 수도 있었다.

재청이 퉁소를 부는 일이 종종 있기는 하였으나 그 외의
악기는 책 속에나 등장했지 직접 보거나 소리를 들은 적은
없었다.

유연이 잠시 머뭇거리다가 이끌리듯 소리의 근원지를 찾
아 걸음을 떼기 시작했다. 높은 담장이 길게 이어진 길 끄트
머리에 닿아 솟을대문이 우뚝 솟은 그 앞에 섰다. 소리는 분
명 그 안에서 새어 나오고 있었다.

유연이 손을 대문에 살짝 얹었다. 결이 매끄러운 나무 위
에 가볍게 손이 얹혔을 뿐인데 어찌 된 영문인지 안쪽에서
문이 열렸다.

"남산골에서 오신 아가씨군요. 생각보다 이르게 오셨습니
다."

"네?"

무어라 다시 되물을 새도 없었다. 눈을 동그랗게 뜬 채 걸
음을 떼지 않는 유연이 답답한 듯, 문 안에서 나타난 나이 든
남자가 손가락 두 마디나 겨우 보일 법하게 손등을 덮고 있

는 긴 소맷자락을 잡아당겼다. 유연의 몸이 앞으로 휘청이며 대문을 넘어섰다. 문은 육중한 모양에 어울리지 않게 소리 없이 스르르 닫혔다.

눈앞에 펼쳐진 것은 또 다른 바깥세상인가 싶을 정도로 생경한 풍경이있다. 언뜻 그녀의 집과 다른 것은 웅장한 규모뿐인가 싶어도 그를 넘어서는 무언가가 있었다.

"남산골에서 예까지 거리가 가깝지 아니할 텐데 어찌 걸어오셨습니까."

늙은이의 자못 다정한 어투를 들으며 유연이 눈을 깜박거렸다. 남산골. 글줄깨나 읽는 고지식한 샌님이나 가난한 선비들이 모여 사는 곳이라는 이야기를 들은 기억이 어렴풋하게나마 있기는 했다.

찢어지게 가난하고 벼슬자리에 오르지 못하였어도 학식이며 기개는 남 못지아니하니 함부로 무시할 것이 아니라 하였다. 남산골에 대해 아는 것은 딱 그만큼이었다.

낯선 늙은이가 어찌하여 그녀를 보자마자 남산골에서 온 아가씨라고 속단하였을까. 유연으로서는 도무지 알 수 없는 노릇이었다.

"가실까요."

주름진 손가락 끝이 유연의 어깨에 닿더니 앞으로 살짝 밀었다. 유연은 그게 아니라 대답하는 것도, 낯선 곳에 있다는 두려움도 잊고 걸음을 옮겼다. 지금도 귓가에 울리는 음악

소리는 재청의 평범한 퉁소 실력과 비할 수도 없어 애간장을 녹일 듯 미묘한 떨림이 마음을 홀려 냈다.

유연이 눈치채이지 않게 눈을 굴렸다. 눈에 닿는 기둥이며 문살은 퍽 미끈하게 반들거렸다. 그 반들거림은 유연의 집에서 느낄 수 있는 세월의 손때가 묻은 것이 아니라 사람이 부러 섬세하게 문질러 낸 흔적이 역력했다.

단청이 입혀진 모양은 절에서나 보던 것이지만 쇠락한 세월의 기운은 하나도 묻지 않은 맑고 선명한 색을 뽐내고 있었다. 압도당하는 느낌이었다.

"들어가시지요."

유연이 반쯤 떠밀려 신을 벗고 마루 위로 올라서며 자애로운, 그러나 어딘가 초조한 기색을 숨기지 못하는 노인을 바라보았다. 그 역시 신기하게 여겨지는 것은 마찬가지였다.

실례가 될 것 같아 대놓고 흘끔거리지는 못하였으나 텁수룩하게 수염이 자라 있어야 할 턱이 미끈했다. 나이가 어린 소년도 아니고 중년을 훌쩍 넘긴 사내의 턱이 마치 처음부터 그리하였던 것처럼 수염 한 올 없이 매끈한 것은 이상한 일이었다.

"조심해, 누이. 다정하다고 아무나 따라가지 말고 신기하다고 아무 데나 들어가지 말고."

문득, 아까 들은 치서의 목소리가 떠올라 유연이 머뭇거렸다. 마치 그녀가 처할 상황을 짐작한 것만 같은 그 말에 불안감이 밀려왔지만 열린 문틈으로 나타난 빠르고 망설임 없는 손길이 유연을 잡아당겼다.

아까는 대문 안에서, 이번에는 방 안에서 잡아당기는 힘에 유연이 그대로 안쪽으로 빨려 들어갔다. 어린 소녀의 모습이 사라지기 무섭게 나타난 덕해가 희봉을 쿡쿡 찔렀다. 눈짓 턱짓을 다 동원하여 눈치 없는 벗을 불러낸 뒤 누가 들을까 염려하듯 낮은 목소리로 물었다.

"제대로 연통을 넣은 게 확실한가."

"당연하지. 아니면 내가 어찌 저 아가씨를 대문간에서 만날 수 있었겠나."

"초행길에 혼자 오는 것이 아무래도 이상하단 말일세."

"말만 전해 놓고는 어디 가서 술이라도 한잔 걸치고 있겠지. 정신 멀쩡할 때야 두말할 필요 없는 사람이지만 술이 들어가면 정신을 반쯤 놓아 버리던 작자 아닌가."

평소와 달리 태평한 희봉의 대답에 덕해가 눈썹을 반쯤 치켜 올렸다. 일단 아가씨를 불러 놓았다는 사실에 안도한 탓인지 필요 이상으로 느긋하고 저 좋을 대로 생각하여 마음을 푹 놓아 버리는 것이 영 께끄름했다. 그러나 희봉의 말에 따로 반박할 만한 근거가 없어 입을 다물었다.

입성이 썩 좋지 않아 보였고 치맛자락이며 신에 먼지가 묻어날 정도로 먼 거리를 걸어왔다는 점을 미루어 그들이 손톱으로 눌러 표시한 남산골 소저가 맞을 것이었다. 그래도 의심이 지워지지는 않아 결국 다시 입을 열었다.

"분명 열여섯이라 적혀 있지 않았나. 그보다 훨씬 어려 보이던 것을."

"아마도 나이를 속인 모양이지. 나중을 기약하며 모르는 척 집어넣었을지 모를 일일세. 아직 어리기는 하여도 이목구비가 반듯한 게 조금 더 성장하면 썩 고운 아가씨가 될 것 같지 않았는가."

말이 많지 않은 희봉에게서는 듣기 드문 칭찬의 말이었다.

"세월이 흘러 보아야 알 일이지만 지금으로써는 눈에 띄게 고운 용모도 아니었단 말일세."

"금일이 처음이자 마지막일 텐데 세월이 흐른 뒤를 걱정하여 무엇하나."

덕해가 한숨을 내쉬었다. 처음이자 마지막일 만남에서 나중을 기약하는 것은 아무 의미가 없었다. 혈기 왕성한 청년이 조그마한 계집아이에게 눈길을 줄 것 같지도 않았다. 아마 틀림없이 불호령이 떨어지리라. 닫힌 채로 열릴 기미가 없는 방문을 바라보며 낮은 소리로 속삭이던 늙은이들이 몸을 돌렸다.

방에 들어서자마자 두 명의 여인이 그녀의 곁에 바짝 붙어

서고, 그 앞에는 꽤 엄격한 입매와 날카로운 눈모를 한 여인이 서서 유연을 훑어보았다.

유연은 받아 본 적 없는 눈길에 움츠러들어 저도 모르게 반 발짝 정도 뒷걸음질을 쳤지만 그만큼의 움직임도 용납하지 않겠다는 양 여인들의 손이 그녀의 팔을 단단하게 잡았다. 잊고 있던 불안감이 다시 밀려들었다. 집에서 나와 활기 넘치는 별세계 같은 거리를 지나 옛날이야기에나 나올 것 같은 거대한 저택에 발을 들였다. 그 설렘이 훑고 지나간 자리, 알지도 못하는 위험한 곳에 발을 들였는지도 모르겠다는 생각에 더럭 겁이 났다.

가느다랗게 뜬 눈으로 유연의 모습을 훑어보던 여인은 소녀의 얼굴에 떠오르기 시작한 두려움을 읽어 냈다. 짧게 숨을 내쉬고는 유연의 옆에 서서 옷을 받쳐 들고 있는 다른 여인에게 신경질적인 어조로 말을 던졌다.

"자네는 눈썰미가 그리 없나. 이 아가씨에게 어울리지도, 맞지도 않을 것을 멍하게 들고 서서 무엇을 하자는 겐가. 따로 말하지 아니하여도 다른 것으로 바꾸어야겠다는 판단 정도는 스스로 할 수 있어야지."

여인은 말을 맺기도 전에 유연에게 한 발짝 다가와서는 전혀 망설임이 없는 손놀림으로 앞섶을 여민 고름을 세게 잡아당겼다. 유연이 반사적으로 반 발짝쯤 물러나며 양손을 가슴께에 모아 쥐고 슬쩍 벌어진 앞섶을 꼭 눌렀다.

"이, 이 무슨……."

"시간이 많지 않습니다, 아가씨. 늦으셨어요."

조금 전 유연을 대문에서 맞아들인 턱이 미끈한 늙은이는 생각보다 이르게 왔다고 하였는데 눈앞의 엄격한 여인은 늦었다며 채근하고 있었다.

희봉은 연통을 넣은 시간에 비해 이르게 도착하였음을, 여인은 평소와 비교하여 준비에 필요한 시간이 부족함을 말하고 있었지만 그 내막을 알 도리 없는 유연으로서는 이해할 수 없는 말이었다. 그러나 중요한 건 그게 아니었다.

"저, 그러니까……."

"생각이 바뀌신 모양인데 어쩔 수 없습니다. 벌써 오셨잖습니까."

상냥하지만 단호하게 나무라는 목소리로 대꾸한 엄격한 여인이 유연의 손을 잡아 내렸다. 유연은 힘을 주어 버텨 볼 생각이었지만 조금 전 타박을 들었던 여인이 팔에 받쳐 들고 온 것에 눈길을 빼앗겼다.

본디도 썩 풍족한 편이 아닌 데다 가풍 자체도 검박한 편이기에 화사한 꽃잎만큼 고운 빛깔로 물들여진 천도, 만지기만 하여도 손이 미끄러질 것처럼 하늘거리는 치마도 본 적 없는 것이었다.

책을 끼고 앉아 있을 적에는 보이는 것에 연연하면 아니 된다는 소리에 고개를 끄덕여 놓고서 고운 것에 눈을 사로잡히고 말았다.

여인의 손길은 단호하고 빠른 말투만큼이나 신속해서 유연의 몸을 감싸고 있던 옷가지가 줄줄이 몸에서 떨어져 나갔다.

저 스스로 옷을 갈아입을 수 있을 만큼 나이를 먹은 뒤에는 누군가의 눈에 고스란히 온몸을 내보인 적이 없어 유연이 부끄러움에 얼굴을 붉혔다.

이내 몹시 부드러운 천으로 지은 속옷이 입혀지고, 그 위로 꽃송이로 물들인 것처럼 고운 빛깔의 치마와 피부를 스치는 게 간지럽다 싶을 만큼 매끄러운 감으로 지어진 저고리가 걸쳐졌다. 어느 것이든 단 한 번도 몸에 닿아 본 적 없을 만큼 호사스러웠다.

"아니, 나는……."

"오래 걸리지 않아요, 아가씨. 조금만 기다리세요."

눈앞의 소녀의 얼굴에 가득 담긴 당혹스러움은 여인에게는 꽤 익숙한 것이었다.

혼기에 접어들었어도 엉덩이가 가볍고 몸을 들썩이기를 좋아하는 처녀들이 금기에 대한 호기심을 안고 부나비처럼 날아들었다. 혹여 구설에 오르기라도 하면 곤란해지겠지만 애초부터 여염의 사람들이 머물거나 관심을 갖기 어려운 곳이고 드나드는 사람도 몹시 적었다.

설령 이야기가 새어 나가더라도 한철의 나비나 새처럼 날아들었다 사라지는 아가씨들에 대해 자세하게 말할 수 있는 이는 거의 없었다. 여인의 정조야 예나 지금이나 몹시 중요한 것이지만 외간 사내와 몇 마디 담소를 나누는 게 고작인 잠시간의 비밀스러운 일탈은 그리 심각하게 받아들일 일도 아니었다.

물론 경우에 따라서는 희롱조의 말을 듣기도 하고 손목을 쥐인다거나 좀 더 친밀한 접촉이 있을 수도 있었지만, 그것은 다 자란 아가씨가 마음에만 담아 두고 얼굴을 붉힐 일이지 누군가에게 토로할 만한 성격의 것은 아니었다.

그러나 간혹, 어린 시절부터 오래도록 받아 온 요조숙녀가되기 위한 교육이 호기심에 의한 충동과 맞부딪치면 지금처럼 난감한 상황을 눈앞에 두게 되는 경우가 있었다.

제 손으로 이름자—라고 하여도 반가 부녀의 이름이란 남에게 알려 주는 성질의 것이 아니니 대개는 대략적인 집의 위치와 김 소저, 박소저 따위의 성만 남아 있었지만—를 적고 제 발로 문 앞까지 걸어와 놓고서도 자기가 아니다, 생각이 바뀌었노라 둘러대던 소녀들이 여럿 있었다.

그 말을 듣고 '예, 그렇습니까' 하고 납득하며 순순하게 보내 줄 수는 없는 노릇이었으니 경험이 쌓이며 단련된 나름의 기술과 약간의 완력으로 정신없이 몰아치고 있는 중이었다. 그나마 다행인 건 상대가 아직 순진한 어린 소녀인 탓에 눈을 동그랗게 뜨고 미약한 항의만 할 뿐 그 이상의 반항은

비치지 않는다는 점이었다.

"머리와 얼굴만 단장하시면 되어요."

여인이 유연의 어깨를 가볍게 눌러 자리에 앉혔다. 조금 전 타박을 들었던 궁인은 얼른 좌경을 가져다 놓고 이런저런 화정 도구를 늘어놓으며 소녀의 턱을 조금 들어 올렸다.

여인은 유연의 머리카락 끝에 매달린 댕기를 풀고 꼭꼭 눌러 땋은 머리채를 빗어 내리며 거울 안에 비치는 소녀의 얼굴을 살폈다.

'너무 어려.'

여인이 자기도 모르게 눈살을 찌푸렸다. 국혼을 준비하려 금혼령을 내리면 여덟 살부터 단자를 올리고, 조혼의 풍속도 예나 지금이나 마찬가지라 열두어 살만 되어도 당장 혼례가 이상할 게 없었다.

그러나 여기에 오는 이들은 대개 열다섯을 훌쩍 넘어 다 자란 처녀들이었는데, 반쯤은 체념하고 반쯤은 호기심 가득한 얼굴로 얌전히 앉아 단장을 받고 있는 이 소녀는 반짝이는 눈망울이 귀엽게만 느껴지는 십 대 초반의 어린 소녀였다.

'부모라는 작자들이 어지간히 돈에 시달린 모양이지.'

유연은 등 뒤에 앉은 여인이 마음에 품은 생각 따위는 모른 채로, 거울 안에 비치는 제 모습이 시시각각 바뀌는 것을 멍하게 바라보았다.

마치 둔갑한 여우에 홀리기라도 한 것처럼 손끝 하나 까딱하지 못한 채 일이 몰아치는 대로 몸을 내맡긴 사이, 설게만 느껴지는 소녀의 얼굴이 거울 안에서 자신을 응시하고 있었다.

본디 피부는 흰 편이었지만 분칠을 하니 조금 더 희어졌다. 하얀 얼굴이 창백해 보이지 않도록 연한 산호빛이 돌게 볼 위를 가볍게 두드리고 붉게 물들여 놓은 입술은 자신의 것이 아닌 듯해 눈을 떼지 못했다. 그것으로도 모자라 머리까지 혼인이 결정된 여인마냥 양쪽으로 땋아 올려 가래머리를 하고 있으니 낯섦은 배가 되었다.

제 자신을 향해 건네기는 남사스럽긴 하나 더 고운 듯 보이기도 하고, 더 어른스러워진 것 같기도 하고. 아마 몇 년이 지나 혼인을 하거나 계례를 올려 어엿한 성인으로 인정받게 되는 날에야 이런 모습을 할 수 있을 터였다.

"끝났습니다, 아가씨."

여인이 유연을 잡고 일으켜 방을 나섰다. 먼지 묻은 소박한 신은 그대로 놓아둔 채 화려하게 수놓인 다른 신에 발을 꿰었다. 약간 헐렁한 신은 벗겨질 정도로 크지는 않았으나 손목을 꼭 움켜쥔 여인의 빠른 걸음을 따라잡지 못하여 질질 끄는 걸음이 되어 있었다.

"잠깐만요."

시시각각으로 변하는 모습에 넋이 팔려 까맣게 잊었던 두려움은 낯선 여인이 손목을 잡아끄는 것으로 도로 생생하게 살아났다. 이렇게 급히 어딜 가려는 것인지, 곱게 단장시켜 누구에게 보이려는 것인지.

"나쁜 일이 생기는 건 아니겠지요?"

제법 다부지게 말을 시작했어도 조마조마한 마음을 숨기지는 못했다. 바짝 긴장한 표정으로 올려다보는 유연의 얼굴에 여인의 눈길이 부드러워지더니 가볍게 미소를 머금었다.

"아무 일 없을 거예요. 제가 보증하지요."

"오래 걸릴까요?"

낯선 사람이 아무렇게나 던질 수 있을 약속을 그대로 믿어 안심하고는 진지하게 눈망울을 굴리며 묻는 말에 순간 여인의 말문이 막혔다. 첫인상 그대로 호기심 많고 순진무구한 어린 소녀였다.

"아마 얼마 걸리지 아니할 겁니다."

유연이 하늘을 올려다보았다. 한 뼘 기울었던 해가 다시 반 뼘 정도 더 내려앉아 있었지만 저녁이 오려면 한참이나 남은 게 분명해 보였다.

헐거워 뒤꿈치가 덜렁거리는 신을 신고 달아날 수도 없지만 이 차림으로는 집에 돌아갈 수도 없었다. 세상 물정 모르는 순진한 소녀는 상냥한 여인의 목소리에 마음을 굳히고는 고개를 끄덕였다.

여인이 조금 전보다 더 따스해진 미소를 지어 보이고 돌아섰다. 유연은 조금 큰 신이 질질 끌리지 않게 성큼성큼 발을 디뎌 그 뒤를 따르기 시작했다. 본디 호기심 많고 태평한 어린 소녀의 눈망울이 반짝였다.

같은 시각, 조금 전 소녀가 숨어들었던 대문 앞에 젊은 청년이 서 있었다. 궐 안에서도 얼마고 갈 길이 있었으나 굳이 빙 돌아 문 앞에 선 것은 순전히 환의 충동에 따른 것이었다.

내관은 환이 붉은 용포 대신 화사하니 밝은 빛깔의 도포를 걸치고 무거운 익선관 대신 성근 갓을 눌러쓴 차림이 되고 보니 잠행 흉내를 내고 싶어진 모양이라고 짐작했다.

환이 대문 위에 손을 얹었다 무심코 저 위를 바라보았다. 손으로 이마 위쪽을 가리지도 않고 눈살도 찌푸리지 않은 맨눈으로 반쯤 걸쳐진 태양을 물끄러미 바라보다 도로 고개를 떨어뜨렸다.

시계가 일순 어두워지며 조금 전에 바라보았던 반쪽짜리 해가 대문 위에 잠깐 아로새겨졌다. 그 모습은 흡사 어두운 하늘에 떠오른 반달인 듯 보였다. 이 대문 안에 반달이 머물고 그의 마음이 깃들었던 때가 있었다.

수렴청정을 끝나고 허울뿐인 친정을 시작하고 난 후에도 정무에서는 어심을 논할 수도 없을 만큼 철저하게 통제받았다. 그러나 그가 여인에게 갖는 관심에는 다들 관대했다.

중전을 피하는 것에 대해 대왕대비는 따가운 질책을 보냈으나 그가 궁인을 품에 안는 것까지 나무라지는 않았다.

늘 보는 궁인은 그의 마음에 차지 아니하여 궐을 둘러친 담 중 가장 바깥쪽에 달라붙은 전각 하나를 호사스럽게 치장하고 수시로 찾았다. 그때까지만 하여도 반가 부녀를 끌어들이는 것은 상상도 하지 못했다.

그 전각 안으로 한 여인이 들어왔다. 구중궁궐의 담장 안에 피어나 그의 관심만을 애타게 바라는 궁인이 아니었다. 원하는 누구에게라도 웃음을 던지고 청하는 누구를 위해서라도 음률을 연주할 수 있는 기녀였다. 웃음을 담뿍 머금은 눈은 부드럽게 이지러진 반달 모양을 하고 있었다.

중전에게 그토록 바랐어도 얻지 못한 그 웃음이 고와서, 여느 궁인의 눈빛에 담긴 간절함이 없어서 마음이 끌렸다. 달처럼 창백하고 요염한 여인이 곁에 머무르기를 원했다. 그러나 세파에 시달리며 세상의 변덕과 멸시를 견뎌 내야 했던 여인은 그를 이용하려 들었다. 부귀를 탐하는 여인은 누구에게든 웃음을 팔았다. 그의 마음이 기우는 달처럼 스러지는 데는 오랜 시간이 걸리지 않았다.

시간이 흘러 전각에 발을 들이는 것은 기녀가 아닌 쇠락한 양반가의 규수가 되었다. 기녀는 세상사에 대한 짧은 풍월을 주워섬길 수 있을 만큼의 떠도는 이야기들을 많이 알고 있었으나 그만큼 제가 가진 이야기를 남에게 쉽게 흘렸다.

그에 비한다면 혼기에 접어들었거나 조금 넘긴 처녀들은

입이 무거운 편이었다. 기녀보다 세상 물정에 둔하니 만난 사람이 왕이라고는 꿈에도 생각하지 못한 채 귀한 댁에서 태어나 무위도식하는 한량 같은 도령이라고만 생각했다.

환은 자신이 불러들이는 반가 규수들이 현모양처가 되기를 소망한다 말하면 입술 꼬리를 비틀었다. 앞뒤 분간 없이 뛰어든 부나방 같은 행동에는 어울리지 않는 언사였다.

다정한 눈웃음 한 번에 볼을 붉히고 손목을 잡으면 온몸을 배배 꼬다가 입이라 맞출라치면 저에게까지 전해질 것 같은 두근거림을 담은 채로 눈을 꼭 감는 제 또래의 여인을 마음으로 조롱했다.

"전하."

상념에 잠겨 있는 사이 그의 뒤에 서 있던 젊은 내관이 조심스럽게 환의 주의를 환기시켰다. 환이 부질없는 생각을 흩어 내며 고개를 끄덕이고는 그를 맞이하기 위해 활짝 열린 문 안으로 발을 들여놓았다.

오늘도 기대 따위는 없었다. 친정을 시작하였어도 여전히 두 손이 비어 있는 자신에 대한 환멸을, 어릴 적부터 지금까지 바짝 쫓아다니는 지긋지긋한 외로움을 잠시 잊을 장소가 필요할 뿐이었다.

하필 태양이 대문 꼭대기에 매어 달리는 바람에 괴로운 기억이 살아났지만 낯선 여인과 얼굴을 맞대는 것으로 잊어버릴 수 있을 터였다. 어딘가 청승맞은 곡조가 끊어질 듯 계속

이어지는 것을 들으며 환이 유유자적 발걸음을 옮겼다.

항상 무감한 표정을 짓는 박 상궁의 얼굴에 여느 때와 달리 초조한 기색이 어린 것을 무시한 채로 방문을 열었다. 단정하게 앉아 있는 소녀의 뒷모습이 환의 눈에 들어왔다. 문이 열리는 소리를 들었는지 고개를 돌렸다가 그의 모습을 발견하고는 자리에서 서둘러 일어났다.

단장한 머리가 어색한 듯 고개를 숙였다 드는 동작이 뻣뻣했다. 체구도 작고 앳된 얼굴을 한, 아직 성년에 이르지 못한 게 분명한 어린 소녀가 어리둥절한 표정을 하고 그의 얼굴을 빤히 바라보고 있었다.

환이 몸을 반쯤 돌리고 손을 뻗어 문을 닫았다. 낯선 소녀의 얼굴 위로 낯익은 환영이 포개어졌다. 분칠을 하고 입술을 물들인 데다 가래머리까지 하여 완전히 성장하고 있었으나 그것이 부자연스럽게 느껴질 만큼 어려 보였다. 통상적인 혼기에 접어들려면 아직도 몇 년은 남은 것처럼 보이는 외모는 작은 몸이 상대적으로 큰 옷에 파묻히듯 감싸인 것으로 더 극대화되었다.

중전. 환의 입술이 소리 없이 달싹였다. 눈앞의 어린 소녀는 그가 처음으로 보았던 중전과 꼭 닮은 차림을 하고 있었다.

궁인의 대부분을 품에 안아 본 그가 자신을 찾지 아니하여도, 종내는 궐 담 바깥에 떠오른 고운 달 같은 기녀에게 미혹

되어도 아무런 감정을 드러낸 적 없는 여인의 첫인상과 몹시 닮아 있었다.

소리를 흘려 내지 않는 입 모양의 의미가 궁금했던 모양인지 어린 소녀가 고개를 갸웃했다. 그 움직임과 함께 한 꺼풀 덧씌워진 환영이 자취를 감추었다. 가문을 짊어진 동시에 만백성의 어미가 되어야 한다는 책임감이 가득하던 창백한 얼굴 대신 제가 어디에 있는지도 알지 못하는 호기심 가득한 눈길이 그를 향했다.

아무리 보아도 예상과는 한참이나 거리가 있는 풍경에 당황한 것도 잠시, 환은 태연히 발을 옮겼다. 이미 발을 들인 이상 돌아 나갈 생각 따윈 없었다. 때로 기대하지 못했던 유희에서 즐거움을 얻기도 하는 법이었다.

유연은 문으로 들어온 사내가 의젓한 걸음걸이로 다가와서는 여태 비어 있던 주인의 자리를 차지하고 앉는 것을 말없이 바라보았다. 사내, 그것도 난생처음 보는 외간 남자와 단둘이 방 안에 있는 것은 처음이었다. 어찌할까 잠시 고민하던 유연은 문밖에 아까의 그 사람들이 있으리라는 데 생각이 미치자 얌전하게 자리에 앉았다. 같은 담장 안에 있으니 한패거리일 수도 있다는 생각 같은 건 순진무구한 어린 아가씨의 머리에 떠오르지도 않았다.

"내가 누구인 줄 아느냐?"

전혀 알 리 없다고 생각하면서도 환이 불쑥 물었다. 유연은 고개를 들고 남자를 보았다가 이내 시선을 내렸다. 제 눈앞에 앉은 사내가 어디 하나 흠잡을 데 없는 미남이라는 것을 금방 알아차렸기 때문이었다. 어린 마음에도 이리 고운 이에게는 싫은 소리를 하고 싶지 않다는 생각이 들어 가느다랗게 한숨을 내쉬었다.

　"모릅니다."

　굳게 다문 입술이 부드럽게 활등 모양으로 굽어지자 눈을 피한 보람도 없이 마음이 덜컹 내려앉았다. 어쩔 수 없이 눈을 조금 들어 올렸다. 쭉 뻗은 콧날까지 나무랄 데 없이 조화를 이룬, 그야말로 완벽한 용모를 갖춘 사내였다.

　"당연한 일이지. 다행이구나."

　유연은 그제야 이상함을 깨달았다. 물론 제가 한참이나 어릴 것이지만 초면이다. 서로 알지도 못하는 사이에 함부로 하대하는 것은 예가 아니다. 잘생긴 얼굴에 혹해서 모르는 척 넘어가는 것은 아니 되는 일이었다.

　유연이 두근거리는 마음을 억누르고 제법 점잖게 말을 꺼냈다.

　"초면에 하대하심은 상대에 대한 실례입니다, 선비님."

　유연은 떨림이 거의 묻어나지 않는 제 말투에 내심 만족했으나 환은 실소를 금치 못했다. 선비님이라니. 그가 세상을 살면서 그런 호칭을 몇 번이나 들어 볼 수 있겠는가.

하지만 어린 소녀의 눈으로 볼 때 그는 화려하게 차려입은 양반 댁 자제일 것이니 딴에는 합당한 부름이라 여길 것이다. 환이 조금 더 장단을 맞춰 주기로 하고 천연스레 말을 받았다.

"네 나보다 연소한 것이 분명한데 어찌 공대를 해야 한단 말이냐?"

"그것이 반가 규수를 대하는 예이고 법도이기 때문입니다."

"반가, 규수를 대하는 법도."

환이 천천히 유연의 말을 따라 하며 제 입에서 나오는 소리들을 토막 냈다. 대개 그와 마주하고 앉은 여인들은 스스로를 반가 규수라고 칭하기는 했다. 그러나 나이며 처지 따위를 불문하고 얌전히 얼굴을 붉힌 채 수줍은 대답을 짧게 이어 가는 게 고작이었다.

흥미 따위는 요만큼도 일지 아니하지만 조롱을 품은 채 시간을 보내는 데는 나쁘지 않았다.

누구도 이 아이처럼 당당히 반가 규수를 대하는 법도를 논하는 이는 없었다. 몇 푼 돈을 바라고 호기심에 이끌려 알지도 못하는 곳에 날아드는 행동을 부끄러이 여긴 탓이었다. 그러나 눈앞의 소녀는 제 행실이 어떠한지 자각하지 못한 것처럼 당당하게 굴었다.

환의 눈이 위험스레 반짝였다. 단정하게 앉아 반가 규수의 법도를 논하던 것은 새초롬하게 앉아 있던 어린 중전도 마찬가지였다. 그러나 소녀의 눈빛에는 의무감에 짓눌리지 아니한 선망 비슷한 감정이 담겨 있었다.

그는 의젓하게 앉아 있는 소녀가 쓴 가면을 벗겨 내어 여느 몸 가벼운 '반가 규수'와 다르지 않음을 확인하고 싶은 충동을 억누르지 못했다.

"곧 머리를 얹어야 하는 동기(童妓)가 아니더냐. 나는 네가 여기 있는 까닭이 그 때문인 줄 알았는데."

환이 입가에 비뚜름한 미소를 건 채로 유연의 턱을 가볍게 받쳐 들고 얼굴을 가까이했다. 뜻밖의 말과 행동에 유연이 하얗게 질렸다. 낯선 사내의 손이 그녀의 얼굴에 닿아 있었다. 숨결이 닿을 듯 가까운 거리에 놓인 까만 눈동자가 그녀의 얼굴을 차게 응시했다.

유연이 입술을 깨물며 사내의 손을 사나운 기세로 쳐 냈다. 세상 물정을 모르는 어린 소녀라 하더라도 동기가 무엇인지 모르지는 않았다. 그녀에게 모욕감을 주기 위한 말이 틀림없었다. 몸을 쭉 펴 곧게 앉은 환이 빙글거리며 덧붙였다.

"생각해 보거라. 반가 규수가 어찌 이 좁은 방 안에서 알지도 못하는 사내와 단둘이 앉아 있단 말이냐. 내 지금이라도 당장 네 옷깃을 헤치고 너를 안아도 아무도 제지할 수 없을 터이니, 이런 행동은 필경 사내에게 웃음을 파는 기녀의 것이 아니겠느냐."

빈정거리는 어조에 실린 말들이 유연의 마음을 쿡쿡 찌르고 날카롭게 박혔다. 대꾸할 말이 없는 것은 사실이었다.

아무리 음악 소리에 혹하고 처음 보는 낯선 풍경에 눈길을 빼앗겼어도 이런 일을 당하도록 제대로 된 저항을 하지 아니한 건 생각이 깊지 못한 제 탓이었다. 바깥에 사람이 있는 것을 믿고 낯선 남자와 단둘이 앉아 있는 행동은 조신하게 자란 숙녀가 할 일이 아니었다.

그럼에도 분했다. 호의로 건넨 말 한마디에 폄하당하고 조롱받는 것은 싫었다. 유연이 자리에서 벌떡 일어났다. 눈에 눈물이 그렁그렁하여 흐릿한 시야에 어렴풋하게 비치는 환의 형체를 쏘아보았다. 환이 느긋하게 자리에서 일어났다.

유연이 그를 따라 고개를 치켜들며 노려보고 있는 눈동자의 힘을 풀지 않은 채로 앙칼지게 쏘아붙였다.

"양반 댁 자제가 되어 기녀를 불러 노닥거릴 생각 따위나 하고 있으니 조선이 썩었다 소리가 나오는 것이지요."

"돈 몇 푼을 바라고 알지도 못하는 집에 발을 들여 낯선 사내와 노닥거리려던 반가 규수의 행실은 어찌 생각하느냐?"

여전히 환의 말투에는 조롱기가 다분하고 목소리는 여유로웠다. 조금 전에 비해 한술 더 뜬 언사에 유연의 어깨가 파들파들 떨렸다. 돈을 바라다니, 누가. 세상에는 상종하지 말아야 할 인간이 널려 있음을 실감하며 폭언을 견뎌 내지 못한 유연이 주먹을 꾹 쥐었다 펴고는 팔을 치켜들었다.

환이 그다음에 이어질 행동을 예측하는 것은 전혀 어렵지 않았다. 마음에 품은 생각을 행동으로 옮겨 보기도 전에 들어 올린 손목을 잡힌 유연이 입술을 깨물었다. 있는 대로 용기와 힘을 끌어모은 시도는 단번에 수포로 돌아갔다.

환의 눈길은 제 얼굴로 날아들려던 손에서 어린 소녀의 얼굴로 천천히 옮아갔다. 눈망울이 부풀어 오르도록 차오른 물방울을 보자 마음 어느 구석에서부터 찌르르한 엷은 통증이 밀려와 살짝 미간을 좁혔다. 조금 전까지 경탄을 담아 반짝이던 눈동자에 깃든 매서운 기운과 아로새겨진 상처의 흔적에 움찔했다.

지금껏 대개 나이가 어린 소녀들에게는 상냥하게 굴었고 나이가 찬 처녀라면 환의 빈정거림 따위는 대수롭지 않게 흘려보내는 일이 많았다. 누구에게든 눈물을 보이게 한 적은 없었다.

가슴 깊은 곳에서부터 번지는 날카로운 통증이 호의를 보인 소녀의 마음을 상하게 한 죄책감에서 비롯하는 것 같다고 생각하며 환이 입을 열었다.

"그 조그만 손으로 때린들 얼마나 아프겠느냐마는……."

유연의 눈꼬리에 매달린 맑은 물방울이 금방이라도 또르르 굴러 내릴 것처럼 위태롭게 넘실대고 있었다. 다시 한 번 환의 가슴에 기묘한 통증이 일었다.

"내 너에게 그리 쉬이 뺨을 내어 주어서는 아니 되니 막을 수밖에 도리가 없구나."

환은 유연의 반대편 손이 움찔대는 것을 발견하고는 재빠르게 남아 있는 손으로 감싸 쥐었다. 이미 한껏 감정이 상해서 열이 오른 소녀가 금방이라도 그 손을 들어 올릴 기세였기 때문이었다. 두 사람은 그렇게 마주 보고 서 있었다.

소녀의 손목은 환의 손이 한 바퀴 감고도 손가락 한 마디가 넘게 남을 정도로 가늘었다. 꼭 쥔 주먹은 그의 손안에 완전히 숨어들 정도로 작았다. 유연이 어린 탓도 있지만 본디 손이 작고 손가락이나 뼈마디 따위가 가느다란 편이기도 했다.

환이 유연의 손목을 쥔 손에서 조금 힘을 풀어내고 손목에서 손등으로, 다시 손가락까지 천천히 쓸어내렸다. 대개 환에게 손목을 쥐거나 몸을 맡겨 오던 이들은 하나같이 여인의 향기가 짙게 배어든 이들이어서 이리 조그맣고 약하게 느껴진 적이 없었다.

손목을 움켜쥐고 팔을 잡힌 채 길지 않은 시간이 흐르는 동안, 유연은 환의 손이 제 손을 감싸고 흘러내리고 있음을 깨달았다. 퍽 단단한 손에서 전하는 따스함과 미끄러지듯 옮겨 가는 느낌이 기묘하게 가슴을 두근거리게 하여 저도 모르게 살짝 눈을 내리깔았다.

유연의 손가락 끄트머리로 미끄러져 내려가던 환의 손이 뜻밖의 지점에서 잠시 머물렀다. 그의 왼손 안에 담긴 소녀의 오른손 검지와 중지 첫 마디 언저리에 굳은살이 박여 있었다. 나이가 어린 탓인지 피부가 딱딱해질 정도는 아니었으나 손등이며 손바닥을 쓸어내릴 적과는 사뭇 다른 느낌이었다.

계집아이들은 대개 수를 놓고 바느질을 하여 손끝이 단단해지는 경우가 있다고 했다. 그래서 골무를 씌워 손가락을 보호하고 바느질도 쉬이 할 수 있게 한다고 했다. 어릴 적 침방상궁이 하는 양을 몇 번 본 적 있어 알고 있는 사실이었다. 그러나 환의 손끝에 걸린 부분은 바늘귀에 짓눌린 흔적이 남기에는 애매한 자리였다.

환이 유연의 손끝을 쥔 채로 손을 잡아당겨 얼굴 가까이로 끌어왔다. 희미하게나마 묵향이 어른거리는 것 같아 잠시 눈을 들어 유연의 얼굴을 바라보았다. 언문이나 익혀 간단한 서간이나 쓰는 정도라면 손에 흔적이 남을 정도로 붓을 쥘 필요는 없었다. 반가 규수의 도리를 논하던 이 아이는 글도 쓸 줄 아는 것일까.

"묵향이 배어 있구나. 언문은 당연히 쓸 줄 알겠지만 혹 진서도 배웠느냐?"

환은 아무런 대꾸도 없이 고개를 떨어뜨리고 있어 표정을 읽어 낼 수 없는 소녀의 둥근 이마에, 묵향이 번져 나오는 손끝에 가볍게 입술을 누르고 싶은 충동이 이는 것에 당혹스러워하며 허리를 쭉 폈다.

여전히 자신의 손이 유연의 손가락 마디 끝을 어루만지고 있음을 깨닫고는 서둘러 얼굴 가까이 끌어당겨 놓은 손을 아래로 늘어뜨렸다. 그의 손 위로 온기가 가시지 않은 물방울 하나가 굴러떨어졌다. 환이 유연의 두 손을 모아 그 앞에 살짝 놓았다. 온기가 빠져나간 그의 손에 닿는 공기는 서늘하고 마음 또한 허전했다.

유연이 고개를 들어 환의 얼굴을 바라보았다. 아직 눈가가 젖어 있는 모양이 아릿하게 다가왔다.

환은 눈가에 머무르고 있는 눈물방울 위를 조심스레 훔쳐 냈다. 엷은 온기가 배어든 물방울이 손끝을 적시며 천천히 흘러내렸다.

"내가 무례하였소, 낭자."

그의 목소리가 깊은 울림과 함께 유연의 마음에 닿았다. 유연이 보일 듯 말 듯 고개를 움직였다. 끄덕임인지 도리질인지 구분할 수조차 없었다.

환이 숨을 삼켰다. 아직도 눈물 맺힌 흔적이 여실히 남은 눈가에 입술을 올려 그 흔적을 지워 내고, 앙다문 입술 위에 사뿐히 내려 앉아 엷은 숨결을 앗아 가고 싶다는 충동이 자꾸만 마음을 흔들었다. 곤란한 일이었다.

지금까지 손가락, 발가락 따위로 셀 수 없을 만큼 많은 여인을 만나고 품어 왔지만 이렇게 어린 소녀를 어찌해 보려는 마음을 품은 적은 없었다. 이해할 수 없는 감정을 다스리려 애쓰며 뒤로 물러난 환이 자리로 돌아와 단정히 앉았다.

곤란하다 여기는 것이 그뿐이 아님을 알았으면 환의 마음이 조금 더 가벼웠으리라. 다만, 그러하였다면 아마도 납득할 수 없는 충동을 행동으로 옮겼을지도 모를 일이다.

유연이 환의 모습을 눈으로 좇았다. 그저 말뿐에 불과할지도 모르는 사과 한마디에 끓어올랐던 감정이 흔적도 없이 녹아내렸다. 낮게 속삭이는 감미롭고 은근한 목소리에 굳게 다문 입매가 느슨해지고 상종도 못 할 인간이라는 생각 따위는 처음부터 하지 않았던 것처럼 마음에서 지워지고 있었다. 진정 곤란한 일이었다. 사람은 그 내면이 중요하니 겉모양에 현혹되어서는 아니 된다는 책 내용에 항상 공감했었는데 지금의 마음은 왜 이러한 것일까.

"이제 그만 앉으시오. 내 잘못하였소."

그의 목소리가 마치 다리의 힘을 풀어 놓기라도 한 것처럼 유연이 자리에 스르르 앉았다.

"게 아무도 없느냐."

"찾으셨사옵니까."

문이 채 열리기도 전에 먼저 튀어나온 대답은 희봉의 것이었다. 아가씨를 대령해 놓았으니 염려할 것 없다 생각하고 있다가 덕해에 이어 박 상궁까지 걱정을 늘어놓자 조바심이 일어 말이 앞섰다.

희봉은 문을 열며 생각했다. 분명 전하께오서는 용안을 저쪽 벽을 향한 채 시선도 주지 않고 아가씨를 뫼셔다 드리라고 명을 내리리라. 조금 떨어져 있어 정확히는 알 수 없었지만 웃음소리가 아닌 언성이 흘러나온다면 좋은 것일 리가 없었다. 그러면 어찌할 줄 모른 채 손으로 치맛자락을 쥐어뜯고 있을 어린 소녀를 이끌고 나오면 그만이었다.

상대가 마음에 차지 아니하여 던지는 질책의 말은 시간이 없어 어찌할 수 없었다는 말로 덕해가 무마해 줄 것이다.

그러나 희봉의 눈앞에는 전혀 다른 풍경이 펼쳐져 있었다. 소녀는 아까와 다를 바 없이 그린 듯 우아한 자세로 앉아 있었다. 환이 심상한 표정으로 명을 내렸다.

"다담상을 들이거라."

"예에……에?"

습관처럼 대답을 길게 늘어뜨리던 희봉은 명의 뜻을 깨닫자마자 말꼬리를 올렸다. 되묻는 것 따위는 결코 해서는 아니 되는 일이지만, 환의 곁을 지킨 지 제법 오래인 그로서도 짐작하지 못한 일이어서 멍하니 선 채로 눈만 끔벅거렸다.

"찻상이라도 올리란 말이다. 설마 벌써 귀가 먹었는가."

"예, 예."

희봉은 심히 당황해서는 소리 나지 않게 조심하는 것도 잊은 채 문을 탁 닫아 버렸다. 어설픈 모양새로 뒤로 주춤거리며 물러나는 희봉을 의아하게 보던 박 상궁이 몇 발짝 다가왔다.

"무슨 일입니까?"

"다담상을 들이라 하시는데……."

박 상궁의 눈에 의구심이 남기는 것을 보며 희봉이 고개를 저었다.

"설마……."

박 상궁이 말을 하려다 말고 입을 다물었다. 그래도 무슨 말을 하려 들었을지 짐작할 수 있는 희봉이 단호하게 고개를 가로저었다.

"분위기로 보아 전혀 그런 것 같지 않았소. 품으려 들기에는 너무 어리기도 하지만 집안이 아무리 가난하여도 반가 규수는 기녀와 다르지. 자칫 실수하기라도 하면 일이 걷잡을 수 없게 커진다는 것을 전하께서 모르실까."

"하면 다담상을 들여 담소라도 나누실 작정인 것 같았습니까? 정녕?"

"그리 궁금하면 직접 뵙고 여쭤 보오."

희봉이 툴툴거렸다. 어느 틈엔지 곁에 다가와 선 덕해가 대화를 끊으며 저만치에 있는 궁인 하나를 손짓으로 불러냈다.

"필요 없는 소리들만 지껄이다 상을 늦게 들이면 그 감당은 또 어찌하려고?"

덕해가 궁인에게 상을 들이도록 이르는 동안 박 상궁은 꼭 닫힌 방문을 물끄러미 바라보았다. 지금껏 불꽃으로 날아드는 어리석은 나방 같은 처녀들을 안타깝게 여기거나 염려한 적은 단 한 번도 없었다.

하지만 어리고 순진한 저 조그만 소녀만큼은 예외였다. 저 아이는 상대방이 누구인지는 알까. 전하께는 다만 하루 한때의 유흥에 불과할 것인데 어린 마음에 지울 수 없는 생채기가 생기지는 않을까.

우두커니 서 있는 사이 작은 다과상이 그녀의 곁을 스치는 것을 보고 궁인을 붙잡았다. 그의 손에 들린 상을 빼앗다시피 받아 들고 궁인이 열어 주는 문을 통해 무슨 일이 일어나는지 알 수 없어 꺼림칙한 방 안으로 발을 들였다.

문이 열리는 소리에 방 안에 있던 두 쌍의 눈동자가 그녀를 향했다. 소녀는 아까 앉혀 놓은 손님의 자리에 그린 듯한 자태 그대로 앉아 있었고, 주인의 자리에 앉은 환의 입가에는 보기 드문 미소가 맺혀 있었다. 박 상궁은 그녀가 염려할 만한 일이 일어나지 않았음을 조심스레 확신하며 상을 놓고 물러났다.

환과 유연의 사이에 상이 놓였다. 제사나 혼례 때가 아니라면 좀처럼 볼 수 없는 꽤 여러 종류의 유밀과며 철을 잊은 것 같은 과일이 놓여 있는 모양에 유연이 눈을 동그랗게 떴다. 유밀과는 사치스럽기 때문에 여염에서는 특별한 때가 아니면 구경도 할 수 없도록 금지되어 있었다.

집안이 풍족하고 세도가 있으면 예외일 수 있겠지만 유연의 아비는 고지식한 데가 있어 그 철칙을 굳게 지키고 있었다. 살림이 빈곤하지는 아니하나 썩 여유롭다 할 수 없고 관직에 올라 있어도 지위가 높지 않기에 그런 것이지도 모르지만.

"드시지요."

과하게 공손한 말투는 반쯤 놀리는 듯 미미한 웃음기를 머금고 있었지만 유연은 그것을 알아차리지 못한 척 대답하지 않고 찻잔을 손으로 감싸 쥐었다.

웅장하고 호화로운 저택, 담 안을 떠도는 우아한 음악 소리, 은은한 향기가 감도는 고상한 분위기의 방, 앞에 놓인 다담상, 그리고 그녀의 몸에 겹겹이 둘려 있는 부드럽게 감기는 옷. 모두 유연의 상상을 뛰어넘었다.

유연은 새삼 여기가 어디인지 앞에 앉아 있는 고운 용모를 지닌 사내가 누구인지 궁금한 마음이 일었다. 그러나 입에 올리지는 않았다.

지금은 그녀의 비위를 맞춰 주려는 듯 상냥하고 친절했지만 그 질문을 입에 담는 순간 다시 행실 나쁜 계집아이라며 아까의 기억을 상기시켜 줄지도 모르니까.

"아직도 화가 났습니까?"

유밀과보다도 달콤하고 입안에 머금은 찻물보다 따스한

목소리에 유연이 고개를 흔들 뻔했지만 꾹 참아 내고 입술에 조금 더 힘을 주었다. 고개를 들어 눈앞의 사내를 바라보는 것은 생각도 하지 않았다. 그랬다가는 용모에 몹시 약한 제 마음이 그 모든 결심을 잊고 흐무러질 게 분명했다. 환이 말을 이었다.

"누이처럼 다정히 대해 주려 하였는데, 실수했소."

"선비님께서는 기녀를 누이로도 삼으십니까."

새초롬한 유연의 대답을 들은 환이 빙그레 웃었다. 태도가 썩 호의적이라고 할 수는 없어도 입을 열었다는 건 마음이 조금 풀렸다는 뜻이었다.

"그건 그저 당돌한 아가씨에게 건넨 농이었소."

"지나치셨습니다."

"하지만 누이처럼 여기고픈 마음은 진심이니, 누이를 대하듯 그리 편히 이야기하는 것은 아니 될 일이오?"

부드러운 환의 목소리가 유연의 귓가를 간지럽혔다. 유연이 눈을 들어 그의 얼굴을 바라보았다. 같은 실수를 두 번이나 반복했다.

눈망울에 미소를 머금은 저 얼굴을 보지 말았어야 했다. 귓전에 감겨 떠날 궁리를 않는 다감한 목소리를 들으면서 싫다 소리를 내뱉는 일 따위는 할 수도 없고 나오지도 않았다. 유연은 다시 한 번 외모에 몹시 약한 저의 가볍고 천박한 마음을 탓했다.

"뜻대로 하십시오."

유연이 부러 쌀쌀맞게 대꾸하고는 찻잔을 들어 입술 위에 가져다 대었다. 코끝에 스미는 진한 향과 함께 입안으로 흘러든 따스한 액체가 몸 안으로 번져 가는 느낌이 좋아 저도 모르게 미소했다.

눈으로만 보아도 달콤함이 뚝뚝 묻어나는 유밀과와 싱그러움 가득한 과일은 눈으로만 즐기기로 했다. 지금 외간 사내와 단둘이 앉아 있는 모습도 옳다 할 수 없지만 그 과자며 과일 따위를 집어 들면 재청의 따가운 눈초리가 느껴질 것 같은 기분이 들기 때문이었다.

유연이 찻잔에서 입술을 떼기를 기다렸다가 환이 물었다.

"아까 답을 듣지 못하였는데 문자를 배운 적 있느냐?"

곧바로 하대하는 환을 향해 유연이 눈을 살짝 흘겼다. 뜻대로 하라고 대답하는 목소리에 미미하게 냉기를 담았지만 어쨌든 자신이 허락한 것이니 그것을 두고 무어라 할 수는 없었다.

유연은 목소리를 내어 대답하는 대신 방 안을 둘러보았다. 유연의 눈길이 벽에 붙여 놓은 서안과 그 옆에 놓인 필묵 따위에 머무르는 것을 본 환은 자리에서 일어나 친히 서안을 끌어다 놓고 문방사우를 갈무리하는 수고를 마다하지 않았다.

준비가 끝난 서안 앞에 유연이 단정하게 앉았다. 붓을 세워 들고 가볍게 호흡을 가다듬는 그 모습을 환이 지켜보고 있었다. 유연이 문득 고개를 돌려 환의 얼굴을 바라보더니 뜻 모를 미소를 머금었다. 이윽고 가느다란 손가락 사이에 걸린 붓이 조금의 망설임도 없이 대범하게 획을 긋기 시작했다.

學而時習之 不亦說乎

마지막 획을 삐진 뒤 신중하게 붓을 들어 올린 유연이 낭랑한 목소리를 냈다.

"학이시습지면 불역열호아, 배우고 때때로 익히면 또한 즐겁지 아니한가."

유연이 단정하게 두 줄로 늘어놓은 문구를 본 환의 입가에 미소가 걸렸다. 학이편은 논어를 익힐 때 가장 먼저 접하는 첫 편이고, 소녀가 적어 낸 글은 그중에서도 가장 첫 번째 글귀였다. 학이편을 학이편(學而篇)이라 이르는 것은 유연이 적어 내려간 첫 두 글자에서 유래한 것이었다.

"네게 글을 일러 주는 이가 있더냐."

"여인도 사람일진대 법도를 알고 도리에 맞게 행하려면 배워야 하지 않습니까."

유연의 목소리에는 아직도 새침한 데가 있었다. 유연이 적은 글은 천자문 정도만 익혀도 읽고 쓸 수 있을 쉬운 글자들로 이루어져 있었다.

논어는 글줄을 읽기 시작하면 누구나 배우는 것이기도 했다. 다만 그 논어의 구절이 계집아이의 손끝에서 나온 것이 의외였다. 반가 부녀가 읽는 책이라야 기껏 소학이나 내훈이 아니라면 언문으로 된 서책 정도 아니던가.

"계집아이에게는 쉬이 가르치지 아니하는 글이다. 너는 이 글의 출전을 알고 있느냐."

"모릅니다."

환의 질문에 유연이 쑥스러운 듯 웃었다.

"식견이 얕고 소견이 좁으니 어려운 글은 이해하지 못합니다. 겨우 쉬운 문자나 깨치고 문인들의 시구나 글자의 뜻만 보며 더듬거리는 정도입니다. 다만 이 구절만큼은 아버지께서 늘 일러 주시는 것이어서 알고 있사옵니다."

유연의 손에 잡힌 채로 벼루 위에서 먹물을 머금었다 흘려 내기를 반복하는 붓끝의 움직임은 마음에 이는 아쉬움을 드러내고 있는 것처럼 보였다. 아랫입술을 살짝 내민 채로 머뭇거리고 있는 유연의 모습을 바라보던 환이 아무런 말없이 종이를 제 편으로 돌려놓고는 붓을 빼내어 옮겨 쥐었다.

손가락 끝이 살짝 스쳤을 뿐인데 손끝에서 팔을 타고 마음까지 흘러드는 기묘한 파문에 유연이 얼른 손을 떼었다. 그 탓에 붓이 흔들리며 조그만 먹물 방울을 벼루 근처에 점점이 흩뿌려 놓았다.

환이 전혀 개의치 않고 유연이 늘어놓은 글자 옆에 붓을 올렸다. 유연의 필체는 어린 소녀치고는 퍽 대범하고 시원스러운 데가 있었으나 힘이 부족하기 때문인지 선이 가늘어 흔들거리는 느낌이 있었다. 그러나 그 옆에 늘어서기 시작한 글자들은 유연이 적은 것에는 비할 수 없이 힘차고 단호한 느낌을 주는 것이었다.

有朋自遠方來 不亦樂乎

유붕자원방래 불역락호, 벗이 멀리서 찾아 주니 또한 즐겁지 아니한가.

소리는 내지 않은 채 입술을 달싹이며 유려하게 흘러가는 글자들을 몇 번이나 음미하듯 읽어 가던 유연이 문장의 뜻을 바르게 이해했다는 확신을 갖자마자 고개를 들어 환의 얼굴을 바라보았다. 그의 눈에 담긴 뜻을 읽어 내려는 것처럼 보이는 소녀의 또렷한 눈망울을 마주하던 환이 천천히 입을 열었다.

"네게 전하는 내 마음이다."

유연이 도로 종이 위로 시선을 떨어뜨렸다. 문장의 모양도 내용도 꼭 대구를 이루고 있으니 틀림없이 그녀가 적어 간 그 글귀에 이어지는 것이리라 생각하면서도, 퍽 그윽한 목소리로 '네게 전하는 내 마음'이라 속삭이는 걸 들으니 진짜 그러하였으면 좋겠다는 희미한 기대감이 피어올랐다. 그러나 그 말이 진심인지는 아무래도 알 수 없어 다시 고개를 들었다.

제 얼굴을 무구한 눈빛으로 바라보는 유연을 보던 환이 웃음을 터뜨렸다. 누군가의 눈길을 이렇게 대놓고 오래도록 받아 보는 것은 꽤나 오랜만의 일이었다.

아마 이 소녀가 남들이 알면 기함할 만한 불경을 저지르고 있다는 사실을 모르기 때문에 가능할 것이다. 굳이 그의 지위를 생각하지 않더라도 사내의 눈을 똑바로 맞바라보는 계집아이도 흔치 않기는 하였다.

환의 웃음소리가 의미하는 바는 명확하여 유연이 새침하게 고개를 돌렸다.

"그리 실없이 행하시니 존경받는 군자가 되기는 애당초 그른 일이시겠습니다."

그녀의 앞에 앉아 있는 이는 장성한 사내였다. 사내로 태어나면 부인 외에 첩을 여럿 두어도 기녀라든가 신분이 낮은 여인을 몇이나 품어도 흠이 되지 아니했다.

눈앞의 선비는 허름한 차림을 하고 있던 조그만 계집아이가 부드러운 천으로 지어 낸 화려한 옷을 입고 앉아 있을 수 있게 할 정도로 부유하기도 했다. 방탕한 사내가 어린아이를 희롱하는 것에 지나지 않는다. 그럼에도 저 용모에 혹해서 제대로 화도 내지 못하고 고개나 살짝 꼬는 제 모습은 우습기 짝이 없었다.

"군자라."

환이 빙긋 웃으며 잠시 내려놓았던 붓을 다시 들었다. 자신이 쓴 글귀 옆에 다시 두 줄을 덧붙여 놓고는 생각에 잠겼다.

人不知而不慍 不亦君子乎

남이 알아주지 않아도 노여워하지 않으면 또한 군자가 아니겠는가. 환은 세상이 그를 알아주지 않음에 분노하지 않으며 누가 알아주기를 원하지도 않았다. 다만 제 뜻을 조금도 펼 수 없는 허수아비나 다름없는 존재임은 한스러웠다.

영의정을 일러 일인지하 만인지상(一人之下 萬人之上)이라 한다지만 그 한 사람이 자기 자신인 것 같지는 않았다. 오히려 영의정 아래의 만인 중에서도 눈에 띄지 아니하는 저 구석에 숨죽이고 웅크린 게 아마도 그 자신이지 않을까 싶었다.

아니, 그를 알아주지 않음에 분노하지 아니한다는 말은 거짓이었다. 누구보다도 성군이 되고 싶은 그 자신의 뜻을 외면하는 세상에 분노하다 지쳐 이렇게 조그만 어린 소녀나 희롱하는 탕자가 되어 있는 것이었다.

환이 아무짝에도 쓸모없을 생각을 털어 내려 애쓰며 눈앞에 앉은 소녀를 바라보았다. 생각에 잠겨 있던 그의 얼굴을 유연이 바라보고 있는 모습을 발견하고는 붓을 내려놓았다.

"네 말대로 군자가 되기는 글렀는지도 모르겠지만……."

목소리에는 여전히 웃음기가 어려 있었으나 얼굴에 떠오른 제법 진지한 표정은 조금 전까지 어린 소녀에게 짓궂은 농담을 건네던 이와 같은 사람이라고 생각하기 어려울 정도였다.

환은 유연이 조금 더 쉬이 읽을 수 있도록 종이를 빙글 돌리며 먼저 썼던 가운데 글귀를 다시 짚어 보였다.

"이것을 대구라고만은 할 수 없으니 내 오늘 너를 만나게 됨이 좋은 벗을 얻는 이상의 인연이라고 믿기 때문이니라."

이번에야말로 유연의 얼굴이 화끈 달아올랐으나 분칠로 덮어 놓은 볼은 낯빛의 변화를 제대로 드러내지 못했다. 마음을 감추려 더욱 새초롬한 표정을 짓고 있는 소녀를 귀여운 듯 바라보는 환의 귀에 바깥의 부산스러운 움직임이 들려왔다.

이후에 벌어질 일 따위 눈을 감고도 훤히 알 수 있을 것 같아 얼굴을 찌푸린 채로 자리에서 일어났다. 몇 발짝만에 방을 가로질러 제 앞을 막고 있는 문을 열었다.

"전……."

"무슨 일이냐."

환은 아무 생각 없이 평소처럼 그를 부르려는 희봉의 목소리를 덮어 내듯 큰 목소리로 물었다. 모습을 드러내고 있든 감추고 있든 여기에 있는 이들 중 그의 정체를 모르는 이는 아무도 없었으나 방 안의 소녀만큼은 예외였다.

잠시 머물 뿐 다시는 올 리 없을 어린아이가 그에 대해 깊이 알아서 좋을 것은 없었다. 희봉이 제 실수를 깨닫고는 서둘러 말을 바꾸었다.

"그러니까, 어서 들어오시라는 마님의 전갈이옵니다."

"알겠다."

환이 짧게 한숨을 내쉬었다. 언제나 같은 방식으로 찾아오는 작별의 시간인데도 기묘하게 마음에 아쉬움이 일었다. 몸을 반쯤 돌리고 조금 전 떠나온 자리를 바라보았다. 어느샌가 자리에서 일어나 그를 향하여 서 있는 소녀와 눈이 마주쳤다.

"내 긴한 일이 생겨 이만 가 보아야 하겠구나. 다시 만날 수 있겠느냐."

제 입술에서 흘러나왔지만 그 자신조차도 이해할 수 없을 만큼 충동적인 말이 덧붙었다. 어리둥절한 얼굴로 서 있는 소녀가 마치 고개를 끄덕이기라도 한 것처럼 싱그러운 미소를 머금고 돌아섰다. 매번 이렇게 먼저 돌아설 때마다 마음 구석에서 고개를 들던 불유쾌한 감정 대신 사랑스러운 소녀의 동그란 눈망울이 그의 등 뒤에 따라붙었다.

"어디로 모실까요, 아가씨? 남산골이라고 들었습니다
만⋯⋯."

"아니오, 거기 말고⋯⋯."

유연이 가마 안에 앉은 채로 조그만 창 너머에서 들려오는
목소리에 천천히 생각을 가다듬었다. 그녀가 걸어온 길을 머
릿속으로 되짚어 보다가 집에서 조금 떨어진 어느 지점을 떠
올렸다.

구체적인 장소를 짚지 않은 두루뭉술한 지리 설명이었지
만 가마를 짊어지고 다니는 데 이골이 난 자는 쉽게 알아들
어 고개를 끄덕이고는 물러났다. 가마가 바닥에서 떠오르는
것을 느끼며 작은 창을 닫았다.

유연이 천천히 손을 들어 올렸다.

이마 위를 가볍게 짚은 손은 정수리를 지나 매끈하게 빗
어 하나로 땋아 늘어뜨린 머리칼 끄트머리에 매달린 댕기를
쓸어 냈다. 고개를 조금 떨어뜨리자 연미색에 가까운 수수한
의복이 보이고 먼지 묻은 치마 아래쪽으로 허옇게 흙먼지를
뒤집어쓴 신코가 어렴풋하게 드러났다. 나올 적과 다르지 않
은 차림이었다.

그러나 그 소박한 치마 한가운데에는 호사스러운 각낭이
놓여 있었다. 차림새와 전혀 어울리지 않아 비현실적이기까
지 한 조그만 주머니가 조금 전까지 그녀가 겪은 일이 백일
몽을 꾼 것도, 환술에 홀린 것도 아님을 알려 주고 있었다.

"가져가십시오, 아가씨. 항시 그래 왔던 것입니다."

엄격한 얼굴을 한 여인의 목소리가 퍽 단호하여 엉겁결에
받아 들기는 하였으나 그것을 집에 가져갈 생각은 없었다.
출처를 물으면 대꾸할 수 없는 물건이다.

그저 범상한 외출이 아니었음을, 어린아이여서 용서될 수
있을지는 몰라도 결코 향기로울 수 없을 시간이 흘렀음을 증
명해 버리는 것이기도 했다. 그 모양을 보고 있으면 엄격한
여인의 목소리보다 더욱 준엄하게 울리는 다른 목소리가 귓
가에 선연했다.

"돈 몇 푼을 바라고 알지도 못하는 집에 발을 들여 낯선 사내
와 노닥거리려던 반가 규수의 행실은 어찌 생각하느냐?"

유연이 주머니 끝의 매듭을 손가락 두 개로 집어서는 제
뒤쪽의 남은 공간으로 던지듯 떨어뜨렸다. 제법 묵직한 주머
니 속에서 어렴풋하게 절그렁거리는 소리가 들렸지만 가마
의 흔들림과 바깥의 소란에 파묻혀 흐릿하게 지워졌다.

한결 가벼워진 치마폭 위에 얌전하게 포개 놓은 손가락에
낯선 흔적이 보였다. 유연이 손을 들어 얼굴 가까이로 가져
왔다.

새로 생긴 까만 먹물 흔적이 점처럼 손가락 위에 남아 있었다. 제 글씨가 못났다 생각한 적 없었으나 힘차고 유려하던 사내의 것에 비하면 힘없이 하늘거리기만 한 모습이었다. 그 하느작거리는 글 옆에 다정하게 늘어서던 글자들을, 그 글귀를 맺은 뒤 이어지던 달콤한 목소리가 다시금 귓가에 울려 왔다.

"내 오늘 너를 만나게 됨이 좋은 벗을 얻는 이상의 연이라고 믿기 때문이니라."

거짓말. 유연이 몇 번이고 반복될 것 같은 목소리를 걷어 내려 애썼다. 옥골선풍이라는 말이 마치 그를 두고 만들어진 것처럼 고운 용모를 지닌 사내는 그 말을 맺기 무섭게 자리에서 일어나 우아하게 돌아섰다.

"다시 만날 수 있겠느냐."

"다시는 만날 일이 없겠지요."

대답을 재촉하듯 계속해서 주변을 맴도는 목소리를 견디다 못한 유연이 아주 작은 목소리로 늦은 대답을 했다. 돈주머니를 쥐어 준 여인은 이런 일이 자주 있었던 것처럼 이야기했고 소녀의 마음을 쥐락펴락한 사내는 이렇게 어린아이에게 연연해할 것 같지 않았다.

그 이상스러운 곳에서 썩 오랜 시간을 보낸 것 같지 않은
데 이미 해가 제법 기울어 있었다. 달포 넘게 금족령이 내린
대도 할 말이 없었다.

처음에 계획했던 대로 몸종을 대동하고 집을 나설 수 있게
되더라도 그 거대한 저택은 양반 댁 아가씨에게 허락되는 외
출의 범위를 넘어선 곳이었다. 어떤 식으로 생각을 해 보아
도 결국 도달하는 결론은 하나였다.

조금, 외로운 마음이 들었다.

가마가 흔들렸다.

"도착했습니다, 아가씨."

문이 위로 걷어 올려졌다. 유연이 얼른 가마에서 빠져나왔
다. 가마 문을 내리던 사내가 안쪽에 무언가 남아 있는 것을
보고는 눈썹을 찌푸리고 들여다보다 고개를 갸우뚱했다. 기
울어 가는 불그스름한 햇살이 비쳐 들어 본디의 화사한 빛깔
을 잃은 주머니만 외로이 그 안에 머무르고 있었다.

유연이 치맛자락을 모아 쥐고 달렸다. 머리칼을 나풀거리
며 뛰어가는 동안 눈을 홀리던 사내의 고운 용모도, 귓전을
울리던 상냥한 목소리도 바람결에 흩어졌다. 그러나 손목을
휘감고 있다가 손등이며 손가락 위를 느릿하게 흘러가던 손
길의 여운은 지워지지 않았다.

저 멀리서 몇 개의 그림자가 부산하게 돌아다니는 모습이 보였다. 유연을 먼저 발견한 이들이 한목소리로 부르며 다가왔다.

"아기씨."

"아기!"

익숙한 이들의 모습에 유연이 그 자리에 멈추어 섰다. 안절부절 어찌할 바를 모르는 삼월이에 이어 걱정 가득한 사람들을 지나 신 씨의 얼굴로 움직여 갔다.

늘 흔들림 없던 어머니의 얼굴에 수심이 가득한 것을 발견하고는 팔을 뻗었다. 금방이라도 눈물을 쏟아 낼 것 같은 표정의 신 씨가 몸을 구부려서는 전에 없이 세차게 유연을 끌어안았다.

"아가, 대체 어딜 다녀왔니."

안도감이 가득 담긴 떨리는 목소리를 들은 유연의 눈망울에 윤기가 돌았다. 신 씨의 어깨에 얼굴을 파묻었다. 천을 비집고 촉촉한 온기가 배어드는 것을 느끼며 신 씨가 어깨를 다독였다.

"생전 혼자 나가지 아니하더니…… 너를 잃는 줄 알았단 말이다. 길이라도 잃었던 모양이구나. 너도 무서웠던 게지, 응?"

다정한 손길에 눈물이 그칠 줄 모르고 흘러나왔다. 무엇이 그리도 서러운지 유연으로서는 깨달을 수 없었다. 차마 입

밖에 낼 수 없는 말만 마음으로 되뇌었다.

   '마음이 예전으로 돌아오는 길을 잃어버린 것 같아요, 어머니.'

둘

꽃바람의 뒤를 밟어

먹물을 진하게 풀어 놓은 것처럼 새까만 하늘에는 휘영청 달이 밝았다. 별까지 집어삼킨 휘황한 달빛은 줄지어 앉은 어처구니를 적시고 기왓장 위를 데구르르 굴러 처마 끄트머리에 아슬아슬하게 매달렸다.

아직 차가운 기가 가시지 않은 바람이 처마 끝을 훑고 지나갈 때마다 영롱한 달빛이 판판하게 다듬어진 돌 위로 뚝뚝 흘러내렸다. 비가 내린 지 제법 오래된 터라 바닥은 버석거린다 싶을 정도로 메말라 있었으나 저편에서부터 울려오는 발소리에는 찰방이는 물기가 섞여 드는 느낌이 들었으니, 필시 달빛이 바닥에 깔린 탓이었다.

"전하."

침전인 희정당(熙政堂)과는 전혀 다른 방향으로 향하는 환의 뒷모습에 대고 허리를 잔뜩 구부린 언이 조심스러운 목소리를 냈다.

아무것도 듣지 못한 척 태연하게 걸음을 딛는 모습을 보며 자칫 불경스럽게 들릴지도 모를 한숨을 삼키고 다시 한 번 목소리를 조금 높였다. 처음 부를 적에 듣지 못하는 시늉을 하는 것은 으레 있는 일이었다.

"전하."

환이 그제야 걸음을 멈추고 몸을 반쯤 돌렸다. 달빛에 젖어 든 옷자락이 우아하게 나풀거렸다. 언은 살짝 고개를 들었다가 환의 시선이 자신에게 향해 있음을 발견하고는 얼른 고개를 숙였다. 용음이 들려오지 아니하여도 자신을 보고 있는 이상 부른 연유는 고해야 할 터였다.

"소요를 즐기기에는 밤이 이미 깊었사옵니다. 침전은 저쪽……."

환이 얼굴을 찌푸리고는 언의 굽은 등을 내려다보다 삐딱한 어조로 물었다.

"설마 과인이 길이라도 잃었을까 염려하는가."

"아니옵니다."

"왕의 걸음에는 다 뜻이 있기 마련이니 더는 말하지 말라."

비아냥 조의 말에 이어진 단호한 명을 듣자마자 젊은 내관은 입을 꾹 다물며 고개를 더욱 조아렸다.

내일 아침의 상참부터 줄줄이 이어지는 행사는 어찌할 셈이냐는 말 따위는 대번 목구멍으로 도로 기어들어 갔다. 그러나 그대로 뒤따르기에는 마음이 썩 편치 않아 결국은 다시 입을 열고야 말았다.

"하오나 전하, 전일 어의가 이르기를……."

"제 몸 하나 건사하기도 어려울 것처럼 늙어 빠진 자의 말을 믿으라는 것이냐."

환의 목소리에 짜증이 묻어났다. 여색을 가까이하지 말고 옥체를 보전하시라는 말은 어의는 물론이고 늙은 대신들도 입버릇처럼 하는 말이었다.

한창 혈기 왕성한 젊은이에게 그따위 충고를 늘어놓을 셈이면 저들부터 당장 집에 들어앉힌 첩과 기방에서 끼고 도는 기생부터 치워야 하리라. 언은 더 말을 붙일 생각도 하지 못한 채 묵묵히 그 뒤를 따르기 시작했다. 환이 별것 아니라는 듯 가벼운 어조로 말을 꺼냈다.

"다음번에 과인의 뒤를 따를 적에는 일산이든 용선이든 준비토록 하여라."

따갑게 내리쬐는 햇살과 달리 달빛은 희미하고 부드러워 굳이 가려 낼 필요는 없었다. 언뜻 이해하기 어려울 그 말을 들은 언이 하늘을 올려다보았다.

잔뜩 몸을 불린 채 하늘 높은 곳에 걸려 부드러운 빛을 내리비치는 달이 그들의 꼬리를 밟듯 뒤편에서 따르고 있었다.

찬 달은 기울기 마련이니 곧 눈에 띄게 그 몸을 줄여 갈 것이다. 그제야 언은 환의 그림자가 줄곧 그가 가는 방향으로 늘어져 있었음을 깨달았다.

'아직도…….'

언은 이번에야말로 입을 열면 환이 역정을 내리라는 사실을 깨닫고는 입술을 더욱 굳게 다물었다. 여전히 달빛은 온 세상을 채울 듯 넘실거리는데도 돌바닥 위에 흩뿌려진 모래가 밟혀 버스럭거리는 소리가 유난히 귓전을 긁어 댔다.

희미한 등잔불이 어렴풋하게 밝히고 있는 방 안에 앉은 여인이 입술 꼬리를 슬그머니 올리며 거울 안을 들여다보았다. 산을 그린 것 같은 눈썹부터 붉은 입술에 이르기까지 어느 하나 부족함이 없었다.

머리를 곱게 빗어 땋아 내리는 것을 마지막으로 여인이 좌경을 닫고 자리에서 일어났다. 고운 얼굴이며 침의 안쪽으로 어렴풋하게 드러나는 부드러운 몸매는 스스로도 자랑스럽게 여기는 것이었으니 화용월태란 이러한 모습을 이르는 것이 틀림없었다.

스스로에게 도취된 여인은 피부가 그대로 비치는 얇은 침의와 완벽하게 단장한 얼굴이 조화롭지 못하다는 점을 미처 깨닫지 못했다.

함께 방을 쓰는 나인은 오늘까지 들어오지 않는다. 본디

해가 떠오르기 직전이 가장 어둡다 하였으니 하루가 멀다 하고 여인을 품던 사내의 걸음이 뜸하였던 것이 도리어 좋은 징조라 할 만했다.

'이제 오시기만 하면……'

궁인의 몸이 되어 바랄 수 있는 사내는 오로지 하나뿐이었다. 상감마마라는 존재는 하찮은 궁녀에게 있어 오르지 못할 나무처럼 느껴지기도 했지만 거짓말을 조금 보태면 단 하루도 여인을 품에 안지 아니하는 날이 없다는 임금이었다.

승은을 입는 것이 쉬운 일은 아니었으나 고작 한 번으로는 누구에게 자랑조차 할 수 없을 정도로 흔한 일이기도 했다. 승은을 입기만 해도 상궁이 되고 어깨에 힘을 줄 수 있는 시절이 아님이 아쉽다가도 그렇기에 저 같은 것도 한 가닥 희망을 가질 수 있음을 위안 삼곤 했다.

하룻밤의 인연으로 옹주라도 낳으면 다른 궁인들로부터 숙원마마 소리를 들을 수 있을 것이고 왕자군을 낳으면 중전마마 다음가는 빈(嬪)의 자리에 오르는 것도 어렵지 않으리라. 제 배로 낳은 아들이 대통을 잇기만 하면 중전 못지않은 귀한 몸이 될 것이었다.

여인은 아직 용안조차 제대로 본 적 없음에도 그 생각만으로 가슴이 벅차오르고 얼굴이 달아오르는 기분이라 뺨 위에 손을 가볍게 얹었다. 공기가 싸늘한 이른 봄인데도 열이 쉬이 가라앉지 않아 부채질을 해 댔다.

손끝에서 이는 바람 사이로 묵직한 발걸음 소리가 들려왔다. 여인이 경망스럽던 손동작을 딱 멈추었다. 하늘이 그녀를 돕고 있는 것이 분명했다. 힘이 실린 걸음이 점점 가까워지는 것 같아 숨을 죽이니 두방망이질 치는 심장 소리만 요란하게 귓가에 울려왔다.

'잠시만, 잠시만. 아니, 지금인가.'

여인은 가슴의 떨림이 고스란히 옮아 버린 손으로 문을 더듬다가 그만 발을 헛디디고 말았다. 몸이 기울어지며 손으로 문을 짚었다. 닫아걸지도 아니한 힘없는 문이 스르륵 열렸다.

바닥에 꼴사납게 엎어지는 모습을 상상하며 여인이 이를 악물었다. 제아무리 꽃처럼 단장하였어도 그런 모습으로 발견되어서야 웃음거리가 될 것이고 날이 밝으면 다른 이들의 입방아에 오르내리며 놀림거리가 되는 것을 피할 수 없을 터였다.

'다 틀렸어.'

그러나 좌절은 아직 일렀다. 차가운 바닥에 엎어져 손바닥이 얼얼해지고 무릎에 멍이 드는 대신, 꽤 단단한 손아귀에 팔이 잡히고 이어 어깨에도 비슷한 느낌이 닿았다.

"조심성이 없구나. 무수리였으면 벌써 물동이를 여럿 깨뜨려 호되게 꾸지람을 들었을 게야."

듣기 좋은 사내의 음색에 여인의 가슴이 두근거렸다. 황망한 눈길이 사내의 몸을 타고 올라 황홀한 음성을 만들어 낸 입술을 지나고 기어이 밤하늘보다 깊은 눈동자까지 닿았다.

용안을 빤히 바라보다니 아니 될 일이었다. 당장 경을 치게 되어도 할 말이 없을 만큼 무례한 행동이었다. 몇 번이고 되뇌어 보아도 그 까만 눈동자에 홀려 든 여인의 눈길은 도무지 움직일 생각을 하지 않았다.

멀뚱한 눈길로 여인을 바라보던 환은 밤 깊은 시간에 어울리지 않게 분칠을 곱게 한 얼굴과 계절을 한참 앞서 나가는 얇은 침의 사이의 부조화를 눈치챘다. 그의 입술이 매끈하지만 살짝 비뚜름한 미소를 그려 냈다.

여인이 넘어지지 않도록 팔을 잡아챘던 환의 손이 헐거워지더니 얇은 적삼 위를 스쳐 어깨 위에 닿았다가 그대로 미끄러져 내렸다. 얇은 천 조각을 사이에 둔 피부의 접촉은 맨살이 닿는 이상으로 노골적인 데가 있어 여인이 짧게 숨을 들이쉬었다.

"이 차림으로 과인을 미혹할 셈이었구나."

얼굴에 떠오른 미소와 울려 나온 목소리에 따스한 기색은 없었으나 목소리 자체가 머금고 있는 달콤함이 그 모든 것을 가려 냈다. 여인이 고개를 떨어뜨리며 수줍은 듯 몸을 꼬았다. 어깨를 잡힌 채로 주춤거리며 뒷걸음질을 치는 여인에 이어 훤칠한 사내의 모습이 열린 문틈으로 사라졌다. 문을 닫는 것은 그 뒤를 그림자처럼 따르며 모든 장면을 눈에 담은 내관의 몫이었다.

　제 방인데도 머뭇거리는 여인과 자신의 처소가 아님에도 망설임이 없는 사내의 발길은 바닥에 깔린 금침에 걸리자 그 대로 내려앉았다.

　떠밀린 것인지 자신의 의사였는지도 모른 채 요 위에 누워 눈을 꼭 감고 있는 여인은 저 방 바깥까지 울릴 것처럼 세차게 뛰는 제 심장 소리를 듣고 있었다.

　날도 딱 좋았다. 다시없을 기회였다. 어찌하여야 하룻밤 스쳐 지나는 정에 지나지 않고 다시 찾게 할 수 있을까. 저고리 앞섶이 벌어지며 서늘한 공기가 드러난 피부 위로 고스란히 쏟아지자 여인이 반사적으로 몸을 움츠렸다. 한기를 막기엔 턱없이 모자라 위안도 되지 아니할 것처럼 얇디얇은 옷자락이었는데도 아쉬움이 느껴질 만큼 공기가 시렸다.

　눈을 감은 채 몸을 맡기고 있는 여인의 몸에서 느껴지는 파들거림에 환의 입술 끝이 살짝 말려 올라갔다. 부주의한 탓인 것처럼 제 가슴팍에 쓰러지던 기세와는 사뭇 다른 반응에 대한 조소였다.

　여인의 얼굴을 흥미롭게 바라보고 있던 환은 그 얼굴 위를 스쳐 간 몇 가지의 표정을 읽어 냈다. 두려움, 기대, 그리고 탐욕. 불을 더 밝히면 아마도 더 많은 것이 보일 테지만 그렇게 하는 대신 손끝에 걸린 가느다란 끈을 잡아당겼다.

불을 밝혀 표정을 담은 얼굴을 또렷하게 마주하는 순간, 개울에 내팽개쳐진 돌처럼 마음이 차게 식어 가라앉을 것 같았다.

어릴 적부터 지금까지 그의 의지대로 행한 일이 과연 몇 가지나 있던가. 제 소유인 여인을 품에 안는 일조차 그네들의 손바닥 위에서 놀아나는 것에 불과하다는 생각이 들면 대번에 모든 의욕이 수그러들었다.

"생각이 많은 계집은 필요치 아니하다."

담고 있는 뜻이 전혀 따스하지 않은데도 낮게 속삭이는 환의 목소리에 여인의 머릿속이 백짓장처럼 하얘졌다. 등잔 위에서 가물거리던 불꽃은 환이 소맷자락을 떨치기도 전에 사그라졌다.

시야가 가려진 어둠 속에서 엷은 천이 사락거리는 소리가 방 안을 채우려는 듯 떠돌았다. 환의 손끝이 천 아래 숨어들어 있던 솟아오른 여인의 피부 위에 얹혔다. 가벼운 접촉에도 여인의 입술에서 가느다란 신음이 섞인 숨소리가 흘러나왔다. 환의 입술이 다시 한 번 비틀렸다. 그때였다.

"선비님."

불쑥 들려오는 목소리에 환의 손길이 그대로 멈추었다. 어둠에 갇혀 제대로 보이는 것이 없더라도 그의 손길을 기다리는 농염한 여체가 목소리의 주인공이 아니라는 것쯤은 쉽게 알 수 있었다. 당황스러웠다.

어린 시절 마음을 나누고 싶어 부단히 노력했던 중전은 물론, 한때 제 마음을 단단히 틀어쥐고 있던 반달 같은 눈매의 여인조차도 다른 여인을 품에 안을 적에는 끼어들지 못했다. 그 목소리가 실제든 환청이든을 떠나.

"시끄럽다."

교성에도 이르지 못한 엷은 신음을 흘리던 궁인이 굳게 입술을 다물었다. 여인으로서는 환의 목소리가 자신을 향한 것이 아님을 알 도리가 없었다.

환이 재차 손을 움직였다. 다른 여인과 견주어 더 매력적이지도 부족하지도 아니한 부드러운 곡선이 물결치듯 일렁거렸으나 다만 그뿐이었다. 목석을 쓰다듬고 있는 것처럼 무감하여 조금 전의 당황스러움이 배가 되었다.

환이 그 사실을 짐짓 모르는 척 여인의 위쪽으로 몸을 움직였다. 눈물이 그렁그렁하게 매달린 얼굴이 그의 눈앞에 나타났다. 입술을 깨물고 손을 치켜드는 모습을 보며 이번에는 순순히 뺨을 내어 줄 요량으로 눈을 감았다. 아무 일도 일어나지 않았다.

대신, 설게만 느껴지는 목소리가 가느다랗게 울렸다.

"전……하?"

목소리도 몸도, 심지어는 그를 부르는 말까지. 어느 하나도 같지 아니하였다. 여인을 품에 안을 수 없도록 사그라든 열기는 다른 방향으로 피어올라 그의 정사를 방해한 이에 대한 호기심을 불러일으켰다.

눈에는 순수한 경탄을 담고 제 뜻을 담아 또렷한 목소리를 낼 줄 아는 손끝에 묵향이 배어든 소녀. 환이 당혹감에 물든 여인을 내려다보았다.

"오늘 네 운은 여기까지인 모양이로구나."

초연하게 일어서는 사내를 향해 여인이 손을 뻗어 보았으나 옷자락은 잡히지 않았다.

❈ ❈ ❈

흙바닥이 버석거릴 정도로 가물었던 것을 일시에 해소하기라도 할 것처럼 봄비치고는 꽤 많은 빗줄기가 며칠이나 이어지고 난 다음 날이었다.

하늘은 언제 비가 내렸냐는 듯 쨍하게 맑았다. 하늘 위에서 내리비친 햇살은 열린 창문을 타 넘어 방 중간쯤에 이르렀으나 더 들어가지 못하는 게 아쉬운 듯 아롱거렸다.

"아기씨, 날이 참 좋습니다."

바느질거리를 안고 들어온 삼월이가 반쯤 탄식이 섞인 목소리로 유연에게 말을 걸었다.

삼월이는 진득하니 앉아 일을 잘한다고 칭찬을 이따금 들었다. 그러나 나이 어린 몸종이다 보니 자연히 딸려 오는 잔심부름에 집 안 곳곳을 종종걸음으로 누비며 이런저런 허드렛일을 도울 때가 많았다.

그 덕에 비가 한바탕 내린 뒤 청량해진 공기를 온몸에 묻히고 따스한 햇살을 쬐며 돌아다니다 방 안에 들어오니 새삼 아쉬운 마음이 드는 것이었다. 날씨가 이리 좋은 날 방 안 깊숙이 들어앉아 있는 게 어디 가당키나 한가.

"그런 것 같네."

유연이 자리에 앉은 채로 열린 창으로 쏟아져 들어오는 빛줄기를 바라보다 무성의하게 대꾸했다. 삼월이가 말없이 코끝을 찡그렸다.

유연의 몸종이 되기 전에는 아기씨에 대해 전혀 관심이 없었다. 나다니기를 좋아한다는 아기씨를 집 밖에서 본 건 마님을 따라 불사에 다녀온, 저 멀리서 터덜거리고 나타나던 그날 저녁 단 하루뿐이었다.

침모에게 배운 바느질을 연습해 보느라 제가 지어 놓은 허술한 옷을 입고 걸어오는 모습에 그녀는 기함했다. 혹시나 그런 옷을 만들어 놓은 것에 대해 혼이 나지는 않을까 전전긍긍하느라 아기씨의 모습에는 주의를 기울이지도 못했다.

그날 이후로는 궂은 날이 많기도 하였지만 빗방울이 흩어지지 않는 날에도 유연은 밖에 나가지 않았다. 그래 보아야 고작 보름 남짓이니 아기씨가 얌전해진 모양이라고 미리 단정 짓는 것은 한참 일렀지만.

"아니 나가시렵니까?"

유연은 의아함을 가득 담아 되묻는 삼월이의 목소리를 듣고서야 비로소 제 반응에 문제가 있었음을 깨달았다. 이마를 슬쩍 찌푸리다 이내 곧 태연을 가장하고 평온하게 대꾸했다.

"비가 그친 게 겨우 간밤의 일인걸. 이런 날 잘못 나갔다가는 신이며 치마가 엉망이 될 거야. 행동거지가 단정하지 못하다고 어머니께 꾸지람을 듣고 싶지 않아."

저 스스로 생각해도 그다지 설득력이 없는 핑계였다. 유연의 마음은 시간을 거슬러 보름쯤 전, 신에 흙먼지를 잔뜩 묻히고 돌아오던 그날로 돌아가고 있었다. 유연의 등을 다정하게 쓸어내리던 신 씨는 각오하던 금족령을 내리는 대신 더할나위 없이 상냥한 목소리를 냈던 것이다.

"내가 어린 너에게 너무 엄격하게 굴었던 것 같구나. 너는 아직 어리고 세상도 예전 같지만은 않은데. 그래도 혼자 다니는 것은 위험하니 삼월이라도 데리고 다니려무나."

생각보다 훨씬 쉽게 떨어진 허락은 오히려 김빠진 느낌을 주기에 충분했다. 신 씨가 진심으로 바란 것은 아마도 유연에게 그러한 마음이 들게 하는 것이었으리라.

점점 머리가 굵어지는 딸에게 하지 말라고 엄금하는 것은 도리어 호기심만 부추길 뿐이니 차라리 어느 정도 통제할 수 있는 선에서 허용해 주면 얼마 가지 아니하여 시들해질지도 모른다고. 그러나 꼭 그러하여 집 안에 머무르고 있는 것은 아니었다.

여전히 담장 바깥에서 불어 드는 바람을 생각하면 마음이 설레었고 어디로 통하는지도 알 수 없는 좁은 골목길이 제 마음을 잡아당겼다. 그럼에도 나가겠다는 마음을 먹는 건 좀처럼 쉽지 않았다.

"다시 만날 수 있겠느냐."

바람결에 흩어 보냈던 목소리가 생생하게 살아날 때면 유연은 들썩이던 몸을 곧장 주저앉혔다. 화려한 각낭은 가마 안에 버려두었고 손가락에 튄 먹물 자국은 박박 문질러 씻는 것으로 말끔하게 없어졌다.

그럼에도 그 목소리만큼은 지척에서 들려오는 것처럼 또렷하게, 양손으로 귀를 꼭 막아도 명확하게 떠올랐다. 그리고 나면 퍽 다정스레 손을 어루만지던 그 손길이 피부 위에 고스란히 되살아났다.

생각만으로도 얼굴이 달아오르는 것 같아 유연이 가볍게 손을 뺨 위에 올렸다. 눈 아래쪽으로 어렴풋하게 보이는 손가락의 형체는 목소리를 다시 불러들였다.

"묵향이 배어 있구나."

그 목소리 때문에 붓을 쥐지 못한 게 벌써 여러 날이었다. 힘차게 늘어서던 유려한 필체와 '내 마음'이라며 속삭이던 목소리가 귓가에 맴돌면 손끝에 떨림이 밀려왔다.

그러면 글을 쓸 엄두조차 내지 못한 채 한숨을 몇 번 내쉬다가 도로 붓을 내려놓는 것이 고작이었다. 이럴 바에는 차라리 실과 바늘이라도 벗해 보자고 좀처럼 한 적 없는 수놓기에 관심을 보이자 신 씨가 크게 기꺼워했다.

미색에 혹하는 것만큼 가볍고 천박한 것은 없다고 생각해 왔다. 그러나 자신의 마음이 이토록 어지러운 것은, 잠깐이라도 다시 보고 싶다는 마음이 일어나는 것은 분명 그 용모가 눈을 뗄 수 없을 만큼 곱기 때문이었다.

담 바깥으로 한 발 내딛기만 하면 그 마음에 이끌려 버릴 게 분명했다. 꿈결 같은 음률이 새어 나오던 고래 등 같은 기와집 앞에 서서 다시 한 번 그의 모습이 나타나기를 기대하며 날듯이 발을 옮기리라. 그 후에 냉혹한 진실을 깨닫느니 차라리 꿈인 채로 놓아두는 쪽이 좋았다.

"바깥에 나가도 좋다는 허락을 얻었다고 얼씨구나 나가서야 사람이 너무 가볍게 보일 게 분명해. 너무 속이 들여다보이는 짓 같으니 당분간은 집에 있을 거야."

이번에는 좀 그럴싸하게 들리기를 바라며 유연이 단호한 말투로 대답했다. 그 말을 증명이라도 하듯 구석에 있는 수틀을 잡아당겼으나 느릿한 손길에는 썩 힘이 들어가 있지 않았다.

✤　　　✤　　　✤

마루 끝에 걸터앉아 있던 덕해는 희봉의 뒤를 흘끔거렸으나 아무도 없었다. 기묘한 표정을 짓고 있던 희봉이 덕해의 옆에 털썩 주저앉았다. 희봉이 마른침을 삼키고는 입을 열었다.

"권 소저가 산다는 곳에 가 보니 막 혼례가 치러지고 있더군. 굉장히 소박하게 혼례를 치르는 게 양쪽 다 살림이 빈한한 게 틀림없어 보였지."

덕해가 다시 고개를 주억거렸다. 단 한 번의 일탈로 받아 간 돈을 생각하면 가난한 동네에서 혼례를 치르는 데 도움이 되고도 남으리라.

그러다 혼례를 치르기에는 턱없이 어려 보이던 소녀의 얼굴을 떠올리고 멈칫했다. 희봉은 그 반응에 동조하듯 말을 이었다.

"신부는 흔하게 볼 수 있는 아가씨였어. 나이는 열예닐곱쯤 되었으려나."

"설마."

융통성 없는 희봉은 그 혼례를 목격한 후 남산골을 통째로 다 돌아보다시피 했다. 가까운 이웃 간에는 서로 숟가락 개수도 알고 지낸다지만 구태여 이웃이 아니어도 상관없었다.

가난한 동리는 담도 낮아 그 안을 힐끗 보는 것만으로도 식구가 몇이나 되며 형편이 어떠할지, 집주인이나 안주인의 성품이 어떠할지를 어림짐작할 수 있었다. 혼자 돌아온 희봉이 당연한 결론을 입에 올렸다.

"남산골 권 소저는 처음부터 여기 온 적이 없었네."

"하면 아가씨에게 기별을 넣었던 그자는?"

덕해의 질문에 희봉의 이마에 팬 주름이 더욱 깊어졌다.

"주막에서 한 잔만 한 잔만 더 하고 앉아 있다가 곤죽이 되어 연락조차 넣지 않았다더군."

정신이 멀쩡할 때에는 퍽 쓸 만한 자였지만 술이 들어가면 문제였다. 그날도 주막 한구석에 걸터앉아 호기로운 목소리로 주모를 불러 대며 거침없이 들이켰던 것이다.

자리에 널브러져 날이 저문 지 한참이나 지나 술이 완전히 깨고서야 제 소임을 생각해 내고 얼굴이 퍼렇게 질렸다. 그러나 한걱정하던 것과는 달리 아무 말도 없기에 그저 어찌어찌 잘되었는가 보다 짐작하며 슬금슬금 눈치만 살피고 있던 참이었다.

덕해가 답이 정해져 있는 마지막 질문을 던졌다.

"그럼 그 아가씨는?"

"전혀 엉뚱한 사람이었던 거지."

누가 먼저랄 것도 없이 긴 한숨이 절로 새어 나왔다. 환이 희봉을 향해 그적의 소녀를 데려다 놓으라는 명을 내린 것이 전일 늦은 오후였다. 한나절이면 족하다고 생각하였을 뿐 이렇게 소득을 얻지 못할 것이라고는 짐작조차 하지 못했다.

"차라리 나이가 찬 아가씨였다면 혼례를 올렸다고 말할 수나 있었을 것을."

덕해가 혼잣말처럼 중얼거렸다. 금혼령이 내릴 즈음이면 단자 올리는 걸 피하려고 어린 딸을 서둘러 혼인시키는 일이 종종 있었다. 그러나 그건 단자를 올려야 하는 집에나 국한된 이야기였다.

열두엇이나 먹었을까 싶은 어린 소녀는 겨우겨우 양반이라는 체면치레나 하고 있을 법한 아주 소박한 차림을 하고 있었다. 그런 아이에게 혼례는 당치도 않았다.

'혼례를 치렀다 하여도 개의치 않고 데려오라 하실지도 모르지.'

똑같은 생각이 두 사람의 뇌리를 스치고 지나갔다.

'다시 한 번 보아 마음에 들면 입궐시켜 후궁이라도 삼으실 셈인가.'

덕해는 문득 떠오른 생각을 지워 낸 뒤 여전히 미간에 깊이 주름을 새기고 있는 벗의 어깨를 툭툭 쳤다.

"금일은 글렀네. 전하께서 곧 납실 것이니."

희봉이 시큰둥하게 어깨를 들썩였다. 오늘은 어찌할 도리가 없다는 건 허탕을 치고 발길을 돌릴 때부터 알고 있던 사실이었다.

그러나 오늘은 어찌어찌 지나가도 다가올 어느 날 같은 문제를 맞닥뜨려야 했다. 찾아낼 수 있는 단서가 아무것도 없다는 것은 곤란한 일이었다.

"일단 전하를 뵙고 난 뒤 박 상궁에게 물어보세나."

고민을 함께 나누던 덕해가 새로운 대안을 내어놓으며 몸을 일으켰다.

"계집들은 본시 입이 가벼우니 아는 게 있다면 묻지 않아도 말해 줄 걸세."

"박 상궁이 어딜 봐서 계집인가. 쓸데없이 입이 무겁기로는 제일이어서 대령상궁에 올라 여기에까지 손길을 뻗치고 있는데."

전혀 기대감을 갖지 않은 얼굴로 희봉이 구시렁거렸다. 그러나 달리 마땅한 방법이 있는 것도 아니었다. 희봉은 붉은 옷을 두르지 않았다 하여 몰라볼 리 없는 익숙한 형체가 저 멀리 나타나는 것을 보며 천근만근이나 되는 것 같은 몸을 일으켰다.

멀리서도 가뿐해 보이는 몸놀림이 멈추어 있는 곳을 말없이 노려보다가 내키지 않는 걸음걸이로 어기적거리며 다가

가서 공손히 고하였다.

"송구하오나, 시간이 부족하여 그 아가씨를 찾지 못하였사옵니다."

"찾지 못하였다?"

환이 희봉의 목소리를 듣고는 옷자락을 떨치며 돌아섰다. 댓돌 위가 비어 있는 것을 본 순간 이미 짐작하고 있던 일이었다.

그의 고운 입술이 이지러짐 없는 매끄러운 곡선을 그렸으나 오히려 그것이 표정을 굳히는 것보다 불길한 징조라 희봉은 더 대꾸할 염도 내지 못하고 잔뜩 굽히고 있는 허리만 굽실거렸다.

"몹쓸 병에 걸렸다거나 혼례를 올렸다는 대답보다는 훨씬 낫군. 그딴 대답을 듣고 왔으면 아무 상관 없으니 당장 데려오라 이를 참이었는데."

조금 전까지 희봉의 머릿속에 있던 핑곗거리였다. 그의 얼굴이 미미하게 해쓱해지는 것을 본 환이 미소를 거두고 대청 앞 섬돌 위에 발을 디뎠다.

"보름간 말미를 주지. 내일이라도 당장 눈앞에 대령하라 이르고 싶지만 과인이 그리 한가치 않음을 다행으로 생각하라."

흔들림 없는 단정한 걸음이 대청을 가로질러 방으로 향했다. 누군가가 앞장서거나 뒤를 따를 틈도 없이 문이 열렸다

닫혔다. 그사이에 걸음의 주인이 방 안으로 모습을 감추었다.

환은 문을 닫자마자 그 자리에 멈추어 섰다. 더 걸음을 딛지도 않고 자리에 앉지도 않은 채 방을 둘러보았다. 오래전 그의 마음이 줄곧 여기에 머물 때와는 사뭇 다른 모양을 하고 있었으나 반가 규수들을 불러들이고 난 이후로는 줄곧 이 모습이었다.

꼭 필요한 만큼 놓인 가구는 화려하되 도를 지나치지 않았고 고아한 취향을 반영하듯 힘차면서도 섬세한 필치로 그려낸 산수화가 벽을 장식하고 있었다. 주객의 사이를 가르는 서안도, 그 주변에 정갈하게 놓인 문방사우도 그대로였다.

단 하나, 모든 것이 신기한 듯 또록또록 눈망울을 굴리던 어린 소녀가 없다는 것 외에는. 허전함이 그의 가슴에 물밀듯 밀려왔다. 환이 마음에 이는 물살을 헤치듯 저벅저벅 걸어 자리에 가 앉았다.

"전하."

상념을 뚫고 늙은 내관의 목소리가 들려왔다.

"들라."

환은 약간 열린 문틈으로 보이는 희봉의 얼굴을 외면했다. 희봉은 그 거부의 표현을 눈앞에서 보면서도 키가 반으로 줄어든 듯 온몸을 잔뜩 굽힌 채 준비한 말을 아뢰었다.

"금일 그 소저는 찾지 못하였으나 지금이라도 다른……."

"필요치 아니하니 물러가라."

환이 팔을 들어 손끝을 까딱해 보였다. 냉담한 목소리만으로는 품은 뜻을 파악하기가 좀처럼 쉽지 않았다. 정말 여인이 필요치 아니하다는 것인지, 머무르는 동안 궁인이 아닌 다른 여인을 찾아 들이기는 쉽지 않을 것이라는 뜻인지, 아니면 제 소임을 다하지 못한 내관을 질책하느라 부러 하는 말인지. 희봉은 여러 상황을 그려 보았으나 감이 잡히지 않아 다시 조심조심 입을 열었다.

"하오면……."

"물러가라 하였다. 듣지 못하였는가?"

환의 목소리에 짜증이 묻어나자 희봉이 낭패한 얼굴이 되어 문을 닫았다.

온전히 고요를 되찾은 방 안에서 환이 가만히 눈앞의 한 점에 시선을 고정했다. 아무리 엷게 칠했어도 분이 발린 얼굴은 어린 나이의 소녀에게는 썩 어울리지 않았다. 그 부조화는 칠 년 전 가례 때의 중전과 비슷했으나 집안의 명운을 짊어진 이의 비장함과 가문에 대한 자긍심을 얹어 긴장을 감추고 있던 그녀와 달리, 소녀는 티 없이 맑은 눈빛에 경탄을 담아 그를 바라보았다.

환이 부드럽게 미소를 지었다. 어릴 적부터 이목구비가 또렷하여 장차 자라면 여인의 마음을 쥐락펴락하는 호남아가 되리라고들 소곤거렸다.

성년이 가까울 무렵부터 그 용모가 빛을 발해 그의 무심한 눈길 한 번에도 아양 섞인 웃음소리와 교태를 부리는 몸짓이 따라왔다. 그러니 소녀의 눈길에 담긴 찬탄의 빛도 전혀 새로운 것은 아니었다. 다만 그를 향하던 목소리와 그에 담긴 뜻만큼은 예외였다.

"초면에 하대하심은 상대에 대한 실례입니다, 선비님."

감탄의 눈길을 숨기지 못하면서도 또렷하게 제 목소리를 내는 게 퍽 신선했다. 나이가 찬 처녀라면 새초롬한 표정이나 짓고 아무 일도 없었던 듯 넘어갈 희롱에 눈 한가득 눈물을 담고 작은 손을 치켜들던 모습은 귀엽기까지 했다. 조그만 계집아이가 때린다 한들 아플 리도 없고 맞을 생각도 없었기에 그리 여긴 것인지도 모르겠지만.

환이 팔꿈치를 서안 위에 짚어 턱을 괴며 느긋하게 중얼거렸다.

"네 오늘도 내게 맹랑한 충고를 늘어놓을 셈이냐."

그의 목소리가 모래밭 위에 밀려드는 파도라도 되는 것처럼 단정히 앉아 있던 소녀가 사상누각이 무너져 내리듯 일시에 시야에서 사라졌다.

이 방에 들였던 소위 '반가 규수'가 그 소녀 하나만은 아니었다. 그의 속삭임에 얼굴을 붉히고 손목을 내어 주며 입

맞추는 것은 물론이오, 경우에 따라서는 그보다 내밀한 접촉까지도 허용하는 이들이 같은 자리에 앉아 그를 맞이했다. 그러나 눈앞에서 그 모습이 아른거리고 목소리가 맴도는 이는 그 소녀가 유일했다.

"금일 너를 만나는 것으로 확실히 하고자 하였는데."

환은 소녀에게 정사를 방해당한 그날 이후로 한가로울 적이면 뜬금없이 떠오르는 소녀의 모습에 적이 당황했다.

아직 나이가 어려 어찌 변할지 알 수 없다는 점을 감안해도 소녀의 용모는 특출 난 데가 없었다.

궐에는 나이를 불문하고 화려한 꽃송이 같은 여인들이 가득했다. 그들 사이에 놓으면 과연 눈에 띌까 의심스러운, 오히려 그 범상함이 눈에 띌 법한 외모였다.

꽃처럼 고운 이들도 대개 한 번 품고 나면 다시 찾는 법이 없었다. 굳이 하나를 골라 마음을 주며 연연하지 않아도 짙은 향기를 뿜어내는 꽃이 지천에 널려 있기 때문이었다.

만일 그 소녀가 기녀였다면 머리가 비상한 계집이라고 생각했을 것이다. 지난번 만남에서 호의적인 눈빛을 보였으니 이번에는 무심한 척 도도한 태도를 취하는 게 순서였다.

만남을 회피하는 것은 그 태도를 견지하기 위한 최적의 방법이라 할 만했다. 그러나 소녀는 어렸다. 가벼운 희롱에 눈물방울을 매달고 다정한 목소리에 눈물을 닦아 내고 미소를 보이던 순진한 아이에 불과했다.

반가 규수를 존중하라 이르고 논어를 인용하는 아이가 사내의 마음을 쥐락펴락하는 방법 따위를 배웠을 리도, 배웠다한들 능숙하게 사용할 수 있을 리도 없다.

하여 확인하고 싶었던 것이다. 어린 소녀의 모습이 쉼 없이 그의 주변을 맴도는 까닭이 정말 마음 어느 구석을 차지하였기 때문인지, 아니면 새로운 경험에 의한 호기심에 불과한 것인지를.

다시 한 번 만나는 것으로 충분히 판단을 내릴 수 있을 터였다.

"보름 뒤에는 내가 너를 찾아도 되겠느냐."

환이 입을 다물고 머릿속을 어지럽게 부유하던 생각을 정리했다. 방 안 곳곳에 흩어진 소녀의 잔상을 그러모아 단정하게 앉아 새침하게 눈을 내리깐 모습을 그려 냈다. 소녀의 입술에서 가느다란 목소리가 흘러나왔다.

"뜻대로 하십시오."

환이 홀로 앉아 소녀의 모습을 그려 내고 있던 그 시각, 박 상궁은 갑작스레 들이닥친 늙은 내관들을 눈앞에 둔 채로 얼굴을 잔뜩 찌푸리고 있었다.

"몇 번이고 말하지요. 모릅니다."

엄격하게 굳어진 표정은 두 번 다시 말을 붙이고 싶지 않을 만큼 냉랭했지만 그렇다고 그대로 물러서서는 아무것도 얻을 수 없었다. 찔러도 피 한 방울 나지 아니할 것 같은 표정 아래 박 상궁이 의외로 여린 면이 있음을 아는 덕해는 끈질기게 질문을 거듭했다.

"초라한 계집아이를 월궁항아에 비견할 만큼 곱게 꾸며 놓는데 어디 시간이 좀 걸렸을까. 그동안 아무 말도 아니하고 아니 들었다는 게 어디 말이나 되오? 무어라도 좋으니 아는 게 있으면 좀 이야기를 해 주오. 저 늙은이가 몇 시진 새에 비들비들하게 말라 버렸단 말일세."

덕해는 박 상궁의 안목이며 단장한 솜씨를 은근히 추어올리고 풀죽은 희봉의 모습을 언급하여 동정심까지 유발했다.

비위를 맞추며 구슬리는 말에 딱히 마음이 흔들린 건 아니었지만, 저보다 더 나이가 많은 내관들에게 마냥 매정하게 굴 수도 없어 박 상궁이 다시 한 번 눈썹을 찌푸렸다.

"그런 마음에 없는 말을 해서라도 얻고 싶은 게 있는 모양이지만 알려 줄 수 있는 게 아무것도 없습니다. 그 아가씨가 어디 좀 늦게 왔던가요? 말할 틈도 주지 않고 몰아쳐서 겨우 때맞춰 단장을 끝냈단 말이지요. 여태 가마 안에 각낭을 던지고 간 아가씨는 본 일이 없으니 과연 다시 온다 할지도 잘 모르겠습니다."

그날, 좀처럼 요한 적 없는 다담상을 들이라는 말에 호기심이 일었던 박 상궁이 직접 그 상을 들고 방 안에 들어갔더랬다.

여인을 가까이함에 있어 단 한 번도 아쉬운 적이 없었을 환이 상대방의 기분을 맞춰 주고 싶은 듯 다정한 미소를 머금고 있었다. 자신이 단장해 준 그대로 한 치의 흐트러짐도 없는 소녀의 모습을 보고 아무 일도 없었으리라 생각했다.

하지만 남의 눈길이 닿지 않는 닫힌 공간에서 정말 '아무' 일도 없었을 것이라고 장담할 수는 없었다. 꼭 품에 안는 것이 전부는 아니지 않은가.

바깥에 있던 누구도 알 수 없는 일로 어린 소녀가 충격을 받아 앓아누웠거나 무언가를 알게 된 부모가 딸에게 어떤 조치를 취했을지도 모를 일이었다.

대개 사내에게는 책임을 묻기 어려운 데다 설령 묻고자 하여도 상대방이 누구인지조차 명확하지 않았으니 결국 손을 댈 수 있는 건 품 안의 어린 계집아이였다.

"정녕 아무것도 모르오? 정말 사소한 것이라도 좋은데."

박 상궁이 그날의 기억을 되살렸다. 각낭을 돌려준 가마꾼은 남산골에 간 것치고는 이르게 돌아왔다.

소녀의 무척 소박한 겉옷을 벗기고 드러난 속옷은 오히려 겉옷보다 더 좋아 의아하게 생각했던 것도 기억이 났다. 덕해와 희봉의 얼굴을 번갈아 바라보다 입을 열었다.

"가마꾼에게 그 아가씨를 어디에 내려 드렸는지 물어보면 방도가 있을지도 모르지요."

"고맙소."

여태 말 한마디 없던 희봉이 굳은 얼굴로 대꾸하고 자리에서 일어났다. 목을 길게 늘이고 그저 처분만을 기다릴 것이 아닌 다음에야 부지런히 행동하는 게 좋았다.

지푸라기 같은 단서라도 없는 것보다는 나았다. 최악의 경우는 남산골 기슭에서 가마를 세웠다는 말을 듣는 것이겠지만 운이 좋다면 철없는 소녀가 제집 대문 앞에서 내렸다는 사실을 듣게 될지도 모른다. 불과 몇 시간 전까지만 해도 의심의 여지가 없던 평온한 말년을 상기하며 희봉이 한숨을 내쉬었다.

매일 새벽같이 나서서 날이 저물어야 돌아오는 일과를 반복하던 희봉이 어깨를 축 늘어뜨린 채 터덜터덜 걸어 들어와 털썩 마루에 앉더니 이내 벌렁 누워 버렸다. 그로부터 꼭 이레가 지났다.

"한양에서 김 서방 찾기라는 말이 이리 실감 나기 처음일세."

풀기 없는 목소리로 중얼거린 희봉은 이레 안에 그 아가씨를 찾아야 보름째 되는 날에 전하께 타박을 듣지 아니하리라는 사실을 상기했다. 희봉은 박 상궁의 말대로 가마꾼을 찾아 가짜 권 소저를 내려 주었다는 그 자리에 동행한 것은 물론이고, 그 아가씨가 사라진 방향까지 손가락으로 가리키는 걸 분명하게 확인했다.

보통의 경우라면 그 정도로 해결이 되었어야 마땅했다. 담장이 야트막한 집들을 이 잡듯 훑고 지나면 어린 딸아이를 가진 집을 찾아내는 건 어렵지 않아야 했으니. 그러나 그 시도는 의심할 여지없이 실패였다. 기와를 얹은 집들은 담이 높았다. 높은 담 안에 빈한한 살림을 숨긴 채 양반임을 자부하고 살고 있는 집안의 딸인 모양이었다.

함부로 바깥에 내보내지 아니하는 귀한 딸은 안채 깊은 곳에 거처를 두어 다른 자들의 눈에 띄지 않게 했다.

그 처지가 답답한 어린 소녀가 호기심을 이기지 못하고 몰래 외출을 감행했다가 들켰다면 두 번 다시는 바깥출입 따위 꿈도 못 꿀 것이었다.

그 사실을 깨닫는 순간 희봉의 다리가 휘청거렸다. 보름이 아니라 한 달, 일 년, 그 이상의 기한을 받아도 소녀를 찾아내는 건 요원한 일인 것만 같았다.

담 밖을 나서는 일이 좀처럼 없는 계집아이의 용모파기를 들고 사람들에게 아느냐 물어도 도움이 되는 대답이 돌아올 리 없었다. 아니, 애초에 주의 깊게 본 적도 없는 소녀의 용모파기가 과연 효용성이 있기는 한 것인가?

근처에는 담이 야트막한 초가들도 제법 있었다. 가마에서 내린 소녀가 빈곤한 처지를 부끄럽게 여겨 엉뚱한 방향으로 가는 척하다 슬그머니 발길을 돌렸을 수도 있으리라 믿으며 근방의 집들을 샅샅이 수소문했다.

그러나 그 소녀와 조금이라도 비슷한 계집아이는 찾을 수 없었다. 그러니 이제 남은 것은 희봉이 그토록 아니길 바란 높은 담장 안에 기화요초처럼 숨겨진 귀한 아가씨를 찾아내야 한다는 현실뿐이었다. 땅이 꺼지고 하늘이 무너질 것 같은 긴 한숨을 내쉬는 벗의 모습을 보다 못한 덕해가 제안을 내놓았다.

"명일은 쉬게. 내가 자네 대신 알아보겠네."

"혹여 내 목이 날아가거든 전하께서 잊으시기를 기다려 시신이나 수습해 주게."

희봉이 고개를 저으며 침울하게 대꾸했다.

그다음 날, 자리에 앓아누운 희봉을 대신하여 덕해가 나섰다. 그는 희봉처럼 무작정 길거리로 나서는 대신 제 차림을 점검하고 더 깊숙한 궐 안으로 발을 돌렸다.

중전의 자리가 비어 있게 된 지 벌써 반년이었다. 선대에는 반년 만에 계비를 맞아들인 사례도 있으니 일 년 정도라면 애도의 기간으로 적합했다. 그러니 가례도감이 설치되지 않았을 뿐 단자를 올릴 수 있을 처녀가 있는 집에 대한 조사도 어느 정도 마무리되었을 시기였다.

근래 들어 한 달의 절반가량을 궐 가장 바깥쪽 담에 바짝 붙은 저택 같은 건물에서 한가로이 노니는 덕해였으나 선왕 대부터 지금에 이르기까지 궐 안에서 일어나는 내밀한 일의 모든 내막을 알고 있을 만큼 발이 넓었다.

지금도 두어 명만 거치면 어지간한 일은 제 손바닥 위에 놓은 구슬처럼 요모조모 뜯어볼 수 있음을 자신하고 있었다. 다만 나이 먹고 마음을 비우고 나니 모든 것이 부질없고 귀찮게 여겨져 손을 놓고 있을 따름이었다.

"말 좀 묻지."

덕해가 지나가던 어린 내관 하나를 붙잡았다.

어둠이 깃들기 시작한 방 안, 널찍한 상 위에 두루마리 두 개가 얹혔다. 병이 든 게 아니라 그저 노곤함이 과했을 뿐인 희봉이 하루 동안의 휴식으로 원기를 어느 정도 되찾은 연후이기도 했다.

요구한 붉은 물감과 세필을 내려놓은 희봉은 덕해가 펼쳐놓은 두 개의 두루마리를 살펴보았다. 큰 쪽은 퍽 상세하게 그려진 도성 지도, 훨씬 작은 쪽은 까맣고 작은 글자가 줄줄이 늘어선 일종의 명부였다.

"글을 읽는 건 본 적 없지만 적어도 지도는 볼 줄 알겠지, 희봉?"

"누굴 까막눈으로 아나?"

"금방이라도 숨이 넘어갈 것처럼 풀 죽어 있는 것보다는 훨씬 낫군."

발끈하는 희봉의 목소리를 태연하게 받아친 덕해가 손가

락으로 한 점을 짚었다.

"우리가 지금 있는 곳이 여기."

희봉의 눈이 덕해의 손가락이 가리키는 곳을 바라보았다.

"가마꾼이 그 소저를 마지막으로 본 곳이 어디라던가?"

희봉의 손가락이 지도 위의 길을 따라 움직이다 한곳에서
멈추었다.

"여길세."

"흐음."

덕해가 애매한 탄성을 내뱉으며 세필로 희봉의 손가락 곁
에 붉은 점을 찍은 뒤 작은 두루마리를 살피기 시작했다. 붉
은 점 근처에 사는, 혼기에 접어들기엔 조금 어린 나이의 딸
을 둔 고관대작이 아닌 자. 덕해는 명부에 적힌 이름 몇몇에
가느다란 획으로 표시했다.

"뭘 하는 겐가?"

덕해는 궁금증 가득한 희봉의 목소리는 귓등으로 흘리며
잠시 고민했다. 앞뒤 잴 줄 모르는 벗에게 '그 아가씨는 이
중 한 곳에 사는 것 같네'라고 알려 주는 순간 뒤도 돌아보지
않고 달려가서 그 집 대문을 두드릴 것만 같은 불길한 예감
이 들었다.

만에 하나 그런 일이 벌어진다면 벗이 장독이 오르도록 멍
석말이를 당하고 아가씨가 목이라도 매이기를 강권당하지
아니하는 게 다행이었다.

약간 수고롭더라도 아가씨를 데려올 수 있는 방도까지 마련해 주는 것이 여러 모로 편리한 일이었다.

'어떻게 하면 좋을까.'

골똘히 생각에 잠겨 있던 덕해가 자리에서 벌떡 일어났다. 그의 계획을 가장 잘 실현시켜 줄 인물이 떠오른 탓이었다. 아무것도 모르는 채로 고개만 기우뚱거리는 벗의 손에 지도를 쥐어 주고는 소매를 잡아끌었다.

"그리 잘 알고 있으면 그쪽이 하시지요."

"어느 집 종복이 사내를 안채까지 들이겠소?"

"댁이 사내요?"

"하면 나를 계집으로 보겠소?"

"정히 계집이 필요한 일이라면 이 안에 다른 여인들도 많지 않습니까."

"그 아가씨의 얼굴을 제대로 기억하고 있는 건 박 상궁뿐일 것이란 말이오. 내 여태껏 박 상궁만 한 눈썰미를 지닌 사람을 본 적이 없소."

박 상궁은 계속되는 거절에도 포기를 모르고 끈덕지게 매달리는 덕해를 물끄러미 바라보았다. 오랜만에 얻은 말미를 쓸데없는 일로 소모하고 싶지 않아 단호하게 대꾸했다.

"아무튼 난 싫습니다."

거절하는 목소리는 가차 없고 매정했다.

"생각이라도 좀 해 보고 말을 하오."

"생각하고 말고 할 게 무어 있습니까. 얼토당토않은 소리, 그런 실없는 장난에 장단이나 맞춰 줄 정도로 한가한 사람이 아닙니다."

"모처럼의 휴가를 방해받는 건 싫겠지만 몇 시진 걸리지 아니할 거요."

덕해가 간절하게 말하며 희봉이 앉은 방향을 향해 손을 뻗었다. 박 상궁은 여전히 냉랭한 표정을 짓고 있었으나 눈길은 덕해가 손짓하고 있는 쪽으로 향했다.

"저 보오. 저러고 있는 저 작자가 불쌍치도 아니한지."

"전하께오서 설마 정말 목이라도 치실까 봐 그럽니까."

코웃음 치듯 물어오는 말에 덕해가 짐짓 침울한 표정을 지어 보였다.

"마음에 품은 정이 많으시니 진짜 목을 치지는 않으시겠지만 저러고 있는 꼴을 보면 삭탈관직하고 재산을 몰수하여 내쫓으라 명하시겠지. 이 나이에 그리되면 죽느니만 못 하오."

박 상궁이 눈동자만 살짝 움직여 퀭한 눈동자에 초췌한 몰골을 하고 있는 희봉의 모습을 힐끗 쳐다보았다. 희봉이 반쯤 넋이 나간 얼굴로 지도를 바라보며 머리를 쥐어뜯고 있었다. 덕해가 박 상궁을 붙잡고 속삭이는 모습이 태평해 보였던 데다가, 덕해의 얼굴에 '아무것도 알려 줄 수 없다'는 빛이 떠오른 것을 눈치챈 탓이었다.

덕해는 제가 임시방편으로 생각한 얕은수가 먹히는 것 같아 내심 안도했다. 저렇게 가엾은 몰골을 하고 있어야 여간한 일에는 눈 하나 깜짝 않는 박 상궁의 마음을 조금이라도 돌려놓을 수 있을 것 아닌가.

"양자도 아니 들였지, 처도 얻지 못하였지. 재산도 잃고 할 일도 없어지면 어찌 될까. 비렁뱅이가 되어 굶어 죽기 십상이지. 고지식하고 둔하고, 눈치라고는 약에 쓸래도 찾을 수 없는 어리석은 벗이지만 그 모양을 어찌 그냥 두고 보오?"

넋두리처럼 이어지는 덕해의 말에 박 상궁이 한숨을 내쉬었다. 마음이 흔들리고 있다는 증좌였다. 덕해가 얼른 말을 이었다.

"우리가 벌써 몇 해를 보아 온 사이요? 한 번만 도와주오."

"이번 한 번만입니다. 단 한 번."

굳게 입술을 다물고 있던 박 상궁이 무겁게 입을 열어 승낙의 말을 꺼냈다. 덕해가 반색하며 희봉의 손에 든 두루마리를 가리켰다.

"설마 이런 일이 또 있을까. 약조하지. 단 한 번이오, 단 한 번. 짐작되는 곳은 저기 표시한 다섯 군데 정도요. 곧 적어 주리다."

"그 다섯 집 안에 있지 아니하면 그걸로 끝입니다."

"어찌 그 이상을 바라겠소? 그리고 저쪽에게는 확실해지기 전까지는 아무 말도 하지 마오."

애초에 이 사달이 나게 된 건 희봉이 아무 생각 없이, '남산골 소저가 왔다' 며 소녀의 소맷부리를 끌어당긴 까닭이었다. 저렇게 처량한 꼴을 하고 있는 걸로 보아 앞뒤 재어 볼 겨를도 없을 것이다.

아마도 그들이 무슨 이야기를 했는지 알면 대뜸 달려 나가 대문을 두드려 대겠지. '여기에 권 소저가 있소?' 하고 온 한양이 떠나갈 듯이. 그다음에는······.

모처럼 의견이 일치한 그들이 서로를 마주 보며 말없이 고개를 끄덕였다.

✤   ✤   ✤

유연의 집을 찾는 손님은 대개 재청을 찾는 이들이었다. 대문에서 바로 사랑으로 이어지는 남자들의 발길은 안채에 소란을 만들어 내지 않았다. 간혹 신 씨를 찾아오는 이들이 있었지만 미리 약속된 양반 댁 부인의 거동은 느린 발소리와 위엄 있는 목소리 이상의 소음을 빚어 내지 않았다.

그러나 오늘, 안마당에서 들려오는 소리는 평소와 사뭇 달라 유연이 몸을 일으켜 살그머니 바깥을 내다보았다. 한눈에 보아도 양반이라 할 수 없는 차림의 여인이 안방으로 들어가는 뒷모습을 보고 유연이 고개를 갸웃했다.

"누굴까?"

"방물장수 같아요, 아기씨."

혼잣말에 대답이 들려오리라 생각하지 못한 유연이 흠칫 놀라 고개를 돌렸다. 제 뒤쪽에서 문틈을 넘겨다보고 있는 삼월이의 모습이 코앞에 보였다.

그 좁은 틈으로 바깥 상황을 한눈에 알아챈 눈썰미를 칭찬해 주어야 할지 기척도 없이 바짝 다가서서 주인 아기씨를 놀라게 한 책임을 물어야 할지 알 수 없었다. 잠시 고민하던 유연은 너그러이 넘어가기로 결정하고 삼월이에게 물었다.

"방물장수?"

"마님들께서는 아파(牙婆)라고도 부르시던데요. 반짇고리에 들어갈 것들이나 패물을 팔러 다니는 사람 말입니다요."

"그걸 누가 모르나."

유연이 새침한 얼굴로 대답했다. 신 씨의 안방에 아파가 발을 들이는 경우는 흔치 않았다. 방물장수를 불러들이는 건 누군가의 혼인에 참석을 해야 하거나 신 씨의 탄일이 가깝다는 뜻이었다. 그러나 오늘은 그 어느 날과도 거리가 멀었다. 조만간 꽃놀이를 해도 좋을 만큼 날씨가 풀리면 다른 댁 부인을 만나겠지만 신 씨가 그런 날을 위해 호사를 부리는 일은 없었다.

"혹시 압니까, 아기씨께 패물이라도 사 주시려는지."

삼월이가 은근한 목소리로 대꾸하며 웃었다. 유연은 양반 댁 아가씨치고는 치장하는 것을 썩 즐기지 않아 경대며 서랍을 열어도 고운 장신구를 찾아보기 어려웠다.

그것을 대신하여 책이나 지필이 늘어서 있는 방의 모양새는 삼월이의 눈에도 썩 바람직하지 않았다. 외동딸을 바라보는 신 씨의 마음은 삼월이보다 더할 것이니 예쁜 노리개나 반지라도 쥐어 주며 마음을 돌려보려고 시도할 법했다.

"으음."

유연이 애매하게 코대답했다. 패물에는 별로 관심이 없어도 가치는 구분할 줄 알았다. 다른 댁 규방에 놓인 것과 비교하면 신 씨의 화장대는 외양도 안에 든 것도 소박한 편이었다. 유연은 그것이 안목이 부족하기 때문이 아니라 가세가 풍족하지 못하여 자연스레 검박한 기풍이 배어든 탓임을 알고 있었다.

그런 어머니가 사 줄 수 있는 패물이 과연 눈에 찰 것인가도 의문이었지만 차라리 그 돈으로 향이 좋은 먹이나 하나 사 주었으면 싶은 마음이 들었다.

"묵향이 배어 있구나."

서슴없이 치고 들어온 목소리에 숨을 들이쉬었다. 혹여 제 마음에 떠오른 동요를 삼월이가 눈치챌까 싶어 문을 열어젖

했다.

"아기씨?"

"쉿."

유연이 입술 위로 손가락을 올려 보이고는 조심스럽게 신에 발을 꿰었다. 어리둥절한 표정으로 그녀를 바라보는 삼월이에게 장난스러운 미소를 보낸 뒤 발소리를 죽여 살짝 열린 안방의 창 곁으로 다가갔다.

방을 나올 때에는 고운 선비의 목소리를 지우려 철없는 아기씨 흉내를 냈지만 막상 창 아래 이렇게 숨고 보니 안방에서 일어나는 일이 궁금했다. 이제껏 신 씨가 아파가 있는 안방에 유연을 들이는 법이 없었기에 더더욱 호기심이 일었다.

"안목이 미천하여 눈에 차실지 모르겠습니다."

창틈으로 흘러나오는 정중한 목소리는 어딘가 익숙한 데가 있었다. 유연이 고개를 갸웃거렸지만 이내 제가 사람의 모습이나 목소리를 잘 구분해 내지 못한다는 걸 깨닫고 도로 방 안의 동정에 귀를 기울였다. 맑게 쟁강거리는 소리가 몇 번 일었다.

아파가 펼쳐 놓은 보 위에는 귀물이라고밖에 할 수 없는 것이 가득했다. 신 씨는 눈이 어리어리할 정도로 호화로운 장신구들을 보다가 살짝 눈썹을 찌푸렸다.

견물생심이라 하더니 그 말이 꼭 맞았다. 모처럼 만에 고운 물건을 구경이나 하고 가느다란 비녀나 하나 살까 하였지만 막상 펼쳐 놓은 것들을 보니 도무지 눈길이 떨어지지 않았다.

딴은 당연한 것이었다. 덕해는 보따리를 꾸리기 위해 여기저기서 구한 꽤 진귀한 노리개나 비녀, 거울 따위의 패물을 아낌없이 내어놓았다. 매양 보는 이들이 왕이고 대비들이요, 늘 보는 것이 팔도 각지에서 올라오는 진상품이었으니 여간한 것이 아니라면 눈에 차지도 않았다. 당연히 박 상궁이 끌러 놓고 보여 주는 것은 여염에서는 보기 드문 물건이었다.

"마음에 드는 게 있으십니까?"

박 상궁이 꽤 호사스런 비녀 하나를 만지작거리며 물었다. 벌써 세 번째 집이다 보니 박 상궁도 제법 매끄럽게 말이 나왔다. 방방곡곡을 떠도는 아파의 말투로는 점잖은 것이었지만 차림도 말끔하고 갖고 있는 물건들도 여간 좋은 것이 아니기에 안방마님들은 다들 의아하게 여기지 않았다. 본디 세상에는 여러 부류의 사람이 있는 법이라며 심상하게 넘겨 버릴 뿐이었다.

"이걸 보고 마음에 들지 아니한다 말하는 여인이 있겠는가?"

신 씨가 태연을 가장하고 박 상궁이 쓰다듬는 비녀를 힐끔거리며 바라보았다. 박 상궁이 그 모습을 보다 은근하게 비녀를 내밀었다.

"어울리는지를 보셔야 마음을 정하실 것 아닙니까."

해 보는 데 돈이 드는 것도 아니고. 뒤에 이어지려던 말은 얼른 삼켰다.

방을 둘러보는 것으로 집안 사정을 짐작하는 것은 어렵지 않았다. 물려받은 재산이 아주 조금, 가세를 유지할 만큼 있으며 녹봉을 받는 것으로 집안을 꾸려 나가는 소박한 양반임을 알아볼 수 있었다. 그렇다고 해서 선심 쓰듯 이야기하면 자존심에 상처를 입고는 싫은 얼굴로 내쫓아 버릴 게 분명했다. 넘지 말아야 할 선을 지키는 건 중요한 일이었다.

"혹 집안에 소저가 있으십니까?"

박 상궁은 좌경을 놓고 조심스레 비녀를 꽂아 보는 신 씨에게 아무렇지 않게 물었다. 아파는 여염의 모든 집은 물론이고 대가 댁 안채까지 드나들 수 있었다. 수완이 나쁘지 아니하고 성격이 좋아 신뢰를 얻으면 집안 사정을 속속들이 알게 되는 경우도 많았다.

하여 간혹 아파가 매파의 역할을 대신하는 경우도 있었으니 박 상궁의 물음은 전혀 이상한 것이 아니었다.

"딸아이가 하나 있지만 아직 어리네."

"마님께서 이리 단아하시니 어린 소저는 오죽이나 고울까요. 타고난 복이십니다."

신 씨는 눈앞의 아파가 풀어 놓는 칭찬의 말을 듣는 둥 마는 둥 아쉬운 얼굴로 비녀를 내려놓았다.

박 상궁은 이 집 살림에 넘치지 않는 정도의 가격은 어느 정도일까 생각하며 신중하게 말을 골랐다. 넘치도록 늘어놓은 패물은 자기 것이 아니니 거저 주어도 아쉽지 않았으나 그러한 행동이야말로 '선'을 넘는 것이었다.

"금일 마님을 처음 뵈었는데 그냥 가기는 아쉽습니다. 본디 그보다 비싼 값어치를 지닙니다만, 첫 인연을 만드는 데 어찌 돈푼에 연연하겠습니까."

신 씨는 아파가 조금 비장한 얼굴이 되어 손가락을 하나, 그리고 다섯 개를 펼치더니 이 이상으로는 흥정하기 곤란하다는 표정을 짓자 곰곰이 생각하다가 고개를 끄덕였다.

방물장수를 불러 본 적도 별로 없고 물건을 산 적은 더더욱 없으니 어느 정도가 적당한 값인지 잘 알지 못했으나 비녀가 적어도 그 정도의 가치는 하리라고 생각했다.

"소저가 있다 하시었으니 마님께서 꺼리지 아니하시면 얼굴이라도 뵙고 조그만 선물이라도 드리고 싶습니다."

박 상궁이 이번에는 수가 놓인 댕기 몇 개를 집어 들어 어느 것이 어린 소녀에게 어울릴지 생각하는 체했다. 소녀에게 선물할 것까지 값비싸다면 의심할 터였다.

"나중에 좋은 혼처라도 주선해 주려고 그러는가?"

신 씨가 웃으면서 방구석을 지키고 있던 몸종에게 딸아이를 데려오도록 일렀다.

그때까지도 창 아래 숨어 있던 유연은 신 씨의 목소리에 화들짝 놀라 허리를 구부린 채 종종걸음으로 안마당 저쪽에 가서 태연한 척 서성였다. 유연은 저를 부르는 몸종을 따라 안방 문 앞에 섰다.

안방 문이 열린 틈으로 사뿐한 걸음걸이를 지닌 소녀가 모습을 드러냈다.

박 상궁이 눈치채이지 않게 살짝 숨을 들이쉬었다. 각낭을 남겨 두고 사라졌던 조그만 아가씨가 방 안으로 들어서고 있었다.

"찾으셨습니까, 어머니."

유연의 눈길은 보료 위에 앉아 있는 신 씨에게서 그 앞 바닥에 넓게 펼쳐진 호화로운 패물로, 그리고 제 어미와 마주 앉아 있는 아파에게로 옮겨 갔다. 아파가 고개를 기울인 채 그녀의 얼굴을 올려다보고 앉아 있었다.

"아⋯⋯."

유연이 짧게, 그리고 작게 탄성을 내뱉었다. 거의 동시에 무심한 듯 비녀며 노리개를 흩어 놓는 아파의 손길에 짤그랑 거리는 소리가 방 안에 울려 퍼졌다.

워낙 순식간에 일어난 일이어서 신 씨는 함께 있으면서도 무슨 일이 일어났는지 제대로 알지 못했다. 초면이 아닌 소녀를 바라보는 박 상궁의 눈매가 부드러워졌다. 이내 만면에 미소를 띠고 입을 열었다.

"역시 마님을 닮아 용모가 고우십니다, 아가씨."

박 상궁의 목소리에 멍하니 서 있던 유연이 정신을 차리고는 신 씨 곁에 앉았다.

높은 솟을대문 안 어느 방에서 자신을 곱게 단장시켜 주던 여인이 방물장수의 외양을 하고 공손한 자세로 앉아 있었다. 아가씨에게만 특별한 것은 아니라며 각낭을 건네던 이이기도 했다.

꿈처럼 아스라하게 흘려보낸 순간이 또렷하게 되살아나고 있었다.

"곧 머리를 얹어야 하는 동기(童妓) 아니더냐."

"내 오늘 너를 만나게 됨이 좋은 벗을 얻는 이상의 연이라고 믿기 때문이니라."

마땅히 분개해야 할 조소 어린 언사는 이어지는 달콤한 목소리에 파묻혔다. 조롱당했던 순간의 충격이며 분노는 사그라지고 오히려 자신의 행실을 반성하기에 이르렀다. 어린 계집아이가 함부로 남의 집 담 안에 발을 들였으니 그런 오해를 받는 것을 서운히 여겨서는 아니 될 일이었다.

"다시 만날 수 있겠느냐."

유연은 그 다정한 목소리를 떠올릴 때마다 그날의 모든 것을 잊어야 한다는 현실과 마주했다. 집 안을 가득 채우고 마음까지 흘러들던 은은한 가락, 고운 선비가 보여 준 다감하던 태도를 마음에 담고 있어 보았자 부질없었다.

알고 있는데도 마음이 자꾸만 가는 것은 어찌할 수 없어서 하루에도 몇 번이나 대문간 앞에서 멈칫거리곤 했다. 한 번, 단 한 번만 다시 가 보면 아니 될까.

유연의 상념 위로 박 상궁의 목소리가 얹혔다.

"아가씨께는 이것이 어울릴 듯합니다."

박 상궁이 집어 들어 권하는 붉은 댕기에는 이름을 알 수 없는 화사한 꽃이 수놓여 있었다. 그 구석으로 우아하게 날개를 펄럭이는 나비도 한 마리 보였다. 유연이 아무 말 없이 붉은 댕기를 받아 들었다.

유연이 댕기의 모양을 물끄러미 바라보는 것이 신 씨에게는 달리 보였다. 노리개며 댕기 따위의 장신구에 제대로 눈길을 준 적 없는 딸아이였다.

하지만 지금 저 모습은 언젠가부터 생긴 그 관심을 쑥스러움이나 혹은 저어하는 마음에 삼가고 있었던 것처럼 보였다. 딸아이도 어느새 고운 옷이며 귀한 장신구에 눈길을 주기 시작할 나이가 되었다. 왜 그걸 여태 깨닫지 못했을까.

"어찌 이리 고운 물건만 갖고 다니는 겐가."

신 씨의 목소리에 박 상궁이 유연에게서 눈길을 떼고 웃어 보였다. 지금부터가 중요한 순간이었다. 특별한 사실을 알려 주듯 비밀스럽게 마음 구석으로 셈하여 볼 수 있도록 달콤한 이야기를, 위험한 낌새 따윈 느껴지지 않도록 조심하여 말을 흘려 놓아야 했다.

"저야 일개 아파지만 제가 거래하는 곳의 주인이 솜씨가 좋은 장인을 여럿 안답니다. 이레 후면 또 괜찮은 물건들이 들어온다 들었습니다. 보따리에 이고 올 수 있는 것에는 한계가 있고 제 안목은 보잘것없습니다. 그러니 직접 가면 이보다 헐한 값에 더 좋은 물건을 찾으실 수 있을지도 모릅니다. 운종가 끄트머리에 있어 반가 규수들도 종종 걸음 하고 어리거나 병약한 규수가 걷기에 좀 무리다 싶으면 가마도 보내 드린다 들었습니다."

엄밀하게 말하면 모두 거짓말은 아니었다. 제 벗이 불쌍하여 나섰다는 덕해는 소녀를 찾아내어 다시 눈앞에 대령하는 이상의 것을 계획하고 있었다.

대로에서 조금 떨어진 한적한 길가에 소박하게 선 건물을 하나 얻고 그럴듯하게 속을 채울 예정이라 했다. 일을 과하게 벌이는 것이 아니냐는 박 상궁의 말에 덕해가 고개를 저으며 대꾸했더랬다.

"박 상궁, 우리 신세를 생각해 보오. 내 피를 이어받은 자식 같은 건 있지도 않아. 재산이나 지위를 바라고 들어오는 양자나 핏줄이 조금 닿았어도 급할 땐 남이나 다를 바 없는 조카 녀석 따위가 어느 날 갑자기 생긴 차고 넘치는 돈푼을 얼마나 잘 간수할꼬?

재산을 그러모아도 다 남 좋은 일만 시켜 주고 떠나는 게지. 어차 피 빈손으로 떠나야 하는 세상인데 무어 그리 아까워 바들바들 떤단 말이오?'

박 상궁이 신 씨를 향했던 고개를 돌려 다소곳하게 앉은 소녀를 바라보며 상냥하게 덧붙였다.

"틀림없이 아가씨께 꼭 어울리는 물건이 하나쯤은 있지 아니하겠습니까?"

유연은 말없이 고개를 떨어뜨려 댕기 위에 도도록하게 올 라온 수놓인 부분을 어루만졌다.

✢   ✢   ✢

겨울은 떠나보낸 지 오래, 그럼에도 꽃을 시새우는 것처럼 싸늘한 바람이 한동안 불어 들었지만 그것도 잦아들었다. 따 스한 봄날이었다.

삼월하고도 초사흗날, 본디 춘당대시(春塘臺試)가 치러져야 하는 날이었지만 알 수 없는 이유로 날짜가 나흘 뒤로 미루 어졌다.

애초에 임금이 과거 시험장에 친히 행차하는 건 보여 주기 위한 것에 불과하여 친림한다 한들 결과에 변함이 있는 것은 아니었다. 하여, 모처럼 만에 아무것도 그를 재촉하지 않는 한가한 오후였다. 반반한 돌바닥 위를 저벅저벅 걸어가던 환이 걸음을 멈추고 뒤를 돌아보았다.

허리도 고개도 구부정하게 숙이고 있는 내관은 이목구비조차 보이지 않아 엉뚱한 자가 뒤따르고 있어도 알 수 없을 것 같은 느낌이 들 정도였다.

평소에야 그리 아쉬울 것도 없었지만 아주 간혹 관습에 얽매여 누군가와 제대로 눈을 마주칠 수 없다는 사실이 외롭게 느껴지는 날이 있었다. 환이 실없이 들리는 질문을 던졌다.

"네 이름이……."

이쯤 되면 악취미라 할 만했다. 언은 대체 몇 번째인지 알 수 없는 질문에 대한 답을 입에 올렸다.

"선비 언(彦) 자를 쓰옵니다."

"이름자에 선비라니. 내관에게는 진실로 어울리지 아니한 이름이지."

'이름을 지어 주신 부모님께서도 소인이 내관이 될 줄 모르셨을 것이옵니다.'

들려주고 싶은 대꾸는 입을 꾹 다물어 삼킨 채로 언이 그 뒤를 따랐다. 환이 투덜댔다.

"이전에는 그러지 아니하였던 것 같은데 작금의 그대는 내금위장만큼이나 과묵하단 말이지. 차라리 간관인 척 구는 잔소리꾼을 곁에 두는 게 더 나으리라 여기는 날이 오리라고는 생각도 아니하였는데."

괜한 트집이었다. 언은 평소에도 말이 많지는 않았다. 간혹 환의 말에 농담 비슷이 대꾸를 하는 날은 있어도 딱딱한 어조에 가로막혀 전혀 가볍게 들리지 않았다.

환이 책무를 피한다는 느낌을 받을 때 은근하게 지적을 한 적이 몇 번 있었으나 그조차도 깊숙이 숨기고 있던 마음 한 구석을 내보였을 때 그만두다시피 했다. 뜻을 펼 수 없는 사내의 무기력함을 책망하는 것은 부질없는 짓이었다.

여전히 말이 없는 언을 향해 환이 질문을 던졌다.

"처음 보는 꽃이 피어 있으면 어찌해야 할까?"

질문의 의도를 파악하려던 언이 조심스럽게 대꾸했다.

"그 자리에 두고 완상함이 옳다 생각하옵니다."

풀꽃은 땅에 뿌리를 박고 산다. 뿌리를 뽑아 옮겨 심으면 처음 며칠간 위태로워 보일 만큼 비리비리하게 말라 갔다. 지극한 관심으로 살려 내면 또 그곳이 제 터전이었던 듯 잘 살아갔지만 아무리 극진하게 보살펴도 바짝 말라 버리는 경우 역시 허다했다. 처음 보는 꽃이라면 풍토도 습성도 알 수 없으니 차라리 그 자리에 두고 오래도록 음미하는 것이 나았다.

그러나 환은 그 답이 만족스럽지 않은 듯 재차 질문을 던졌다.

"항시 곁에 두고 보기 위해 꺾으면?"

"시들지 않겠사옵니까. 시든 연후에는 틀림없이 눈 밖에

나서 버려질 터. 꽃에게도 사람에게 좋은 일은 아닐 것이옵
니다."

"시들 것을 두려워하여 놓아두고 갔다가 다른 누군가가
꺾어 가져가면 어찌해야 하느냐?"

그 질문에는 대꾸할 수 없었다. 꽃을 꺾는다는 말을 썼을
때 이미 그것이 흙 위로 솟아오른 가느다란 줄기에 매달린
것을 의미하지 않음을 깨달았다.

여색을 탐하는 것은 흉이나 흠이 되는 아니하였으나 환
의 행실이나 평판을 생각하면 작금의 행태는 염려스러운 건
사실이었다. 궁인이야 어차피 왕의 여인이니 매일같이 찾거
나 발길을 끊어도 아무 상관 없었다. 하지만 궐 담 바깥의 여
인이라면 사정이 조금 달랐다.

대상이 기녀일 때까지만 해도 흔한 일은 아니나 심상하다
할 만하였다. 그러나 중전마마 사후에 반가 여인을 남몰래
들이는 것은 위험한 장난이었다. 그렇기에 더 마음이 끌리는
것이겠지만. 환이 대답 없는 언을 대신하여 혼자 결론을 내
렸다.

"없어진 뒤 심히 아쉬울 것 같으면 울 안에 옮겨 심어야
하겠지."

"풍토가 같지 아니하면 역시 시들지 아니하겠사옵니까?"

"그러한 일이 생기지 아니하도록 마음을 다하여야지."

환이 싱긋 웃더니 덧붙였다.

"물론 그 꽃에 그만한 가치가 있다고 여겨지면 말이다."

지금까지 그의 앞에 다소곳하게 앉던 소녀, 혹은 여인들이 어떤 이인지는 환도 짐작하고 있었다.

가난한 선비의 아낙이 곱게 키우려 애쓴 딸임은 굳이 묻지 않아도 알 수 있었다. 양반의 딸이 되어 남의 첩실로 들어간다 하면 노발대발할 일이겠지만 상대는 왕이었다. 혹여 입궐하여 정식으로 후궁의 자리에 앉게 되면 남아 있는 식솔의 안위가 보장이 되었다.

하늘이 도와 아들이라도 낳으면 빈의 자리에 오를 수 있고 그리되기만 하면 정실부인인 비를 부러워할 필요도 없었다.

그러니 그가 마음만 먹는다면 여염의 부녀라도 혼인을 하지 아니한 처녀이기만 하면 궁인으로 들여 곁에 두는 것도 썩 어려운 일은 아닐 터였다. 권세 따위 가질 꿈도 꾸지 못했을 가난한 집의 여식을 어느 누가 경계하겠는가.

"다시 볼 적에도 고운 자태를 지닌 꽃으로 보일지 여전히 향기로울지 짐작할 수 없구나."

환은 웃음이 담뿍 배어든 말끝에 입술 꼬리를 끌어 올렸다. 어딘가 심술궂은 데가 있는 표정이었다.

"아아, 너는 아직 보지 못하였지. 과인도 한 번 헛걸음하였으니 설령 생각보다 못나고 향기롭지 아니하여도 단번에 보여 주기는 아까운 것을 어찌한다."

언은 환이 헛걸음했다는 말에 문득 며칠 전 먼발치에서 보앉던 늙은 내관의 모습을 떠올렸다. 이제는 뒷방늙은이나 진배없는 신세라고 투덜거리면서 유유자적하는 덕해가 어쩐 일로 그런 곳까지 가서 팔을 휘저으며 호기롭게 배회하고 있는가 궁금했었다. 아마 오늘 전하의 행차와 관계가 있는 모양이었다.

"혹 금일도……."

환은 그 뒤에 이어질 말을 눈치챘다. 가볍게 언을 타박했다.

"네 늙은이를 지나치게 무시하는구나. 과인도 감당치 못할 연륜을 가진 이들이니라."

환이 콧노래라도 흥얼거릴 듯 가벼운 몸놀림으로 조금 전보다 빨라진 걸음을 내딛기 시작했다.

"마님, 채비가 다 끝났사옵니다."

"잠시 기다리게."

신 씨는 문 밖에서 들려오는 목소리에 짧게 대답한 뒤 자신의 앞에 앉아 있는 삼월이를 바라보았다. 어깨를 잔뜩 움츠리고 고개를 푹 수그리고 있는 게 아직 자신이 몹시 어려운 모양이라고 생각했다. 신 씨의 목소리가 한결 부드러워졌다.

"내 너에게 부탁할 것이 있다."

삼월이 앞에 무엇인가가 미끄러지듯 놓였다. 삼월이가 조심조심 눈을 치켜뜨고 제 앞에 놓인 것을 살폈다. 작은 주머니였지만 제법 볼록하게 배가 불러 크기에 비해 가볍지는 아니할 것 같았다.

용기를 조금 더 내어 고개를 올렸다. 그래도 마님의 얼굴을 똑바로 바라보는 건 할 수 없어 겨우 입술이 움직이는 모양까지 보일 정도로만 고개를 들었다.

"아가씨를 모시고 나들이라도 좀 다녀오너라."

신 씨가 손을 들어 쪽머리를 가로지른 비녀를 어루만졌다. 손끝에 닿은 정교한 세공이 마음까지 흐뭇하게 했다.

불사를 다녀온 후로 모처럼 만의 외출, 때마침 삼짇날인데다 볕도 좋았다. 막 일어서려는데 오늘도 하루 종일 집 안에만 틀어박혀 있을 딸아이가 눈에 밟혔다. 한 달이면 서너 번 이상은 몸종을 달고 대문 밖을 빠져나가 집안을 발칵 뒤집어 놓던 딸아이가 달포 남짓한 시간이 흐르도록 꼼짝 않고 있었다.

딸아이가 조신해졌는가 생각하면 반가워해야 마땅한 일이었지만 가끔 몹시 아쉬운 눈길로 대문 곁에 붙어 서서 바깥을 바라보는 일이 있다는 것을 알고 있었다. 길을 잃었던 게두려워 바깥에 나가질 못하는가 생각하면 안타까운 마음이 들기도 했다.

"하온데 이것은⋯⋯."

삼월이가 작은 주머니를 들어 올리며 조심스레 물었다. 아기씨를 모시고 갈 수 있는 곳이라야 기껏해야 마을 근처라든가 장시가 서는, 가깝고 눈요깃거리가 있는 곳에 불과할 것이었다. 군것질로 과일이라든가 과자 부스러기를 살 수는 있겠지만 주머니의 무게로 미루어 볼 때, 안에 든 돈은 그 이상의 일을 할 수 있을 만큼이었다.

"며칠 전에 아파가 다녀간 것을 알고 있겠지?"

"예에, 마님."

안방에 함께 있었던 건 아니지만 아기씨를 안방에 모시고 갔다. 짧지 않은 시간을 기다린 후에 아기씨가, 뒤이어 보따리를 안고 있는 아파가 따라 나오는 것을 본 기억이 있었다.

"너는 우리 아가보다 나이도 많고 세상도 조금 더 겪어 보지 않았느냐. 아가가 과히 힘들어하지 않거든 꼭 다녀오너라. 운종가 끄트머리에 있다더구나. 그 아파도 오늘은 그곳에 줄곧 있을 것 같다 하였으니 찾는 건 어렵지 아니하겠지. 위험한지 그렇지 아니한지는 너도 판단할 수 있을 것이고."

이제 좀 계집아이다운 마음이 자라기 시작하는가 싶은 딸아이의 품에 작은 선물 하나 정도는 안겨 주고 싶었다. 말이 많지 않은 행랑어멈이 입에 침이 마르도록 칭찬한 삼월이라는 아이를 딸려 보내면 마음이 놓일 것 같았다. 신 씨가 다짐을 놓듯 말을 덧붙였다.

"너를 믿으마, 삼월아."

삼월이가 두 손으로 주머니를 꼭 쥐고 고개를 주억거렸다. 물러가 보라 손짓하는 마님께 더욱 공손하게 고개를 조아리고 뒷걸음질로 문을 나섰다. 몇 발 딛는 것만으로 도착한 곁방에서 아기씨에게 제 손에 들린 것을 흔들어 보이고는 소매를 잡아당겼다.

"어머니도 참, 이러지 아니하셔도 되는데. 정말이야. 굳이 나가지 않아도 괜찮아."

유연이 살짝 눈썹을 찡그렸지만 삼월이는 막무가내였다. 소맷부리는 놓았으나 팔을 뻗어 쓰개치마 끄트머리를 잡고 몇 번 펄럭이는 것으로 팔에 휘감은 뒤 다시 유연을 향해 돌아섰다.

"그때에는 나가고 싶으셔서 제게 직접 방도까지 일러 주시지 않으셨습니까. 혹시, 그적에 무슨 일이라도 있으셨습니까?"

유연은 안방마님이 불사에 갈 적에 삼월이를 데리고 갈 것이니 그날 몰래 외출했다가 시간을 맞추어 돌아오겠다고 말했다. 그것을 실천에 옮기고 오는 길에 그토록 서럽게 울던 것을 생각하면 무슨 일이 있었는가 싶은 생각도 들었다.

"일은 무슨!"

유연이 펄쩍 뛰듯 부인했다.

"마님께는 결단코 말씀드리지 않겠습니다. 쇤네가 아기씨

몸종이지 마님 몸종은 아니지 않습니까."

"아무 일도 없었어."

은근하게 물어오는 삼월이에게 유연이 완강한 목소리로
대꾸했다. 그 목소리에는 당황하거나 불안해하는 기색이 없
어 삼월이는 내심 안도했다.

마님에게 말씀드리지 않겠다고 하였지만 그때의 눈물에
단순히 길을 잃었던 불안감과 다시 돌아올 수 있었던 안도감
이상의 의미가 있다면 그건 또 어떻게 할 것인가 고민스러웠
었다.

"그러면 뭘 더 망설이십니까. 마님께서 다녀오라 이르시는
데."

삼월이는 옥색 쓰개치마를 유연의 머리 위에 덮어 둘러놓
고 문을 활짝 열어젖혔다. 곱게 수가 놓인 신 대신 소박하다
싶을 정도로 단순하게 생긴 신을 정리해서 섬돌 위에 가지런
히 놓았다. 삼월이의 모습을 바라보는 유연의 눈에 의아함이
어렸다.

"마님께서 운종가 끄트머리라 말씀하시던 걸요, 아기씨.
설마 서너 발짝만 떼어도 해어질 것 같은 저 신을 신고 가실
요량이셨습니까?"

유연이 잠깐 동안 머뭇거렸다. 아파로 분한 여인이 말한
이레 뒤는 바로 오늘이었다.

삼월이가 나타나기 직전까지 어찌할지 마음을 정하지 못

한 채로 애꿎은 붓대만 만지작거리고 있었다. 삼월이가 다시 한 번 채근하자 마음을 먹고 섬돌 위로 내려섰다. 유연이 삼월이를 따라 대문을 나섰다. 순간, 익숙한 목소리가 들려오는 것 같았다.

"조심해, 누이. 다정하다고 아무나 따라가지 말고 신기하다고 아무 데나 들어가지 말고."

고개를 돌려보았지만 아무도 없었다. 그러나 그 목소리가 꼭 자신의 걸음을 붙잡는 듯하여 망설였다. 순간 산들거리는 바람이 한 줄기 불어 들어 절반도 되지 아니하게 내놓고 있는 얼굴을 스쳐 갔다.

깨끗한 햇살이 부서져 내려 어루만지는 그 느낌이 참 좋았다. 망설임을 잊은 채 발걸음을 옮기는 유연의 주변에 잔잔한 공기의 파문이 일렁거렸다. 소녀의 마음 가득, 봄내음이 밀려들었다.

"돈깨나 쓰셨겠습니다."

썩 넓지 않은 가게 안을 기웃거린 끝에 나온 박 상궁의 감상이었다. 반쯤은 고작 대엿새 사이에 퍽 그럴듯하게 단장해 놓은 것에 대한 감탄이었고 나머지 반쯤은 사소한 일에 이 정도까지 정성을 들이는가 하는 가볍고 은근한 책망이었다. 희봉이 그에 동조하듯 고개를 위아래로 움직이며 구석에 자리 잡고 앉았다.

며칠 전, 덕해가 희봉을 불러내고서는 눈이 튀어나올 것 같은 물목을 펼쳐 놓았다. 혹시 전하께오서 가산을 몰수하고 내어 쫓으라는 명을 저치를 통해 내리셨는가 의구심이 들 정도였다. 전 재산에는 한참 미치지 못했지만 얼떨떨할 정도의 예산에 입이 딱 벌어졌다. 대체 이게 무어냐는 질문에 덕해가 딱 한마디를 했다.

"자네의 목숨값."

희봉이 여전히 어안이 벙벙한 얼굴을 하고 있으니 빙글거리는 말이 이어 들려왔다.

"숨줄을 보전함은 물론이고 퇴직 후의 노후 대책까지 겸하니 이 정도면 헐하지 아니한가."

희봉은 두말하지 않았다. 덕해가 유들유들하니 곤란한 지경을 쏙 피해 가는 약삭빠른 데가 있는 인물이어도 말에는 책임을 질 줄 알고 맡은 일은 틀림없이 해냈다. 그 말이 틀림없다면 그 정도 돈은 아깝지 않았다. 아주 허랑방탕하게 날리는 것도 아니고 노후 대비까지 겸한다는 데야 더 말할 것 있나.

"이 정도를 가지고 뭘."

그러나 박 상궁의 말에 대꾸하는 덕해의 목소리는 심드렁했다. 전(廛)이나 방(房)이 되기에는 규모가 작고 가가(假家)보다는 조금 큰 정도였으니 대단하다 할 수 없었다.

궐에서 일한 시일을 햇수로 헤아려도 손가락, 발가락이 모자라게 된 것도 꽤 오래전이었다. 그 긴 시간 동안 계절을 잊지 않고 꼬박꼬박 지급되는 녹봉이며 간혹 왕이나 대비의 심기가 좋거나 일 처리를 잘했다며 받는 하사품, 그 외 여러 사유로 생기는 가외 수입을 더하면 속된 말로 한몫 챙겼다고할 수 있을 만큼 재산이 모였다.

악착같이 돈을 긁어모아 보았댔자 저승에 갈 때 필요한 건몸에 두를 수의 한 벌에 제 몸 하나 꽉 들어차는 관, 그리고그 관 위에 봉분을 쌓을 만큼의 좁은 땅이 전부였다.

덕해의 목소리가 시큰둥한 데에는 그런 의미도 있었다. 어차피 물려줄 자식도 없고 죽으면 가져갈 수도 없는 재산이무어 그리 아까운가.

"굳이 이렇게 할 필요가 있을까요?"

"아가씨 혼자 온다면 더할 나위 없겠지만 주부(主簿) 댁 따님 같으면 마님이 아가씨 혼자 보낼 리 없잖소. 세상 물정 모르는 어린 아가씨야 몇 번을 드나들어도 그곳이 어디인지 전하께서 어떤 분인지 짐작하기 어렵겠지만 대가 댁 마님도 그러할까. 꼬리가 길면 밟히는 법, 조심해서 나쁠 것 없지."

"고작 한 번일 것인데?"

"그리 생각하오?"

"궁인 중에도 고운 아이가 어디 한둘입니까. 하지만 궐에서도 같은 아이를 다시 찾는 일이 두어 번을 넘는 적이 없으셨던 것을."

"흐흠."

덕해가 수상쩍은 코웃음 소리를 냈다. 상궁이나 되어 눈치가 그것밖에 안 되느냐는 비웃음이 깔려 있었다.

"그렇다고 칩시다. 그래도 나쁠 건 없소. 늙은 퇴직 환관이 주인으로 있다고 입소문이라도 나면 이 구석진 데에 있는 옹색한 가게라도 사람이 북적이지 않겠소?"

"정말 여기 주인 노릇을 할 요량이요?"

"혹 일이 뜻대로 풀리지 아니하면 재산을 몰수당하고 빈몸으로 내어 쫓길 가엾은 내관이 주인이 되면 딱 맞겠소."

"참으로 눈물겨운 교분입니다."

박 상궁이 잠깐 빈정대고 나서 한눈에 들어오는 가게 안을 둘러보다가 고개를 갸웃했다.

"아가씨가 마님과 함께 오면 어쩔 셈인지요? 설마 한곳에서 전하를 대면케 하려 함입니까?"

"마님이야 저 안에 더 귀한 것이 있다고 말씀드리면 그만이지."

덕해가 턱짓을 하는 방향에는 안이 비칠 듯 말 듯 하지만 절대로 안 보일 것이 분명한 발이 벽 한쪽에 길게 드리워져 있었다. 안에서 무슨 일이 일어나도 알기 어렵겠지만 반대로 바깥에서 무슨 일이 일어나는지도 쉬이 알 수 없을 터였다. 소리가 새어 나가고 들어가는 것은 막을 수 없겠지만 사소한 소음으로 어지간한 소리는 가릴 수 있었다.

"하면 전하께서는?"

"전하께서는 아가씨를 데려오라 명하셨지 그 이상을 말씀하시진 않았소."

대꾸하는 덕해의 표정에 장난기가 서렸다. 그러나 이내 아랫사람을 대하는 점잖은 표정으로 돌아와 그들 앞에 놓인 문제를 꺼내 놓았다.

"나는 그 아가씨 얼굴도 기억이 안 나오. 언제 올지 몰라도 지금쯤 마중을 나가야 하지 않겠소? 운종가 끄트머리라 일러 달라 했지만 여기는 거기서도 더 뒤쪽 골목이니."

덕해의 말에 박 상궁이 몸을 돌렸다. 표표히 딛는 걸음에서는 일종의 절도 비슷한 것이 느껴져 박 상궁이 어찌 계집인가 묻던 희봉의 목소리를 떠올린 덕해가 잠시 몸서리를 쳤다.

오가는 사람들이 어지러울 정도로 많은 거리에 눈코입이 나 겨우 보일 만큼 몸 전체를 폭 감싼 여인은 나이 불문하고 꽤 여럿이었다. 그러나 눈썰미 좋은 여인에게는 그것으로 족한 모양이었다. 박 상궁은 귀한 아기씨가 행여 누구랑 부딪히기라도 할까 먼저 앞장서서 가는 몸종의 앞을 가로막아 선 뒤에, 그 뒤로 주춤거리듯 걸음을 멈춘 소녀를 내려다보았다.

"오셨습니까, 아가씨."

"아."

유연이 어찌할 줄 모르는 얼굴이 되어 덕해와 박 상궁을 번갈아 쳐다보다가 고개를 숙여 보이려 하자 박 상궁이 얼른 고개를 저어 행동을 제지했다.

"상대가 누구인지 알지 못하면서 함부로 고개를 숙이시는 건 옳지 않습니다."

단 한 번뿐이리라는 생각에는 변함이 없으나 덕해의 비웃음에도 일리는 있었다. 사람 일은 알 수 없다. 박 상궁이 다시 눈동자를 빠르게 굴려 주변을 살펴보았으나 일행은 소녀와 몸종, 단둘뿐인 단출한 구성이었다.

"마님께서는……."

"마님께서는 출타하시어 쇤네에게 아기씨 곁을 지키라 말씀하셨습니다."

대충 돌아가는 상황을 파악한 삼월이가 제법 또랑또랑하

고 당찬 목소리로 대답했다. 위험한지 그렇지 아니한지 판단하는 것, 하나뿐인 아기씨 신변을 보호하는 건 오로지 자신에게 달려 있었다. 삼월이는 조금이라도 이상한 낌새가 보이면 손목이라도 쥐고 뛸 생각으로 유연의 곁에 바짝 붙어 섰다.

"그렇군요. 그럼, 가실까요."

박 상궁이 평온한 목소리로 유연에게 말을 건네자 덕해가 몸을 돌려 왔던 길을 되짚기 시작했다. 그적에는 머리끝에 매달린 댕기가 달랑거리는 뒷모습밖에 볼 수 없었던 소녀가 대체 어떤 아이인지 궁금하여 박 상궁의 어깨 너머로 표가 나지 않게 뜯어보았지만, 역시나 딱히 특별한 점을 찾을 수 없었다.

이목구비가 또렷하여 좀 더 자라면 미인이라는 소리를 들을 수도 있을 것이라고 희봉이 말했지만 그건 어디까지나 더 자란 뒤에 '그럴지도 모른다'는 가정에 불과했다. 등 뒤에서 박 상궁의 목소리가 들려왔다.

"본디 가진 돈이 많은 자가 소일처럼 하고 있는 가게랍니다. 드나드는 이가 지나치게 많으면 손을 탈까 봐 저어하기도 하고요. 하여 조금 덜 번잡한 곳에 있답니다. 혹 꺼려지시거든 언제고 돌아가셔도 괜찮습니다."

왜 이런 이야기를 하고 있는지는 박 상궁 자신도 잘 알지 못했다. 왕의 관심을 받는 이유가 어디에 있는 것인지도 알 수 없는 조그만 소녀가 자꾸만 눈에 밟혔다. 여태 입을 꾹 다물고 있던 소녀는 그 목소리에 비로소 미소를 보냈다.

"실로 귀찮게 구는구나. 반가 규수라는 게 이리도 만나기 힘든 것이더냐."

환은 입으로는 투덜대고 있었으나 걸음은 지극히 가벼웠다. 붉은색 용포 따윈 벗어 던진 평범한 선비의 차림이 마음에 들었다. 물론 그는 지금의 차림이 여간한 선비는 엄두도 낼 수 없는 화사함의 극치임을 깨닫지 못했다. 의복 따위에 썩 관심을 두지 않는 언 역시 그런 점을 지적해 주기는 어려웠다.

눈부시게 쏟아져 내리는 봄 햇살에 은근히 마음이 설레어 딛는 걸음 뒤로 여흥이 남았다. 구중궁궐이라도 봄은 찾아오고 같은 바람이 담을 타고 문 사이로 흘러들어 오건만 어찌하여 이리도 다른 것인지.

"그대 생각은 어떠한가?"

환이 문득 생각난 듯 뒤를 돌아보았다. 늙은이의 허리가 구부정한 것이야 이상할 것 없지만 고작 이십 줄에 접어든 사내가 대로에서 그와 같이 하고 있으면 우스꽝스러울 것이 분명하여, 꼿꼿하게 허리를 세운 언이 뒤를 따르고 있었다.

가려졌던 훤칠한 외모가 그대로 드러나는 것을 보노라니 다시 한 번 진심으로 아쉬워졌다. 대체 이자가 왜 내관이 되었는지.

"내키지 않으면 아니 가시면 그만이옵니다."

"뭘 모르는 소리를 하는구나."

환이 혀를 쯧쯧 차며 고개를 가볍게 내저었다.

"고운 꽃의 생생한 모습을 그대로 보려면 핀 곳까지 수고로운 걸음을 옮기는 것쯤은 감수해야지."

언의 발언에 대해 반박하는 것처럼 대꾸하고 있는 환은 귀찮다고 말했던 것이 자기 자신이었음을 그 짧은 시간 내에 까맣게 잊어버린 것 같은 투였다. 그리고 언 역시 굳이 그 사실을 일깨워 주고 싶은 마음은 없었다. 환이 딛는 걸음을 보조를 맞추어 따르며 혹 전하께서 길을 잘못 드는 것은 아닌지 살필 뿐이었다.

"자꾸만 사람들이 과…… 나를 쳐다보는 것 같은 건 착각인 것이냐?"

어느덧 번화가를 지나 사람의 왕래가 썩 많지 않은 골목에 접어들었다. 내내 갓양태를 만지작거리던 환이 비로소 갓을 고쳐 쓰며 투덜거렸지만 사람들이 내는 소음에 묻혔다. 궐에서도 그 모습을 드러내는 것만으로 궁인들의 눈길을 사로잡는 이였으니 여염에서는 오죽할까. 용안을 함부로 쳐다볼 수 없어 경연(經筵)이나 소대를 할 적마다 얼굴을 마주쳐야 하는 경연관 정도를 제외한다면, 그가 신료들을 대면하는 것은 그야말로 순간이었다.

그러니 얼굴을 아는 누군가에게 들킬 것을 염려하지 않아도 좋았으나 사람들의 이목이 쏠리는 것은 그다지 바람직하지 않았다.

갑자기 환이 멈추었다. 아슬아슬하게 스쳐 가볍게 부딪치는 일을 면한 언이 몸을 비스듬하게 기울였으나 환이 돌아서며 재치 있게 옆으로 걸음을 옮겼다. 움직임을 봉쇄당한 언이 눈에 의구심을 가득 담았다.

"그대는 이만 돌아가서 기다리라."

난데없는 말에 언의 눈썹이 가볍게 꿈틀거렸다. 불경스럽다는 것도 잊고 환의 얼굴을 멀거니 바라보았다. 생기 있게 빛나는 눈동자에 담긴 뜻은 짐작할 수 없었지만 입가에 걸린 미소는 장난꾸러기 사내아이의 것과 비슷했다.

"과인이 이야기하지 않았더냐. 단번에 보여 주기는 아깝다고."

환이 언을 억지로 돌려세우고 등을 떠밀었다. 잠시 머뭇거리다 오던 길을 되짚어 돌아가는 언을 보며 환의 시선이 조금 전 바라보던 쪽으로 향했다.

머리끝부터 시작해서 온몸을 감싼 옥색 쓰개치마 아래로 붉은 빛깔의 치맛자락이 봄바람에 가볍게 나풀거리는 모습은 여기까지 오는 동안 흔하디흔하게 본 것이었다. 그럼에도 눈길이 떨어지지 않았다.

옥빛 천이 머리에서 어깨로 흘러내리며 소녀의 옆모습을

드러냈다. 하나로 땋아 내린 머리와 깨끗한 얼굴이며 옷차림은 그적에 비해 훨씬 수수한 듯 보였지만 소녀의 생기를 감하지는 못했다. 선이 고운 옆얼굴에 역력하게 드러나는 긴장의 빛을 발견하는 순간 이상하게 맘이 설레었다.

소녀의 모습이 문 안으로 사라진 다음에도 환은 이상스레 두근거리는 가슴의 고동을 억누르며 잠시 그 자리에 서 있었다. 바닥에서 피어오르는 아지랑이 틈으로 이미 안으로 들어선 소녀의 모습을 일렁이듯 그려 냈다.

엷은 바람 한 줄기가 그의 귓가를 스쳐 지나가며 한 번도 들어본 적 없는 소녀의 부드러운 웃음소리를 흘려 냈다.

환이 눈을 깜박이고 고개를 저으며 환술이 그려 낸 것 같은 잔상들을 몰아내고 조금 전보다 걸음을 빨리했다. 몇 걸음 앞에 그 실체가 놓여 있는데 환영에 미혹될 수는 없었다.

유연이 머리 위까지 덮어쓴 쓰개치마의 턱 아래 안쪽에서 꼭 움켜쥐어 여미고 있던 손에 조금씩 힘을 풀었다. 기다란 치마는 뒤쪽에서 잡아당기는 제 무게를 이기지 못하고 이마에서 정수리로, 땋아 내린 머리칼이 시작하는 뒷머리에서 목덜미까지로 미끄러져 내려갔다.

옆에 꼭 붙어 선 삼월이는 유연의 어깨에 반쯤 걸쳐진 쓰개치마를 걷어 내어 구김이 가지 않게 갈무리하며 조그만 목소리로 속삭였다.

"들어가시게요, 아기씨?"

묻는 목소리에는 대놓고 내색하지 않으려 해도 엷은 근심이 묻어났다. 유연이 대답을 미룬 채로 조금 전 박 상궁이 아무 망설임 없이 발을 들인 건물을 쳐다보았다.

"벌써 예까지 와 버렸는걸."

유연이 천천히 미뤄 둔 대답을 했지만 말과 다르게 발이 선뜻 떨어지지는 않았다. 작은 가게는 음습하거나 어두운 느낌을 주지는 않았으나 지나오면서 본 다른 곳들에 비해 조금 초라한 편이었다.

며칠 전 신 씨의 안방에 펼쳐졌던 형형색색의 호화로운 장신구들을 떠올리기가 곤란할 정도였다. 아니, 소박한 가게의 외관과 고운 장신구가 연결되지 않는 게 문제가 아니었다. 깔끔하기는 해도 작고 단출한 가게의 모양새에서 우아한 자태의 선비를 떠올릴 수 없다는 게 그 걸음을 망설이게 했다.

여태 대문 바깥에 한 걸음조차 내딛지 못한 것도 다 그 선비 때문이었다. 한 발짝이라도 내어 놓으면 눈물방울까지 매달아 가며 주장했던 '반가 규수의 체면' 따위는 까맣게 잊은 채 날듯이 달려갈 것만 같았다.

"틀림없이 아가씨께 꼭 어울리는 게 하나쯤은 있지 아니하겠습니까?"

망설이고 있는 유연의 귓가로 여인의 목소리가 생생하게 울렸다. 그 말이 그를 다시 만날 수 있다는 신호인 것만 같아 마음이 설레었다. 깃털처럼 가벼운 발걸음을 조신한 척 가장하여 여기까지 왔다.

유연이 온몸을 감싸 오는 실망감을 털어 내려 애쓰면서 냉정하게 생각했다. 여인이 그녀에게 이야기한 '어울리는 것'이 '그 선비'라는 보장은 사실 어디에도 없었다.

그런 호남아를 감히 유연에게 어울린다 말할 수도 없고, 장성한 사내가 그녀처럼 어린 계집아이를 찾을 연유도 없었다.

세상 물정을 잘 모르는 어린아이였지만 사내는 여러 여인을 찾는 것이 흠이 되지 아니하며 잘생긴 사내는 그만큼의 인물값을 하리라는 정도는 알았다.

"꼭 이런 곳이 아니어도 대로변에도 좋은 것을 파는 곳은 얼마든지 있었습니다, 아기씨."

유연의 마음을 들여다볼 수 없는 삼월이가 걱정하는 건 그와는 조금 다른 것이었다. 전에 지내던 댁에도 장사치들이 드나들었다. 양반에게는 일단 허리를 굽히고 머리를 조아렸고 돈이 될 것 같다 싶으면 비굴하다 싶을 만치 굽실거렸다. 그러나 조금 전에 만난 이들은 삼월이가 알고 있는 상인들과는 느낌이 판이하게 달랐다.

신분이 다르고 격이 다르니 양반 댁 아기씨에게 예를 갖추어 대하는 것은 당연했다. 하지만 그들의 태도에는 일종의 품위처럼 느껴지는 뭔가가 있었다. 혹 커다란 전이라도 하고 있는 주인쯤 된다면 이해할 수 있지만 겨우 가가나 벗어난 조그만 가게 아닌가.

삼월이의 목소리가 유연의 결정을 재촉했다. 혼자서든 삼월이를 데리고서든 그 큰 저택까지는 갈 수도 없었다. 부질없는 기대를 품었던 건 그녀의 착각이고 생각이 짧은 데서 온 헛된 바람이었다. 여기에서 걸음을 돌리는 것이 오히려 더 모양이 이상했다. 노리개 따위를 바라고 온 건 아니었지만 꼭 그것 때문에 온 것처럼 명랑한 목소리를 냈다.

"어머니께서 보내실 정도면 다른 데 것하고 비교할 수 있을까. 그리고 혼자 온 것도 아닌데 무엇을 걱정하겠어."

유연이 망설임을 지우며 삼월이에게 생긋 미소를 보내고는 한 발을 앞으로 내밀어 꾹 디뎠다.

삼월이는 가게 안에 들어서자마자 조금 전까지 들어가지 말자 권하던 것도 잊고 가까이에 놓인 천 뭉치에 시선을 빼앗겼다.

'곱다.'

기다랗게 둘둘 감긴 채로 벽에 기대어 있는 천 뭉치를 조심스레 손끝으로 찔러 보았다. 눈에 보이는 빛깔도 선명하니 고왔지만 섬세하게 직조된 천이 손가락 끝에 닿는 부드러운 느낌은 황홀할 정도였다.

차곡차곡 접혀 있거나 지금처럼 길게 감겨 있거나, 혹은 치렁하게 늘어진 것들을 이리저리 눈으로 대어 보며 어떻게 하면 어울릴지를 한참이나 바라보다가 엷게 한숨을 쉬었다.

'이런 걸로 옷이나 한 벌 지어 봤으면.'

고운 옷감으로 제 옷을 짓는다거나 하는 생각은 처음부터 떠오르지 아니했다.

종살이에 오래도록 시달린 계집아이가 머릿속에 그려 낼 수 있는 것은 기껏 그 옷을 입고 나비처럼 팔랑거리는 어린 아기씨의 모습이 고작이었다. 빛깔이며 재질 따위가 제각각인 고운 천들을 들여다보느라 넋을 놓고 있다가 짧지 않은 시간이 흐른 뒤에야 제가 어디에 왜 와 있는 것인지를 기억해 낸 삼월이는 고개를 반쯤 돌렸다. 그럴 리는 없겠지만 혹 아기씨가 마음에 드는 장신구가 없다고 하면 천이라도 조금 끊어 가자고 살짝 운을 띄워 볼 셈이었다.

사치하지 않는 검소한 집안이어서 치마폭을 넓게 쓰지 않으니 빠듯하게나마 옷 한 벌 지을 만큼은 감을 끊어 갈 수 있을 것 같았다.

"아기……."

나오던 목소리가 기어들어 갔다. 뒤편이 수상쩍을 만큼 조용한 것이야 아기씨가 본디 번잡스러운 성격도 아니고 혼자 있으면서 떠들어 댈 리도 없으니 당연한 것이었다.

목소리가 잦아든 이유는 아기씨가 아니라 그 뒤쪽, 기척도 없이 나타난 한 사람에게 있었다. 젊은 남자 하나가 아기씨의 몇 발짝 뒤에 서서 눈에 새기기라도 할 것처럼 뒷모습을 내려다보고 있었다.

그는 삼월이의 목소리가 울리자마자 아기씨가 바라보기도 전에 먼저 고개를 돌리고는 살짝 내민 입술 위에 곧게 뻗은 손가락을 하나 올려 조용히 하라는 시늉을 했다.

"응?"

유연이 삼월이에게로 눈을 돌렸다. 자기를 불러 놓고는 엉뚱한 방향을 바라보고 있는 게 이상했다. 유연이 삼월이의 눈길이 향하는 쪽으로 천천히 고개를 돌렸다.

조용히 시킨 보람도 없이 뒤에 서 있다는 사실을 들켜 버린 환이 부드럽게 미소 지었다. 두 쌍의 눈빛이 허공에서 얽혀 들었다.

"선비님."

"오랜만이구나."

삼월이가 의아한 눈을 하고 자기가 모시고 온 아기씨와 눈이 어릴 정도의 젊은 선비를 갈마들며 바라보았다.

"여기서 뵙게 될 줄은 몰랐습니다."

"나를 만나고 싶어서 온 줄 알았는데 그게 아니었나."

오랜만에 만났어도 누이를 대하듯 편하게 이야기하겠다던 그 말만큼은 잊지 않고 있는 모양이었다. 수줍은 웅얼거림에 대한 직설적인 응답은 정곡을 꿰뚫고 있는 것이어서 유연이 얼굴을 붉히고 눈을 살짝 내리깔았다.

"나는 네가 올 것이라는 이야기를 듣고 너를 보러 온 것인데 너는 나를 볼 줄 몰랐다 하니 이건 내가 손해 아니냐."

웃음을 담뿍 머금은 얼굴에는 미묘하게 실망한 기색이 스치고 시원스런 목소리에 어울리지 않게 투덜대는 내용이 흘러나왔다. 그러나 유연은 그러한 점을 미처 깨닫지 못하고 환의 모습과 가게 안을 번갈아 가며 조심스레 곁눈질하다 엉뚱한 질문을 던졌다.

"선비님께서 여기 주인이십니까, 그럼?"

"응?"

예상치 못한 질문에 잠깐 당황한 환이 웃음을 터뜨리며 소녀의 머리 위로 가볍게 손을 얹었다. 연하게 피어오르는 아지랑이가 마음을 간질이던 것은 이 아이의 순진무구함 때문이었다.

주변 눈치를 살피고 비위를 잘 맞추어야 오래도록 버틸 수 있는 궐 생활에 어릴 적부터 적응해 가는 궁인들은 나이가 몇 살이든 간에 이런 신선한 느낌을 주지 못했다. 그 낯섦을 설렘과 구분하기 어려운 것은 어찌 보면 당연했다. 머리 위에 놓인 손바닥에서부터 심장까지 스멀거리듯 밀려오는 느낌은 모르는 척 외면했다.

"뭐, 그런 셈이구나."

환의 애매한 대답을 긍정으로 해석한 유연이 끄덕거렸다.

돈만 있으면 족보도 사고 공명첩도 사서 면천을 할 수 있으니 장사에 손을 대는 양반도 없지는 않을 터였다. 그러나 비록 굶어 죽을 것 같아도 글을 읽는 게 으뜸이고 기껏해야 농사짓는 것까지나 남에게 이야기할 수 있지 돈을 만진다는 건 자랑할 만한 것이 못 되었다. 남들에게 들키지 않으려 이렇게 구석진 곳에 조그맣게 차려 놓고 아닌 척하는가 보다 짐작했다.

"마음에 드는 게 있느냐."

환의 말에 유연이 말없이 주변을 살폈다. 어디로 눈을 굴려 보아도 본 적 없는 고운 것들이 가득했다. 그러나 무엇이든 그의 곁에서는 광채를 잃었다.

"무엇이든 주마. 여기에 없으면 구해서라도."

친절하게 덧붙인 환의 말을 실없는 농담이라고 생각한 듯 유연이 살포시 미소를 머금더니 고개를 가로저었다. 처음부터 집을 나선 목적은 하나였다. 갖고 싶은 것도 없었지만 설령 있었다 하더라도 이미 다 기억에서 날아간 지 오래였다.

"반가 규수께서 귀한 걸음 하셨는데 언제까지고 세워 두면 실례겠지. 조그만 발로 여기까지 왔으니 피곤하지 않으냐. 잠시 앉아 차라도 한잔하자꾸나."

환의 손이 유연의 정수리에서 어깨로 살짝 옮겨 왔다. 어린 소녀가 쉽게 눈치채기 어려울 만큼 자연스러운 동작이었지만 구석에서 반쯤 몸을 숨기다시피하고 무슨 일이 벌어지고 있는지 주시하던 삼월이에게는 입이 딱 벌어질 만한 일이었다.

환이 무심코 고개를 돌렸다가 떠름한 표정으로 힐끔거리는 삼월이와 눈이 마주치자 잠시 유언의 어깨에서 손을 내린 뒤 몸을 돌렸다.

"아가씨를 모시고 온 몸종인가 보구나."

"예에."

못마땅한 기색을 드러내려 길게 잡아 끈 대답은 채 맺지도 못하고 허공에 흩어졌다. 비구니의 마음이라도 설레게 할 것 같은 사내의 미소는 실로 위험한 것이었다.

"내 너의 아가씨를 잠시 빌려야겠다. 무뢰한이 아니니 염려하지 않아도 좋다. 아가씨께 고운 옷 지어 드릴 옷감이라도 고르면서 좀 기다리도록 하여라."

허락이나 양해를 구하는 것이 아니라 결정된 일에 대한 통보였다. 미처 대답을 돌려줄 새도 없이 몸을 돌려 성큼 내딛는 환과 이끌리듯 사붓거리는 아기씨의 뒷모습을 보던 삼월이가 한숨을 꿀꺽 삼켰다.

반쯤 걷힌 발이 안을 어렴풋하게나마 비춰 내어 단정하게 앉은 아기씨의 치맛자락 끄트머리가 보였다. 저 선비의 목소리를 빼면 개미 새끼 한 마리 얼씬거리지 않을 만큼 고요하니 찻잔 부딪치는 소리도 튕겨져 나올 것 같았다. 아니나 다를까, 오래 지나지 않아 젊은 남자의 목소리가 들려왔다.

"……유밀과에는 손도 아니 대더구나. 무엇을 주면 좋으랴?"

저를 향하는 말도 아닌데 제 얼굴이 붉어지는 것 같아 삼월이가 서둘러 눈을 돌렸다.

아기씨는 아무것도 필요치 않다고 했다. 사내가 제 입으로 여기 주인이라고 했고 옷감이라도 고르라 이야기했으니 양껏 구경해도 좋을 것 같았다. 아까부터 제 손을 끌어당기고 눈길을 줄곧 붙잡고 있던 쪽으로 몸을 돌렸다.

양반 댁 선비는 감히 쳐다보지도 못할 존재라 생각하는 자신도 잠깐이나마 가슴이 두근거렸을 정도였으니 어린 아기씨야 오죽하랴. 잘생긴 사내를 보고 마음 설레어하고 또 얼마간 애달파하는 건 그 나이 적이 아니면 할 수 없는 일이었다.

둘둘 감긴 몇 개의 기다란 천 뭉치에 손을 슬쩍 올려보고 있는 삼월이의 귀로 새로운 목소리가 들려왔다. 한참이나 나이 든 자들의 목소리가 아기씨와 젊은 선비의 대화 내용을 덮어 내고 있었다. 애초에 엿듣고 싶은 생각도 없어 그 잡음 사이로 언뜻언뜻 평온한 목소리가 들려오는 것에 만족했다.

"내 여기를 자네에게 넘길 생각이었네만 벌써 가로채였구면."

덕해가 키들거리며 대충 짜 놓은 엉성한 의자를 들어 문

앞에 가져다 놓았다. 누가 들어올 생각을 하지 못하도록 버티고 앉아 언제부턴가 그 곁에서 서성이는 희봉의 얼굴을 올려다보았다. 희봉이 입술을 비죽였다.

"요깟 코딱지만 한 가가를 두고 생색내려 들었던 게지."

"누구 코딱지인지 크기도 하군. 뭘 들여놓았는지 보면 생색내려 한다는 그 소리가 쑥 들어가야 마땅한데. 원래 없던 안목도 개에게나 줘 버렸나."

"암만 후하게 쳐 줘도 일 년치 녹봉이나 들었을까. 넘겨받지 못한대도 기꺼이 줌세."

평상시와 달리 농담 비슷한 소리까지 섞어 말하고 있는 희봉의 목소리는 퍽 생기 있게 들렸다. 전날까지 어깨를 축 늘어뜨리고 코가 쑥 빠져서 앉아 있던 노인과 같은 사람이라고는 믿기 어려울 정도의 활기였다.

"자네는 참 알기 쉬운 사람일세."

덕해가 희봉을 향해 고개를 내저어 보이고는 고개를 돌려 가게 안을 힐끔거렸다. 방 안쪽에서는 도란거리는 소리가 어렴풋하게 들려왔다. 거기서 얼마 떨어지지 않은 데서 안주인인 양 단정하게 앉은 박 상궁은 아무것도 보이지 않고 들리지 않는 것처럼 무심한 태도를 취하고 있었다.

덕해의 시선 끝에는 구색이나 갖추려 갖다 놓은 천 쪼가리와 그 옆에서 떠날 줄 모르는, 소녀보다 약간 더 나이를 먹은 계집아이가 서 있었다.

"애야."

덕해가 낮은 목소리로 삼월이를 부르고는 다가오라고 손짓했다. 삼월이가 의아한 눈으로 바라보다가 덕해의 곁으로 다가왔다.

"저 아가씨의 몸종이로구나."

"네."

짧은 대답에는 경계심이 가득했다.

"나랑 약속 하나만 하자꾸나."

"싫어요."

조금의 망설임도 없는 대답이 돌아왔다. 허어, 김빠지는 소리가 덕해의 입술 사이로 새어 나왔다.

"아직 아무 말도 하지 아니하였다만?"

덕해의 말에 삼월이가 가볍게 입술을 삐죽였다. 이들이 선비를 대하는 태도로 미루어 종복이거나, 그렇지 아니하여도 그 선비를 받들어 모시는 이들이라는 사실은 눈치챘다.

남녀 관계에서 사내가 손해를 보는 법은 없다. 오늘 일을 함구해야 하는 건 저 선비보다는 조그만 아가씨 쪽이고 그런 이야기를 늙은이가 구태여 꺼낼 리 없다. 그러면 저에게 할 부탁이라야 딱 하나밖에 더 있나. 자기를 그런 눈치도 없는 멍텅구리로 보았는가 생각하니 기분이 나빴다.

"저 선비님이 우리 아기씨와 어찌 아시는지 모르지만 이리 만나는 게 아기씨께 좋을 리 없어 뵈는 걸요."

빨래터에 삼삼오오 모여드는 아낙들이 하는 얘기는 늘 비슷비슷했다. 꼬장꼬장하게 구는 시어미 흉을 보지 않으면 바람난 듯 엉덩이를 들썩이는 얌전하지 못한 계집아이의 뒷이야기를 늘어놓았다. 그것도 아니면 훤칠하고 인물 준수한 사내를 들먹이며 얼굴이 확 붉어질 것 같은 이야기들을 속삭였다.

그 끝의 결말은 하나였다. 사내는 믿을 것이 못 되니 여인은 몸 간수 잘해야 하고, 잘생긴 사내는 으레 얼굴값을 한다는 말이었다. 아기씨는 점잖은 양반 댁 따님이었고 조금 전의 그 선비는 지나치게 해사한 얼굴을 하고 있었다.

"별걱정을 다 하는구나. 저…… 나리는 사리 분별을 할 줄 아는 사람이니 걱정할 것 없다."

"얼굴에 시정잡배니 무뢰한이라고 써 붙이고 다니는 사람이 어디 있답니까. 양반 댁 서방님이 요런 가가의 주인이라면 댁에서도 내어 놓은 한량일 것 아닙니까. 어르신도 지금 그 뒷감당을 하기 위해서 여기 계실 것이 분명해 뵈는데요."

"거, 거, 말이 심하구나."

종알거리는 삼월이의 목소리를 듣고 있던 희봉이 어이없는 얼굴을 하고 끼어들자 덕해가 팔을 툭툭 치며 말렸다. 환의 신분이라든가 지금의 행동이 알려져서 좋을 건 아무것도 없었다.

순진한 어린 소녀는 염려할 것 없었지만 눈앞의 눈치 빠르고 기민한 계집종은 조금의 틈만 보여도 상황을 알아챌지 모른다.

"걱정이야 당연한 것이겠지만 네가 오늘처럼 곁을 지키면 무슨 일이야 있겠느냐."

박 상궁도, 옆에서 불만스러운 얼굴로 들리지 않게 꿍얼거리는 희봉도 오늘이 마지막일 것으로 생각하는 모양이었으나 덕해의 생각은 조금 달랐다. 이런 모습을 보이는 환은 퍽 오랜만이었다. 그적과 비교하면 저 조그만 여자아이의 어디를 마음에 들어 하는지 여전히 알 수 없었지만. 어떻든 간에 스쳐 가는 한때의 유희일 가능성이 높다고 생각하면서도 몇 번 더 만나려 들 것 같으면 지금 미리 방법을 강구해 놓는 게 좋았다.

"아직 나이 어린 아가씨가 항시 집에만 갇혀 있으면 답답하지 아니할까."

"우리 아기씨가 혹 남의 입방아에 오르내리면 어쩝니까."

반쯤 동의한 것 같은 대꾸에 덕해가 회심의 미소를 지었다.

"네 입만 주의하면 그럴 일은 없을 게다."

삼월이의 눈꼬리가 살짝 치켜 올라갔다. 귀를 기울이면 도란거리는 목소리가 어렴풋하게 들려왔다. 썩 말이 많지 않은 아기씨가 저렇게 재잘대고 있을 정도면 어지간히 좋은가 보다 싶었다. 봄바람이 일렁일 적에 마음이 조금 살랑대는 것이 무어 그리 위험할까. 노인의 말마따나 제가 조금 더 경계하면 될 일이었다.

아파도 노인도 생긴 것이나 말투 못지않게 행동도 제법 점잖았다. 지나치게 잘생긴 선비에 대해서는 여전히 좀 마뜩잖은 느낌이 남아 있었으나 여인만큼 치명적이지는 아니하여도 사내가 구설에 오르는 것 역시 좋지는 않으니, 최소한의 도리 정도는 잊지 않으리라고 믿는 수밖에 없었다. 삼월이가 완전히 마음을 정했다.

"그러면 쇤네가 어찌해야 할까요?"

부엌도 없을 것 같은 가게 어디에서 이런 게 나왔는지 짐작할 수 없는 다담상이 유연과 환의 사이에 놓였다.

지난번과 비교하면 과일이며 과자가 놓인 접시도 작은 편이고 찻잔의 호사스러움도 덜했다. 언뜻 간소하다 여겨질 상이지만 놓인 것들이 예사롭지는 않았다.

유연이 바깥에서 작게 들려오는 소리에 귀를 기울여 보았으나 발을 넘으며 흐려지는 것인지 잘 알아들을 수 없었다. 아니, 그보다는 낯선 장소와 상황에 대한 긴장감과 앞에 앉은 사내에 대한 알 수 없는 마음 때문에 그 의미가 잘 전달되지 않았다는 쪽이 정확하리라.

유연에 비해 훨씬 여유롭게 앉아 있는 환은 바깥에서 들려오는 의미 없는 환담 따위는 예사로 흘려 냈다. 다시금 눈앞에 불러다 놓은 소녀를 바라보며 다감한 목소리를 냈다.

"본디 다과상이라 하니 차에는 과자가 어울리는 법인데 유밀과에는 손도 아니 대더구나. 무엇을 주면 좋으랴?"

찻잔 안으로 빛깔 고운 맑은 액체가 흘러들었다. 유연이 색도 모양도 다양한 갖가지 과자가 접시 위에 소담하게 담긴 모양을 보다가 조금 거북한 표정이 되어 대답했다.

"유밀과는 사치스러워서 평소에 먹는 것을 금한다 하였습니다. 제사나 잔치 때가 아니면 구경도 하지 못하는 것인데 함부로 먹으면 아니 되지 않겠습니까?"

조심스러운 목소리에서 다양한 감정을 읽어 낸 환이 잔잔하게 미소했다. 금방이라도 손을 뻗어 하나 집어 들고 싶은 마음과 엄격하게 교육받아 삼가야 한다고 생각하는 마음이 충돌하고 있음을 알 수 있었다.

"제상에 직접 올랐던 것은 아니지만 제에 필요하여 만든 것이니 염려치 않아도 괜찮다. 자세하게 이야기를 해 주지 아니하였으니 내 탓이구나."

상 위에 놓여 있는 것들이 정말로 그런 용도로 만들었는지는 환이 알 바 아니었지만 소녀를 위해 일단 말을 내뱉었다. 궐에서 하늘이며 조상님께 올리는 제사는 흔하디흔했으니 거짓말이 아닐 수도 있었다. 그래도 소녀의 얼굴에서 망설임의 기색이 가시지 않아 은근하게 덧붙였다.

"이미 만든 것이니 누군가는 먹어야 하지 않겠느냐. 먹지 아니하면 결국 버리게 될 것인데 그것이 더한 낭비 아니겠느냐."

유연의 얼굴에 떠오른 고민의 기색이 좀 더 진해졌다. 환이 약과 하나를 들어 반을 쪼개어 내밀었다. 유연은 머뭇거리며 받아 들어 조심스럽게 한입 깨물었다. 입안에서 녹아내리는 것 같은 달콤함에 저도 모르게 얕은 한숨을 내쉬었다.

조그만 다람쥐마냥 오물거리는 입술을 바라보던 환이 자기 손에 남아 있던 반쪽을 한입에 넣고 손끝을 가볍게 털어 냈다. 소맷자락이 나풀거리는 모양을 보자 눈가에 장난스런 미소가 담겼다.

"이게 보이느냐?"

환이 유연의 눈앞에 불쑥 손을 들이밀었다. 유연이 어리둥절한 얼굴이 되어 난데없이 뻗어 온 팔을 바라보았다.

아주 조금 과장을 보태면 코끝에 닿을 것처럼 가까이 놓인 손가락은 길게 뻗은 모양새가 퍽 우아한 것은 물론 고생따윈 모르고 곱게 성장한 사내의 삶을 말해 주듯 희고 부드러웠다.

저 손 안에 제 손이 담기고 손목을 잡힌 적이 있었다. 그때의 느낌이 고스란히 살아나는 것 같아 유연이 제 무릎 위에 단정하게 놓은 손을 살짝 움직여 소맷부리에 반쯤 가려진 손목과 손등을 살짝 쓰다듬었다.

"안 보이느냐?"

멀뚱히 바라보고만 있는 것이 답답하다는 듯 환이 가볍게 팔을 흔들었다. 소매 안쪽으로 숨기듯 손목을 아래로 살짝 꺾어 내리는 게 손을 보라는 뜻은 아닌 모양이었다. 유연이 어리둥절한 얼굴로 옷소매를 바라보았다. 지난번하고 조금도 달라지지 않은 차림이어서 이상할 것이 없었다.

'이상한 것이 없는데…….'

유연이 눈을 가늘게 뜨고 조금 더 뚫어져라 바라보았다. 올 사이로 스며들어 살짝 색이 바랜 작은 점 같은 먹물 자국 몇 개가 남아 있었다. 그 외는 전혀 눈에 띄는 것이 없어서 유연이 고개를 갸웃하며 눈을 들었다.

"이것을 왜……?"

질문은 끝을 맺지 못한 채로 입안에 가두어졌다. 눈앞에 펼쳐지는 한 장면이 있었다. 질문하는 것도, 대답을 듣는 것도 무의미했다.

學而時習之 不亦說乎

조금 우쭐대는 마음으로 아홉 글자를 단정하게 늘어놓았다. 그다음 구절을 알지 못하는 아쉬움이 붓을 쥔 손끝에 진하게 남았다. 그 마음을 아는 것처럼 사내가 붓을 옮겨 줄 적에 손끝이 살짝 스쳤다. 다만 그뿐이었음에도 마음을 꼭 움켜쥐는 느낌에 소스라치게 놀라 얼른 손을 놓았다. 먹물 방울이 근처에 점점이 흩뿌려졌더랬다.

환이 조그만 얼룩을 발견한 건 보름 전의 일이었다. 아무도 없는 빈방에서 마치 그리움이 만들어 낸 환영처럼 소녀가 자신의 눈앞에 단정히 앉아 있는 모습을 떠올려 냈다.

왼손으로 턱을 괴고 아무것도 없는 빈 서안 위에서 손가락을 까닥거렸다. 그러다가 소매 끝자락에 남아 있는 조그만 까만 점들을 발견했다. 세답방의 나인들도 남아 있는 흔적이 워낙 작아 발견하지 못해 제대로 신경을 쓰지 못한 모양이었다.

"네가 내 마음에 남아 있는 것도 이렇듯 사소하기 때문이냐."

마음에 없는 말을 되뇌어도 쌓아 올린 소녀의 모습이 흩어지지 않았다.

'흐려질지언정 도무지 지워지지를 아니하니 내 너를 다시 찾았구나.'

그 말은 마음에만 담아 둔 채로 놀림 같은 한마디를 던졌다.

"먹물 자국은 쉬이 지지 않는다고 하더니 그 말이 꼭 맞더구나."

마음에 담아 둔 말은 입 밖으로 꺼내지 아니하는 이상 알 수 없었다. 그러니 환의 가벼운 놀림은 행동거지가 조심스럽지 못하였다고 책망하는 것처럼 들렸다. 유연이 새침한 목소리로 머쓱함을 숨긴 채 뾰로통한 표정을 지었다.

"하면 소녀가 어찌하오리까?"

"너를 보러 여기까지 왔다 하지 않았느냐. 네가 있으니 되었다."

사내의 목소리는 농담조인 듯 가벼웠지만 솔직한 마음을 드러내고 있었다. 유연은 서둘러 제 앞에 놓인 잔을 들어 입술에 갖다 대는 것으로 감정의 동요를 숨기려 애썼다.

"그래, 그간 글은 좀 썼느냐?"

환이 유연의 손끝에 엷게 배어들어 있던 묵향을 떠올리며 화제를 바꾸었다. 그의 흥미를 끈 가장 큰 이유 중 하나이기도 했다. 유연이 얌전하게 고개를 도리질했다. 아가씨 체면에 자꾸만 당신이 생각나 글을 쓰지 못했다 말할 수는 없는 노릇이었다.

"오래지 않아 어엿한 아가씨가 될 터이니 글을 쓰기는 어려울지도 모르겠구나."

환의 목소리에 슬쩍 아쉬움이 묻어났다.

"글은 어느 정도까지 읽었느냐."

"천자문을 겨우 떼었습니다. 소학을 조금 읽었고 아버지께서 읽으시는 책을 간혹 넘겨 보기는 합니다만 어려운 글자가 있거나, 글자는 읽을 수 있어도 무슨 내용인지를 도무지 알 수가 없으니……"

유연이 잔에서 입을 떼고 눈을 살짝 내리깐 채로 대꾸했다. 생각했던 딱 그만큼이어서 환이 고개를 끄덕였다. 부덕을 갖추어야 하니 장차 내훈 정도는 익힐 것이지만 그 안에 담긴 내용은 여인의 덕성이니 도리니 법도 따위를 논하고 있었다. 그게 여인에게 허용되는 배움의 깊이였다. 기껏 소학을 넘어서지 않고 현모양처가 되는 법 이상을 가르치지 않았다.

엄격하게 교육을 받고 자란 규수를 부인으로 맞이하는 사내가 한눈을 파는 데는 다 이유가 있었다. 집안끼리의 관계에 의해 맞이한 조신하고 고상한 부인의 용모는 장담할 수 없었다.

남녀 관계에 대한 태도도 후사를 얻어야 한다는 의무감으로 일관했다. 여인은 바깥 활동을 하지 아니하니 세상사에 대한 이야기를 나눌 수 없었다. 서로가 갖고 있는 지식과 쌓아 올린 배움은 그 분야도 깊이도 현저히 다르니 말이 통하지 아니했다.

그 사내가 바깥에서 만나는 기녀는 집에 있는 부인과 크게 달랐다. 용모가 고운 것은 물론이고 음률이나 가무에도 능숙해서 하늘에서 하강한 선녀가 눈앞에 있는 것 같은 착각을 불러일으켰다.

글줄 좀 읽었다는 선비며 관료들을 자주 만나다 보니 얻어들은 풍월이 있어 그럴듯한 의견을 내놓기도 하고 마음을 싱숭생숭하게 만드는 시조를 읊어 내기도 했다. 그런 여인을 만나고 돌아와 집에 있는 부인을 보면 목석을 보는 기분에 마음이 식어 버리는 것은 당연했다.

'이 아이도 그리 되려나.'

환은 신중한 표정으로 논어의 첫 구절을 적어 내려가던 소녀의 모습을 떠올리며 진한 아쉬움을 삼켰다. 나중에 일가붙이에게 서간이라도 전하려면 낭창낭창하게 붓을 놀려 언문 정도는 써 내려갈지 모르지만 문자를 쓸 일은 없을 것이다.

아비가 딸자식이라는 것을 망각하고 글을 가르치든가, 소녀의 가치를 아는 사내를 만나서 어떤 식으로든 배움을 지속한다면 사정은 좀 달라질 수도 있었다. 그러나 그 가능성은 극히 희박했다.

한순간을 스치는 기녀야 간혹 문자를 섞어 새초롬하거나 쌀쌀하게 굴어도 그게 매력이거니 생각하며 웃음으로 넘길 테지만, 집에 있는 부인이 똑같이 행동하면 조금 안다 하여 사내를 우습게 여긴다고 지청구를 놓으며 멀리할 게 분명했다.

생기 넘치는 눈빛을 한 소녀가 그렇게 안으로 숨어들 것을 생각하면 진정 아쉬운 일이었다. 이 재기발랄한 소녀가 연심을 담은 시구라도 흘려 내고 당돌한 목소리로 시국을 논하는 것을 마주하고 있으면 더없이 즐거울 터인데.

아주 잠깐 기억의 틈을 비집고 들어오는 반달 같은 눈매를 가진 여인의 모습을 몰아내며 환이 가볍게 핀잔했다.

"배우고 익히는 것이 즐겁다 말하던 이가 그래서야 쓰나."

유연이 손에서 찻잔을 내려놓기가 무섭게 환이 빛깔이 고운 다식 하나를 불쑥 내밀었다. 이번에는 손으로 받아 들 새도 없었다. 얼떨결에 입술 사이로 비집고 들어온 과자는 환의 손끝에 잡힌 끄트머리가 겨우 잇새에 물려 있을 뿐 이미 입안을 채우고 있었다. 환이 손을 떼었다.

확실하지는 않지만 조금 아까 코끝에 닿을 듯 가까이 다가왔던 손가락이 입술 위를 스치고 지나간 것 같았다. 유연이 얼른 눈을 내리깔았다. 화끈거리는 느낌이 드는 것이 분명 붉게 달아올라 있을 터였다.

그적에는 어울리지 않는 화장으로 감추어 내고 있었지만 오늘은 아침에 세수한 게 고작인 맨얼굴이었다. 곱게 단장했던 그때에 비해 훨씬 소박하고 수수한 지금의 모습이 어찌 보일까. 잊고 있던 부끄러움도 함께 밀려왔다.

"내 다음번에는 너를 위해서 책이라도 한 권 가져와야 하겠다."

고개를 숙이고 있던 유연이 환의 목소리에 얼굴을 들었다.

아직까지도 삼키지 못한 다식이 여전히 입에 물려 있어서 어리어리하게 보일 게 분명하다고 생각했지만 그것조차 잊게 할 정도로 매력적인 제안이었다.

책을 가져온다는 말 때문은 아니었다. 재청의 서재에도 책은 많았다. 바빠서 시간을 많이 내주지 못할 뿐 답을 구하면 틀림없이 일러 주었으니 한 달 만에야 겨우 얼굴을 본 선비보다 더 잘 알려 줄 수 있을 터였다.

확신하지 못하는 소녀의 마음을 짐작하는 것처럼 빙그레 웃으며 환이 덧붙였다.

"그래야 다음에 또 만날 수 있겠구나."

셋

언제나 봄이어라

지키는 이 없는 대문이 잠겨 있지 않다는 사실은 자주 드나드는 이라면 누구나 알았다. 치서가 전혀 망설임 없이 대문을 열었다.

대문간의 행랑채 쪽에서 잠깐 고개가 비쭉 튀어나왔지만 소년의 얼굴을 확인하고 가볍게 인사를 해 보인 뒤 도로 쑥 들어갔다.

치서는 이 댁에 가장 자주 드나드는, 굳이 격식을 차려 맞이할 필요 없는 손님이었다.

사랑채 앞에 당도한 치서가 걸음을 멈추었다. 눈길이 비어 있는 섬돌 위에 머물렀다. 사랑의 주인이 아직 없으리라는 사실 역시 짐작하고 있었다.

이제 공산은 반반이었다. 실망스러운 광경을 맞닥뜨리더라도, 바라던 모습을 목도하더라도 그 감정을 드러내지 않도록 가볍게 심호흡을 한 뒤 섬돌 위에 단정하게 신을 벗고 올라섰다.

소년의 걸음은 주인이 없는 큰방 대신 곁에 딸린 조그만 와방으로 향했다. 재청이 손님을 맞이하는 방은 최소한의 가구만 들이고 책도 몇 권 놓지 않았다.

대신 와방의 한 면을 차지한 책장은 빈틈없이 책으로 가득 차 있었다. 서재로서 큰 규모는 아니었고 볼 수 있는 책의 면면도 썩 귀한 것은 아니었으나 배움에 뜻을 지닌 소년이 흥미를 갖기에는 충분했다. 그러나 다만 그것이 이웃 양반의 사랑을 찾는 이유의 전부는 아니었다.

문을 열어젖혔다. 봄기운을 머금은 청량한 공기와 엷은 햇살이 들이닥치며 부유하는 먼지 알갱이들을 비쳐 냈다.

소년이 눈을 가늘게 떴다. 뒤창 가까이 몸을 반쯤 숨기듯 기대어 앉은 모습에 안도감이 밀려왔다. 그 감정을 숨기듯 가벼운 어조로 목소리를 냈다.

"누이."

유연이 눈을 들어 치서의 얼굴을 확인하고는 말없이 한숨을 내쉬며 책을 덮고 자리에서 일어났다. 책장 쪽으로 몸을 돌려 까치발을 딛고 팔을 뻗는 모습을 바라보던 치서가 들고 온 책을 내려놓고 유연의 뒤에 섰다.

"이게 무슨……."

"무거워. 빨리."

유연이 가볍게 발버둥을 쳤지만 그녀의 허리를 안고 있는 소년의 팔은 생각보다 굳건했다. 유연은 살짝 입술을 내민 채로 책장 끄트머리에 아슬아슬하게 걸치고 있던 책을 다른 책 사이에 끼워 넣었다.

조금 전에 비해 기껏 한 뼘 높아진 것에 불과해도 책을 꽂기에는 충분하여 손끝이 어렵지 않게 책등을 밀었다. 그 직후 치서의 몸이 기우뚱하더니 이내 바닥에 대자를 그리며 누웠다. 허리를 잡혔던 유연도 그 서슬을 이기지 못하고 뒤로 넘어졌지만 치서의 몸 위로 떨어진 덕에 엉덩방아를 찧는 것은 면했다.

"뭐야, 이게. 차라리 네가 책을 꽂아 주지."

"누이나 나나 고만고만한데 어떻게 대신해 줘, 그걸."

치서의 목소리가 태평했다. 아직도 유연과 비슷한 정도였지만 부형은 물론이고 친척들도 대부분 체격이 훤칠한 편이었기 때문에 그 점을 딱히 고민하지는 않았다. 오히려 그것을 핑계로 소녀의 허리를 안아 보았으니 나쁘지 않았다.

다만 체력을 조금 길러야 할 필요는 있을 것 같았다. 가느다란 소녀에게 무겁다고 말한 건 단순한 엄살이 아니었다.

치서는 여전히 제 몸 위에 앉아 있는 소녀를 의식했다. 치맛단 끄트머리가 그의 턱을 가볍게 간질였다. 마음에 이는 동요를 감추려 않는 소리를 했다.

"아아, 누이가 사람 잡네. 무섭다니깐."

유연이 서둘러 일어났다. 허리를 두르고 있던 팔의 느낌이 여전히 허리께에 남아 있는 것 같아 치맛자락을 잡아당겨 매무새를 정리하는 것으로 기묘한 느낌을 털어 내려 애썼다.

치서가 누운 채로 유연의 모습을 올려다보았다. 빠알간 댕기 끄트머리에 수놓인 화려한 나비는 소녀의 머리꼬리가 움직이는 대로 나풀거렸다.

문득 두어 달 전 보았던, 봄바람을 따라 팔랑이듯 멀어져 가던 소녀의 가벼운 몸놀림이 떠올랐다.

이미 알고 있는 것임에도 대문 바깥에서의 가뿐한 몸놀림과 방구석에 몸을 숨긴 채 책에 몰두하고 있는 모습 사이의 간극은 꽤 컸다. 과연 어느 것이 소녀의 진면목일까.

유연은 치서가 들어올 때 앉아 있던 자리로 돌아가 책장에 몸을 기댄 채 집히는 아무것이나 한 권 꺼내 들었다.

사자소학. 이미 다 외운 것 같은, 삶의 근간으로 삼을 만하기는 하여도 재미라고는 조금도 없는 책의 책장을 느릿하게 넘기며 글자들을 훑었다.

줄곧 유연을 쫓아다니던 눈길을 거둔 치서가 자리에서 일어났다.

"누이, 책 읽는 게 그리 즐거워?"

열의 없이 무심하게 종잇장 위를 살피던 유연이 위쪽에서 들려오는 목소리에 눈을 들어 올리고는 어이없는 표정을 했다.

디딤판을 딛고 올라선 치서가 높은 데 있는 책을 뽑아 제목을 확인하고는 도로 꽂아 놓는 행동을 반복하고 있었다. 유연이 몸을 슬쩍 돌리고는 발로 디딤판을 톡톡 두드렸다.

"나한테도 이걸 줬으면 그만이잖아."

"그러면 재미없는걸."

"그것도 재미없긴 마찬가지였어."

"온 힘 다해 도와준 사람에게 그런 식으로 무시하는 말을 하는 건 실례야."

"요청하지도 않은 도움 갖고 생색낼 셈이야?"

유연이 입술을 비쭉거렸다. 치서가 그 모습을 내려다보았다. 평소에도 동갑내기보다는 어리고 순진한 소녀의 느낌이 강했지만 그것이 더 사랑스럽다.

치서가 도로 고개를 들어 올려 조금 전 소녀가 책을 꽂아 놓은 위치를 살펴보았다. 정확히 어느 책이라고 짚어 낼 수는 없었으나 어떤 종류인지는 굳이 확인하지 않아도 알 수 있었다.

재청의 책장에 꽂힌 책들은 나름의 일관된 규칙에 따라 자리를 잡고 있기 때문이었다.

"누이."

치서가 유연을 불렀다. 유연의 눈동자가 치서를 향했다.

이 방문을 열면 절반의 확률로 만날 수 있는 사랑스러운 소녀. 그 모습을 볼 수 없을 때의 허전함은 만날 때의 반가움보다도 훨씬 컸다.

어쩌면, 아니 분명히 그의 말은 소녀의 머리꼬리가 달랑거리는 모습을 다신 볼 수 없게 할 것이지만 그럼에도 그대로 두고 볼 수만은 없다고 생각했다.

"언제까지 여기에 드나들 생각이야?"

차분한 목소리에 담긴 힐난의 뜻을 눈치챈 유연의 얼굴이 굳어졌지만 농담을 받아치듯 가볍게 대꾸했다.

"우리 집인데 내가 여기에 있는 게 무어 어때서."

"당당하다면 대청을 통해 들어와야지. 하지만 누이는……!"

치서가 말을 맺지 않은 채 유연의 옆에 있는 긴 창을 가리켰다. 그 바깥에 유연의 신 한 켤레가 단정하게 놓여 있는 것을 알고 있는 눈치였다.

"생쥐나 길고양이처럼 뒤창으로 몰래 드나드는 건 규수답지 않은 행동이야. 애초에 사랑은 사내의 공간인걸. 지금 이런 행동은 누이에게 도움 될 게 없으니까 하는 말이야."

"아버지도 나무라지 않는 일에 대해 치서가 이래라저래라 말할 권리는 없어."

유연의 얼굴이 굳어졌지만 치서는 한번 꺼내기 시작한 이야기를 멈출 생각이 없었다.

"어르신께서 관망하시니까 나라도 이야기하는 거야. 누이도 곧 혼기에 닿을 거야. 한순간에 조신한 사람이 될 수 있는 게 아니니까 지금부터 노력해야지."

"그렇다면 치서가 지금 여기에서 나랑 이야기하는 건 당당한 일이야?"

남녀칠세부동석. 그러나 그들은 간혹 조그만 산새처럼 머리를 맞대고 앉아 같이 책장을 넘길 때가 있었다. 숨결이 닿을 듯 가까운 거리에서 작은 목소리를 주고받으며 키들거리기도 했다.

때로는 그저 소녀가 책을 읽는 모습을 바라보는 것만으로도 마음이 따스해졌다. 치서는 그 순간순간이 불러일으키던 온기를 외면했다.

"나는 책이 필요해서 왔어. 누이가 있으니 이야기를 나누었던 것뿐이야."

"책은 나도 필요해."

"왜?"

"……좋아하니까."

유연이 잠깐 대답을 머뭇거리는 틈을 치서가 파고들었다.

"좋아한다는 이유만으로 모든 행동이 정당화되지는 않아."

냉정하게 대꾸하며 유연이 조금 전 책을 꺼내 든 자리, 이어서 까치발을 들고 책을 끼워 넣으려 애쓰던 위치를 가리켰다.

"이 아랫줄이 누이에게 허락되는 정도의 배움, 저 윗줄에 있는 것들은 무의미한 걸 넘어서 누이의 가치만 떨어뜨릴 뿐이야. 계집아이가 경서에 관심을 가져서 어디에 쓸 수 있겠어?"

유연의 눈초리가 날카로워졌다.

"나는 네가 나와 이야기하는 걸 좋아한다고 생각했어."

"누이를 만나는 건 언제나 즐거워. 하지만 이건 누이를 위한 충고야."

"무슨 말인지 알았어. 앞으로는 치서 네 눈에 띄지 않도록 할게."

유연이 자리에서 발딱 일어났다. 눈가가 살짝 붉어지고 목소리가 떨리는 것 같기도 했다.

치서가 무어라 말을 붙이기도 전에 유연이 긴 창을 열어젖히고 그 사이로 빠져나갔다.

사라진 것은 가느다란 소녀의 몸 하나뿐인데 방 안의 생기가 죄다 빨려 나간 느낌에 치서가 한숨을 쉬며 디딤판에 주저앉았다. 손에 잡고 있던 책을 옆에 내려놓고 팔을 들어 무언가 감싸 안는 것처럼 가볍게 둘러보았다.

"이 정도였나."

그저 가느다랗기만 한 소녀의 체온이 그의 품 안에 있었다. 비슷했던 힘의 균형이 깨어진 지 오래였으나 짐작보다 더 미약한 버둥거림을 기억했다.

그가 성년으로 접어들며 겪는 변화를 소녀는 다른 방식으로 치러 가고 있을 터였다. 언제까지고 어린아이로 남아 있을 수 없음을 지적한 그의 말에 잘못된 점은 없었다. 그런데도 상처 입은 표정이 잔상처럼 남아 마음이 심란했다.

유연의 것이 분명한 걸음이 멀어지는 때를 거의 같이하여 그보다 묵직한 발소리가 울려왔다. 치서가 얼른 일어나 문을 열었다.

"오셨습니까, 어르신."

"치서구나."

관복 차림의 재청이 치서를 향해 가볍게 고개를 끄덕여 보였다. 치서는 디딤판 옆에 내려놓았던 책을 들고 재청의 뒤를 따랐다.

"지금쯤이면 빈약한 장서도 거의 살펴보았을 것 같구나."

"한참 멀었습니다."

고개를 흔들며 공손하게 대답하는 치서를 바라보던 재청은 옆에 내려놓은 책들을 살폈다.

"용현의 서재에도 다 있는 것들일 성싶은데."

"형님이 계신 산사에서 아직 돌아오지 않았습니다."

재청이 고개를 끄덕였다. 치상이 과거를 준비하느라 집을 떠나 있다는 사실은 그도 알고 있었다.

과거를 치르기만 하면 급제할 정도의 견식은 갖고 있었으나 큰 꿈을 그리는 청년은 그에 만족하지 않고 학문에 더 깊이 파고들었다. 연줄 이상의 힘이 되어 줄 실력을 지니려면 아직도 부족하다는 것이 그 이유였다.

"오늘도 널 귀찮게 하였을 테지."

재청의 웃음에 치서가 입을 다물었다. 재청이 말하는 그 누군가는 이 집에 단 한 명뿐이었다.

"아버지도 나무라지 않는 일에 대해 치서가 이래라저래라 말할 권리는 없어."

치서의 머릿속에 유연의 목소리가 떠올랐다. 제사를 이어받을 양자를 제외하면 무남독녀 외동딸인 유연에게 재청은 몹시 관대한 것 같았다.

보통의 아버지라면 딸아이가 몰래 사랑에 드나드는 것을, 소꿉친구처럼 지냈다 하여도 성년에 가까워지고 있는 사내아이와 스스럼없이 대화를 나누는 상황을 그대로 두고 볼 리없다. 그것이 옳지 않은 것 같아 제가 용기를 냈다.

하지만 재청의 웃음을 보니 괜한 행동인 듯싶은 생각도 들었다. 딸의 재능이 그만큼 아쉽고 또 그만큼 그들을 믿는다는 뜻이었다.

"오늘은 어떤 이야기를 하여 볼까."

재청의 목소리에 치서가 조금 전까지 건너편 방에 있던 소녀에 대한 생각을 얼른 지웠다. 자신은 실수하지 않았다.

바깥에서 울리는 유연의 발걸음이 전에 없이 거칠었다. 씩씩거리며 방으로 돌아온 유연은 그 와중에도 챙겨 들고 온 쓸모없는 종잇조각을 패대기치듯 서안에 내려놓고 자리에 앉았다.

모시는 아기씨가 사나운 기세로 들어와도 본 척 만 척 제할 일에만 몰두하는 얄미운 몸종을 한 번 흘겨보았다.

삼월이가 무릎 위에 놓고 있는 빛깔 고운 천을 바라보다 문득 떠오른 생각에 살며시 그 곁으로 다가갔다. 조금 전까지 잔뜩 골이 났던 사실은 그새 까맣게 잊어버렸다.

바늘을 쥔 삼월이의 손이 바쁜 듯 부지런히 움직였다. 폭이 넓은 다홍빛 치마는 이미 완성되어 얌전하게 개어져 있고 연노랑 저고리도 고름을 다는 것을 끝으로 모양새는 다 갖추어져 있었다.

바삐 움직이는 바늘은 소맷부리에 작은 꽃송이를 하나하나 그려 내고 있었다. 치맛단에도 소담한 꽃송이를 가득하게 늘어놓을 수 있겠지만 그러면 화사함이 과하여 오히려 입을 일이 없어질지도 몰랐다.

오래도록 노력을 하여 얻는 기술과 타고난 재능 중 어느 것이 더 뛰어나고 가치가 있는지는 함부로 속단할 수 없었다.

하지만 눈앞에서 바삐 움직이는 손길이 바느질하는 법을

제대로 배운 지 기껏해야 두 달 정도 된 이의 것임을 생각하면 하늘이 부여한 재주는 따를 길 없구나 싶은 생각이 절로 드는 것이었다.

평소라면 다정하게든 불퉁거리든 왜 그리 바라보시느냐 한마디쯤 했을 법한 삼월이는 눈 한 번 들지 않고 꿋꿋하게 제 손에 쥐인 바늘에만 온 신경을 집중한 척했다. 결국 인내심 부족한 아기씨가 먼저 손을 들었다.

"삼월아."

삼월이가 고개를 한 번 들어 유연을 힐끗 보고는 도로 눈을 돌렸다. 자칫 바늘이 한 땀이라도 제멋대로 들어가면 곧바로 표가 날까 염려스러워하는 것처럼 보였다.

아무리 재주를 타고 났어도 수놓는 걸 배운 건 오래지 않았다. 정신을 집중하지 않으면 실수하기 쉽고 실수를 되돌리기는 몹시 어려웠다.

유연은 자신에게 관심을 주지 않는 삼월이를 쳐다보다가 상으로 시선을 돌렸다. 이제 막 철에 접어들기 시작한 조그만 오디가 접시 위에 얌전하게 놓여 있었다.

하나를 집어 들어 이슬방울처럼 맺혀 있는 물기를 탈탈 털어 내고는 한입에 쏙 넣었다. 싱그러우면서도 달콤한 향이 입안 가득하게 번져 들었다. 유연이 새로 몇 알을 집어 들고 앉은걸음으로 삼월이에게 다가갔다.

"좀 쉬엄쉬엄해."

넘치는 친절이었다. 삼월이가 한숨을 쉬며 바늘을 실꾸리 위에 찔러 놓고 옷을 멀찌가니 밀어 놓았다.

천에 과일물이 들면 쉬이 지워지지 않았다. 새 옷에 물이 들어 버리면 지금까지의 노고가 말짱 도루묵이 되어 버릴 터 였다. 그걸 알고 과일, 그것도 감에 닿으면 대번 표가 날 검 붉은 오디를 들고 다가온 아기씨는 아주 영악했다.

"하시고 싶은 말씀이 있으신 모양인데……"

"아냐, 그냥 혼자 먹기 미안해서 그런 것뿐이야."

"거짓말도 먹혀들 것 같을 때 하시는 거예요, 아기씨."

삼월이의 눈에 비치는 유연은 썩 다정하지도, 그렇다고 냉 랭하지도 않은 딱 고만한 나이 때의 아기씨였다.

그저 입맛이나 다시고 있어야 할 몸종에게 보란 듯이 자랑 하며 혼자 먹는 일은 없지만 또 이렇게 손수 집어 들고 권해 줄 정도로 살갑지도 않았다. 명백하게 의도가 있는 친절이었 고 왠지 그 의도를 알 것 같아 삼월이의 목소리는 당연히 시 큰둥했다.

"아니라니까."

"그러면 쇤네는 이만 물러가서 방에서 해야겠습니다. 아기 씨께서 제 일을 방해하시니까요."

오디는 본체만체 반짇고리며 바구니를 챙기자 유연이 난 처한 표정을 지었다.

제 입으로 말하기는 쑥스러운데 기다린다 해서 의뭉스러

운 몸종이 먼저 이야기를 해 줄 것 같지도 않았다. 그렇다고 이렇게 가게 내버려 둘 수는 더더욱 없고.

"그러니까 아기씨, 이게 궁금하신 거 아닙니까."

반짇고리 안쪽을 뒤적거리던 삼월이의 손가락 끝에서 조그만 종잇장이 팔랑거렸다. 유연의 얼굴이 환하게 밝아졌다.

"그전에 말씀해 주실 것이 있어요."

삼월이가 얼른 손을 뒤로 감추며 치마 아래쪽으로 숨겼다. 유연이 입술을 꼭 다물고 뾰로통한 표정을 지어 보였지만 삼월이의 표정도 단호했다.

이번에도 아쉬운 쪽이 먼저 손을 들었다. 유연이 나지막하게 한숨을 쉬었다.

"뭘 듣고 싶은 건데."

유연이 다음을 기약하던 환의 목소리를 떠올리며 반쯤 풀이 죽은 목소리로 대꾸했다.

"그 서방님에 대해서 아시는 바가 얼마나 되십니까, 아기씨."

"그건……."

마음이 움츠러들 것 같은 커다란 저택이 있어 그곳에서 고운 선비님을 만났다. 호화로운 장신구를 들고 온 아파는 그 저택 안에서 본 사람이었다.

장사를 하는 사람은 높이 쳐 주지 않았지만 부귀를 누리고 있으면 함부로 대하지 못했다. 좀처럼 보기 어려운 사람임은

건 짐작할 수 있었지만 아는 게 무엇이냐 물으면 대꾸할 말
이 없었다.

"하면 그 서방님은 언제 만나신 거예요?"

캐묻는 말에 유연이 다시 한 번 난처한 얼굴을 했다. 삼월
이는 굳이 대답을 강요하지 않았다.

"무어, 말씀해 주지 않으셔도 다 알겠는걸요. 외출했다가
길을 잃었다던 그적이 아니라면 언제 그 서방님을 만날 수
있으셨을까요. 사날이 멀다하고 나간다던 아기씨가 아파가
찾아오기 전까지 집에서 꿈쩍도 안 하신 건 다 이유가 있었
던 거지요. 그 할아범이 그날 저한테 이런 일을 시킨 것도 그
렇고."

삼월이가 투덜거렸다. 유연이 삼월이의 말을 듣고 있다가
한참 만에야 불쑥 아까부터 마음을 떠돈 질문을 입에 담았
다.

"서방님이라니?"

꼭 자기 주인댁 사람이 아니더라도 벼슬이 없는 젊은 선비
를 칭할 적에 대개 서방님이라고 부르기는 했다. 이상할 게
없기는 해도 뭔가 마음에 걸리는 호칭에 유연이 눈썹을 찡그
렸다.

"그냥 보아도 아기씨보다 연상 아닙니까. 관례를 올리고
나서는 도령도 건상투를 틀어 올린다지만 행동거지며 말하
는 품새가 혼기가 꽉 차고도 남을 양반이던 것을요. 이미 혼

인하였을 게 분명하니 서방님이라 부르는 게 무어 잘못된 일입니까."

'혼인……'

갑작스럽게 덮쳐 든 말의 파도에 유연의 머리가 혼란스러워졌다. 사내의 다정한 모습에 홀려서 가슴 설레어할 적에는 전혀 생각해 본 적 없는 사실이었다.

혼례를 치르는 나이는 제각각이어서 열 살을 갓 넘겼을까 싶을 때 다 자란 처녀를 색시로 맞이하는 꼬마 신랑도 있고, 스물에 가깝도록 장가를 가지 아니하는 이들도 있었다. 그가 어느 쪽에 속할지 알 수는 없지만 삼월이 말마따나 혼인을 했을 가능성이 더 높기는 했다.

"아기씨도 이제 기껏 이삼 년이면 혼삿말이 오고 가실 텐데 괜찮으시겠어요?"

그럼 만나지 말아야 하나. 그를 다시 만나는 건 항상 고민을 안겨 주는 일이었지만 새로 떠오른 가정 하나가 유연의 마음을 더욱 아프게 했다. 자칫하면 돌이킬 수 없는 불장난 같은 일을 저지르는 꼴이 될지도 모른다.

근엄하고 점잖은 아버지가, 행실에 대해서는 엄격한 어머니가 알게 되면 어찌할까 싶은 생각이 들었다. 하지만.

"다음에 또 만날 수 있겠구나."

그 다정한 울림에서 비롯한 이끌림은 철없는 소녀의 자제력으로는 거부하기 힘든 것이었다.

어린 사슴 같은 눈망울로 간절하게 바라보는 유연을 바라보던 삼월이가 한숨과 함께 뒤로 숨겨 놓았던 작은 종잇조각을 내밀었다.

삼월이는 언문도 띄엄띄엄이나마 읽을 수 있을지 장담할 수 없는 까막눈이어서 까만 건 글자요 흰 건 종이라는 사실 외에는 아무것도 알 수 없었다.

"제가 모시고 다닐 테니까, 마님께도 아무 말씀 드리지 않을 테니 몰래 가실 생각만 마세요."

'아무 일도 없으셔야 해요, 아기씨.'

삼월이는 진짜 하고 싶은 말은 마음속에만 남겨 둔 채로 잔뜩 긴장한 얼굴을 하고 조그만 글자를 뚫어져라 바라보는 아기씨에게 상냥하게 말을 걸었다.

"언제, 어디로 모시고 가면 될까요?"

❉   ❉   ❉

눈에 띄지 않는 작은 가게에도 찾아오는 이가 있었다. 몇 날 며칠에야 한 번씩 열어서는 의심을 살까 싶어 말 그대로 아침저녁으로 문이나 여닫는 정도였다. 당연히 누구에게도 알리지 않았건만 그대로 지나치기에는 가게 안에 놓여 있는 것이 워낙 훌륭했다.

우연히 지나는 길에, 혹은 알음알음으로 들어와 보았다가 그대로 단골마냥 며칠이 멀다 하고 드나드는 이들도 조금씩 늘고 있었다.

가게를 열어 두려면 사람이 있어야 했다. 그 자리를 지키는 건 소일하는 늙은이들이었다.

박 상궁은 그런 장난질 같은 일에 동원되는 것도 이 정도면 충분하다면서 코웃음을 칠 뿐 환이 걸음하지 않는 평소에는 절대 얼굴을 비추지 않았다.

뒤집어 말하면 박 상궁은 환이 여기에 온다는 이야기를 들을 때면 반드시 자리를 지킨다는 소리이기도 했다.

따뜻한 봄 햇살을 받으면서 문가를 지키고 앉아 있던 덕해는 고개를 끄덕거리며 졸다 제풀에 놀라 얇은 낮잠에서 깼다.

기지개를 쭉 펴면서 절대 존 적이 없는 사람처럼 태연한 얼굴을 하고 안을 들여다보았다.

박 상궁이 그린 듯 단정한 자세로 앉아 있는 것이라든가 희봉이 진짜 주인이라도 되는 것처럼 먼지를 털어 대며 놓여 있는 것들을 정리하는 것은 심상한 장면이었다. 저 안쪽 구석 잘 보이지 아니하는 자리에 반쯤 돌아앉은 여자아이의 댕기머리도 이제는 익숙했다.

사람들이 드나드는 날에는 바닥에 닿을 정도로 길게 드리우는 발은 지금처럼 그들 외에 아무도 없을 적이면 반쯤 걷혀 있었다. 방 안에 단정하게 마주 앉아 있는 사람의 옷자락이며 작은 서안의 발 부분이 그 아래로 들여다보였다.

"좀만 지나면 이런 장신구를 늘어놓고 있을 게 아니라 세책가 노릇을 해야 하겠구먼."

서안 위에 책 한 권이 사뿐하게 내려앉는 것을 본 덕해가 구시렁거렸다. 세책가에 들여놓는 책은 영웅적 인물의 일대기나 그런 이들과 혼인하는 여인이 고난과 시련 끝에 사랑을 이루는 내용이 주였다.

지금 방 안에 있는 이들이 보고 있는 책하고는 거리가 좀 있었으니 잘못짚어도 한참 잘못짚은 것이지만 덕해의 그런 오해를 바로잡아 줄 만한 사람은 아무도 없었다.

여하간 기껏해야 한 손으로 꼽을 수 있을 정도밖에 오지 않았는데도 방에 쌓여 있는 책은 이미 한 길이 족히 되었다. 그걸 반이나 보았을까도 의심스러웠지만 여인을 앞에 두고 하는 일이 고작 그런 심심하고 쓸데없는 일이라는 것도 이해하기 어려웠다.

하긴, 그 소녀를 과연 여인이라 이를 수 있을지부터 의문이었지만.

맑은 봄 햇살이 작은 창으로 새어 드는 방 안, 한 글자 한 글자 또박또박 읽어 내려가는 입술의 움직임이 퍽 앙증맞았다. 기녀의 노랫소리보다 청아하게 느껴지는 목소리에만 귀를 기울이고 있으니 내용 같은 건 머릿속에 제대로 들어오지도 않았다.

환이 미간에 미미하게 주름을 잡았다. 몇 번 만나는 사이 소녀에게서 다른 이를 떠올리는 일도 점차 줄어들다 사라졌다.

어린 소녀에게서는 의무감으로 꼭꼭 둘러친 경계의 담도 느껴지지 않았고 명백한 유혹을 목적으로 하는 색(色)도 묻어나지 않았다. 대신 그가 본 적 없이 티 없이 순진한 행동 하나하나가 눈에 들어왔다.

환은 갓 익어 발갛게 물든 싱그러운 산열매 같은 입술에서 억지로 눈길을 떼어 끌어 올렸다. 제법 오똑하지만 동그스름한 데가 있는 코끝과 긴 속눈썹이 그늘을 만들어 내고 있는 눈가를 지나 둥글고 깨끗한 이마에까지 시선이 닿았다. 지나치다 할 만큼 순진한 구석에 어딜 보아도 딱 그 나이 즈음에서 벗어나지 않는 어린 소녀였다. 그런데도 간혹 불쑥 이는 충동을 이기기 위해 주먹을 굳게 쥐어 마음을 가다듬어야 했다.

유연이 입술을 달싹이다 말고 미간을 살짝 좁혔다. 뚫어지게 바라본다고 하여 지금껏 생각나지 않는 것이 갑자기 떠오를 리 없었다.

짧지 않은 시간을 머뭇거린 것 같은데 으레 돌아오던 반응이 없이 잠잠했다. 유연이 고개도 들지 않은 채로 무릎 위에 가지런히 모으고 있던 한 손을 들어 맞은편에 앉은 사내에게로 뻗었다.

소녀의 손가락이 턱을 괴고 있는 손, 소매가 흘러내린 손목 위쪽을 가볍게 두드렸다.

"선비님."

제 손목에 닿는 감촉에 환이 겨우 정신을 차렸지만 한참을 한눈팔고 있었으니 왜 불렀는지 알고 있을 까닭이 없었다. 유연이 천천히 팔을 움직여 책장 위의 한 글자를 짚어 내며 조그맣게 목소리를 내고는 살짝 입술을 내밀었다.

"어찌 읽어야 할지 기억나지 않습니다."

불치하문(不恥下問)이라, 자신만 못한 사람에게 묻는 것을 부끄러워 말라고 공자님께서 말씀하셨다고 했다. 앞에 앉아 있는 젊은 선비는 나이도 저보다 많지만 배움의 깊이도 깊었으니 모르는 걸 묻는 게 뭐 문제가 될까. 그럼에도 질문을 입에 담는 것은 쑥스러웠다.

평소에는 머뭇거리는 유연을 보면 그런 상황이 오기 전에 먼저 다정하게 일러 주던 환이었다. 그런 이가 마치 유연이 묻기를 기다리는 것처럼 한마디 말없이 앉아 있으니 괜히 마음에 서운함이 일었다.

"점잖은 댁 아가씨가 그런 표정을 지으면 아니 되지."

글자를 확인해 음과 훈을 나지막하게 일러 준 환이 뾰로

통하게 살짝 내밀어진 입술을 꼭 눌렀다. 유연이 당황스러운 얼굴이 되어 고개를 돌렸다.

윗니로 살짝 아랫입술을 눌러 조금 전 제 입술 위를 스친 손길을 지워 낼 것처럼 살짝 긁어 댔지만 도리어 손길이 스쳐 갔다는 사실만 또렷이 떠오르게 할 뿐이었다.

"이걸 묻는 걸 보니 아직 멀었구나."

말은 그렇게 했지만 소녀는 환이 생각했던 것보다 영민했다. 한 방울의 물을 떨어뜨려도 금세 넓게 퍼뜨리는 선지(宣紙)처럼 빨리 받아들이고 그 위를 내달리는 까만 글자처럼 선명하게 마음에 새겼다. 그래도 한계는 있어서 깊이가 담긴 내용을 이해하지 못하고 고개를 갸웃거리기도 했다.

여기를 벗어나면 다시 그 책들을 펼쳐 볼 수 있는 것도 아니었으니 모든 걸 다 기억해 내지는 못했다. 그럼에도 그다지 인내심이 좋은 스승일 리 없는 환이 크게 답답해하지 않을 만큼 습득이 빨랐다.

"논어는 이제 그만 볼까."

환이 유연의 앞에 펼쳐진 책을 그대로 덮었다. 유연이 의아한 얼굴을 하고 고개를 들었다.

"사내가 아니니 과거를 볼 것도 아니고 조정에 출사를 할 수 있는 것도 아니지 않으냐. 학이편으로 족하지 구태여 그 뒤를 볼 까닭 무엇이랴."

환의 웃음기 어린 목소리는 그저 사실만을 전하고 있을 뿐이었지만 유연에게는 그다지 유쾌하지 않은 기억 하나를 되살려 주었다.

"계집아이가 경서에 관심을 가져서 어디에 쓸 수 있겠어?"

재청의 서가 맨 윗줄을 차지한 경서는 그녀의 가치를 떨어뜨리기만 할 것이라고 비아냥거리던 치서의 모습이 기억나 기분이 상했다.

치서는 제 상선에서 유연에게 충고를 한 것에 지나지 않았지만 이제 갓 스승이라 불러도 좋을 만한 자를 만나 조금씩 관심을 넓혀 가던 유연에게는 불쾌한 참견에 불과했다. 그날 토해 내지 못한 반박을 엉뚱한 사람에게 쏟아 냈다.

"논어를 읽는 자는 과거를 보아 입신양명을 하려는 것이 그 목적의 전부입니까?"

묻는 목소리가 퍽 당돌했다.

"어찌 그러하겠느냐. 글 읽는 목적이 출세에만 있는 것은 아니니."

"하온데 어찌 소녀에게는 과거를 볼 수 있는 것이 아니니 그만두라 말씀하십니까?"

또랑또랑한 목소리에는 불만이 가득했다. 글의 내용 자체가 즐거운 것은 아니었다. 뜻을 다 이해하고 있다고도 할 수 없다.

앞에 앉은 사람은 꼭 절반만큼만 스승 같아서 글자 하나하나 친절하게 짚어 일러 주면서도 그 글이 품은 뜻에 대해서는 묻기 전까진 좀처럼 알려 주지 않았다. 아니, 진짜 스승인 것처럼 '백독백습(百讀百習)하면 네 것이 되기 마련이니 내게 물으려 들지 말고 네가 익혀 보거라'라고 점잖게 타박하기도 했다.

그럼에도 즐거웠다. 그저 어림짐작하는 문구의 뜻이 정말 제가 생각하는 그 뜻이 맞는지 알 수 없어도 조금씩 앎이 더해 가는 그 시간이 좋았다.

천자문이며 사자소학은 꼭 네 글자가 한 짝이 되었다. 다만 넉 자일 뿐이어도 만물의 이치가 담겨 있다지만 더 이상 생각이 뻗어 나갈 여지도 없이 명확하게 맺어진 성어(成語)는 갑갑했다. 그가 건넨 책의 글귀들을 통해 그 짜여진 틀에서 벗어나는 느낌이 새로웠다.

깜깜한 밤, 자리에 누워 눈을 감으면 중구난방으로 글자들이 명멸했다. 눈을 떠서 천장을 바라보다가 어둠에 눈이 익숙해지면 어슴푸레하게 보이는 하얀 면에다 글자를 늘어놓았다.

가끔은 팔을 뻗고 손가락을 펼쳐서 글자 하나하나를 허공에 그려 나가다 미소를 머금기도 했다. 그 즐거움의 한편에는 함께하는 사람의 영향도 분명히 있을 것이지만 아직 나이가 나이니만큼 거기까지 생각이 닿지는 못했다. 선비님은 선비님, 서책은 서책이라고 심상하게 생각할 뿐이었다.

"너는 매양 내 생각이 짧음을 지적해야 직성이 풀리는 것이냐. 가끔은 그냥 넘어가 주어도 괜찮을 터인데."

환이 고개를 저으며 빙긋 웃어 보였다. 유연은 생각이 짧았다고 순순히 인정하는 환의 말에 마음이 놓였다.

누구나 다 치서처럼 글줄에 관심을 갖는 계집아이를 천대하려 들지는 않는 모양이었다. 그러나 환이 덮어 놓은 책을 펼치는 대신 서안 옆에 놓인 책 위에 가지런하게 얹어 놓는 모양을 보며 도로 입술을 한일자로 만들어 꾹 다물었다.

고집스러운 입매가 담고 있는 뜻을 알 것 같아 환이 다시 웃었다.

"있는 책이 어디 가는 것도 아니고 다음에 보면 그만 아니냐. 이렇게 날이 좋을 적에 공자님 말씀 같은 고리타분한 이야기만 들여다볼 것이 아니라 시라도 한 수 적어야 마땅하니."

서안 위에 종이가 펼쳐지고 반대편 옆에 내려놓여 있던 벼루가 올라와 구석 자리를 차지했다. 여느 때 같았으면 제가 먹을 갈겠다며 나섰을 소녀는 새초롬한 표정을 짓고 똑바로 앉아 있었다. 표정을 가장할 줄 모르는 어린 소녀는 제 감정을 솔직하게 드러내고 있었다. 그게 오히려 더 좋았다.

비위를 맞추거나 눈에 띄기 위해 마음에도 없는 입발림이나 아양을 떠는 모습은 그 속내가 고스란히 드러나 불쾌했다.

환은 소녀가 마음을 바꾸기를 기다리는 대신 스스로 벼루 위에 물방울을 떨어뜨리고 먹을 갈기 시작했다.

아까 전 환이 주었던 주의를 까맣게 잊은 것처럼 입술을 비쭉거리며 그 모습을 바라보던 유연이 문득 생각난 듯 입을 열었다.

"전일 상감마마께서 한성시(漢城試)에 입격한 유생을 소견하셨다고 들었습니다."

순간 환의 손에 들린 먹이 어긋나기라도 한 것처럼 거칠게 긁혔다. 제법 큰 먹물 방울이 종이 위에 얼룩을 만들었다. 그것도 알지 못하고 앞에 앉은 소녀의 눈을 바라보았다. 초롱초롱한 눈망울에 호기심이 가득했다. 가슴이 덜컥 내려앉는 기분이었다.

"여인만 행동이 조신해야 하는 것이 아니라 사내도 좀 신중해야 하는 것 아닙니까."

서안에 조금만 더 가까이 앉았어도 옷자락에 먹물이 튀는 신세를 면하지 못했다. 유연이 투덜거리며 얼룩진 종이를 걷어 내고 새 종이를 반듯하게 펼쳐 올려놓았다. 벼루 위에 물을 조금 더 떨어뜨리고 먹을 빼앗듯 옮겨 쥐고는 평소와 다를 바 없이 신중한 표정으로 먹을 갈기 시작했다.

유연은 손가락이 서로 맞부딪치는 데서 오는 떨림도, 조금 전의 토라짐도 이미 잊어버린 눈치였지만 환은 여전히 복잡하기만 했다.

느닷없이 과거에 합격한 유생을 불렀던 이야기를 하는 것은 혹시 뭔가를 눈치채고 자신을 떠보는 것이 아닌가 싶었다.

소녀는 티 없이 순진한 것처럼 보였지만 어쨌든 여인은 여인이었다. 본디 눈치가 빠르고 제 속내를 감출 수 있는 존재임을 모르지 않았다.

"어찌 그 이야기를 내게 하는 것이냐?"

환은 태연을 가장하고 여유로운 말투로 물었지만 턱에 괴고 있는 손이 미미하게 떨렸다.

이런 만남을 오래 지속할 생각은 처음부터 없었다. 숨이 들고나는 것을 제외하면 첩지도 내리지 아니하여 그 누구도 신경 쓰지 않는 여인을 품에 안는 것이 그가 뜻대로 할 수 있는 유일한 일이었다.

그마저도 반복되는 일상이 되다 보니 지루하고 따분하여 여염의 규수와 한때의 시간을 보내는 새로운 유희를 찾았다.

그러니 이 소녀가 안들 무엇이 달라질까. 눈을 내리깔고 잔뜩 긴장한 말투로 건네는 '그동안 몰라 뵈어 황공하옵니다, 상감마마' 정도의 인사말을 들으면 그만이었다.

"무슨 이야기 말씀이십니까?"

먹을 가는 데 온 신경을 집중하고 있던 유연이 반쯤 건성으로 되물었다.

차라리 이런 무심한 말투를 듣는 것이 나았다. 눈도 마주치지 못하고 교성을 낼 적이면 모를까 제 목소리도 내지 못하는 여인들이 그의 곁에 가득했다.

그런 이들이라면 그와 함께 지내는 밤을, 손에 닿을지도 모를 그의 옆자리를 탐하던 수많은 여인들로 족했다.

'하여, 너에게만큼은 들키고 싶지 않다.'

그의 뛰어난 외모에 대한 감탄을 숨기지 못하면서도 서슴없이 제 눈을 똑바로 바라보는 눈빛이 좋았다. 또렷하게 제 목소리를 낼 줄 아는 당돌함이 마음에 들었다. 그 모든 것이 결국 무지에서 오는 소산이라지만 어떤 사내 앞에서든 그런 태도를 견지하지 못하는 여인이 부지기수였다.

"상감마마께서 유생을 소견하셨다는 이야기 말이다."

"아."

잊고 있던 것을 떠올린 듯 유연이 가벼운 감탄사를 내뱉더니 먹을 갈던 손을 멈추고 환의 얼굴을 들여다보다 살짝 웃었다.

"선비님께서도 글공부를 하시면 혹 그 자리에 가셨을까 하여."

"초시인데?"

소녀의 엉뚱한 말에 환의 긴장이 일시에 풀렸다. 마음이 놓이고 나자 지나치게 생각을 넓혀 간 자신의 어리석음을 탓했다. 소녀는 역시, 어린아이에 불과했다.

"그렇사옵니까?"

"대과에 합격하면 급제하였다 하지 입격하였다고 이르지 아니한다. 게다가 초시는 머리를 길게 땋은 학동이 아니면 저 시골에서 농사지으면서 주경야독으로 겨우겨우 글공부를 한 늙은 선비가 보는 시험이 아니냐."

"하면 선비님께서는 이미 초시를 치르신 것이옵니까?"

"초시 따위는 입에 올릴 필요가 없다."

환이 에둘러 대꾸했다. 어릴 적부터 가장 훌륭한 스승의 밑에서 글을 배우고 군왕의 도리를 익혀 왔으니 비록 날개 꺾인 새 같은 신세라 하더라도 여느 유생에 비해 배움이 얕다 할 수 없었다. 적어도 생원이나 진사 같은 건 어렵지 않게 되었을 것이다.

환의 대답을 초시에는 합격했다는 뜻으로 혼자 짐작한 유연이 고개를 끄덕거렸다. 저에게 글을 일러 주는 선비님의 앎은 제 아비와 비견할 수 있을 것 같았으니 초시 따위는 진즉에 합격한 것이리라.

"하면 대과는 언제 보십니까?"

한번 궁금한 것이 생긴 소녀의 질문이 끊일 줄을 몰랐다. 환이 이마를 살짝 찌푸린 채 적당히 믿음직하게 들리는, 진실과는 거리가 한참 먼 답변을 찾아냈다.

"성균관 유생이니 아직 대과는 생각할 때가 아니 되었다."

유연이 고개를 갸웃했다.

"성균관이면 학문이 뛰어나다고 인정받는 유생들이나 들어가서 수학하는 곳이라고 들었습니다. 한데 선비님께서는 어찌 이리 한가하십니까?"

"사람이 어찌 늘 책에 파묻혀 산단 말이냐. 간혹 그런 고리타분한 자들이 있기는 하나 모두 그러한 것은 아니니라."

자신만만한 환의 대답에도 유연의 눈빛에는 수긍하는 빛은커녕 미심쩍게 생각하는 기색만 짙어졌다.

그 연유를 알 것 같으면서도 가벼이 여겨지는 것인가 싶어 살짝 기분이 상한 환이 퉁명스럽게 말을 건넸다.

"대체 그 눈길은 무어냐."

"삼월이가 말하기를 선비님은 댁에서 내어 놓은 한량인 것이 분명하다 하였는데."

유연의 목소리에 진하게 배인 웃음기에 환이 인상을 썼다.

"네 몸종이 그리 떠들어 댔느냐. 당장이라도 불러다 놓고 말버릇을 고쳐 놓지 아니하면 안 되겠구나."

말은 그렇게 하고 있었지만 앉은 자세에는 미동도 없었다. 유연이 배시시 웃었다.

"한데 소녀의 눈에도 그리 보입니다, 선비님. 매일같이 이리 노니셔서는 다 늙어 수염이 하얗게 셀 때까지 진사나 생원에 머무르시는 것 아니옵니까?"

"설마."

유연이 시답잖은 이야기를 나누느라 멈추고 있던 손을 도로 움직이기 시작했다. 점점 새까맣게 물들어 가는 먹물을 바라보고 있던 환은 유연이 손을 멈추어 무릎 위에 가지런히 내려놓는 것을 확인한 뒤 붓을 들었다.

손이 한가해진 소녀는 또 다른 생각이 떠오른 모양인지 다시 입을 열었다.

"선비님께서는 혹 상감마마를 뵈온 적이 있으십니까?"

환이 얼굴을 굳혔다. 아무것도 모르는 듯한데 자꾸만 이야기를 그쪽으로 끌고 가니 마음이 불편했다.

눈앞에 이런 미남자를 두고 얼굴 한 번 본 적 없는 왕―비록 그 '왕'이 자기 자신이라 할지라도―의 이야기를 자꾸 꺼내는 것이 싫은지, 아니면 자신의 정체를 숨기고 싶은 것인지도 분명하지 않았다.

"정무에 바쁘시니 한가하게 유생을 만나는 법은 좀처럼 없으시지만……."

환이 붓 끝에 먹물을 적시며 곁눈질로 유연의 표정을 살펴보았다. 대답을 기대하는 또랑또랑한 눈망울에 담긴 것이 순수한 궁금증인지 다른 뜻이 있는지를 판단하기는 어려웠다.

"간혹 성균관에 행차하실 적이 있으니 성균관 유생이라면 다들 먼발치서 뵈온 적이 있기는 하다. 한데 그건 어찌 묻느냐?"

"겨울에 황감제(黃柑製)라는 게 있다고 들었습니다."

"그렇지."

왕을 만나 보았느냐 묻더니 이어지는 말은 전혀 관계가 없을 듯한 황감제였다.

"거기에서 장원을 하면 상감마마께서 친히 황감이라는 걸 내려 주신다고 아버지께 들었습니다. 선비님께서는 어떠하십니까?"

어린 소녀는 그가 어느 정도의 식견을 가진 이인지가 알고 싶은 모양이었다. 조금 전에 비슷한 상황을 겪어 놓고 또 제멋대로 넘겨짚은 자신이 우습기도 하고, 그가 어떤 사람인지를 제 나름대로 가늠하려 애쓰는 소녀가 귀엽기도 하여 환이 빙그레 웃었다.

"네 그것을 묻는 것이었구나. 어차피 그때에도 용음(龍吟)만 들을 수 있다 뿐이지 용안을 감히 올려다볼 수 없어 그것을 뵙는다 할 수 있을지는 모르겠구나. 하지만 황감이라면 하사 받은 적이 있다."

거짓말이었지만 자기가 자기를 보았다고 말하는데 뭐 어떤가. 덧붙여 황감을 받는 성균관 유생보다는 그 자신의 학문에 대한 조예가 더 깊을 것이다.

소녀의 눈에 경탄의 빛이 잠시 어리는가 싶더니 입술이 또 움직였다.

"드셔 보셨다니 여쭙는 것인데 황감은 어떤 맛이 나옵니까?"

이번에는 그가 긴장할 필요 없는 지극히 소녀다운 궁금증이었다.

"먹어 본 적이 없느냐?"

"겨울이 깊을 대로 깊은 뒤에야 저 남쪽에 있는 섬에서 겨우 올라온다는 귀한 것을 소녀가 보기라도 할 수 있겠습니까."

귤이 위수를 건너면 탱자가 된다는 말이 괜히 남아 전하는 것이 아님을 알려 주듯, 겨울 내내 추위가 밀려오는 한양은 황감이 자라기에 적합한 풍토가 아니었다. 게다가 황감은 껍질이 얇고 무른 탓에 얼거나 상하는 일이 많아 저자에서 볼수도 없었다.

과일치고는 신맛이 강하고 썩 좋아하지 아니하여 인사치레로 입에 대어 보는 환에게는 그다지 귀히 여겨지는 것도 아니었다. 하지만 황감을 구경해 본 일도 없을 어린 소녀에게는 그렇지 않을 터였다.

"올 겨울에도 감제(柑製)가 있을 것이니 그때 받게 되면 너에게 하나쯤 주마. 그게 무어 그리 어렵겠느냐."

유연이 정리해 놓은 종이 위에 붓을 올리며 환이 여유롭게 웃어넘겼다. 그러나 유연의 마음에는 스산한 바람이 불어 들었다.

겨울.

이제 겨우 봄이 깊었을 뿐이니 겨울이란 오지도 아니할 아주 먼 날인 것만 같았다.

하지만 쉼 없이 흘러가는 시간은 겨울을 금방 불러들일 것이었다. 언제까지고 이런 날들이 지속될 수 없음을 잘 알았다.

지금도 그녀가 집을 나서는 목적이 고운 장신구를 구경하는 게 아니라 젊은 선비를 만나는 데 있음을 부모님이 알게된다면 금족령을 내릴 것이 분명했다.

'과연 그때까지 이 선비님을 볼 수 있을까.'

진지한 표정으로 글을 써 내려가는 이의 고운 얼굴을 보고 있노라니 마음 한구석에 다시금 시린 바람이 불어오는 기분이었다.

막 마지막 획에서 붓을 떼어 낸 환은 유연의 눈길이 종이위에 고정되어 있는 것을 보고는 조금 더 편하게 읽을 수 있도록 종이를 돌렸다.

유연의 눈이 글자를 따라 흐르는 속도에 맞추어 환의 목소리가 방 안을 가득히 채웠다.

말을 타고 유유히 가다 서다 하노라니
돌다리 남쪽가에 작은 시내 맑기도 하다.
그대에게 묻노니 어디쯤에 봄은 오던고
꽃은 피지 않고 풀만이 돋으려 하는데*.

---

*윤휴(1617~1680)의 '만흥(漫興)'.

"벌써 꽃이 만개하였으니 조금 늦은 감이 있기는 하지만 다음에 만나는 날이 청명하거든 답청이라도 가자꾸나."

목소리에 담뿍 담긴 웃음기만으로도 그 표정을 짐작하는 것은 어려운 일이 아니었다. 그 얼굴을 보면 아직 한참이나 남은 겨울이 떠오를 것만 같아 유연은 고개를 들지 못한 채 말없이 고개만 끄덕거렸다.

이번에도 먼저 일어나는 쪽은 환이었다. 유연은 여전히 종잇장 위에 눈길을 고정한 채였다. 마중이며 배웅받는 인사를 차리지 않는 것은 여느 때와 비슷했다.

발을 가볍게 걷어 올린 환은 자신을 기다리고 있는 이들, 그중에서도 꼭 운 나쁘게 이럴 때에만 장번이 걸리는 희봉을 향해 불길한 미소를 건넸다.

"다음번에는 어디 풍광 좋은 곳을 골라 답청이라도 갈까 하노라."

희봉은 조금 전에 제가 들은 말을 상기해 보다가 고개를 번쩍 쳐들었다. 제 할 말을 다한 환은 이미 박 상궁을 앞장세워 저만치 가고 있었다.

"얘야."

희봉이 주섬주섬 갈 채비를 하고 있는 삼월이를 불렀다.

"이담에 볼 적에는 성문 밖에 나가야 할 것 같은데……."

"안 됩니다요."

희봉이 말을 맺기도 전에 삼월이가 딱 잘라 말하며 고개를 저었다.

"너는 어른이 말씀하시는데 어째 생각도 안 해 보고 바로 안 된다 소리부터 하느냐."

희봉이 얼굴을 잔뜩 찌푸렸지만 삼월이는 기가 죽지 않은 채로 그를 올려다보았다. 처음부터 그런 것에 겁먹을 거였으면 아기씨를 모시고 나오는 건 꿈도 꾸지 못했을 터였다.

"남의 집 귀한 아가씨나 몰래 불러낼 궁리를 하는 어르신께서 존경받을 만한 말씀을 안 하시는데도 꼬박꼬박 말씀을 챙겨 들어야 합니까."

대찬 대답이 돌아오자 희봉이 입을 다물었다. 단 한마디에 기가 죽은 희봉이 어딘가 안쓰러웠던 모양인지 삼월이가 조금 전에 비해서는 상냥해진 목소리로 말을 이었다.

"아기씨께서 바깥에 계실 수 있는 시간은 오가는 시간까지 기껏 두 시진 남짓인걸요. 어르신 말씀대로 성문 밖에 나가게 되면 그 정도 시간으론 어림도 없잖습니까. 게다가 먼 길 가 보신 적 없는 어린 아기씨께서 병이라도 나시면 큰일입니다."

틀린 말이 아니었다. 거기에 덧붙여 성문을 출입하려면 어설프나마 지키고 있는 병사들의 눈길도 받아 내야 했다.

아가씨가 몸종을 데리고 홀로 나가든 전하를 대동하든 남의 눈에 띄는 건 일도 아니었다. 게다가 미복을 한 전하께서

위조한 호패를 들고 성문 바깥으로 나간다면……. 생각만 해도 머리가 지끈거리는 일이어서 희봉이 일단 한발 물러서기로 했다.

"아무튼 다시 연락하마."

환이 나가고 나서도 일각이 넘는 시간이 지나고서야 올 때와 마찬가지로 옥색 쓰개치마에 온몸을 감싸인 소녀가 가게 문을 나섰다. 나이보다 조금 더 어른스러운 느낌이 묻어나는 걷는 자세를 본 희봉이 꽁한 마음이 되어 투덜거렸다.

"차라리 목이 날아가더라도 찾지 아니하는 것인데. 이건 나날이 첩첩산중이니."

"그거 진심인가?"

희봉은 덕해가 한가로이 햇볕이나 쬐고 있는 게 마음에 들지 않는 듯 먼지떨이를 들고 여기저기를 신경질적으로 두드려 대기 시작했다.

"자네 일이 아니라고 늘 그렇게 관망하고 있지만 내가 없어 보게. 자네도 턱 떨어진 광대에 끈 떨어진 뒤웅박이나 다름없는 신세이지."

투덜대는 희봉의 머릿속에는 그 아가씨를 직접 찾아다 대령해 놓은 것도 덕해요, 비밀스러운 만남의 장소로 이 손바닥만 한 가게를 물색한 것 역시 덕해라는 사실은 들어 있지 않은 모양이었다. 덕해가 어이없음을 감추지 못하고 실소하며 이죽거렸다.

"자네가 없어 본 적이 없어 모르겠네. 벌써 햇수를 헤아릴 수도 없을 만치 자네를 오래 보았더니 이제는 없으면 어떨까 궁금하기도 하이."

날카로운 눈초리와 더욱 사나워진 총채질로 마음을 표출하던 희봉이 깊은 한숨을 내쉬며 바닥에 털썩 주저앉았다. 버석하게 마른 바닥에서 먼지가 스멀스멀 피어올라 덕해가 인상을 쓰며 자리에서 일어났다. 희봉이 덕해를 애처로운 눈길로 올려 보았다.

"좀 도와주게."

"종종거리고 뛰어 보았댔자 돌아오는 건 한가하게 구경이나 했다는 핀잔뿐인데, 내가 뭐하러."

"자네가 아니면 누구에게 이런 걸 부탁한단 말인가."

속내를 알기 쉽고 놀려 먹기는 더더욱 쉬운, 그래서 그대로 두고 볼 수가 없는 벗이 바닥에 주저앉아 있었다. 그 나이에 먼지가 풀풀 나는 맨바닥에 옷이 더러워지는 것도 개의치 않고. 마음이 짠해진 덕해가 도로 의자에 엉덩이를 붙이고 앉았다.

"기실 제일 좋은 곳이야 궐의 후원이지."

희봉의 침울한 목소리에 두 개의 한숨 소리가 이어졌다. 어린 소녀를 후원에 데려다 놓는 것도 쉽지 않고 그 자리에 환이 나타나 거니는 것도 자연스럽지 않았다.

소녀를 궁인처럼 꾸며 놓을 것인가, 왕이 미복을 하고 자신의 정원을 거닐 것인가.

"그러면 그냥 아가씨를 처음에 모셔 왔던……."

"안 될 말이네."

희봉의 말을 덕해가 단칼에 잘랐다. 그 건물에 딸린 정원의 풍취도 나쁘지는 않았다. 그러나 그곳에는 악착같이 머물러 있는 그림자가 있어 왕이 이따금 악몽에 시달리는 것을 문밖에서 들어야 했다. 불과 얼마 전에도, 한밤중에 일산을 대령하라 명하였을 정도였다.

답청으로 봄의 정취를 느끼고 풍류를 즐기니 어쩌니 이야기하지만 결국은 한가롭게 노닐고 싶다는 뜻이 담긴 것에 불과했다. 그러니 전하께서도 정말로 풀을 밟아야겠다고 생각하는 것은 아닐 터였다. 덕해가 희봉의 어깨를 가볍게 두드렸다.

"일단 전하께 여기로 오시라 전해 드리게. 그때까지 생각을 좀 해 보지."

"무얼 어쩌려고?"

"글쎄, 어떻게든 되지 않겠나."

덕해는 마음에 떠오른 대답을 들려주는 대신 고민스러운 얼굴을 했다.

박 상궁의 도움은 이미 확신하고 있었고 문제라면 환의 반응이었지만 마음에 들지 아니한다고 해서 당장에 어떻게 하려 들지는 않을 것이었다.

다만 이 고지식한 늙은이를 놀려 먹는 일이 즐거워 단번에 알려 주고 싶지 않았다.

"내가 천수를 누리지 못하면 그건 자네 탓일세."

"이 나이 먹고도 더 누릴 천수가 있나?"

희봉의 투덜거림에 덕해가 눈을 동그랗게 뜨고 응대했다. 그와 때를 같이하여 저쪽에서부터 낯익은 형체가 다가오고 있었다.

한 길만큼 쌓아 놓은 책 중 소녀에게 무리다 싶은 어려운 책들을 걷어 내라는 명을 받고 오는 언이었다. 덕해가 그를 향해 손짓했다.

"이보게, 자네가 전하께 좀 전해 드려야 하겠네."

"늙은이들은 뭔가 좀 다를까 하였더니 쓸모없어."

손톱만 한 가가로 오시라는 말에 환이 불만스러운 얼굴을 했다.

언은 지난번 '과인도 감당치 못할 연륜을 가진 이들'이라고 말했던 것을 상기시켜 주고 싶은 마음이 들었으나 그 대신 공손한 어조로 현실을 인식시켜 주었다.

"아가씨의 사정이 그러하니 어찌하겠사옵니까, 전하."

환이 얼굴을 찌푸렸다. 젊은 내관이 동조해 주는 것은 처음부터 기대도 하지 않았고 저 단호한 대답이야말로 그답다 여겨지지만 썩 마음에 들지는 않았다.

"반가 규수라고 이토록 번거롭게 구는데 과인은 어찌하여 계속하고 있는 것일까."

"말씀드린 적 있사옵니다만, 내키지 아니하면 그만두시면 되옵니다, 전하."

"그대가 지금 과인의 마음을 떠보는구나."

환은 시큰둥하게 대꾸하고서는 앞에 펼쳐 놓은 책으로 눈길을 떨어뜨렸다. 등잔불이 가물거려서 벽에 가끔 어릿어릿한 그림자를 만들어 냈다.

환은 단정한 자세로 앉아 있었으나 일각이 지나도록 책장이 넘어갈 생각을 하지 않았다. 고개를 숙인 채 기다리고 있던 언이 불쑥 입을 열었다.

"금일도 바로 침수에 드시겠사옵니까?"

"하면?"

환이 언의 말이 끝나기 무섭게 되물었지만 그는 질문을 한 적 없다는 것처럼 잠잠하게 앉아 있을 뿐이었다. 그 모습을 물끄러미 바라보던 환이 어딘가 짓궂어진 데가 있는 목소리로 다시 물었다.

"과인의 기가 쇠하였다거나 환후가 좋지 아니한 것 같다는 소문이라도 돌고 있느냐?"

그 어떤 긍정이나 부정의 표현 없이 묵묵히 앉아 있는 모습에 환이 한쪽 입술 꼬리를 비스듬하게 끌어 올렸다.

"신료들이 어떤 이들인가. 밤마다 여인을 품고 있으면 색을 탐하는 게 과하여 옥체가 상한다고 소를 올리던 자들이다. 헌데 성인군자처럼 금욕하고 있으니 기가 쇠하여 여인도 안지 못하는 신세가 된 것이냐 입방아를 찧어 대는구나. 어느 장단에 맞춰 춤을 추랴. 내일이라도 숨이 넘어가야 다들 그럴 줄 알았다고 만족해할까."

"말씀 거두옵소서, 전하."

언의 목소리가 제법 강경하게 울렸다.

"아직 그럴 생각은 없으니 염려하지 말라."

환이 벌떡 일어났다. 언이 미처 뒤따라 일어나기도 전에 문이 활짝 열렸다. 환이 길고 어두운 복도를 지나 달빛이 감도는 밤공기에 몸을 맡겼다.

말없이 따르던 언이 문득 한 가지 사실을 발견하고는 몸을 옆으로 피했다. 환의 그림자가 뒤따르는 그를 향해 늘어져 있었다. 그럼에도 환은 그에게 일산도 용선도 구하지 않았다.

낮 동안 활짝 피어 있던 꽃송이들은 대부분 수줍게 입을 다물고 있었다. 바람이 이따금씩 불어 들었다. 그 일렁이는 공기를 가득 채우고 있는 것이 꽃잎 사이로 새어 나오는 향기인지 하늘에서 내리비치는 달빛인지 알 수 없었다.

"여기로 데려올 수는 없겠지."

해마다 진상되어 그에게는 신기하지도 아니한 황감 이야기에도 눈을 반짝이던 소녀였다. 기화요초가 가득한 이 후원에 오면 마치 소녀 자신이 나비인 것마냥 이 꽃 저 꽃 사이를 팔랑거리면서 사뿐하게 오고 가리라. 환의 표정이 조금 아련해졌다.

"봄이 무엇인지 이제야 알겠는데 어쩌면 너무 늦어 버린 듯도 하구나."

❈   ❈   ❈

유연이 짧게 한숨을 쉬었다. 머리에 까만 복건을 쓰고 있는 또랑또랑한 눈을 지닌 사내아이가 자신을 쳐다보며 똑같이 한숨을 내쉬었다.

유연이 고개를 돌려 조금 전까지 자기 뒤에 있다가 약간 옆으로 물러나 앉은 박 상궁의 얼굴을 바라보았다.

"마음에 안 드십니까."

박 상궁이 부드럽게 미소했지만 유연은 고개를 돌렸다. 입술을 비쭉거리고 싶은 마음이 드는 것도 꾹 참고 도로 거울을 들여다보았다.

굳이 거울로 확인하지 않아도 어떤 차림을 하고 있는지는 정확하게 알고 있었다. 다만, 자꾸 확인하게 되었다. 지금 저는 누가 보아도 명백한 사내아이의 모습이었지 손톱만큼도 계집아이처럼 보이지 않았다.

"마음에 들면 그게 이상한 것 아닐까요."

늘 보던 제 얼굴인데도 유난히 낯설었다. 두어 달 전인가, 눈이 어리어리할 정도로 고운 옷에 감싸이고 얼굴과 입술을 물들였을 적에도 이렇게 낯설지는 아니했다.

그에 비한다면 지금 달라진 것이라곤 고작 복건 안쪽에 다시 땋은 머리가 숨어들었다는 점과 어깨 위에 걸쳐진 옷자락뿐인데도 낯설고 어색했다.

"제가 보기에 아가씨는 전혀 변한 게 없으신 걸요."

고운 옷을 입고 있으면 그대로 예쁜 아가씨이고 수수하게 차리고 있어도 싱그러운 소녀의 모습이 선연했다.

사내아이의 차림을 하고 있으니 총명하게 생긴 도련님이 그 안에 들어앉아 있다가 모습을 드러내는 게, 아마도 집안에서 사내아이가 아니라 딸임을 한하지 않았을까 싶은 마음이 들 정도였다.

"그래도……."

유연은 거울 속 사내아이를 향해 얼굴을 잔뜩 찡그려 보이고는 얼른 좌경을 닫아 거울이 제 눈에 띄지 않게 했다. 그런다고 해서 제 차림이 어떠한지를 모를 수 있는 것도 아니어서 결국은 처음의 결심 따위는 잊고 입술을 삐죽거렸다.

"다음에 만나는 날이 청명하거든 답청이라도 가자꾸나."

분명 그리 말한 사람은 해사한 선비였다. 물론 그 말이 곧

이곧대로 이루어지기 어렵다는 건 알았다.

삼월이가 늙은이와 티격태격하듯 주고받는 말을 들으며 반쯤 체념하긴 했다. 게다가 돌아오는 길은 물론이고 집에서도 줄곧, 그리고 오늘 여기 오기까지 삼월이가 줄기차게 '그건 얼토당토않은 일'이라고 강조하는 통에 질린 얼굴이 되어서 알았다고 그러니 그만 좀 하라고 대답하기도 했다.

답청이야 진작 포기했고 남의 눈에 뜨이기 쉬우니 거리를 걷는 것조차 쉽지 않으리라고 생각했다. 그래도 이럴 줄은 몰랐다. 하다못해 가가 내 창을 열어 봄바람이라도 방 안으로 불러들이고 내리비치는 봄 햇살만큼이나 다정한 목소리로 시구라도 읊어 줄 줄 알았다.

아파를 보내서 자기를 찾아 주었다. 늘 상냥한 눈길로 바라보고 다정한 목소리를 건네어서 아주 조금, 실낱같은 기대를 품었다.

만날 적마다 다음을 기약해 기대가 또 조금 더 자라났다. 하지만 그건 여인보다 더 고운 사내의 미색에 홀린 어린아이의 지레짐작에 불과했던 것이다.

"너무해."

"무엇이 말이냐?"

웃음을 잔뜩 참고 있는 것이 분명한 목소리가 유연의 등 뒤에서 들려왔다. 유연이 고개를 휙 돌렸다.

단정하게 앉아 있던 박 상궁은 언제 나갔는지 온데간데없고 유연을 이런 차림새로 만들어 놓은 장본인이 싱글거리며 서서 그녀를 내려다보고 있었다.

"알면서 뭘 물으십니까?"

잔뜩 부어 있는 게 분명한 목소리가 들리지 않는 것처럼 환이 눈을 가느스름하게 뜨고 웃었다. 사실은 그 목소리를 듣는 게 더 즐거웠다.

요 조그만 여자아이는 지금 사내아이의 행색이 되어 있는 것이 그의 탓이라 생각해 부루퉁한 모양이지만, 맹세컨대 그 뒷모습을 본 당혹감은 소녀의 그것보다 크면 크지 작지는 아니하였다.

답청이나 가게 좀 알아보라 일렀더니 언을 통해 전한 말이라고는 기껏 그냥 여기로 오십사, 하는 소리고 고작 해 놓은 짓이 소녀를 사내아이로 만들어 놓은 것이라니.

'설마 내게 남색을 즐기는 취미가 생겼다는 이야기라도 돌고 있나.'

정사 중 소녀의 목소리가 불쑥 끼어든 이후 자신도 이상하다 싶은 생각이 들 만큼 여인을 안는 것이 썩 내키지 않았다. 혹 나이가 어린 아이에게 마음이 동하는가 싶어 그런 궁인들을 지그시 바라보니 어리둥절하여 눈길을 피했다.

그러면 성숙하여 만개한 여인이어야 하는가 싶어 눈길을 주어 보았으나 상대 여인을 설레게 하는 데에만 성공했을 뿐이었다. 정작 그의 몸이고 마음에는 별다른 영향을 주지 못함을 확인하고 쓴웃음을 지었다.

궁인들을 불러들이는 일도, 찾아가는 일도 없어져 괴소문이 나돌고 있다는 것은 며칠 전 언의 태도로 확인했다.

사랑스러운 소녀가 소년의 복색을 하고 있는 까닭은 나이든 환관들이 궐 안을 떠도는 사실과 소문들을 조합해 환의 취향을 속단했기 때문이리라.

환은 자신과 엇갈려 방을 살그머니 나서는 박 상궁이 얼굴에 띠고 있던 표정을 상기했다. 정상적인 상황이라면 시도할 리도 허용될 리도 없는 이런 일탈에 제법 오래전부터 장단을 맞추듯 여인들을 단장시켜 주고 있는 것이 그녀였지만 늘 무뚝뚝한 얼굴을 하고 있었다. 그런 이가 미미하나마 눈웃음을 남기고 방을 나섰다. 그게 더 당황스러웠다.

아직 더 한참 더 자라야 여인의 태가 날 것 같은 소녀였으니 돌려세워 놓으면 영락없는 사내아이였다. 책을 끼고 학당에 가야 할 것처럼 보이지만, 또 사내아이치고는 야리야리한 게 남들에게 치일까 싶어 직접 손이라도 잡고 글방에 데려다 주어야 할 것처럼 보이기도 했다.

'직접 손이라도 잡고……'

스쳐 지나던 생각의 한 끄트머리를 잡은 환이 씩 웃었다. 늙은이들이 쓸모없다는 말은 취소였다. 고개만 돌려서 투덜거리는 소녀를 향해 손을 내밀었다. 소녀가 동그랗게 눈을 뜨고 그를 올려다보았다.

선뜻 손을 내어 주지 않는 소녀에게 그가 팔을 더 뻗었다. 유연의 손이 그의 손 안으로 숨어들었다. 그 모습 그대로, 환이 앞장서고 유연이 딸려 가듯 발을 옮겼다.

손을 감싼 그의 손에서 전해지는 온기가 무척 따뜻했다. 처음 만났을 적에 손목을 잡혔던 것 외에는 잠깐 손끝이 스치는 것보다 더 가까운 접촉은 없었다.

유연이 곁눈질로 그의 손 안에 단단하게 쥐어져 있는 제 손을 슬쩍 내려다보았다. 심장이 튀어나올까 싶을 정도의 두근거림이 지난 뒤에는 마음이 포근해지는 안도감이 밀려왔다.

"이것도 나쁘지 않구나."

유연이 환을 올려다보았다. 소녀의 눈이 사내의 눈과 맞닿았다.

"어린 아우가 길을 잃을까 염려하는 자상한 형인 줄 알 것 아니냐."

환이 잡고 있는 손에 살짝 더 힘을 주고는 걸음을 재촉했다. 그도, 소녀도 시간이 많지는 아니하니 조금 서둘러서 더 많은 것을 눈에 담고자 했다.

사람들이 북적이는 곳을 다녀 본 적이 거의 없는 환도 마음이 어린 소년처럼 들떴다.

아직 말속에 담긴 숨은 뜻 따위를 파악할 줄 모르는 어린 소녀는 단단한 손에 붙잡힌 채로 종종걸음 치다시피 하며 토라진 목소리로 투덜거렸다.

"그저 아우로만 보이십니까."

그사이 번화한 곳에 닿아 사람들 틈에 쓸리다 보니 혼잣말에 가까운 작은 목소리는 환의 귀에까지 닿지 않았다.

거리에는 활기가 가득했지만 여유롭지는 않았다. 조금 거친 사람들의 태도라든가 상당수 사람들의 입성이 꾀죄죄한데서 살림이 썩 좋지는 아니한가 보다 짐작할 수 있었다.

환이 입술을 꼭 깨문 채 보고 싶지 않고 알고 싶지 않은 것들을 외면했다. 보아서 눈에 담고 알아서 마음에 새긴들 그가 할 수 있는 일은 거의 없었다.

천재지변이나 민란이라도 일어나지 않는 한은 무슨 이야기를 해도 그보다 더 시급한 일이 있다면서 귓등으로 흘려보낼 작자들이 조정에 우글우글했다.

그의 힘으로 해결할 수 없는 것들에 눈을 감았다. 대신 어지럽게 지나가는 풍경 위에 사내아이의 차림을 하고 있어도 여전히 사랑스러운 소녀의 모습을 덧씌웠다. 쓰개치마를 둘러썼을 때와는 다르게 두리번거리고 눈을 반짝이는 모양새가 그 정도 행동은 어린 사내아이에게 큰 흉허물이 되지 아니한다는 걸 아는 눈치였다.

저자에 대해 아는 것이 별로 없기는 피차 마찬가지인 환에게 이것저것을 묻기도 하고 환한 미소를 돌려주기도 했다. 책을 읽을 적하고는 또 다른 생기가 소녀의 곁을 맴돌았다.

환이 유연의 손을 감싸 쥔 손에 더 힘을 주었다. 여느 때보다 가벼운 발걸음, 활기찬 몸놀림의 소녀가 금방이라도 포롱거리며 날아갈 작은 산새처럼 여겨진 탓이었다.

이미 집에서 조그만 가게까지 제법 오래 걸어온 어린 소녀와 사람들을 헤치고 다녀 본 적 없는 사내는 반 시진도 되기 전에 기진했다. 그나마 사람이 적은 곳을 골랐으나 북적이는 것은 별다를 바 없는 주막 구석에 엉덩이를 붙이고 앉았다.

환이 제법 호기로운 목소리로 주모를 불렀지만 사람이 붐비다 보니 여간한 크기의 목소리는 닿지 아니하는 모양이었다. 결국 환이 자리에서 일어났다.

"꼼짝 말고 얌전히 기다리고 있거라."

"어딜 가라고 떠밀어도 더 못 가겠습니다."

유연이 신에서 발을 빼고 꾹꾹 눌러가면서 투덜거렸다. 환은 들은 척도 하지 않고 옷자락을 펄럭이며 사람들 틈에 섞여 들어갔다. 유연이 그 뒷모습을 물끄러미 바라보았다.

그에게서는 사람이 제아무리 많아도 구별할 수 있을 것처럼 환하게 빛이 났다.

아직 어린 나이였지만 마냥 어리다고도 할 수 없었다. 지금이야 아직 어리니까 눈감아 주고 있는 것들이 많았다. 그러나 일이 년, 아니 몇 달만 지나도 혼기에 접어든다며 행동을 조신하게 하고 집안 살림 다스리는 법을 배우라고 할 게 분명했다.

지금 이 순간이 오래도록 지속될 수 있도록 시간이 조금만 더 천천히 흐르면 좋겠다는 생각이 들었다.

쟁반 위에 국밥 한 그릇과 빈 그릇 하나, 전이 담긴 접시, 그리고 무슨 맛일지 짐작조차 되지 않는 탁주가 담긴 병을 받쳐 든 자신의 모습에 환이 웃었다.

수라를 들 때에도 수저를 놀리는 것 외에 아무것도 하는 법이 없는 그가 친히 상을 차리러 가는 모습이라니. 궐에 있는 그 누구라도 기함할 일이었다.

환은 아까의 자리로 돌아와서 상 위에 쟁반째로 올려놓고 마루 위에 걸터앉았다. 소녀는 당부한 대로 제자리에 앉아 있었으나 벽에 비스듬하게 기대어서 눈을 감은 채로 졸고 있었다.

"너는 이런 사내를 기다리면서도 잠이 오느냐."

귀에 닿지 아니할 것이 분명한 말을 내던져 놓고는 일어날 기미가 보이지 않는 얼굴을 뚫어져라 바라보았다. 저렇게 차려 놓으니 천생 사내아이인데도 살짝 벌어진 입술에서 눈을 뗄 수 없는 건 심히 위험했다.

'정말 고약한 취향이 생긴 건가.'

환이 한숨을 쉬었다. 나이를 불문하고 궁인들을 지그시 바라본 것으로 모자라 얼굴 해사한 젊은 내관들도 한 번씩 들여다보아야 할 모양이었다.

자칫 무성한 소문을 더욱 부채질할 수 있어 행동으로 옮기는 건 좀 더 숙고해 볼 필요가 있으니 일단 선비의 이름자를 가진 그자부터 시작하는 편이 안전했다.

환은 아무짝에도 소용없는 생각을 그만두고 소녀의 어깨에 손을 얹어 가볍게 흔들었다. 유연이 눈을 반쯤 뜨고 멍한 얼굴로 환을 올려다보다가 화들짝 놀라서 등을 곧추세웠다.

"그만 일어나거라. 그러다 날이 저물겠구나."

"시간이 오래 지났습니까?"

유연은 환이 고개를 가로젓는 것을 확인하고 나서야 쟁반 위의 그릇들을 하나씩 상 위로 옮겨 놓았다.

하나뿐인 국밥 그릇을 보고 한참을 고민하다가 빈 그릇에 제 몫이라고 몇 숟가락이나 될까 싶게 조금 덜어 놓고는 원래 그릇을 환의 앞으로 밀어 놓았다.

"그것으로 간에 기별이나 가겠느냐."

환이 유연의 앞에 놓인 그릇을 자기 쪽으로 잡아당겨 반쯤 될 법하게 덜어 내고는 원래 위치에 돌려놓았다. 망설이는 유연은 보지 못한 척하고 한 숟가락 크게 떠서 입안에 넣었다.

무슨 맛인지 알다가도 모를 것 같은 오묘한 느낌이 입안에 가득했지만 내색하지 않으려 애쓰면서 유연을 흘깃 보았다. 그새 한 술 떠 넣고 입을 오물거리고 있는 소녀의 얼굴을 보다 불쑥 질문을 던졌다.

"많이 피로했던 것이냐?"

"봄이어서 그런 모양입니다."

유연이 머쓱한 얼굴로 웃었다.

사실은 오래도록 걸어서 피곤했지만 그걸 곧이곧대로 말하기는 좀 쑥스러웠다. 환의 눈길이 줄곧 제 얼굴에 머무르고 있는 것이 느껴져 서둘러 눈을 내리깔고 먹는 일에 전념하는 척했다.

그 모습을 바라보던 환은 유연이 알지 못하게 미소를 머금었다. 소리 없이 입술만 달싹여 마음을 남몰래 소녀에게 전했다.

'네가 있는 곳은 언제나 봄이다.'

넷 드러나는 진심

"아무 일도 없었어."

대답하는 유연의 목소리에 살짝 짜증이 묻어났다. 그걸 알고 있으면서도 꿋꿋하게 물어보는 건 아기씨가 어찌하고 돌아다녔는지 제 눈으로 확인하지 못한 충실한 몸종의 노파심이었다.

"정말입니까, 아기씨?"

"진짜야. 벌써 몇 번째 이야기해. 저자를 돌아다니다가 밥한 술 먹고 왔다니까. 그게 다야."

불한당 같은 사람을 만나서 봉변을 당한 것도 아니고 좀도둑이 주머니를 털어 가지도 않았다.

하다못해 가다가 돌부리에 걸려서 넘어진다든가 음식을

잘못 먹어서 배탈이 나는 일도 없었다.

군이 찾아본다면 외간 남자의 손을 스스럼없이 잡고 다닌 게 좀 마음에 걸렸지만 애초에 방에서 나설 때부터 이미 잡고 있었다. 그걸 삼월이가 보지 못하였을 리도 없으니 군이 말할 것도 없었다.

미심쩍은 얼굴로 바라보던 삼월이는 제가 이야기하는 '아무 일'과 아기씨가 이야기하는 '아무 일' 사이의 넘지 못할 간극을 눈치챘지만 더 캐묻기를 포기했다.

저 대답 자체가 정말 별일 없이 한가롭게 저자 구경이나 하다 왔다는 첫 번째 증거였다. 그리고 늘 단정하게 앉아 있던 아기씨가 비스듬하게 등을 기댄 채 다리를 쭉 뻗고서 저에게 맡기고 있다는 건 두 번째 증거라고 할 만했다.

"얼마나 돌아다니신 거예요. 혹 마님이 아시기라도 하면 큰일이니 조심하세요, 아기씨."

종아리에서 발바닥에 이르기까지 손가락으로 꾹꾹 눌러가며 삼월이가 말을 건넸다. 유연이 별 관심 없는 얼굴을 하고 고개를 끄덕거렸다.

유연과 동행하는 삼월이의 손에는 조악한 장신구나 평범하게 생긴 붓, 철 이른 떫은 과일 같은 것이 조금씩 들려 있었다. 그것들을 보며 신 씨는 그들이 저자를 돌아다니며 소일하는가 보다 짐작할 따름이었다.

자주 나다닌다면 의심을 받겠지만 짧아야 열흘이고 길면

스무날에 한 번씩 나가니 외출이 조금 길어져도 딱히 이상하게 생각하지 않았다.

게다가 삼월이는 손이 야물고 성격도 똑 부러지는 데가 있어 집에 온 지 오래지 않았어도 꽤 신임이 두터운 편이었다.

"아기씨."

애매하게 찌푸린 얼굴을 하고 반쯤 걷힌 치맛자락 아래의 흰 다리를 내려다보고 있던 유연이 삼월이의 부름에 눈을 들었다. 삼월이는 '정말 아무 일도 없었는가' 물어볼 때와 비슷한, 떨떠름한 기색이 배어 있는 얼굴을 하고 있었다.

"지금쯤이면 좀 아시지 않았습니까?"

"무엇을?"

"그 서방님 말입니다."

뜸을 들이는 것 같은 말투에 유연이 얼굴을 찡그렸다.

"선비님은 왜?"

"혼인은 하셨답니까?"

유연이 눈을 동그랗게 떴다. 유연이 입을 열 틈도 주지 않고 삼월이가 질문을 쏟아 냈다.

"정말 그 가가의 주인 노릇으로 소일하는 한량이랍니까? 어느 댁 자제인지는 알고 계시고요? 보통 그 나이쯤 되면……."

"몰라."

묻고 싶은 게 한가득 있는지 말을 멈추지 않을 듯싶은 삼월이의 말허리를 끊어 내며 유연이 무뚝뚝하게 대답했다.

"정말 모르시는 거예요, 아니면 아시면서도 모른다고 잡아 떼시는 거예요?"

"누가 보면 삼월이가 내 어머니거나 유모, 아니면 매파인 줄 알겠는걸."

"매파라면 이미 그런 건 손바닥 위에 올려놓고 있을 텐데 뭣 하러 물어보겠어요. 제가 마님이면 절대로 아기씨를 바깥에 내보내지 않았을 테고 유모 정도가 좋네요. 전에 있던 댁에는 밤마다 주워들은 이야기를 실감나게 해 주는 이가 있었는데 거기 나오는 유모가 하는 일이 노상 그런 것이던데요."

혼인을 해도 좋을 만큼 꽉 찬 나이이긴 했지만 혼인도 아니하고 아이도 낳지 아니하여 유모를 운운하기에는 이른 삼월이가 조금 비꼬듯 말했다.

삼월이는 제 질문에 유연이 대답하지 않고 말을 돌렸다는 사실을 상기하고 다시 물었다.

"그리 말씀을 돌리시는 거 보니 아시는 게 있는가 봅니다."

성균관 유생이라 말했던 게 기억나긴 했지만 굳이 그걸 삼월이에게 이야기할 필요성은 없었다. 유연의 목소리가 단호했다.

"없어, 전혀. 설령 아는 게 있으면 어찌할까? 혼인을 하지 아니하였으니 혼담을 넣어 달라 청할까, 혼인을 하였어도 그

분뿐이니 평생 처녀로 늙어 가겠다 말씀이라도 드릴까."

집을 나설 때면 마냥 설렘에 들떠 보이던 어린 아기씨의 입에서 나오는 소리로는 몹시 냉소적이었다.

"지금 이게 한때의 꿈하고 다를 바 없다는 건 나도 알아. 꿈에서 만난 사람이 누구인지 알려 하고 찾아내려고 해 보았자 무슨 소용이 있겠어? 꿈은 다만 꿈일 뿐인데. 그러니 알려 들 필요도 없고 몰라도 관계없어."

마냥 순진해 보이는 어린 아기씨 속에 들어 있는 생각은 삼월이가 짐작도 하지 못한 체념이었다. 삼월이는 더 묻는 대신 여전히 쭉 뻗어 있는 유연의 다리에 손을 얹었다. 잠깐 침묵이 방에 내려앉았지만 그걸 걷어 낸 것은 유연이었다.

"이제 고작 하루 지났을 뿐인데 달포도 훌쩍 지난 것 같아."

삼월이가 눈을 들어 유연의 얼굴을 바라보았다. 꿈꾸는 것 같은 그 표정은 누가 보아도 사랑에 빠진 소녀일 뿐 조금 전의 단념한 기색 같은 건 보이지 않았다. 마치 착각이었나 싶을 정도였다.

아마 부드러운 목소리가 그 뒤에 이어지지 않았으면 정말 착각이었다고 믿었으리라.

"조금만 더 시간이 더디 갔으면 하면서도, 선비님을 기다리는 시간은 어서 지나갔으면 싶으니 이런 걸 모순이라고 하는 거겠지."

구색이나 갖추어 놓았다가 몇 안 되나마 진짜 손님이 찾아오는 가게를 지키고 앉은 노인은 이제 막 문을 닫을 채비를 끝낸 참이었다. 물건들을 대충 걷어 내고 정리하던 희봉의 눈에 둘둘 말린 두루마리 두 개가 보였다. 눈에 익은 물건이었다. 큰 두루마리는 놓아두고 작은 두루마리를 펼쳤다.

엉성한 나무 의자를 들여놓은 덕해가 곁에 와 서서 두루마리를 펼치는 희봉의 모습을 쳐다보았다. 덕해는 바라보지도 않은 채 희봉이 질문을 던졌다.

"조만간 간선(簡選)이 있으리라는 소리가 있다 했지?"

"얼추 때가 되긴 하였지."

희봉이 까맣게 줄줄이 늘어선 글자들을 바라보다 다시 입을 열었다.

"봉단령이 내리면 이만큼의 단자가 올라올까?"

"낸들 어찌 알겠나."

덕해의 목소리는 심드렁했다. 단자를 올려야 하는 처녀의 수에 비해 실제로 올라오는 단자의 수는 현저하게 적었다. 단자가 올라오지 않아 기한을 몇 번이나 연장하고 딸을 숨긴 집에 벌을 내리기도 하였으나 상황이 나아지지는 않았다.

간택이 허울뿐인 절차가 된 지는 오래였다. 그저 곁다리에 불과한 처지에 궐 구경이나 하자고 호사스런 의복이며 가마 따위에 돈을 들이려면 여간한 집은 허리가 휘고 기둥이 흔들릴 것처럼 무리해야 하기에 어느 집에서건 내켜하지 않음은 마찬가지였다.

"전하께서 장성하신 지 오래고 후사가 없으시니 아무래도 혼기에 접어들기 시작한 아가씨로 고르겠지. 그러면 아까 그 아가씨도 단자를 올리지 아니하겠나?"

"아마도 그렇겠지."

"만약 그러면 어찌 될까?"

"몰라서 묻나?"

성의 없던 목소리에 조금 다른 감정이 실려 있었다. 덕해에게 늘 눈치가 없다고 핀잔을 듣는 희봉이었지만 그것까지 눈치채지 못할 만큼 둔감하지는 않았다.

"나도 아네."

"그런데 왜 쓸데없는 소린가?"

"마음이 별로 좋지 않네. 차라리 찾지 못하는 게 낫지 아니하였을까 싶어."

"자네의 목은?"

"진짜 목이 날아가기야 했겠나."

다음을 기약하지 않는 한 번의 만남에서 일어나는 일에 대해서는 잘 알고 있었다. 손을 잡아 두근거림을 일게 하고 입을 맞추어 마음을 홀린 연후에 마음이 동하면 조금 더 은근하고 내밀한 촉접도 서슴지 않았다.

바람직하다 할 수 없어도 선을 넘는 것은 아니었고 부나방처럼 날아든 건 여인 자신이니 문제 삼을 수도 없었다. 설령 그럴 생각이 있다 한들 먼 길 도는 가마에 실려 왔다가 다른 길로 빙빙 돌아 실려 가면 다시 찾아올 엄두를 낼 수도 없었다.

여인의 향은 조금도 느껴지지 않는 어린 소녀를 다시 찾는 것이 이상하기는 했지만 지금껏 그래 왔던 가벼운 유희라고 믿었다. 신선함이 진부함으로 바뀌는 것은 순간이니 기껏 두어 번이면 흥미를 잃을 것이라고 생각했다.

소녀의 나이가 좀 어리다 해도 부드러운 피부에 입술 한 번 올릴 생각을 아니하고, 아기씨를 모셔 오는 몸종의 눈에 떳떳하게 비치기를 바라는 것처럼 발을 살짝 걷어 올린 채 책이나 읽을 것이라고는 생각하지 못했다. 그것도 신선함을 즐기고픈 충동이라 여겼다.

그러나 어제, 사내아이처럼 차려 놓은 소녀의 손을 잡고 나오는 환의 눈빛을 보고는 그렇지 아니함을 확신하고 말았다.

그 고운 얼굴을 슬며시 일그러뜨리며 자연스레 떠올리던, 일탈을 꿈꾸며 위험으로 날아드는 여인에 대한 조소가 없었다. 소녀를 내려다보는 눈길에서 몇 년 전의 기억을 떠올리니 마음이 스산해짐을 느꼈다.

"전하께서 아가씨에 대해 물으신 적이 한 번이라도 있었나?"

덕해가 희봉의 생각을 눈치채기라도 한 것처럼 물었다. 희봉이 잠깐 생각에 잠겼지만 오래 생각할 필요도 없었다. 곧바로 고개를 저었다.

"전하 곁을 그림자처럼 따르는 그자는? 그자는 전하의 수족이고 입이지 않나?"

역시 고민할 필요도 없었다.

"알 필요가 없으니 궁금해하지 않으시는 걸세. 그저 날이 오래 지속되고 있을 뿐 가벼운 유흥에 지나지 않는다 여기시는 마음은 다르지 않은 게지."

처음부터 전하께서 소녀를 한두 번 찾고 말지는 않으리라 짐작했던 덕해였지만 시일이 흐를수록 가벼운 만남 이상의 의미가 없다는 쪽으로 생각이 기울었다. 희봉이 조심스레 반론을 제기했다.

"내 기억이 틀리지 않다면 이렇게 한 사람을 오래 찾으시는 건……."

"비슷할 수도 있겠지만, 아니 비슷하니까 딱 그 정도일세."

덕해의 목소리가 단호했다.

"다만 다른 점이 있다면 고 계집은 전하의 마음을 믿고 함부로 굴었으니 마음을 거두어들이신 것이고, 이 아가씨는 전하께서 이렇게 바깥 걸음을 하실 수 없게 되면 더는 마음을 주실 수 없으시리라는 것이겠지. 그렇다 한들 전하께서 마음이라도 아파하실 것 같은가? 마음이 더 약하던 그적에도 그리 쉬이 잊으셨는데?"

덕해가 희봉이 펼쳐 놓은 두루마리를 도로 말아 두며 말을 계속했다.

"전하께서 무엇을 하시는지 알지 못해서 그대로 지켜보고 있는 것이 아니잖나. 간선이 끝나고 새 중전마마께서 입궐하시면 과연 지금처럼 여기에 행차하실 수 있으시겠는가?"

나이가 많지 아니하니 후사가 급한 것은 아니었다. 하지만 환은 요절한 그의 아버지를 꼭 닮은 데다 기질이 그다지 강건해 보이지 않아 걱정이 끊이지 않았다.

아마 가례를 올리고 나면 원자의 생산이 중전의 가장 큰 책무가 될 것이다. 그러기 전까지는 궁인을 품에 안는 것도 지금처럼 노닐기 위해 나오는 것도 어려워지리라. 그런 상황을 만들어 내는 것은 어렵지도 않았다.

당장 대신 몇 명이 상소문을 들고 오기만 해도 꼼짝달싹 못 하고 편전에 갇혀 있어야 할 판이었다. 그러면 그 어린 아가씨는 이유도 모른 채 버림받은 셈이 되겠지.

"그 아가씨가 너무 안되지 않았나. 이미 마음을 다 주어 버린 눈치였는데."

"전하를 보고 마음을 빼앗기지 않는 여인을 보기나 했나."

덕해가 희봉의 감상적인 태도를 핀잔했다.

"그리고 그 아가씨가 그런 마음을 갖고 있다고 보기엔 너무 어려. 몸이 자라지 아니하였는데 마음은 오죽하겠나. 상

냥한 오라비가 생긴 양 여겼을 것이고 몇 년 지나서 혼담이
라도 오가면 이런 일 따위 까맣게 잊어버리고 혼인하여 잘
살 걸세."

저녁 햇살이 가게 깊숙이까지 들어오는 것을 보며 덕해가
자리에서 일어났다. 쓸데없는 이야기는 그만두자는 듯 희봉
의 어깨를 두드리고 등을 떠밀었다.

비어 버린 건물의 문이 닫히고 바깥에서 굳게 걸어 잠겼
다. 좁은 문틈으로 가느다란 빛줄기가 스며들다가 시간이 지
나면서 점차 사그라졌다.

❈   ❈   ❈

치서가 육중한 대문을 힘껏 밀었다. 둔중하게 삐거덕거리
는 소리가 오늘따라 유난히 귀에 거슬렸다.

쨍하게 밝은 햇볕을 받으며 어깨를 쭉 펴고 습관처럼 이웃
대문을 힐끗 바라보았다. 굳게 닫힌 대문이 쉬이 열릴 것임
을 알아도, 작은 방 안에서 상냥한 소녀의 모습을 발견할 수
있을지 모른다는 기대도 오늘은 부질없었다.

"앞으로는 치서 네 눈에 띄지 않도록 할게."

돌아서는 그 모습을 얼른 붙잡아 사과하는 게 나았을 것

이다. 그랬더라면 이웃 소년이 찾아오는 대략적인 때를 아는 소녀가 몸을 감추어 버리는 일은 없었을 테니까. 예외 없이 텅 비어 있는 썰렁한 방을 마주하는 것은 진한 아쉬움을 불러일으켰으나 오늘이 날이 아닌 이유는 그 외에도 있었다.

"도련님."

조심스러운 부름에 치서가 얼굴을 잠깐 찡그렸다. 어느 시골구석에서 책에 파묻혀 있다는 형님에게 보낼 지필을 사러 나가는 것이 그에게 주어진 일이었다. 하인만 보내기에는 어떤 게 좋은지 알지 못하여 잘못 사 올지도 모른다는 핑계와 함께.

어릴 적부터 문리가 트였다는 치상에 비하면 한참 모자라단 소리를 듣기는 하여도 자리에 앉아 책을 읽는 것만큼은 지지 않았다.

이삼 일에 한 번 이웃 사랑을 찾아가는 것 외에는 집 밖을 나서는 일 없는 치서에게 번잡스러운 장시 따위는 딱 질색이었다.

그보다도 더 책을 좋아하는 것처럼 보이는 유연이 어찌 몸 가벼운 철부지라는 평을 감수해 가며 바깥나들이를 감행하려 드는지 이해할 수 없었다.

아쉬움 가득한 눈길을 천천히 떼어 저쪽 길을 응시하던 치서의 눈에 손가락 마디만큼이나 작은 형체가 보였다.

진한 옥색 쓰개가 발에 닿을 듯 길게 늘어뜨려진 모습이 왠지 눈에 익었다. 그 옆을 바짝 따르는 미색 인영을 보며 확신을 굳혔다.

"누이."

치서가 무심코 중얼거렸다. 아랫사람을 옆에 두고 내달릴 수는 없는 노릇이어서 퍽 빠르게 시야에서 멀어져 가는 모습을 그저 바라만 보았다. 저만치 멀리에 있어도 가볍게 나풀대는 옷자락의 모양에서 설렘을 읽어 내는 것은 어렵지 않았다.

"치서는 사내니까 모르는 거야. 안채 담장 안에 틀어박혀 있어야 하는 게 얼마나 지루한지."

제 정체를 감추고 싶은 듯 초라한 옷차림을 한 소녀가 건네었던 말이 귓전을 맴돌았다.

"쇤네가 뭘 빠뜨렸습니까요?"

뒤쪽에서 들려오는 소리에 치서가 정신을 차렸다. 옥색 그림자는 사라진 지 오래. 따가울 정도로 진한 봄볕이 머리 위에서 내리쬐며 회청색 그림자를 그의 발치에 짤따랗게 드리우고 있었다.

"아냐. 서둘러 다녀오지."

치서가 내키지 않는 걸음을 옮겼다. 그러나 그 걸음걸음에는 곧 소녀를 다시 마주할 수 있을지 모른다는 기대감이 실

리기 시작했다. 소년의 뒤로 아지랑이가 나른하게 일렁거렸
다.

⁂   ⁂   ⁂

"오늘도 또입니까?"

유연이 어딘가 난감한 표정이 되어 앞에 놓인 옷 일습을
바라보았다. 검거나 푸른빛이 가득하게 넘실거리는 복장은
지난번과 마찬가지로 사내아이의 것이었다.

"여전히 마음에 들지 아니하십니까?"

웃음기 담뿍 머금은 목소리에 시무룩하게 고개를 끄덕였
다. 외출은 즐거웠다. 선비님과 어깨를 나란히 하고 바라보
는 풍경은 홀로 걸음을 재촉할 때보다 훨씬 생기가 넘쳤다.

꼭 맞잡는 손의 체온이 마음까지 따스하게 데워 주었다.
방에 마주 앉아 있었을 적에는 상상도 하지 못했던 일이었
다.

하지만 사내아이의 차림은 마음에 걸렸다. 오히려 소년처
럼 차려 놓은 모습을 보고 웃어 주던 표정이 더 진한 따스함
을 품고 있었던 듯도 하여 머리만 혼란스러웠다.

누이처럼 귀애하고 싶다던 선비님은 사실 제 학식을 건네
어 줄 제자가 필요하였던 것이 아닐까. 손끝에 밴 묵향에 관
심을 갖던 것이며 그러모으면 한 길 넘게 쌓인 이 방 안 책들

이 증좌인 것 같았다.

유연이 입술을 앙다물며 짧게 한숨을 내쉬었다. 지금 상황을 마음에 들지 않음이 분명히 드러나는 얼굴을 하고도 곁눈질로 발을 확인하는 유연을 바라보던 박 상궁이 소리 없이 웃었다.

"시간이 많지 않습니다."

언젠가 들어 본 듯한 말에 유연이 고개를 갸웃거렸지만 서두르는 여인의 손길에 말없이 몸을 맡겼다. 진짜 '바깥나들이'를 할 수 있을지 모른다는 기대감은 소년의 복색에 대한 못마땅한 마음보다 컸다. 그저 방 안에만 틀어박혀 있기에는 날이 몹시 좋지 아니하였던가.

짧은 까만 댕기로 바꾸어 맨 머리꼬리를 복건 안에 감추는 것과 거의 때를 같이하여 바깥에서 기척이 들려왔다. 그러나 기다리는 이가 얼굴을 들이미는 대신 주인 늙은이의 공손한 목소리가 발 틈으로 새어 들어왔다.

"······나가셔야 할 시간입니다."

유연이 눈을 동그랗게 뜨고 박 상궁을 올려다보았다. 엄격한 표정이 맞춘 듯 어울리는 여인의 얼굴 가득 퍼져 나가는 미소에 적이 마음이 놓이는 느낌이었다.

"즐거우실 거예요, 분명히."

가볍게 떠미는 손길에 밀려 나온 유연의 발에는 이미 신이 신겨 있었다.

구름 위를 걷는 듯 두근거리는 마음으로 유연이 걸음을 내디뎠다. 햇살이 내리비치는 좁은 문 바깥에서 그녀를 기다리는 것은 젊은 선비 하나가 아니었다. 본디도 키가 큰 청년의 얼굴을 확인하기 위해서는 평소보다 훨씬 더 고개를 젖혀 올려야 했다.

"아……?"

가벼운 몸놀림으로 뛰어내린 환이 싱긋 웃으며 유연에게로 다가섰다. 잠시 미소를 보인 어린 소녀의 눈길이 저절로 옮아가는 것을 보며 마음속으로 혀를 찼다. 호기심 많은 소녀가 관심 있게 바라보는 것은 몹시도 많았다.

까만 글자가 늘어선 책에게 시선을 빼앗기는 것은 이미 흔하게 겪은 일이고 거리의 풍광을 두리번거리느라 분주한 눈길도 지난 외출에서 확인한 바 있었다. 하지만 그 대상이 하찮은 미물이라니. 왠지 자존심이 상하는 기분이었다.

"말이지요?"

겁도 없이 홀린 듯 다가서는 소녀의 모습에 경계심을 품은 말이 투레질을 했다. 살짝 거친 숨소리에 환이 고삐를 쥔 손에 힘을 주었다.

잘 훈련받은 어승마였지만 짐승이니만큼 함부로 속단하여 쉽게 마음을 놓아서는 곤란했다. 환이 고삐를 잡아채는 것과 유연이 주춤거리며 물러나는 것도 거의 동시였다.

"낯선 자를 경계하는 것은 사람만이 아니지."

환의 말에 유연의 표정은 시무룩해졌다. 먼발치에서나 본 적 있는 위풍당당한 동물의 자태가 마음을 끌어당겼던 것이다.

호의로 비롯한 접근을 위협적인 태세로 맞받아치는 것이 서운해 눈물을 글썽거렸다. 어쩌면 조금, 겁을 먹은 탓일지도 모르지만.

"말은 어찌 끌고 오셨습니까?"

"너도 나도, 시간에 쫓기고 있지 않더냐."

잠시 고삐를 놓은 환이 유연을 번쩍 안아 들었다.

"저, 이, 무슨, 그러니까, 지금……."

뜻을 지닌 말로는 전혀 연결되지 않는 몇 개의 낱말이 요동치는 몸과 함께 이리저리 흩날렸다. 환은 한 팔로 유연의 허리를 안고 다른 쪽 손으로 종아리를 잡아 한쪽 발을 등자 위에 올려놓았다.

"어디든 잡거라. 떨어질지도 모른다."

딱딱하고 가느다란 쇳덩어리에 발이 닿자 유연이 팔을 뻗으며 체중을 앞쪽으로 실어 말 잔등 위의 안장을 움켜잡았다.

갑자기 훌쩍 높아진 눈높이도 제 몸 아래에서 미미하게 꿈틀거리고 있는 근육의 움직임도 유연에게는 낯설기만 했다. 혹 입을 열었다가 목소리가 덜덜 떨리기라도 하면 곤란했다.

어찌어찌 말 등 위에 오른 유연이 입술을 비쭉거렸다. 말을 이렇게 가까이서 본 것은 처음이라고, 이리 큰 동물인지 몰랐고 저는 선비님보다 훨씬 작지 아니하느냐고 핑곗거리를 만들어 댔지만 꼴사납게 보였을 제 동작들을 생각하면 부끄럽기 짝이 없었다.

조금 전의 사투는 까맣게 잊어버린 것처럼 어깨를 쭉 펴고 애써 점잖게 앉은 소녀를 보던 환은 입가에 다시금 미소를 걸었다. 어딘지 수상쩍은 낮은 웃음소리가 울렸다.

"그럼, 조심해라."

환이 발을 떼는 것과 동시에 말발굽도 움직이기 시작했다.

"으앗."

예상하지 못했던 갑작스러운 출발에 뻣뻣하게 세워져 있던 유연의 몸이 뒤쪽으로 기울었다가 앞으로 납작 엎디어졌다. 말의 목을 껴안다시피 한 채 새빨갛게 달아오른 얼굴로 환의 뒤통수를 쏘아보았다.

"부주의한 것은 너였지, 나는 이미 다 일러 주었다."

뒤를 돌아보지 않고서도 원망의 시선을 알아챈 모양인지 태평스레 들려오는 목소리에 유연이 샐쭉한 표정이 되었다.

대로에 나가서까지 그런 자세로 있어서는 뭇시선을 한 몸에 받을 것이 분명하여 겨우 몸을 바로 세웠다. 말이 그녀를 등에 올려놓은 채 가볍게 걷고 있는 것에 불과한데도 중심을 잡기가 쉽지 않았다. 왠지 속이 울렁거리는 느낌이 들기도 했다.

"어디에, 가는, 길입니까."

말발굽이 바닥을 딛는 흔들림을 따라 숨결과 말마디가 도막 났다.

"글쎄다, 한양 유람?"

이런 유람을 두 번만 했다가는 정신이 남아나지 않겠다고 생각하던 유연은 성글게 짜인 양태 아래로 은은하게 비쳐 보이는 하얀 뒷덜미에 눈길을 고정했다.

누구에게도 고개를 숙이지 아니할 것처럼 꼿꼿하게 곤추세운 자세와 당당한 걸음걸이가 자꾸만 눈에 밟혔다.

"선비님은, 걸어가십니까."

말 주인이 걸어가고 있는 상황은 아무래도 이상했다. 그렇다고 너는 내려서 걸어가라 내가 탈 것이니, 이리 말한대도 자연스러운 것 같지는 아니했지만. 덧붙여 말 등에 오른 것이 난생처음이라는 사실만 제외한다면 이렇게 가는 것보다는 지난번처럼 나란히 걷는 편이 더 좋았다.

만나지 아니하는 날에도 둥실 떠올라 그녀 주변을 떠다니는 고운 얼굴을 올려다보고 사소하게 재재거리는 이야기를 듣다 미소하는 그 표정을 바라보는 것이.

"일단 저자를 지나고 생각해 보자꾸나."

환은 유연이 말에 오른 뒤 처음으로 고개를 돌렸다. 쏟아지는 햇살과 같은 방향에서 그를 내려다보고 있는 소녀의 얼굴은 눈을 가늘게 떠도 잘 보이지 않았다. 대신 유연의 눈에는 환의 얼굴이 또렷하게 보였다.

그의 시선을 받을 적이면 왠지 부끄러워 눈을 내리깔았지만 이렇듯 높이 올라 있는 상태에서는 눈을 내리깔수록 시선이 맞닿았다.

유연이 살짝 고개를 돌려 눈길을 피했다. 조금 전 선비님의 눈동자에 담겨 있던 빛이 어떠하였는지 떠올려 보려 했지만 온몸을 울려 대는 진동 때문인지 생각에 집중하기 어려웠다.

한적하고 좁은 골목을 지나 탁 트인 대로에 접어들었다. 사람이 조금씩 늘어나고 그에 맞추어 왁자지껄한 소리도 점차 크게 울렸다.

가가로 향할 적에는 빠르게 지나치던 것들이 발치에서 흔들거렸다. 저보다 큰 사람들에게 가려지고 앞쪽에 늘어선 것들에 숨겨져 알 수 없던 저 뒤편의 모습까지 훤하게 보였다.

평소보다 더 멀리, 더 넓게 볼 수 있어 눈에 들어오는 것도 훨씬 많았다. 하지만 그 풍경에 담긴 생기는 평소보다 덜한 것처럼 느껴졌다. 발끝을 스칠 듯 가까이 지나는 사람도 거리에서 풍기는 내음도 여느 때와 다르지 않음에도.

유연은 그 연유를 찾기 위해 골똘히 생각에 잠겼다. 선비님도 목소리가 소음에 파묻혀 제대로 들리지 아니할 상황에서는 말을 걸지 아니하리라 생각하니 굳이 그쪽에 정신을 집중할 필요도 없었다. 스쳐 가는 풍경이 흐릿해지고 소리가 잦아들었다.

필요한 것을 몽땅 사서 하인의 팔에 안겨 준 치서는 전에 없이 느린 걸음으로 주변을 살펴보았다. 정신없이 소란스러운 광경의 한가운데를 지나는 것은 역시 익숙해지지도 즐겁지도 않았다. 대체 이 소요의 어떤 점이 마음에 들기에 이웃 소녀는 지치지도 않고 외출을 감행하는 것일까.

거듭된 노력 끝에야 겨우 시각의 일부를 전환할 수 있었다. 허기를 자극하는 사소한 먹을거리를 발견하고 어린 계집아이라면 흥미를 가질 만한 조악한 장신구 따위를 찾아냈다.

하나라도 더 팔려는 이와 한 푼이라도 덜 내려는 이 사이의 흥정인지 다투는지 알 수 없는 목소리에 귀를 기울여 보았다.

집 안에서는 느낄 수 없던 삶의 체취가 묻어 나왔다. 유연이 책 틈에서 번져 나오는 고아한 묵향과 부산스러운 발길 때문에 피어오르는 먼지내를 동시에 갈망하는 그 모순을 어렴풋하게나마 이해할 수 있을 것 같았다.

온전히 허락되지 아니하는 것에 대한 동경. 그러나 그 마음은 가능한 빨리 끊어 내는 것이 좋았다. 자꾸만 집착하여 파고들어 보았자 다시는 가까이할 수 없다는 차가운 현실에 부딪치게 될 뿐이었다.

'어쩌면, 누이도 있을까.'

치서가 새로 떠오른 생각에 다시 주변을 살폈다. 쓰개를 뒤집어쓴 소녀가 다른 이들의 어깨며 팔꿈치에 스치거나 부딪치며 다닐 생각을 하니 왠지 모를 불쾌감이 일었다.

똑같이 계집아이에 불과한 몸종 하나를 대동하는 것으로 이런 혼잡한 속에서 벌어질 수 있는 일에 제대로 대응할 수 있을 리 없었다.

혹 만나기라도 하면 집으로 돌아가자 권해야겠다고 생각한 치서의 시야에 지금까지와는 다른 낯선 풍경 하나가 끼어들었다.

퍽 잘 차려입은 사내가 어울리지 않게 말을 끌고 스적거리듯 여유롭게 걸어오고 있었다. 어찌 말을 타고 있지 않은가, 궁금해하며 끌어 올린 시선의 끝에는 어린 학동이 신기한 듯 두리번거리는 모습이 있었다.

아마 세상 구경을 하러 간다던 소녀라면 틀림없이 저럴 것이라 생각하며 빙그레 미소하고 고개를 돌렸다. 그러나 다음 순간 서늘한 기운이 목덜미를 스쳤다.

다시 고개를 돌려 몇 보 앞까지 다가온 일행을 살펴보고 말 등 위를 확인했다. 두리번거림을 멈추고 저쪽 먼 하늘을 응시하고 있는 소년의 얼굴은 분명 그가 알고 있는 이의 것이었다.

"누이……."

치서가 걸음을 멈추고 멍하니 중얼거렸다. 그들이 스쳐 지나가는 것을 보며 서 있다가 몸을 획 돌렸다. 조금 전보다 확신에 찬, 이 소란 속에서도 주의를 기울인다면 소녀의 귀에 닿을 큰 목소리를 냈다.

"유연!"

그를 스쳐 간 학동은 뒤를 돌아보지 않았다. 대신 앞장서서 말을 끌고 가던 이가 힐끗 고개를 돌렸다. 걸음도 멈추지 아니한 데다 곧장 고개를 돌리고는 제 갈 길을 갔지만 그 얼굴은 또렷하게 확인했다. 사내가 타고나기에는 과하게 선이 고운 해끄무레한 용모가 눈에 박히고 가슴을 쿡 찔렀다.

"도련님."

앞장서 가던 하인이 도로 돌아왔다. 치서가 힘없는 얼굴로 물었다.

"혹시, 누이 못 보았나?"

목소리는 잘 들리지 않았지만 입 모양으로 무슨 이야기를 하는지 짐작한 하인이 고개를 저었다. 도련님이 '누이'라고 부르는 이웃 아기씨의 몸이 풀 잎사귀만치 가볍단 이야기는 오래전부터 들어왔다.

하지만 어린 아가씨가 설마 이렇게 번잡스러운 데까지야 올까. 만약 여기를 지났다면 틀림없이 하인의 눈에 띄었을 것이다.

소요하듯 느릿느릿 걷는 도련님 때문에 거짓말 조금 보태면 지나는 사람을 모두 기억할 수 있을 것처럼 주변을 둘러

보며 걸어왔으니까.

"착각일 거야."

치서가 저만치 멀어진 말 그림자를 보며 되뇌었다. 유연이 사내아이의 복색을 하고 낯선 사내와 함께 지나갔다. 말도 안 되는 일이었다. 그럼에도 마음에 미진하게 남은 무언가가 치서의 발길을, 시선을 붙잡았다.

소란 가득한 거리를 지나 인적이 훨씬 덜한 거리에 접어들었다. 환이 걸음을 멈추더니 팔을 위로 뻗어 유연의 허리 뒤쪽을 살짝 밀었다. 곧, 날렵한 동작을 하고 사내가 유연의 등 뒤에 앉아 감싸 안은 듯한 자세로 고삐를 쥐었다.

유연이 눈을 동그랗게 떴다. 늘 마주 보고 앉았고 손을 잡아 본 적도 있었지만 이렇게 가까이에 붙어 있었던 적은 없었다. 온몸이 굳어진 채로 유연이 작게 환을 불렀다.

"선비님."

"터벅거리고 걷는 것으로는 말의 진가를 알 수 없지."

기마는 익숙했고 어승마는 그의 명을 따르도록 길들여진 미물이었다. 혹여 어린 소녀가 중심을 잃고 떨어질까 허리를 꼭 둘러 안은 환이 등자에 얹어 놓은 발로 말의 옆구리를 가볍게 건드렸다.

말이 천천히 발굽을 딛다가 이내 날듯이 속도를 더했다. 소녀의 가느다란 목소리에 실린 가벼운 비명이 흔적처럼 남았다.

돌풍처럼 거센 공기의 흐름이 유연의 얼굴 위에 부딪치고
는 튕겨져 나갔다. 눈을 뜰 수 없어 고개를 숙이면 흩날리는
말갈기 사이로 무섭게 흘러가는 땅바닥의 모습에 눈이 어지
러웠다.

옆으로 고개를 돌리면 땅바닥과 꼭 같은 속도로 스쳐 가는
풍경에 정신이 달아나는 기분이었다. 결국 눈을 감은 채로
허리를 세워 몸을 뒤로 기대었다.

맞닿아 오는 체온을 느끼며 겨우 마음을 진정시켰다. 허리
를 안고 있는 손길이 괜찮을 것이라 약속이라도 전하는 기분
에 한층 안정되었다.

"두려운 모양이구나."

"아, 아니, 처음, 처음이니."

소녀의 조그만 목소리에 담긴 전혀 신뢰할 수 없는 발언은
환의 귀에도 닿지 않은 채 바람결에 흩어졌다. 이리저리 너
즈러지는 바람이 장난치듯 소녀의 향기를 환의 얼굴에 흩던
지고는 멀어져 갔다. 빙그레 웃던 환은 문득 궁금해졌다. 안
장 앞쪽 가리개를 손마디가 하얗게 될 정도로 꼭 쥔 소녀는
어떤 표정을 하고 있을까.

띄엄띄엄 이어지는 몇 개의 민가를 지나치고 산비탈이 시
작되는 즈음 듬성듬성 키 큰 나무가 자라고 발목이나 잠길까
싶은 얕은 개울 옆에서 환이 말을 멈추었다.

아까처럼 훌쩍 뛰어내린 뒤에 소녀를 향해 팔을 뻗었지만 꼼짝도 하지 않았다. 허리를 감아 안아 내리는 몸은 힘이 없이 흐느적거렸다.

소녀는 땅에 발이 닿자마자 환의 팔을 뿌리치고는 아슬아슬한 걸음을 몇 발 딛더니 근처 나무를 잡고 콜록거렸다. 기침의 끝에 헛구역질이 섞여 드는 것을 보며 환이 서둘러 다가갔다.

어깨를 잡아 제 쪽으로 돌려세우고는 턱 끝에 손가락을 받쳐 푹 숙인 고개를 억지로 들어 올렸다. 창백한 얼굴에 앵두알처럼 붉게 물들어 빛나야 할 입술조차 희끄무레했다. 덜컥 걱정이 밀려와 소녀를 그대로 껴안았다.

"괜찮은 것이냐."

유연이 환의 옷자락에 얼굴을 파묻었다. 괜찮지 않다, 하나도. 말에 오른 뒤로 지금 순간이 오기까지 어느 하나 부끄러움을 불러일으키지 아니하는 것이 없었다.

말에 제대로 오르지 못해 꼴사납게 버둥거렸던 것부터 시작하여 말 잔등이 들썩일 때마다 함께 토막 나던 제 목소리, 근원을 알 수 없는 어지럼증 때문에 꿱꿱거릴 듯 콜록대던 것까지. 아침을 먹은 지 좀 되어서 뭔가를 게워 내지 않은 게 그중 다행이었다.

유연은 메스껍던 속이 가라앉자 고개를 파묻고 있는 것이 선비의 옷자락임을, 조심스럽고 다정한 손길이 등을 가볍게 쓸어내리고 있음을 깨닫고는 얼른 뒷걸음질 쳤다.

다시 다가오는 환의 손을 보고 몸을 휙 돌려 그대로 몇 걸음 더 달아났다. 사내의 품에 안겨 있었단 사실에 대한 두근거림이 밀려오기에는 그에게 보인 모습에 대한 민망함이 훨씬 컸다.

"걱정하실 일 아닙니다."

새초롬한 목소리는 평소와 다르지 않아 환이 약간 마음을 놓았지만 핏기가 싹 가신 얼굴이 떠올라 도로 걱정이 늘었다.

그가 처음 말 등에 올랐을 때의 기억 따윈 남아 있지 않지만 건장한 사내 중에서도 그 고약한 흔들림을 견뎌 내지 못해 기마를 포기하는 이도 제법 된다 하였다. 기껏해야 조그만 두 발로 콩콩거리며 뛰어다녔을 게 고작인 소녀가 다그닥거리는 거친 움직임을 감당하지 못할 수도 있다는 사실을 염두에 두었어야 했다.

"미안하다."

환이 자신을 등지고 선 소녀에게 다가가 그대로 어깨를 껴안았다. 작고 가느다란 몸은 아직 여인의 색이 제대로 느껴지지 않는 어린 소녀의 것이었다. 푸른 빛깔이 넘실대는 복색 때문인지 청량하고 서늘한 소년의 향취가 느껴지는 것 같기도 했다.

어느 쪽이든 마음을 두근거리게 할 만한 것이 아님에도 조금씩 속도를 올리는 심장 박동을 의심했다. 그저 염려가 과하였기 때문이리라. 남의 눈을 피해 만나는 어린 소녀에게 무슨 일이라도 생길까 저어하는 마음 때문에.

환의 마음이 어지러운 것을 알 리 없는 유연은 난데없는 사과의 말에 눈을 동그랗게 뜨고 몸을 돌렸다. 저를 동기가 아니냐 모욕하였을 적에도 입에 올리는 것을 꺼리던 미안함의 표현이 지나치다 싶을 만큼 쉽게 들려왔다. 그러나 진의를 의심하기에는 목소리에 담긴 감정이 분명하여 얼굴 표정 역시 같은 뜻을 표하고 있는지가 궁금했다.

까만 눈동자가 그녀를 향하고 있었다. 서서히 가까워지는 얼굴 위쪽, 그림자를 드리우는 성근 갓양태의 올올 사이로 파란 하늘이 어렴풋하게 비쳐 보였다.

더운 숨결이 스치는 이마 위쪽이 간지러웠다. 이마 한가운데 조심스럽게 내려앉은 무언가는 몹시도 뜨거워 닿았던 자욱을 소녀의 피부 위에 고스란히 남겨 놓을 것만 같았다.

바람에 차게 식은 것인지 긴장에 두려움이 겹쳤기 때문인지 소녀의 이마는 서늘했다. 식은땀이 배어들었던 듯 끈적이는 느낌이 이마 위에 포개 놓은 입술이 떨어지는 것을 방해했다.

말 위에 올라 있을 적에 스쳐 가던 질풍이 순식간에 흩날려 버렸던 소녀의 향도 은은하게 살아났다.

이대로 입술을 미끄러뜨리고 싶다. 엷은 습기가 번져 가던 눈꼬리를 스쳐 아직 솜털이 보송하게 남아 있는 볼 위를 지나 온전하게 제 빛깔을 찾아가는 붉은 꽃잎을 머금고 싶었다.

굳게 닫힌 꽃잎 사이를 헤집어 그 누구도 음미한 적 없을 달콤한 이슬방울을 혀끝으로 굴린다면…….

그렇게 상상하는 것만으로 마음이 나른하게 녹아났다.

"저, 선비님……."

그러나 살짝 겁먹은 것처럼 들리는 소녀의 목소리에 환이 아쉬운 마음을 억눌렀다.

나이에 비해 더 어려 보이는 것을 감안하더라도 아직 성년에 이르지 아니한 어린 소녀였다. 사소한 놀림도 견뎌 내지 못해 눈망울이 부풀어 오르고 세상 온갖 것에 시선을 빼앗기는 철부지였다.

다만 한때의 유희라 하여도 어린 마음에 두려움을 깃들게 해서는 아니 된다. 환은 어느새 변질된 자신의 마음을 미처 깨닫지 못했다.

"열은 없구나."

"열……이요?"

환이 허리를 곧게 폈다. 몹시 의아한 듯 말머리를 되풀이하는 소녀를 향해 천연스런 목소리를 냈다.

"그래, 열. 갑자기 낯빛이 바뀌니 걱정스러운 건 당연한 것 아니냐."

얼굴이 창백하게 빛을 잃었던 것은 어느 모로 보아도 열을 걱정할 상황이 아니었음은 모른 척했다.

"하오나……."

유연이 손을 들어 제 이마를 짚어 보았다. 미지근하다. 이유를 알 수 없는 열감이 몸속을 돌아다니거나 감기가 덧들어 이마를 들끓게 만들 적이면 이렇듯 손을 얹어 열을 쟀다. 그게 보통이었다.

간혹, 손이 아니라 이마를 맞대어 열의 정도를 가늠하는 일은 있었어도 이마 위에 입술을 얹어 열을 잰 적이 있었던가. 잘 기억이 나지 않았다.

그러나 퍽 설득력 있는 발언이었다. 살짝 깨무는 것만으로도 핏방울이 배어 나올 만큼 얇은 입술이라면 몸의 다른 어느 부분보다도 열기를 민감하게 알아챌 수 있을 테니까. 적어도 장성한 청년이 마음이 흔들려 입술을 얹었다는 것보다는 훨씬 믿을 만했다.

사내아이로 차려 놓아도 전혀 위화감이 없는 어린 계집아이가 상대방은 생각지도 아니할 가정에 마음이 들떠 의미를 부여해서는 곤란했다. 유연이 가늘게 한숨을 쉬며 이마에서 손을 뗐다.

"자, 보아라."

이마에서 막 떨어진 손바닥 위에 그보다 큰 손이 맞닿았다. 가느다란 손가락 사이사이로 파고든 길쭉한 손가락이 소녀의 손을 강하게 옭아맸다. 뜨거웠다.

"같은 손이어도 이렇듯 다르단 말이다. 하지만……."

저 위쪽으로 멀어졌던 얼굴이 순식간에 다가들었다. 이목
구비조차 분간할 수 없을 정도로 바짝 다가왔다가 도로 멀어
지는 것은 순간이었다. 그 찰나, 소녀의 입술 위를 스치듯 가
볍게 눌렀다 떨어진 환의 입술이 태연하게 소리를 흘려 냈
다.

"알겠느냐."

입맞춤이라고도 할 수 없을 어렴풋한 스침만으로도 농염
한 여인의 향과는 좁힐 수 없는 간극이 있음을 알 수 있었다.
그럼에도 소녀를 품에 가두었을 때부터 일기 시작한 두근거
림은 도리어 거세지기만 했다. 환은 그 당혹감을 감추려 유
연의 손을 깍지 낀 채로 잡아끌었다.

얌전하게 그를 기다리는 말을 지나 발목이나 담글 수 있을
까 싶을 정도로 얕은 개울 쪽으로 향했다.

"아, 그런……."

유연이 말을 더듬거렸다. 곁눈질로 선비의 얼굴을 살그머
니 살펴보았다. 뜨거웠던 손에 비하면 열감이 덜하긴 하였어
도 그의 입술 역시 그녀보다 훨씬 짙은 온기를 품고 있었다.
그것에 대해 의문을 표하기에는 선비의 얼굴이 지나치게 천
연스러웠다.

환이 개울가에 놓인 퍽 편평한 돌 위에 앉으며 유연의 손

을 다시 잡아당겼다. 유연이 조금 사이를 두고 무릎을 세워 안아 어설프게 앉았다.

툭 건드리기만 해도 개울 바닥에 손을 짚어 소맷부리를 적실 것 같은 자세를 보던 환이 소리 없이 웃었다. 궐에서는 좀처럼 볼 수 없는 저 순진무구함에 마음이 끌렸으리라, 틀림없이. 소녀의 얼굴에 당혹감을 드리우게 할 방도가 떠오른 환이 유연의 발을 잡았다.

"원족(遠足)을 나와서 물 한 번 밟아 보지 아니하고 가는 것이 말이 되느냐."

해끄무레하던 유연의 얼굴이 단번에 달아올랐다. 힘을 주어 버티려 해도 잘못 움직이면 좁다란 돌 위에서 떨어질 것처럼 자세가 위태로웠다.

어느 정도 나이를 먹고 난 후로는 맨발로 방 바깥의 어딘가를 디뎌 본 적 없으니 기다란 치맛자락 안에 숨어든 발이 누군가의 눈에 띄었을 리도 없다. 어느 틈엔가 발에서 떨어져 나간 신을 옆으로 치우고 바지를 걷어 올려 버선을 벗기는 손길에 발가락을 잔뜩 움츠렸다.

"선비님부터 그리하시는 것이 옳지 않습니까."

"나는 사내 아니냐. 이미 넘칠 만큼 충분히 행하였던 일인데?"

악의 없는 웃음이어도 원망스러운 건 마찬가지였다. 사내의 한 손에 가볍게 쥐인 발목이 간질거려 몸 쪽으로 더 끌어당겼지만 노력이 무색하게 발가락 끝이 물에 잠겼다.

"앗, 차."

유연이 잠깐 발끝을 꼼지락거렸지만 이미 젖어 든 발, 자포자기의 심정으로 물에 담갔다. 돌돌거리며 흐르는 물살이 다정하게 어루만지는 손길처럼 휘감아 돌다 흘러갔다. 많이 걸은 날이라면 그 열기를 단박에 누그러뜨릴 것처럼 서늘한 기운이 피부 안으로 배어들었다.

유연이 무심코 발끝에 걸리는 물을 차올렸다. 방향을 착각한 몇 개의 물방울이 햇살을 머금고 튀어 올라 동석한 이를 향해 달려들었다.

"부러 그러는 것이냐."

환이 짐짓 투덜거리며 유연의 얼굴을 바라보았다. 승마의 여파로 해쓱하던 얼굴빛도 본래의 색을 되찾고 조그만 얼굴에 떠올랐던 당혹감도 거의 지워져 있었다.

"그건 아니지만……."

"아니지만?"

"잘되었다 생각하였습니다."

생긋 웃는 얼굴을 바라보던 환이 말을 잃었다. 늘 조심스럽기만 하던 소녀의 얼굴에 떠오른 장난기가 새로웠다. 손끝에 물을 적셔 소녀를 향해 털어 내고픈 마음은 접어 두고 궁금하였던 소감을 물었다.

"말 위에 올라 보니 어떠하더냐."

유연이 얼굴을 찡그리며 저 위쪽에 매인 말을 힐끗 바라보았다. 듬직하니 커다란 체구에 날렵하기까지 한 동물은 몹시 마음에 들었으나 눈요기가 더 즐거웠다.

등판 위에 오르는 것도 그 위에서 버티는 것도 쉽지 않아 한 치의 흐트러짐도 없는 선비에게 흉한 모습만 연달아 보이지 않았던가.

"아무래도 소녀가 가까이할 일은 아닌 것 같았사옵니다."

"그 위에서 내려다보는 세상은? 달리 보였을 것인데."

"평소의 시선으로 보는 것이 더 즐거웠다 말씀드리면 실례가 되옵니까."

유연은 따스하게 달아오른 돌 위에 발을 얹어 놓고 조심스러운 목소리로 물었다. 예상하지 못했던 대답에 환이 질문을 되돌렸다.

"어찌하여?"

"지나는 사람들의 얼굴을 제대로 볼 수 없었기 때문입니다. 들려오는 소리가 누구의 목소리인지도 잘 알 수 없고 어떤 마음을 갖고 있는지도 짐작할 수 없으니 홀로 동떨어진 느낌이었사옵니다."

말이 쏜살같이 내닫기 전 사색을 통해 얻어 낸 결론이었다. 왁자지껄한 소리들은 그 소리를 빚어내는 이들의 다채로운 표정을 통해 활기를 얻었다.

그러나 보이는 것이 갓에 상투, 댕기 머리에 떠꺼머리, 쪽진 머리에다 쓰개를 덮어쓴 정수리가 고작인 상태에서는 어딘가 정겹던 소리들도 소음에 지나지 않았다.

어쩌면 선비의 갓모자만 내려다보고 있는 것이 지겨웠기 때문일지도 모른다. 고운 얼굴에 어떤 표정이 떠올랐는지도 알 수 없고 와자한 틈바구니에서는 목소리조차 전해지지 않아 입을 꾹 다물고 바라보기만 했으니까. 근사한 동물에 대한 호기심 충족은 잠깐으로 족했고 그 후로는 줄곧 그와 함께 있으면서도 함께가 아닌 것 같은 상황이 아쉬웠다.

유연의 말에 환이 표정을 달리했다. 소녀는 한 식경이나 될까 싶은 짧은 시간 동안 말 위에 올라 있던 것만으로 환이 항상 느끼고 있는 감정을 정확하게 짚어 냈다.

아버지를 여읜 것은 기억도 나지 않을 정도로 어렸던 어느 날이었고 할아버지 역시 왕위를 넘기고 세상을 떠나고 난 후, 그는 가장 높고 고귀하다는 자리에 올랐다.

그의 얼굴을 똑바로 바라볼 수 있는 이는 극히 드물었다. 설령 얼굴을 대면한다 하여 진심을 보여 주는 일 또한 없었다.

그렇게 수년의 세월을 보내고 나니 부복한 뒤통수 옆에 놓인 손의 움찔거림과 사모의 떨림, 어깨의 들썩임으로 감정을 짐작할 수 있는 능력을 얻게 되었다. 아무짝에도 쓸모없는 외로움만 더해 주는 것이었다.

"이만 가자."

환이 자리에서 일어났다. 유연이 부지런하게 발을 버선 안에, 신발 속에 밀어 넣고는 따라 일어났다. 환은 고개를 들어 바라보는 동그란 눈망울에 대고 마음속으로만 조용히 속삭였다.

'너는 항시, 그렇게 네 얼굴을 보여다오.'

❊　　　❊　　　❊

치서가 느린 걸음으로 재청의 사랑 앞을 가로질렀다. 소녀의 모습이 저쪽 구석에 있었다.

"누이."

낮은 목소리에 유연이 얼굴을 찡그리며 고개를 들었다. 낭패한 기색이 역력했다. 치서가 방문하는 시간은 대부분 일정하여 그때가 오기 전에 자리를 정돈하고 나갔었다. 오늘도 그러할 생각이었으나 오늘따라 유난히 술술 읽히는 글줄에 정신이 팔려 조금만 더, 조금만 더 하다가 이 지경에 이른 것이었다.

"아, 미안."

유연이 책을 아무렇게나 책장 빈틈에 쿡 찔러 넣은 뒤 자리에서 일어났으나 창을 밀려던 손은 먼저 창 앞을 차지한 소년의 몸에 가로막혀 갈 곳을 잃었다.

"생쥐처럼 숨어들지 말고 떳떳하게. 그럼 되는 거지?"

유연이 몸을 휙 돌렸다. 재청의 퇴청까지는 아직 시간이 좀 있었고 손님이 올 것 같은 낌새도 없었다.

버선발로 마당을 가로지르면 먼지가 묻거나 올이 나가고 보푸라기가 일어 잔소리를 들을 테니 썩 내키지 않았지만 달리 방법도 없었다.

"미안해, 누이."

침울한 목소리가 발길을 붙잡았다. 유연이 고개를 돌렸다. 무어라 한마디 쏘아붙이려다 입술을 깨물고 있는 소년의 낯빛이 어두워 보여 그만두었다. 치서가 낮고 단조로운 목소리로 말을 이었다.

"어르신께서 용인하시는 것을 내가 무어라 할 자격은 없지. 내가 주제넘었어. 누이가 지금 가도, 다시 나를 안 보아도 어쩔 수 없는 일이지만 굳이 나를 피할 필요는 없어. 그 이야기, 하고 싶었어."

유연이 치서를 바라보았다. 여전히 뒤창 앞을 떠나지 않는 치서의 모습을 보다 핏, 짧은 웃음을 터뜨리고는 그대로 자리에 앉았다.

"지금은 안 갈 거야. 아직 다 못 읽었거든."

유연이 팔을 뻗어 도로 책을 꺼내어 들었다. 종이 귀를 손톱보다 작게 살짝 접어 표시해 놓은 부분을 찾아 펼쳤다.

책을 애지중지하는 재청이 알았다면 훈계를 늘어놓았을 테지만 그렇게라도 해 두지 않으면 아직 어렵기만 한 글자들의 향연에 취해 길을 잃기 십상이었다.

유연을 물끄러미 바라보던 치서가 디딤판을 찾아다 놓고 저 위쪽에서 책을 찾았다. 그의 기억과 비교하여 미묘하게 배열이 바뀌어 있는 것을 발견하고는 여전히 책에서 눈을 떼지 않는 유연을 내려다보았다.

책에 관심을 갖는 딸아이에 대해 그 어떤 판단도 내리지 않는 재청이었다. 책의 탐독에 대해서는 관대한 태도를 취했지만 자진하여 경서를 가르치거나 유연이 배움을 청한다 하여 승낙할 리 없었다.

학문에 대한 관심이 필요 이상으로 깊은 여인은 귀하지 않은 것을 지나 천대받는 것이 풍조였으니 혼처도 정하여진 바 없는 어린 딸을 그런 상황에 처하게 둘 아비는 어디에도 없었다.

경서에 쓰인 글자 자체도 쉽지 아니하지만 안방마님에게 배운 짧은 지식만으로는 올바르게 해석하는 것도 무리가 있었다. 타고난 천재라든가 백번 읽어도 지치지 아니할 만한 인내심을 지니고 있지 아니하다면 좋은 스승을 만나야 바르게 읽는 법을 터득하고 깊이 있게 이해할 수 있었다.

치서가 지금껏 보아 온 유연은 영리하기는 하여도 그 조건에 들어맞을 정도로 빈틈없지는 않았다. 그렇다면 다른 배움의 경로가 있을 가능성이 컸다.

'서생.'

치서의 표정이 흐려졌다. 어릴 적부터 보아 온 소녀의 얼굴을 착각할 리 없으니 저자에서 스쳐 간 말 탄 사내아이가 유연이 맞다고 조심스레 확신하고 있었다.

'누이, 그자는 누구야.'

고삐를 잡고 있던 미남자. 그에 대해 유연에게 직접 물을 수는 없었다. 함구하여 진실을 이야기하여 주지 않을 것이 분명했고 가뜩이나 상했던 마음을 몇 배로 표출하며 방을 나가 버리면 정말 다시는 볼 수 없으리란 점도 두려웠다.

동갑내기 소년과 함께 있어도 누구 하나 썩 걱정하지 않는 분위기였지만 곧 성년에 접어든다는 사실에는 변함이 없었다. 굳이 재촉하지 아니하여도 이별의 시간이 목전에 다가와 있다는 사실을 불현듯 깨달았던 것이다. 치서는 혀끝까지 밀려 올라온 질문을 꾹 삼키고 목소리를 조금 밝게 했다.

"누이, 세상 구경은 즐거워?"

뜬금없는 질문에 책장을 넘기던 유연의 손길이 잠시 멈칫했다. 그러나 곧 의도에서 비롯하기라도 한 것처럼 천연스레 책을 덮으며 치서의 얼굴을 올려다보았다.

"응, 무척."

유연의 뇌리를 스치는 것은 더할 나위 없이 고운 선비의 모습이었다. 상냥하게 말을 걸고 다정하게 웃어 주었다. 낭랑한 목소리로 책을 읽어 주고 그녀가 잘 알지 못하는 것을 친절하게 일러 주기도 했다.

그의 존재 앞에서 그 이외의 것은 무력하여 아무런 존재 감도 피력하지 못했다. 치서가 생각하는 세상과는 전혀 달랐다.

"그리 즐거우면 다음엔 나도 같이 갈까?"

"아니."

말이 끝나기 무섭게 부정의 대답을 돌려준 유연은 서둘러 변명 비슷한 말을 덧붙였다.

"큰길에 나가면 같이 다닐 수 있는 것도 아니잖아. 그리고 삼월이가 함께 가는걸."

남녀칠세부동석이었다. 덜 자란 도령과 소저가 함께 길을 나선다 하여도 친근한 벗처럼 나란히 활보할 수는 없는 노릇이었다. 그러나 치서와 함께 갈 수 없는 근본적인 까닭은 그런 표면적인 것이 아니었다. 조금 전 뇌리를 스쳐 간 고운 선비가 외출의 이유였다. 그 자리에 치서와 동석할 수는 없는 노릇이었다.

"그건 그렇지."

치서가 한숨을 삼켰다. 어딘가 시무룩해 보이는 치서의 반응에 유연이 웃었다.

"진심인 척하려고 애쓰지 않아도 괜찮아. 치서도 이제 곧 과거 준비를 할 테고 그러면 가뜩이나 무거운 엉덩이를 더 꾹 붙이고 책을 읽어야 할 것 아냐."

"과거?"

치서가 반문했다.

"응. 아마 그즈음에 치상 오라버니도 혼례를 치른 다음 서원이랑 산사에 드나들기 시작한 것 같은데."

지금이야 꼬장꼬장한 선비의 전형처럼 굴지만 어렸을 땐 영락없는 장난꾸러기였던 치상이라 유연이 눈꼬리에 눈물을 매달거나 샐쭉하여 눈초리를 날카롭게 하는 일도 흔했다. 그 기억 때문인가, 유연은 얼굴조차 거의 볼 수 없는 지금도 치상에게 꼬박꼬박 오라버니라 지칭했다.

"그랬었나."

치서가 시큰둥하게 대꾸했다. 형제라 하여도 기질은 확연하게 달라 개구쟁이 같던 치상에 비한다면 능글맞게 굴어도 치서는 얌전한 사내아이 쪽에 가까웠다. 글재주도 치상을 따라잡기 어렵다는 것이 대다수의 중론이었다.

요직에 올라 조정에서 주름잡고 싶은 야망을 지닌 치상에 비해 치서의 꿈은 소박했다. 풍광 좋은 곳에서 눈과 마음을 시원하게 하며 선정을 베푸는 청백리가 되리라. 꿈이라기보다는 당연하게 펼쳐질 미래에 대한 예상에 가까웠지만. 하여, 제 형님처럼 글공부에 매진하려는 의도가 조금도 없었다.

문득, 치서의 눈빛이 반짝였다. 소녀의 말 사이에서 저는 조금도 생각해 본 적 없는 희망적인 발언을 발견하였기 때문이었다. 떠오른 생각은 마음에 담아 굳게 봉한 채로 치서가 아까의 화제로 말을 돌렸다.

"그래도 필요하다면 언제든지 불러 줘."

"필요하다면. 그럴 일 없을 것 같지만."

소녀의 미소가 왠지 멀게 느껴져 소년의 가슴에 서늘한 바
람이 불었다.

다섯 인연으로 말미암아

환의 눈에 단정하고 의젓한 자세로 앉아 있는 유생들의 모습이 한눈에 들어왔다. 차마 용안을 올려다볼 수 없어 반쯤 눈을 내리깔고 있으나 그 표정만큼은 생생하게 보였다.

태도가 좀 더 침착하고 차분하며 나이가 들어 보이는 쪽이 성균관 유생일 것이다. 대놓고 두리번거리지는 못하되 힐끔힐끔 좌우를 살펴보며 긴장하고 있는 치들은 사학(四學)에서 수학하는 이들일 것이었다.

"주서(周書) 강고(康誥) 십일 장에 이르러 왕왈(王曰), 외사(外事)에 여진시얼(汝陳時臬)하야 사(司)이 사자은벌유륜(師玆殷罰有倫)케 하라 하였으니 이는……."

퍽 낭랑한 목소리가 편전 안을 가득 메우고 있었지만 환의 귀에는 제대로 닿지도 못하고 스쳐 지나갈 뿐이었다.

정오 전, 승문원 문신 몇이 모여 경서를 외며 그 뜻을 논할 때까지만 하더라도 고개를 끄덕이기도 하고 중간에 말을 끊고 질문을 던지기도 했다.

늘 그러하듯 그들이 말하는 내용이야 사서삼경 중 하나였고 지극히 온당하나 실천할 수 없는 이야기들이 가득했다. 그러나 그 순간만큼은 자신의 처지를 잊고 개혁을 꿈꾸어 보기도 했다. 그러다 문득 현실을, 그리고 그보다 몇 배는 더 중요한 금일의 약조를 떠올린 것은 전강이 끝나고 간소한 낮 것상을 받았을 때였다.

오후에는 성균관과 사학의 유생이 모여드는 전강의 자리가 또 있다는 사실을 충직한 젊은 내관이 일러 주었던 것이다. 그리고 그 오후 시간은 달포에 두 번이나 올까 말까 한 외출이 있는 때이기도 했다.

경전을 논하는 목소리는 이미 다른 사람의 것으로 바뀌어 있었다. 유생들의 모습은 지금이나 일각 전이나 반 시진 전이나 조금도 다르지 않고 똑같았다.

환은 당장에라도 일어나고 싶은 마음을 억누르려 천천히 호흡을 가다듬었다. 조금 떨리는 앳된 목소리는 얼핏 들으면 사내의 것인지 계집의 것인지도 분간할 수 없어 무의식중에 소녀의 목소리를 떠올렸다.

"선비님께서도 글공부를 하시면 혹 그 자리에 가셨을까 하여."

몇 번의 만남을 통해 소녀의 말투라거나 행동거지로 미루어 아주 빈한한 형편은 아님을 짐작했다. 아마도 그 아비는 말단이든 그 이상이든 관직에 올라 있을 것이고, 주기적으로 일어나는 이런 행사에 대해서도 미약하게나마 알고 있을 터였다.

"선비님께서는 혹 상감마마를 뵈온 적이 있으십니까?"

그렇다면 소녀가 그렸을 법한 '상감마마를 뵈옵는' 장면은 아마도 이런 것 아니겠는가. 저만치 아래에서 눈을 내리깐 채로 공손하게 앉아 있는 소녀의 모습을 그려 보다 미소를 머금었다.

계집아이가 편전에 든다는 것 자체가 허무맹랑한 상상이지만 '용안을 함부로 바라볼 수 없는' 상감마마가 그 자신이라는 것을 알면 어떤 표정을 지을까.

환이 잠깐 떠올렸던 미소를 지웠다. 물 흐르듯 말을 이어가는 유생도, 더듬거리다 얼굴이 시뻘게지는 유생도 있었지만 아직도 끝나려면 한참이나 남은 것 같았다. 문종이를 뚫고 들어오는 햇살이 만들어 내는 그림자가 아주 조금씩 길어

277

져서 마음에 초조함이 일기 시작했다.

반만 내려쳐진 발을 걷으면 소녀가 고개를 돌리고 그를 바라보며 활짝 웃었다. 매번 같았다. 긴 시간은 아닐 것이나 소녀는 늘 그가 오기를 기다리고 있었다. 그런 소녀에게 오랜 기다림을 겪게 하고 싶지는 않았다.

"그것이 반가 규수를 대하는 예이고 법도이기 때문입니다."

반가 규수를 대하는 예라니. 수줍은 것처럼 들렸지만 퍽 다부진 목소리가 바로 곁에서 들려오는 것 같아 자기도 모르는 사이에 미소 지었다.

표정 변화를 깨닫고 서둘러 근엄한 척 입술 꼬리를 내렸다. 누구도 그의 얼굴을 살펴볼 수 없었을 것이고 설령 보았더라도 이상하게 여기지 아니하였겠으나.

보통 유연은 정오가 조금 지나 집을 나서고 이 가게에 발을 들인 후 일각 남짓 지나면 지나치게 잘생긴 그 선비가 나타났다.

그들이 나지막하게 도란거리는 소리는 반쯤 걷힌 발 아래로 흘러나오기는 하였으나 뜻을 알아들을 만큼 명확하게 들리지는 않았다. 그래도 평온한 어조가 염려할 일 없다는 증좌가 되어 주어 삼월이는 그 소리를 벗 삼아 자투리 천을 바느질하거나 그 위에 수를 놓곤 했다.

얼마간의 시간이 흘러 선비가 아쉬움 가득한 발길로 가게를 나서면 삼월이도 아기씨가 준비를 마치기를 기다렸다 느긋한 걸음으로 모시고 돌아갔다. 그 시간 동안 만든 것은 대개 가게 구석에 놓이는 대신 몇 개의 엽전으로 바뀌어 삼월이의 손에 쥐여졌다.

한데 오늘은 사정이 좀 달랐다. 평소에 비해 한 시진은 늦은 것 같은 때를 약속 시간으로 잡아 통보한 탓에 고개를 갸웃했다.

여름이 다가오고 있어 해가 길어지고 있었지만 마냥 늦게 돌아갈 수도 없었다. 아기씨를 모시고 돌아가는 길에 무얼 살까 여기저기 기웃거리고 있다가는 시간이 많이 지체될 것 같았다.

여느 때와 다름없이 허술한 의자에 앉아 문 앞을 지키는 노인과 나올 리 없는 먼지를 털어 대는 노인, 명상하듯 정좌하여 앉은 아파를 힐끔거렸다.

이 자리에 나타나지 않은 잘생긴 선비를 포함하여 이들이 지금껏 점잖게 굴기는 하였으나 어린 아기씨를 불러내는 자들이 과연 믿을 만한가. 아기씨를 여기에 홀로 두면 고양이에게 생선을 맡기는 격이 아닌지 한참을 망설였다.

결국, 귀가 시간에 대한 조바심이 아기씨 안위에 대한 불안감을 이겼다. 두 번이나 그녀를 떼어 놓고 또 다른 외출을 다녀온 아기씨에게서 설렘 이상의 낌새를 눈치채지 못했던 것도 용기를 내는 계기가 되어 주었다.

"아직 들어온 지 얼마 되지 아니하였다."

주변에서 일어나는 일에 무관심한 듯 꼼짝없이 앉아 있던 박 상궁이 엉덩이를 떼는 삼월이에게 말을 걸었다. 초조한 기색이 역력한 삼월이의 얼굴을 보고 어린 아기씨를 모시고 돌아가려 하는가 보다 짐작한 모양이었다. 삼월이가 고개를 끄덕이다 가로저었다.

"쇤네만 잠시 다녀오려 합니다."

여기서 얼마 떨어지지 아니한 조그만 가게에서 철 이른 과일을 늘어놓고 파는 걸 오는 길에 보아 두었다. 먹을 수나 있을지 의심스러웠지만 철모르는 어린 아가씨가 솔깃하게 여길 만은 해 보였다.

아기씨를 방에 앉혀 놓은 채 저 혼자 다녀오는 건 여전히 조금 망설여지지만 부리나케 돌아치면 그리 늦지 않을 수 있으리라.

"아기씨, 잘 부탁드립니다, 어르신."

문을 나서던 삼월이가 희봉을 향해 또박또박하게 목소리를 내더니 대답도 듣지 않고 몸을 휙 돌렸다. 희봉이 어이없는 표정을 하고 삼월이의 뒷모습을 향해 손가락질을 했다.

"저, 저……."

"눈치 빠른 계집아이는 누가 제일 만만한지도 금세 아는 게지."

덕해가 키들거렸다. 희봉이 저 안쪽에 앉은 박 상궁을 향해 휙 고개를 돌렸다. 미동도 없이 앉은 이의 눈가에 미미하게 웃음이 스쳐 가는 것이 무언의 동조인 듯해 얼굴을 잔뜩 구겼다.

희봉은 신경질적으로 총채질을 하며 몸을 일으키고 있는 덕해의 어깨 너머를 내다보았다. 계집아이가 사라진 반대편에서 눈에 띌 만큼 빠르게 다가오는 사람의 모습이 어렴풋하게 보였다.

옷자락을 펄럭이며 걷는 선비는 떼는 보폭도 크고 딛는 속도도 빨랐다. 평소에 비한다면 두어 배 이상은 빠르게 걷고 있어 언이 그 뒤를 부지런히 따랐다. 양반 체면에 뛰어갈 수는 없어 억지로 눌러 딛는 걸음에서는 조바심이 묻어났다.

몇 번 와 본 적 있는 익숙한 건물 앞에 서서 언은 걸음을 멈추었다. 이쯤이면 반드시 들려오는 말이 있어야 했으나 그를 여기까지 끌고 온 이는 그것조차 잊은 것처럼 건물 안으로 급한 발걸음을 들여놓았다.

잠시 머뭇거리던 언이 그대로 벽에 기대어 섰다. 들어오란 명을 받지 못했으니 들어갈 수는 없었지만 돌아가라는 명도 받지 아니하였으니 기다릴 참이었다.

등 돌리고 떠나온 자리에서 일어나는 상황을 알 리 없는 삼월이가 걸음을 빨리했다. 마님은 이런 구석지고 초라한 곳에 올 리 없고 집안사람들도 바깥에 나오는 날이 아니었지만 혼자 돌아다니는 게 남의 눈에 띄면 좋을 리 없었다. 보아 둔 곳에서 대충 늘어놓은 때 이른 참외를 몇 개 골라 품에 안고 주인 아낙의 거친 손 위에 몇 푼을 짤그랑거리며 내려놓았다.

"네가 무슨 반달이냐, 초생달이 반달이지."

등 뒤에서 들려온 아이가 흥얼거리는 동요 같은 노래는 언젠가 들은 기억이 있었다. 삼월이가 눈을 살짝 치뜨고 기억을 더듬었다.

"서 마지기 논배미가 반달만큼 남았네. 네가 무슨 반달이냐 초생달이 반달이지."

이 댁에 오기 전의 일이었다. 술이 한잔 얼근하게 들어간 막돌아배가 구성지게 뽑아내던 곡조가 있었다.

평생을 농사만 짓고 살았지만 심한 기근에다 도지까지 내고 나면 손가락만 빨아야 하는 신세여서 한 해만 작정하고 나왔다던 막돌아배였다. 일만 고되고 새경은 짠 그 댁에서 받는 돈으로 과연 고향에 돌아갈 수 있을지 심히 의심스러웠지만.

여하간 지난가을, 할 것도 없는 가을걷이할 때 불렀다며 눈가를 붉혔다. 고장이 다른 탓인지 곡조는 영 달랐지만 그

노랫말만큼은 꼭 같았다. 먼 데 떨어져 있어도 같은 노래를 부른다. 혹 행랑어멈도 이 노래를 알까.

삼월이가 의문을 마음 구석에 꼭꼭 담아 두었다. 딴생각을 하며 갈 만큼 사정이 수월하지 않았다. 참외를 싸 둘 보를 가게 안에 놓고 오는 바람에 떨어뜨리지 않으려고 몇 번이나 자세를 추스르다 걸음이 느려지기 일쑤였다.

'이게 뭐람.'

삼월이가 입안으로 투덜거렸다. 아무리 좋게 보려 해도 일탈에 지나지 아니하는 아기씨의 외출에 동원되어 우스꽝스러운 꼴로 걸어가고 있었다.

사람이 없는 한적한 골목인 게 천만다행이었다. 못마땅해서 구시렁대면서도 아기씨를 호랑이 소굴에 내려놓고 온 듯 걱정스러운 마음이 걸음을 재촉했다. 나잇값 못 하는 노인들과 점잖은 아파도 결국은 그 선비와 한통속이었다. 아기씨를 지킬 수 있는 건 오직 자신뿐.

반달 온달 찾아가며 콧노래를 흥얼거리던 삼월이가 걸음을 뚝 멈추었다. 낯선 사람이 이제는 익숙해진 조그만 가게 문 옆에 서 있었다. 가게 안을 구경하러 온 사람 같으면 그러고 서 있을 것이 아니라 안에 들어갔을 터인데 그냥 우두커니 서 있는 모양이 수상했다.

제법 말끔하게 차려입고 있는 것이 양반 댁 자제인 듯싶었다. 누이동생이나 정인에게 줄 노리개라도 사러 왔다가 멋쩍어서 못 들어가고 있는가 보다 짐작했다.

잠깐 우물쭈물하던 삼월이는 그냥 들어가기로 마음을 정하고 다시 걷기 시작했다. 가까이 갈수록 서 있는 사람의 모습이 또렷하게 잘 보였다. 키가 크고 인물도 썩 괜찮았다. 이 댁에 오기 전까지는 구경도 하지 못했던 인물 좋은 사내를 둘이나 보게 된 것을 보면 저랑은 아무 상관 없기는 해도 눈 호강할 복이 생긴 모양이었다.

부담스러울 만큼 곱던 그 선비님보다는 이런 이가 더 낫지 아니한가 생각하며 힐끔거렸다.

딴생각을 지나치게 했다. 돌부리도 없는데 발목이 살짝 꺾였다. 품에 안고 있는 것을 의식해서 균형을 잡으려 애썼지만 결국 몸이 기우뚱하면서 참외 두 알이 바닥에 굴렀다. 상해서 못 먹는 것이야 어찌할 수 없어도 주워 들긴 해야 했다. 저 젊은 사내가 속으로 얼마나 비웃었을 것인가 생각하며 삼월이가 한숨을 쉬었다.

"괜찮습니까?"

안고 있는 팔 위로 조금 전 떨어뜨린 것들이 하나씩 쌓아 올려졌다. 삼월이가 고개를 들어 올렸다. 키 큰 사내가 그녀를 내려다보고 있었다. 말없이 고개만 끄덕거렸다. 아기씨의 마음에만 불어 드는 줄 알았던 훈풍이 제 마음까지 길을 잃고 들이닥친 모양이었다.

자리에서 일어난 덕해는 길게 기지개를 펴더니 어슬렁거리며 가게 안으로 발을 들여놓았다. 희봉의 곁을 스치고 조금 전 사라진 계집종이 앉아 있던 자리를 지나 박 상궁의 앞을 가로지르더니 반쯤 내려 친 발 앞에 가 섰다.

박 상궁에 비견할 수 있을 만큼 단정하게 앉아 있는 소녀의 모습이 어렴풋하게 눈에 들어왔다.

그 소녀가 가느다란 한숨을 내쉬었다. 일각. 이 자리에 앉아 책을 펼쳐 놓고 인상을 잔뜩 쓴 채로 몇 장을 넘기는 데 걸리는 시간, 혹은 먹을 갈고 종이를 준비해 놓는 데 필요한 시간. 그 시간이 지난 건 분명한데 기다리는 이는 나타나지 않았다.

오늘따라 시간이 더디 흐르는 것 같았다. 아니, 시간은 똑같이 흐르는데 기다림이 길어지고 있었다. 책장을 넘기는 손길이 시들해지고 몸이 조금씩 들썩거렸다. 평소라면 귀에 들어오지도 않던 바깥의 소리가 속속들이 다 들어왔다.

삼월이가 잠깐 나간 것은 돌아가는 시간이 빠듯해짐을 염려한 탓일 테다. 그 와중에도 저를 부탁하는 말을 잊지 않은 것에 유연이 어렴풋한 미소를 머금었으나 곧 흐려졌다.

갑자기 바깥쪽이 분주해졌다.

"아마 금일은 조금……."

발을 불쑥 걷어 올리고 성급하게 입을 열던 덕해가 뒷덜미를 잡아채이듯 사라지고 박 상궁이 고개를 살짝 기울여 방을 들여다보며 상냥한 미소를 지었다.

"사실 나리께 사유가 좀 있는데 그걸 잊으셨던 모양입니다, 아가씨. 조금 늦어지긴 하겠지만 틀림없이 오실 것이니 염려 마세요."

유연이 침착함을 가장해 생긋 웃었다. 노인도 여인도 그녀가 갖고 있는 조바심을 눈치챈 것처럼 다정하게 위로의 말을 건넸다. 그게 더 마음이 쓰였다.

평소에 비해 늦은 시간에 약속을 잡았다. 그래 놓고도 또 늦는 것은 정말 무슨 일이 있거나 만나고 싶은 마음이 예전 같지는 아니하다는 뜻이었다. 바깥에 있는 저이들이 이토록 평온한 얼굴을 하고 있는 것으로 보아 무슨 일이 있을 리는 없다. 그렇다면 남는 건 하나였다.

사람의 마음이란 간사한 것이어서 여름이 오면 겨울에 내리는 눈을 그리워하고 겨울이 오면 그 무덥던 여름을 떠올렸다. 몇 번 만나지 아니하였다 해도 벌써 계절이 바뀌었으니 마음이 어찌 변했는지는 알 수 없는 일이었다.

'줄곧 사내아이처럼 차려 놓았던 탓인지도 모르지.'

불만스러운 마음으로 입술을 비쭉 내밀었다가 얼른 꼭 다물어서 살짝 깨물었다.

점잖은 댁 아가씨가 그런 표정을 지으면 아니 된다며 입술 위를 눌러 오던 생경한 그 감각이 좀처럼 지워지지 않는 탓이었다.

아무튼, 거울에 비치던 복건을 쓰고 앉아 있는 모습은 누가 보아도 사내아이였다. 고운 여인으로 보이지 않는 것은 두말할 나위 없고 하다못해 예쁜 소녀처럼 보이지도 않았다.

조금만 더 나이를 먹었더라면 그깟 복건에 머리칼을 감추고 사내아이의 옷을 두른다고 성별조차 알 수 없을 정도가 되지는 아니할 것이라는 데 생각이 미쳤다.

유연이 입술을 도로 살짝 내밀었다. 장성한 사내에게 여인으로 보이기에는 지나치게 어린 제 처지를 생각하면 나오는 것도 느는 것도 한숨뿐이었다.

결국은 자리에서 일어났다. 멀뚱하게 앉아 있으려니 조바심만 느는 것 같았다. 바깥에 나가서 서성이기라도 하면 시간이 조금 더 빨리 지나갈 것 같지만 그럴 수 없다는 사실은 이미 알고 있었다.

마음에 거리끼는 것은 별로 없더라도 남의 눈에 띄지 않기 위해서 이렇게 작은 방 안에 몸을 숨기고 있는 처지 아니던가.

유연은 방문을 나설 생각은 하지 못하고 더 안쪽으로 걸어가서 굳게 닫힌 창을 열었다. 창은 바람을 들여 주었으나 그를 통해 보이는 것은 살풍경하기 짝이 없었다.

애초에 사람이 밤낮으로 종일 거주할 목적이 아닌 집이었다. 그렇지 않고서야 방이라고 있는 것에 문조차 달려 있지 않을 리 있나. 그러니 뒤뜰 따위는 꿈도 꿀 수 없어 담장이 바로 코앞 가까이에서 시야를 가로막고 있었다. 그래도 어쨌든 바람은 통하니 책이라든가 종이를 바른 벽을 마주하고 있는 것보다는 나은 듯해 유연은 볼 것 하나 없는 창 앞에 가만히 서 있었다.

약한 바람이 무료해지는 것도 금방이었다. 멍하니 선 채로 있다 어느 순간부터 눈앞을 가득 메우고 있는 거칠거칠한 담장이 화지이고 눈길은 붓이라도 되는 것처럼 천천히 하나의 모습을 그려 내기 시작했다.

이지러지거나 모난 데 없이 부드러운 선을 그리고 있는, 하얀 피부가 돋보이는 얼굴은 갸름한 편이었다. 본 적이 없는 이마의 모양은 항시 눌러쓰는 갓을 그려 감추었다.

초승달 모양으로 부드럽게 휘어진 눈썹 아래에는 깊이를 알 수 없는 진한 먹물빛 눈동자가 있었다. 때때로 그 눈동자가 반짝일 적이면 밤하늘의 별빛을 머금은 것처럼 보이기도 했다.

굳이 설명할 필요 없는 오뚝하면서도 부드럽게 뻗어 내린 콧날을 그리고 나면 선명한 붉은 입술을 그릴 차례였다. 양쪽 입술 꼬리를 살짝 올리면 눈이 함께 웃었다. 그렇게 웃어 보일 적이면 해야 할 말을 모두 잊어버린 것처럼, 아니 처음부터 할 말 따위는 없었던 것처럼 말문이 막혔다.

그림에는 그려 낼 수 없으나 기품이 밴 목소리도 좋았다. 그래서 가끔은 남몰래 상상하곤 했다. 그가 제 이름을 불러 준다면 얼마나 좋을까.

가게 안에 들어온 환은 성급하게 딛던 걸음을 멈추었다. 숨을 헐떡이며 들어가서야 점잖은 선비님 체면이 말이 아니었다.

가볍게 숨을 고르며 예사로 가게 안을 훑어보고 소녀가 들어앉아 있을 방 쪽으로 눈을 돌렸다. 반쯤 걷힌 발 아래로 부드럽게 주름이 잡힌 붉은 치마폭이 보여야 옳았다. 아무것도 보이지 않았다.

늙은 내관들은 진짜 주인인 것처럼 가게 안을 어슬렁거리고 있었고 박 상궁은 깎아 놓은 조각상처럼 단정하게 앉아 있었다. 그러나 궐에서 내 온 손바닥만 한 자투리 천으로 각낭이나 수놓인 댕기 따위를 바느질하던 몸종 아이의 뒤통수는 보이지 않았다.

기다림의 시간이 생각보다 길었던 것이리라. 어린 소녀가 낼 수 있는 시간보다 더 오래도록 지체되었는지도 모른다. 오늘 만나자고 시간을 끌면 다음을 기약할 수 없으니 돌아가는 것이 마땅했다.

이성적으로 생각해 보면 지극히 온당했지만 마음이 헛헛하고 좀처럼 느껴 본 적 없는 허전함이 스며들어 나지막하게 한숨을 내쉬었다.

'너는 없어도 흔적은 남아 있겠지.'

방석에 남은 주름이라도, 펼쳤다 덮은 책의 흐트러진 모양이라도, 붓끝에서 튀긴 먹물 자국이라도. 어쩌면 소녀는 그가 가고 난 뒤 방을 나서기 전의 시간 동안 그런 것들을 바라보면서 아쉬움을 달래지 않았을까.

환이 무거운 걸음걸이로 다가가 발을 걷어 올렸다. 아쉬운 마음으로 가까운 바닥부터 천천히 눈을 움직여 가던 환의 눈길이 멈추었다. 없을 것이 분명하다고 생각했던 소녀의 뒷모습이 보였다. 바닥에서 악착같이 기어오르는 잡풀 따위가 고작일 것 같은, 손만 뻗으면 손끝에 뒷담이 닿을 것 같은 뒤창 앞에 소녀가 서 있었다.

평소에는 부러 인기척을 크게 내서 호기롭게 들어서거나 소녀를 놀라게 할 요량으로 기척을 숨기고 들어갔다. 어느 쪽이든 금방 알아채고 돌아보던 소녀가 꼼짝하지 않고 그린 듯이 서 있었다. 전에 없이 고집스러워 보이는 뒷모습이었다. 환은 선뜻 입을 열지 못하고 그 모습을 바라보았다.

"오래 기다렸느냐?"

환의 목소리가 신호가 된 것처럼 유연이 몸을 돌렸다.

이름 따위는 아무래도 상관없었다. 그 목소리가 그녀를 향한다는 사실 하나로 좋았다. 얼마나 지속될지 알 수 없어도 다정함을 오롯이 그녀에게 건넨다는 사실만으로 가슴이 벅찼다.

환이 서 있는 자리는 소녀가 늘 단정하게 앉아서 그를 기다리던 바로 그 자리였다.

바깥에서 보고 있는 이가 있다면 미끄러지듯 다가온 붉은 빛깔의 치마폭이 기다리고 선 이의 다리를 휘감는 모습을 목격했을 것이다.

유연은 조금만 거리가 멀었으면 체면 따위는 내던진 채 내달리기라도 했을 것처럼 다가들었다. 어디에서 무모한 용기가 솟아났는지 알 수 없었다.

"아니 오시는 줄 알았단 말입니다."

유연은 말을 마치는 순간, 아니 그전부터 후회가 밀려들어 눈을 질끈 감았다.

머리도 거치지 아니하고 마음에서 곧장 입으로 향하기라도 한 것처럼 제멋대로 튀어나온 말이었다. 여인으로 보아주기를 원한다면 조금 더 성숙해 보여야 할 터. 이렇게 다가들 것이 아니라 그 자리에 멈추어 선 채 새초롬하게 '금일은 다망하셨던 모양이옵니다' 하며 아무렇지도 않은 듯 도도하게 굴었어야 했다. 하지만 이미 일어난 일을 되돌릴 수는 없었다.

머뭇거리는 걸음이 반 발짝 정도 물러섰을까, 성큼 다가온 환이 유연의 어깨에 사뿐하게 손을 얹고는 이내 목 뒤로 미끄러뜨렸다. 가볍게 안아 다독이고 나서 팔을 풀었으나 그에게 바짝 안겨 든 소녀의 자세는 변함이 없었다.

어느새 유연의 팔이 힘껏 그의 허리를 감고 있었다. 의식하지 못한 새에 그의 가슴께에 볼을 문지르는 모양이 되었다. 옷자락을 사이에 두고도 온기가 전해졌다. 마음이 따스해지는 것 같다가 도리어 서러움이 복받치는 듯한 느낌에 저도 모르는 사이에 눈물이 맺혔다.

혹여 그것을 들키기라도 할까 봐 얼른 고개를 파묻었다. 그 모든 것은 순간의 일이라 환은 유연의 조그만 얼굴에 떠오른 표정을 살필 새도 없었다.

환은 가느다란 팔로 그의 허리를 감은 채 절대 떨어지지 않을 것처럼 몸을 꼭 붙여 오는 소녀를 내려다보았다. 가슴께보다 조금 아래, 곱게 빗어 내린 까만 머리칼이 미미하게 흔들렸다.

"미안하구나."

환의 사과에도 유연은 여전히 고개를 들지도 팔을 풀지도 않았다.

여름의 초입에 불어오는 훈풍 같은 목소리가 유연의 귓가에서 다정하게 맴돌았다. 환이 어찌할 바를 모르고 망설이다가 손을 들어 소녀의 가느직한 어깨를, 떨림이 스며오는 등을 가볍게 쓸어내렸다. 목소리만큼이나 따사로운 손길이었다.

느닷없이 풀잎 내음 같기도 하고 이제 막 피어나는 꽃송이 같기도 한 싱그러운 향이 밀려왔다. 까닭을 알 수 없는 두근거림이 심장에서부터 시작하여 온몸을 휘감았다. 제 몸을 감싸는 낯선 느낌에 바싹 다가들어 서로에게서 울리어 퍼지는 고동은 느끼지 못했다.

온몸이 잠겨 들 것 같기도, 녹아들 것 같기도 한 그 손길에 빠져 있던 유연이 비로소 정신을 차렸다. 늦게야 나타난 선비님은 어깨를 가볍게 쓸어 주고 있을 뿐인데 자신은 온 힘을 다해 매달리듯 껴안고 있다는 사실도 발견했다.

눈을 깜박거리며 눈꼬리에 살짝 매달려 있던 눈물방울을 몰아냈다. 팔을 풀고 두어 발짝 뒷걸음질한 후에 반쯤 돌아섰다. 무어라고 변명이라도 해야 했다.

"그러니까 이건……."

무슨 말을 하려고 해도 말이 되어 나오지를 않았다. 한참을 애쓰다가 그냥 입을 다물어 버렸다. 돌아볼 수도 올려다 볼 수도 없는 사내의 목소리가 유연의 귀에 닿았다.

"혹 내가 그리웠느냐."

"아닙니다."

펄쩍 뛸 것같이 과하게 큰 목소리로 대답을 하곤 조금 더 물러나서 아예 등을 돌리고 섰다. 그저 두근거린다고 생각했던 심장은 손을 맞잡았던 순간보다도 더 거세게 뛰고 있었다. 이렇게 하지 않으면 그 마음의 동요를, 붉어진 얼굴을 고스란히 들키게 될 것이 분명했다.

"다시는 이리 오래도록 기다리게 하지 않으마."

부끄러움에 어쩔 줄 모르는 소녀에게 그는 의외로 다정히 말을 건네었다. 목소리에 담뿍 담긴 따스함에 정말로 눈물이 쏟아질 것 같아서 유연이 꼼짝도 하지 못한 채로 가만히 듣기만 했다.

"진심이다. 나를 믿지 못하느냐?"

다시 들려오는 목소리에는 난처함과 당혹감이 묻어 있었다. 부드럽게 달래려는 것처럼 들리기도 했다. 유연이 고개를 젓고는 얼른 자리에 가서 앉았다. 그녀가 앉은 자리가 평소라면 그가 앉았을 주인의 자리라는 것도 나중에야 알았다. 상 위에 눈길을 고정한 채로 떨어뜨리고 있는 고개를 드는 데는 꽤 오랜 시간이 필요했다.

✼   ✼   ✼

"아으으, 몰라."

아무도 없는 방 안에서 유연이 얼굴을 감싸 쥐고 몸을 웅크렸다. 요 며칠 동안 좀처럼 사그라지지 않고 불쑥불쑥 치고 들어오는 생각이 있었다.

모두 다 잠이 든 것 같은 깜깜한 밤, 혼자 있을 때 그 일이 떠오르면 상태가 더 심했다. 이불 안에 몸을 파묻어 숨어야 할지 발길질로 이불을 걷어차서 민망함을 감추어야 할지 판단이 서지 않는다고 해야 할까.

"대체 무슨 생각으로 그랬는지 몰라."

얼굴이 화끈거려 볼을 감싼 손바닥을 뒤집어 손등을 댔다. 아주 조금 열이 식는 느낌이었다.

"무슨 생각이었긴, 아무 생각도 없었던 거지."

그렇지 않고서야 그렇게 경솔하게 굴 수 있었을까. 유연이 고개를 내저었지만 화끈거림은 여전히 가라앉지 않았다.

"다시는 이리 오래도록 기다리게 하지 않으마."

'과연 지켜질 수 있는 약속일까.'

유연은 모호한 감정이 되어 생각했다. 마음이 진정된 다음에는 평소처럼 글을 읽고 이야기를 나누었다. 아무 일도 없었던 것처럼 그렇게. 아마 조만간 다음번 만남에 대한 연락이 닿을 것이다.

그때도 아마 여느 때와 다를 바 없이 글을 쓰고 책을 읽고, 그에 대한 이야기를 나누겠지. 서로에 대한 것은 일언반구도 입에 올리지 아니하고.

유연이 짧게 한숨을 쉬고 눈을 들었다. 껍질도 벗기지 아니한 설익은 참외 하나가 방구석을 뒹굴고 있었다.

그러고 보니 평소 같으면 온종일이라도 곁에 붙어 있을 것처럼 바싹 다가앉아 이런저런 이야기를 해 주기도 하고 꼬치꼬치 캐묻기도 하던 삼월이의 태도가 영 시큰둥했다. 오전에 그나마 잘 익은 참외를 골라 깎아 줄 적에 함께 있었던 것이

전부였고 그 이후로는 코빼기도 비치지 않았다.

'하긴, 나야 늘 방에만 앉아 있으면 되지만 삼월이는 바쁘니까.'

어린 아기씨를 모시고 한 달에 한두 번 외출을 가는 것 외에도 삼월이가 하는 일은 많았다. 쉴 새 없이 잔소리를 늘어놓을 적에도 삼월이의 손은 바빴고 날이 더워 문을 열어 놓고 있으면 종종거리면서 여기저기를 오가는 모습도 자주 볼 수 있었다.

"오늘은 몸이 좋지 아니한 모양이지."

곰곰이 생하니 어딘가 아파 보였는 것 같기도 했다. 예사롭게 넘기며 유연이 다시 한숨을 쉬었다. 천천히 흘렀으면 싶은 시간은 벌써 한여름을 향해 가고 있었다.

❈ ❈ ❈

슬금슬금 여름에 접어드는가 싶더니 이내 더위가 밀려왔다. 온 창을 활짝 열어 두었지만 열기를 품은 공기만이 살금살금 드나들 뿐 바람이 시원하게 불어 들지는 않았다. 바깥에는 햇볕이 제법 따갑게 내리쬐고 있었다. 고요한 방 안에는 숨 막힐 것 같은 정적이 감돌고 있었다.

"전하."

젊은 내관의 목소리가 그 고요함을 걷어 냈다. 대답은 들려오지 않았으나 등을 돌리고 선 이에게서 느껴지는 미미한 움직임이 언의 목소리를 들었음을 나타내고 있었다.

"주강 시간이 가깝사옵니다."

"가야겠구나. 과인이 어(魚)와 노(魯)도 가리지 못하는 무지 렁이 취급을 받지 아니하려면 말이다."

목소리에 실린 빈정거림을 알지 못하는 듯 언이 허리를 구 부렸다. 가겠다는 대답과 반대로 환의 눈길은 서화가 그려져 있거나 시구가 쓰인 종이에서 떠나지 않고 있었다.

재촉하는 목소리가 더 들려오지는 않았으나 아무 기척이 없는 것은 분명 꼼짝도 않고 기다리고 있다는 뜻이었다. 환 이 깊은 한숨을 내쉬었다.

"헌납(獻納)은 대체 무슨 생각으로 그런 소를 올린 것일까."

다소 과격한 언사라 빌미를 잡힌 구구절절하게 쓰인 그 말 은 사실 경계로 삼아 받들어 마땅한 이야기였다. 하지만 지 금의 그가 무엇을 할 수 있단 말인가. 한 나라의 흥쇠와 만 백성의 평안은 그가 아니라 제 배를 불리기에 바빠 나라꼴이 어떠한지 백성들이 실제로 어찌 지내는지 관심도 없는 자들 에게 달려 있었다.

그저 환의 귀에 쓸데없는 이야기가 들어가는 일이 없도록 살피는 것이 대신이라는 자들이 하고 있는 일이었다.

'헌납은 정녕 눈멀고 귀먹어, 입만 살아 있는 자이기에 제 관직을 걸었는가.'

환이 심란한 마음이 되어 인상을 썼다. 오래지 않은 얼마 전, 꽤 적극적으로 경연에 참여한 적이 있기는 했다. 간관(諫官)은 학식이 깊고 그 언사가 조리 정연하여 듣고 있노라면 자신이 부끄러워지기도 하고 어떻게 해야 할 것인가를 고민하게도 했다.

그러나 그뿐이었다. 경연이 끝난 뒤 남는 건 가슴 가득한 답답함뿐이었다. 알고 있으되 실천할 수 없는 처지이니 알아서 무엇하랴 싶은 생각과 동시에 자괴감이 밀려왔다. 결국 오래 지속하지 못하고 걷어치우고 말았다. 헌납이 올린 소의 내용은 결국 그의 나태함을 꾸짖는 것이었다.

"혹 근래 여인을 덜 찾는다는 말에 만용을 부린 건가, 아니면 성군이 되리라 기대라도 하였는가. 아마도 명일이면 틀림없이 귀양 보내 마땅하다는 소가 올라올 것이니 과인이 어찌 그것을 따르지 아니할 수 있으랴."

언뜻 비아냥거리듯 울리는 환의 목소리에는 체념이 깊이 배어 있었다. 펼쳐 놓은 종이 뭉치를 원래대로 둘둘 말아 놓거나 흐트러지지 않게 차곡차곡 포개던 손길이 멈추었다.

최근 어렵사리 구한 글귀에 눈길이 머물렀다. 그분도 저 남쪽, 거센 풍랑이라도 일면 목숨 따위는 보장할 수 없다는 섬에 유배되어 있었다. 큰 꿈을 품고 있어 그것을 펼쳐 마땅한 분이 일개 명필에 지나지 아니하는 취급을 받고 있는 현실이 서글펐다.

'과연 나는 언제쯤 이분을 모셔 올 수 있을까.'

환이 고개를 저으며 다른 종이를 그 위에 포갰다. 몇 장 옮기지 아니하고 도로 손길이 멈추었다.

눈길을 사로잡은 채 좀처럼 놓아주지 않던 한 글자가 허공에 떠올랐다. 그리고 제 벗을 하나 더 불러들여 두 자가 되더니 키들대듯 흔들거렸다.

"유연."

낯선 소년의 목소리가 되살아났다. 소녀의 얼굴을 똑바로 올려다보고 있는 그 눈길에 대상을 잘못 짚는 것은 불가능한 일이었다.

'오라비였을까.'

환이 살짝 고개를 기울였다. 소녀가 어느 집 누구인지 알지 못하듯 가족 관계에 대해서도 알지 못했다. 스스럼없이 이름을 부르는 것은 피를 나눈 가족 간에나 가능할 일이어서 굳이 관계를 캐어 볼 것도 없겠지만 소년의 눈빛이 묘하게 마음에 걸렸다.

오라비가 누이를 알아본 것이라면 그에게 날선 말을 던지며 우격다짐으로 끌고 갔어야 옳다. 그러나 이름을 불러 놓고 우두커니 서서 바라보던 모습에 담겨 있던 애틋함 비슷한 감정이 신경을 건드렸다.

"전하."

"잠시 기다리라."

나직하게 채근하는 목소리에 대답하며 환이 더 안쪽으로 걸음을 옮겼다. 가지런하게 쌓인 함을 눈으로 살펴보다 하나를 꺼내어 들고는 뚜껑을 열었다.

아직 글자가 새겨지지 않은 인장이며 매끈하게 깎인 옥석 따위가 가득하여 조금씩 움직일 때마다 잘그락거리는 소리가 났다.

환이 몇 개를 들어 신중하게 살펴보았다. 너무 큰 것도, 지나치게 정교히 세공이 되어 있는 것도 과한 느낌을 주었다. 그의 신분이 알려질 법한 것도 피해야 했다.

집어 들었던 어느 것도 마땅치 않아 보여 못마땅한 표정을 지었다. 그때, 꼭 잘못 섞여 들어간 것 같은 둥그스름한 돌 하나가 눈에 들어왔다.

아래쪽을 톡 잘라 놓은 것 같은 물방울 모양의 돌을 손에 감싸 쥐었다. 흰색과 옥색이 어지럽게 소용돌이치고 있는 빛깔만큼이나 서늘한 기운이 손 안에 가득했다. 더위의 절정을 향하여 치달아 가는 날씨에 어울리기로는 꼭 이만한 것이 없는 듯했다.

환이 함을 도로 닫아 내려놓고는 방 한가운데로 돌아왔다. 호흡을 정리하고 돌의 크기를 가늠하여 작고 우아한 두 글자를 배열해 놓고는 잠시 생각에 잠겼다.

지극히 가까운 이가 아니라면 감히 알려 줄 수 없어 후대에도 남지 아니하는 것이 반가 규수의 이름이었다. 그의 기억에 남아 있는 목소리가 소녀의 이름이 아니라면 꼴만 우스워질 것 같아 염려스러웠지만 둘러댈 말이 없는 것도 아니었다.

좋은 벗을 얻는 이상의 연이라 하였으니 그 만남에서 인연이 비롯된 것 아니더냐.

그보다 더 염려해야 할 것은 이것을 받아 들 소녀의 반응이었다. 소녀의 눈망울에 가득 담긴 설렘은 눈치채지 못하는 것이 더 이상할 정도였으나 감정의 크기는 알 수 없었다.

손을 맞잡아도, 살짝 입술이 스쳐 가도, 달려들듯 품에 안겨 놓고서도 아무 일 없었던 것처럼 태연한 모습으로 돌아오는 소녀는 기실 그의 생각보다 영악하여 금전적 값어치 따위 없는 선물을 코웃음 치며 마다하지는 않을까.

글자의 물기가 마르기를 기다리던 환이 둥그스름한 돌과 종이를 함께 언에게 건네었다.

"다 끝나거든 장신구를 만드는 장색(匠色)이라도 찾아가 보아라."

평소에도 말이 많지 아니한 젊은 내관은 얼굴 표정을 다스리는 데도 일가견이 있었다. 공손하게 받아 들어 소맷부리 안에 감추는 모습으로 보아 무슨 뜻인지를 알아들었을 텐데 표정에는 조금의 변화도 없었다.

늙은이들 같았으면 비록 말로는 못 할지언정 얼굴 가득히 '젊은 것의 생각은 손바닥 위에 있다'는 표정을 담고 빙글거리며 그를 바라보았을 것인데.

"정인이 있어 본 적 있느냐."

자리에서 일어나 천천히 걸음을 딛던 환이 언에게 질문을 던졌다. 언은 말없이 몸을 반쯤 돌리고 허리를 굽혀 보였다.

조금 전까지의 침묵은 굳이 대답을 요하지 않았거나 알겠다는 뜻이 담겨 있어 상관없었으나 지금처럼 못 들은 척 등을 돌리는 것은 불경스러운 일이라고 호통을 들어도 할 말이 없었다.

그럼에도 결코 대답할 수 없다는 굳건한 의지가 담겨 있는 구부정한 등에 환은 질책하는 대신 엷은 미소를 띠었다.

환이 언을 곁에 둔 지는 몇 년 되지 아니하였으나 그전에도 그를 본 기억이 어렴풋하게 있었다. 어찌 보았는지는 기억에 거의 남아 있지 않을 정도로 오래되었으니 아마 궐에 들어온 것은 성년에 이르기 전이었을 터였다.

어린 나이에 들어왔기에 무어 그런 가당치도 않은 질문을 하느냐는 듯 못 들은 체하는 것도 이상한 일은 아니었다. 오히려 그런 질문을 던지고 있는 환이 제 지위를 믿고 남에게 무례하게 군다고 보는 쪽이 온당하리라.

"하면 여인에게 무엇을 주어 본 적도 받아 본 일도 없겠구나."

언이 한마디를 남긴 채 중희당(重熙堂)으로 향하는 환의 뒷모습을 바라보았다.

긴 세월은 가슴 아픈 일도 웃음으로 넘길 수 있도록 하는 힘이 있어 왕이 농담조로 이야기를 꺼내는 것은 물론이고 내관들끼리도 그 정도의 이야기를 주고받는 일은 흔했다.

언은 소맷부리에 감추고 있는 것이 떨어지지 않도록 소매 끝을 움켜쥔 채로 팔을 굽혀 가슴께를 툭툭 건드렸다. 희미하게 바스락거리는 소리가 났다.

늙은 내관이며 엄격한 표정을 한 상궁의 눈에 띌까 염려하는 듯 주변을 살피다 무릎 위를 덮은 옷자락 위에 살그머니 떨어뜨리던 모습을 떠올렸다.

그에 대해 어떤 반응도 보이지 않았다. 고작 두어 번 본 여인에 대해서 어떤 마음이 이는지 생각할 여유도 없었다. 어린 아가씨처럼 고생 하나 알지 못하는 티 없이 맑은 용모를 지니지는 못하였으나 보통 이상은 되었으니 외양이 눈에 차지 않는 탓은 아니었다.

몸종은 그 집에 딸린 노비와 다를 바 없고, 혹 그렇지 아니하다 해도 일신의 자유 따위는 잡곡 한두 됫박에도 기꺼이 팔아넘길 수 있을 정도로 가난하다는 뜻이었다. 그게 보통 사람들에게 썩 달가운 조건일 리 없었지만 그 때문도 아니었다.

그의 마음이 흔들리든 그렇지 아니하든 답해 줄 수 없는 마음이었다. 맞이한 아내와 반쪽짜리 부부 생활을 유지하며 동정녀(童貞女)라는 수군거림에 시달리게 할 마음도 없었다.

시시때때로 마음에 불어 드는 바람은 이제는 익숙한 것이었다. 그 근원은 대개 지금은 곁에 있지 아니한 가족과 노회한 것 같아도 아직은 나이 어린 왕에게 있었다.

오랜 세월 불어온 바람을 잠재우는 것은 그다지 어렵지 아니했다. 하지만 새로 들이치는 비바람만큼은 단 한 번도 생각해 본 적 없어 당혹스럽고 마음을 혼란하게 했다.

누군가 다가오는 소리에 언이 비로소 여러 가지 생각에서 벗어났다. 종종걸음으로 지나는 다른 내관에게 가볍게 고개를 숙여 보이고 걸음을 떼기 시작했다.

한 번 말이 떨어지면 곧장 그 결과를 얻어 보아야 직성이 풀리는 이를 모시고 있으니 서두르면 서두를수록 일이 순조롭게 풀렸다. 상념을 이겨 내는 데에는 몸을 바쁘고 고단하게 하는 것만큼 적당한 것이 또 없었다.

"있다 말씀드리면 어떤 말씀을 내리시려 하시었사옵니까."

들을 사람이 사라진 지 오래인 빈 뜰에서 몹시 낮은 목소리로 중얼거린 언이 바쁜 걸음으로 멀어져 갔다.

✵   ✵   ✵

"금일 다녀오시면 앞으로 삼복더위가 지날 때까지는 가지 아니하시기로 하신 거예요."

"응."

코대답하는 유연의 목소리는 몹시 건성이었다. 앞장서서 가던 삼월이가 그 반응이 탐탁지 않은 것처럼 뒤로 휙 돌아서서는 유연의 앞을 막고 다짐을 받듯 다시 물었다.

"대답을 하셨다는 건 약속한다는 것과 마찬가지이고 약속은 꼭 지켜야 하는 거예요, 아기씨."

"그거 아버지랑 어머니께서 항시 하시는 말씀인데."

유연이 삼월이를 재치 있게 피해 발을 내디디며 조금 전과 크게 다르지 않은 말투로 대꾸했다. 앞장서서 가다가 졸지에 뒤따르는 처지가 된 삼월이는 반 발짝쯤 뒤에서 여전히 잔소리를 늘어놓았다.

"조만간 지금보다 날이 더 더워질 테고 그리 나가셨다가 병이라도 나시면 다시는 오래도록 바깥에 나오실 수 없으실 거예요. 쇤네가 이러는 거, 다 아기씨를 위해서라는 거 아시잖아요."

"누가 뭐라 그랬나."

"그러면 좀 성의 있게 대답해 주세요. 그리 대답하면 누가 잡아먹기라도 한답니까."

뒷말은 입안에 담듯 우물거렸지만 유연의 귀에 닿지 아니할 정도까지는 아니었다. 유연이 방그레 웃으며 걸음을 멈추고 고개를 휙 돌렸다.

부지런히 발을 놀리던 삼월이가 깜짝 놀라 걸음을 멈추고 유연의 얼굴을 바라보았다. 덧붙인 말은 아기씨에게 건네기에 전혀 어울리는 말이 아니어서 질책한다 해도 변명할 말이 없었다. 그러나 예상외로 예쁘게 웃고 있는 그 얼굴에서 알 수 없는 불길한 기운이 흘러나오는 것 같아 미심쩍은 표정을 했다.

"설마 나는 집 안에 가두어 놓고 혼자 다니려고 그러는 것은 아니지?"

"그건 또 무슨 말씀이세요?"

어리둥절한 표정을 한 삼월이에게 유연이 해죽 웃어 보이고는 도로 걸음을 떼어 놓았다.

유연의 말이 무엇을 의미하는지 어렴풋하게 깨달은 삼월이가 허둥거리듯 종종걸음으로 또다시 그 앞을 막아섰다. 유연도 이번에는 굳이 제치려 들지 않고 순순하게 걸음을 멈추었다.

"아기씨께서 아니 가시는데 제가 어딜 간다고 그러세요."

"그야 삼월이는 언제고 나갈 만한 핑계가 충분하니까. 빨래를 하러 간다거나 물을 길어 온다거나, 필요한 게 있음 장에 심부름도 갈 수 있고. 그게 아니라도 나보단 나가기가 수월하잖아. 그러니까……."

말을 맺지 않고 빙글거리는 유연의 얼굴을 바라보던 삼월이가 몸을 휙 돌렸다.

평소에는 그곳에서 마무리하고 집에까지 가져오지 않던 바느질감을 이유 모를 아쉬움 때문에 챙겨 왔다. 그리고 별 생각 없이 아기씨 방구석에 앉아 그걸 꺼내 들었던 게 이 놀림의 빌미를 주는 셈이 되었다.

처음 그 모습을 발견한 유연은 삼월이가 고운 천으로 만든 옷은 염을 내지 못하더라도 조그만 주머니 정도는 갖고 싶어 그러하는가 생각했다. 그러나 곧 골라 놓은 빛깔이며 그 위에 놓는 수가 여인의 것이라기에는 어울리지 않는다는 사실을 발견했다.

삼월이 입장에서는 아기씨가 방 바깥에서 일어나는 일 따위 전혀 알지 못한다는 것이 그나마 다행이었다. 방에 들어가기 전에도, 방을 나온 뒤에도 볼 수 있는 사람은 늘 그 셋뿐이었으니 삼월이가 누구를 생각하면서 바느질하고 있었는지 알 도리가 있나.

만약 알게 되면 그렇잖아도 조그만 새나 나비처럼 가벼운 몸을 더 가뿐하게 놀려 자주 나가고 싶다 잡아끌어 채근할 게 분명했다. 그러면 삼월이 저는 아기씨에게든 그 사내에게든 마음이 약해져 먼저 연통을 넣으러 가게 될 것이고. 꼬리가 길면 밟히는 것도 순간이었다.

사내는 선비님을 모셔 오기는 했으나 차림이며 태도가 꽤 의젓한 것이 지체가 높은 양반인 듯했다. 보통 상황 같으면 가까이에 앉는다든가 말을 붙여 본다든가 하는 건 언감생심 꿈도 꿀 수 없는 일일 터였다. 그러니 얼굴을 힐끔거리는 것으로 만족했다.

두 번인가 망설이다 고심 끝에 슬쩍 떨어뜨린 그 주머니에 대해서 일언반구 말이 없는 것도 서운하기보다는 다행스러웠다. 격에 맞지 않은 천한 계집아이의 행동을 비웃는다거나 웃음거리로 삼으면 그게 더 마음 아플 것 같았으니까.

아마도 아기씨에 대해서 말을 전하지 말라거나 잘 부탁한다거나 하는 뜻으로 이해하고 있는 모양이라고 생각했다.

"좋을 대로 생각하세요."

삼월이가 툴툴거리면서 부지런히 발을 놀리기 시작했다. 유연도 더 반응을 보이지 않고 부지런하게 그 뒤를 따라가기 시작했다. 딛는 속도만큼이나 빠르게 흘러가는 풍경의 끝은 여느 때와 같이 한산한 길 한편에 자리한 작은 가게에서 멈추었다.

'삼복더위가 지날 때까지.'

유연은 오는 길에 삼월이가 강조했던 이야기를 떠올리며 가만히 속으로 날짜를 헤아려 보았다. 앞으로 한 달 이상은 집에 꼼짝하지 않고 얌전하게 앉아 있으라는 소리였다.

양반 댁 아기씨가 되어 아침 댓바람부터 치맛자락을 펄럭이고 다닐 수 없고 해가 지는 늦은 오후에 집을 나서는 것도 어림없는 일이었다. 집을 나설 수 있는 때는 정오가 조금 넘은 시간으로 한여름에는 태양이 최고조로 작열했다.

'올 여름은 무척 길겠구나.'

어쩌면 여름만이 아니라 가을, 겨울, 그 이후로도 주욱 하루하루가 길게만 느껴질 것 같다는 생각은 조심스레 몰아냈다.

지금도 간혹 그에게 사정이 있다고 하면 보름을 훌쩍 넘기기도 했다. 게다가 지난번 만날 적, 아마도 유월 중순에 접어들기 직전이었을 것이다. 그때에는 유달리 그의 얼굴빛이 어두워서 앉아 있는 내내 마음이 쓰였다.

유연이 고개를 살짝 들어 환의 얼굴을 살펴보았다. 얼굴에 떠오른 표정은 온화하고 여유로워서 평소의 것과 크게 다르지 않았다. 지난번과 같은 그런 표정을 마지막으로 기억하게 된다면 두고두고 마음이 쓰일 것 같아 내심 다행이다 싶었다.

"내 얼굴에 뭐가 묻기라도 했나."

환이 짐짓 얼굴을 가볍게 쓸어내며 말을 건넸다. 유연이 고개를 도리질했다.

"그건 다행이지만 대답을 듣지 못하였는데?"

조금 전까지 환이 무슨 이야기를 하는지 듣지를 않았으니 기억이 나는 게 이상한 일이었다. 고개를 살짝 외로 꼬는 유연을 향해 미소한 환이 입을 열었다.

"혹 오라비가 있는가 물었단다."

"없습니다. 소녀 하나뿐입니다."

부모님 제사를 모시기 위해 사촌 오라비를 양자로 들이긴
하였지만 그가 오라비라는 자각은 거의 없었다. 재청도 남들
에게 이야기할 때 굳이 양자의 존재를 들먹이지는 않았다.

아주 잠깐, 늘 제가 오라비인 양 '누이'라 부르는 소년의
얼굴이 스쳐 지나갔지만 진짜 오라비는 아니었다. 유연의 대
답에 잠깐 미간을 좁힌 환이 이내 다른 질문을 내어놓았다.

"네 이름이 무엇인지 알려 줄 수 있느냐."

유연이 난처한 얼굴을 했다. 이미 짐작하고 있었다는 듯
환이 얼굴에서 미소를 지우지 않은 채 입을 열었다.

"네 이름이 무엇이든 사실 무슨 상관이겠느냐. 어떤 이름
을 갖고 있어도 너는 너일 것인데."

환이 그들 사이에 가로 놓인 서안 위로 팔을 뻗어 내밀었
다. 무엇을 달라는 것 같은 손짓이었지만 줄 게 무어 있나 싶
어 멀뚱하게 쳐다보기만 했다. 그게 답답했던 모양인지 환이
몸을 반쯤 일으켜 유연의 소매를 당겼다. 옷자락을 따라 미
끄러진 손이 가느다란 손목을 쥐었다.

팽팽하게 당겨진 팔은 환의 코앞에서 멈추었다. 그의 숨결
이 손가락 끝에서부터 시작해 두근거리는 가슴까지 간질이
는 것 같아 유연이 어깨를 살짝 움츠렸다. 팔을 살짝 비틀어
당겨 보았지만 오히려 더 센 힘으로 당기는 데에는 당할 도

리가 없었다.

"선비님."

환의 손이 유연의 손바닥 위를 덮었다. 무엇인가가 손바닥 위에 놓이고 손가락을 감아 꼭 쥐어 준 채 도로 제자리로 돌려놓았다.

주먹을 쥔 손 안에 오롯이 놓이기에는 부족해서 엄지와 검지 사이로는 청록빛 실로 섬세하게 엮인 매듭이 빠져나오고, 반대편으로는 찰랑거리는 긴 술이 늘어져 있었다.

조심스럽게 손을 펼쳤다. 노리개에 달기에는 썩 어울리지 않는, 그저 미끈하기만 한 옥색과 흰색이 소용돌이치고 있는 둥그스름한 돌이 손바닥 위에 놓여 있었다. 톡 잘려 나간 아래쪽의 옅은 붉은 빛깔은 은근히 어울리지 않아 유연이 손을 살짝 움직여 돌을 굴렸다.

"네 마음에 들면 좋겠구나."

좌우가 뒤집혀 있어도 글자를 알아보는 것은 어렵지 않았다.

"네 이름이 무엇인지 알려 줄 수 있는가 물었다."

글자가 같지는 않지만 발음이 같은 낱말이 새겨져 있었다. 혹시라도 알고 이리 하였나 싶은 마음에 글자가 새겨진 돌조각에서 눈을 떼고 환의 얼굴을 바라보았다.

"무슨 문제라도 있느냐?"

"아닙니다."

"내 너를 처음 보았을 적에, 너를 만나게 됨이 좋은 벗을 얻는 이상의 연이라고 믿는다 하지 않았느냐. 그게 기억나서 새기게 하였는데 잊고 있었던 모양이구나."

짐짓 서운하다는 표정을 하고 핀잔하는 환을 향해 유연이 멋쩍은 듯 웃어 보였지만 미심쩍은 느낌이 완전히 사라지지는 않았다. 그렇지만 말을 덧붙이는 쪽이 제 이름이 유연이라는 것을 알려 주는 셈이 되어 그냥 입을 꼭 다물었다.

"본디 주는 게 있으면 받는 것도 있어야 하는 법인데."

유연이 제 손바닥 위에 놓인 것을 바라보고 환의 얼굴을 쳐다보았다. 한참 머뭇거리다가 겨우 입을 열어 미약한 항의를 쏟아 냈다.

"그건…… 아무 말씀도 없지 않으셨습니까."

'멋대로 쥐어 주고 답례를 바라는 건 공평하지 않습니다.'

유연이 속으로만 투덜거렸다. 그 말이 입 밖으로 나올 수 있을 리 없었다.

"그럼 아무것도 주지 않을 셈이냐?"

수줍음이며 설렘 따위는 모두 사라지고 뾰로통한 기색이 역력한 유연의 얼굴을 본 환의 목소리에 슬쩍 웃음기가 섞였다.

환의 표정의 진지함이 그대로 유지된 탓에 유연은 목소리의 변화를 눈치채지 못했다. 아무리 골똘히 생각해도 가져온 것도 지닌 것도 없으니 줄 수 있는 것도 없었다.

"드릴 것이 없사온데 어찌하옵니까."

"그러면 어쩔 수 없겠구나."

서운함이 엷게 배어든 목소리에 유연이 남몰래 한숨을 삼켰다. 이 남자에게는 화를 낼 수도 없고 토라진 기색을 오래도록 유지할 수도 없었다. 분명 이 사내 스스로도 알고 있을 것이다.

기껏 보름에 한 번, 한 시진이나 얼굴을 볼까 말까 한 이이는 다른 날은 어찌 지내고 있을까. 어쩌면 다른 여인에게도 이렇게 미소를 보여 주고 가느다란 한숨으로 그 마음을 쥐락펴락하고 있을지도 모른다 생각하자 기분이 이상했다.

"다음에 뵐 적에는 틀림없이……."

유연이 손바닥에 놓인 것을 꼭 움켜쥐며 조그만 목소리로 대꾸했다.

"다음까지 기다릴 필요가 어디 있느냐. 오늘은 내가 받아 가마."

예상하지 못한 환의 말에 유연이 고개를 들었다. 조금 짓궂어 보이던 미소는 어느 틈엔가 사라지고 밤하늘 별빛 같다고 생각한 적 있는 까만 눈동자가 깊어졌다.

알 수 없는 부끄러움에 고개를 수그렸다. 조금 전 팔을 잡아당길 때처럼 환이 몸을 살짝 일으키고 팔을 뻗었지만 이번에는 목적한 곳이 다른 모양이었다.

기다란 손가락 끝이 턱 아래에 닿는가 싶더니 손끝에 힘을 주어 유연의 얼굴을 들어 올렸다. 피할 수도 없이 눈길이 맞닿았다.

환의 깊은 눈매가 유연의 시선을 붙잡은 채 놓아주지 않았다. 조금씩 그의 얼굴이 다가올수록 부드러운 숨결이 생생하게 느껴져 자기도 모르게 눈을 감았다.

입술 위로 따스한 체온이 내려앉았다. 맞닿은 입술 사이에서 일어난 부드러운 움직임이 소녀의 입술 위를 살짝 건드렸다. 정신이 아득해지는 것 같아 몸이 가볍게 휘청거렸다.

그만.

환이 천천히 입술을 떼고 소녀의 여린 어깨를 가볍게 잡았다. 어린 소녀를 상대로 한, 반쯤은 장난 같았던 가벼운 입맞춤이었다.

열을 재는 연유를 알려 준다며 입술을 맞댄 적도 있었지만 그것은 말 그대로 스치듯 지난 것에 불과했다. 그때의 두근거림은 염려와 불안이 뒤섞인 데서 기인한 것일 터였다. 눈이 마주치는 여인을 품에 안는 것은 아무것도 아니었으니 입술을 맞부딪치는 것쯤은 가슴 설렐 것도 없는 일이었다.

그런데 마치 처음으로 입맞춤이라는 것을 한 듯 가슴이 두근거렸다. 발간 입술 사이로 은연한 숨결이 새어 나오면, 그것을 머금고 입안을 유영하면 어떠할까 생각하다 스스로도 놀랐다.

순진하기 이를 데 없는 소녀야 이런 식의 접촉이 처음이었을 것이니 그렇다 치더라도 자신의 마음이 걷잡을 수 없이 흔들리는 것은 당황스러운 일이었다.

"이번에는 이것으로 족하다."

환이 애써 태연함을 가장하고 자세를 바로 했다. 유연이 눈을 떠 환의 얼굴을 바라보고는 얼굴을 붉히며 도로 고개를 숙였다.

전혀 아무렇지도 않아 보이는 사내에 비해 온몸이 커다란 심장이 되기라도 한 것처럼 제멋대로 맥박이 날뛰고 있는 저가 부끄러웠다.

애꿎은 노리개의 술만 잡아당기고 있는 유연의 귀에 평소보다 훨씬 은근한 듯 들리는 목소리가 닿았다.

"오늘 받은 건 다음번에 돌려주마."

빨라야 한 달 뒤에 다가올 다음번. 그때까지는 이이의 모습을 볼 수 없으리라. 한없이 길게만 느껴지는 한 달을 아쉬워하던 유연이 환의 말에 담긴 속뜻을 눈치채는 데는 시간이 조금 필요했다.

유연이 말없이 자리에서 일어나 열려 있는 창가에 기대어 섰다. 그다지 서늘하지 않은 바람이었지만 새빨갛게 달아오른 얼굴을 식히는 데 조금은 도움이 되는 것 같았다. 한 손에는 여전히 환이 준 노리개가 꼭 쥐어 있는 채였다.

"잃어버리지 말고 잘 간직하여라."

잃지 말라는 말이 꼭 잊지 말라는 것처럼 들렸다. 수줍은 듯 미미하게 고개를 끄덕이는 뒷모습에 환이 미소 지었다.

여섯 얼크러진 붉은 실날

　"의정부에서 국혼을 소청한 것은 할마마마의 뜻이옵니까?"

　"주상께서도 마땅하다 생각하셨던 것이 아니셨소?"

　얼굴에 어린 표정도 오가는 말투도 지극히 부드럽고 공손했지만 그들 주변을 맴도는 공기는 의외로 팽팽하여 어느 한쪽이라도 긴장을 놓으면 단번에 쨍하고 금 가는 소리가 들릴 것 같았다.

　"삼정승이 한목소리로 논하니 거절할 길이 없어 소손이 할마마마께 주청한 것은 사실이오나 금혼령을 내리기엔 너무 이르다 사료되옵니다. 연제(練祭)가 있었던 것이 아직 달포도 채 지나지 아니하였습니다."

"마음을 다하여 가슴에 품어 추도하기에 일 년은 짧은 시간이 아니라오, 주상."

오이 심은 데 오이 난다 하였던가. 이것이 적절한 비유인지 알 수는 없지만 빈정거리는 어조로 뱉은 말에 대한 대답도 꽤 신랄했다.

지난 일 년간 과연 애도하는 마음을 지닌 날이 있었는지, 몇 달이 지나기도 전에 궁인을 끼고 돌던 사내가 입에 올리기에 어울리는 말이기는 한 것인지.

마주치자마자 찻잔으로 내리까는 대왕대비 김 씨의 눈에 어려 있던 조소를 발견한 환이 잠시 미간을 좁혔지만 이내 평온한 표정으로 돌아왔다.

입가에 띤 미소는 여전히 온유하여 잠시 찻잔을 톡톡 두드려 일어나는 파문을 내려다보던 김 씨는 미처 그 표정의 변화를 알지 못했다.

"언제까지고 국모의 자리를 비워 놓는 것도 마땅한 일은 아니겠지요."

마치 남의 이야기를 하듯 태평스러운 말투에 이번에는 김 씨가 얼굴을 살짝 찌푸렸으나 환은 그것을 발견하지 못한 척 딴청을 부렸다.

"할마마마께서 여인을 보는 안목이 탁월하시니 소손은 전혀 염려치 않사옵니다. 부덕(婦德)을 지니고 있어 투기하거나 질시하지 아니하는 여인은 그저 문헌에만 존재하는 줄 알았는데 그런 이가 실재할 줄 누가 알았겠습니까."

"마땅한 법도와 절차에 따르는데 어찌 부덕(不德)한 여인을 고를 수 있으리까."

대답하는 김 씨는 '투기하고 질시하지 아니하는 여인'이라는 말에서 환의 속내를 읽어 냈다.

"소손도 중전이 탐탁지 아니하였으나 중전도 소손을 꺼리기는 마찬가지 아니었습니까."

중전의 책무는 성실하게 이행했으나 단 하나, 후사를 생산하는 것만큼은 해내지 못했다.

일찍 요절하여 그렇다 할 수도 있었으나 성년에 이르고도 약간의 시간이 흐르는 동안 왕의 발길이 스스로의 의지로 중전으로 향하는 일은 좀처럼 없었다. 길일에는 내전에 머무르는 일이 간혹 있었으나 아무 일 없이 날이 밝아 오는 일도 허다했다.

지나치게 조신하게 자란 탓인지 아니면 과한 의무감에 매여 있었기 때문인지 그녀에게서는 여인의 색(色)이 묻어나지 않았다. 교태를 부리어 눈과 마음을 미혹시키는, 소위 색기를 의미하는 것이 아니었다.

궁인 중 그의 품에 안기지 아니한 이를 손에 꼽을 수 있을 정도라는 이야기도 있었다. 품에 안는 것으로 부족하여 잠시

나마 마음을 내어 주었던 기녀도 있었다.

하지만 중전은 그 어느 것에나 초연한 태도를 보였다. 아니, 자신뿐 아니라 사내에게 관심이 없는 듯 보였다. 그러니 독수공방을 오히려 달가워했을지도 모른다고 환은 삐딱하게 생각했다.

"할마마마께서 친히 고르실 비의 덕이야 차고도 넘치겠지만……."

환이 찻잔을 조심스럽게 들어 올려 가볍게 감싸 쥐었다. 두꺼운 도기가 머금어 천천히 바깥으로 밀어내는 열기가 고스란히 손바닥 안을 맴돌았다. 퍽 뜨거웠으나 손을 데일 정도까지 이르지는 않는, 꼭 그만큼.

"평생을 함께할 여인을 맞이하는데 혼례를 치르기까지 얼굴 한 번 볼 수 없으니 그 어찌 아쉽지 아니할 수 있겠습니까."

불편한 사람과 마주하고 있어도 차의 맛이 떨어지지는 않았다. 물론 눈앞에 있는 이가 좋은 사람이라면 이보다 훨씬 하급의 것이어도 만족스러웠겠지만.

"무슨 이야기가 하고 싶으신 게요, 주상?"

"비씨를 간선할 적에 소손도 그 자리에 있었으면 하옵니다."

"법도에 어긋나는 일이오."

조금의 망설임도 없는 대답이 돌아왔다. 환은 아무 말 없이 김 씨의 눈동자만 응시했다.

환의 눈빛이 무엇을 말하고 있는지 모르지 않았다. 수렴청정이 끝난 것도 친정을 시작한 것도 오래전이었지만 그건 표면적일 뿐이었다.

피차간 법도를 논하기에는 거리끼는 점이 없지 않았다. 김씨가 찻잔을 들며 눈길을 슬쩍 떨어뜨렸다.

"이미 전례가 있지 않사옵니까."

환이 누구의 이야기를 하는지 짐작한 김 씨가 얼굴을 찌푸렸다.

제 아비의 이름자가 적힌 방석 위에 앉지 아니할 정도의 예의 바름, 솜을 열어 내는 목화가 가장 곱다 말할 정도의 현명함, 사람 속이 가장 깊다 이야기하였던 신중함. 나이답지 않게 현명하고 생각이 깊은 여인에 대한 찬사는 두고두고 회자되었다.

"그적과는 상황이 다릅니다, 주상."

그러나 김 씨가 기억하는 그녀는, 자칫 김 씨가 왕비가 되지 못할 수도 있었을 정도로 그녀를 왕비로 들이는 것에 부정적이었다는 사실이었다.

사실상 비씨로 내정되어 있었는데도 선왕이 승하하였다는 이유로 가례가 이 년이나 미뤄졌다가 선왕의 유지 때문에 마지못해 왕비로 책봉하지 않았던가.

그 이 년 동안, 혹여 이대로 모든 것이 끝나 버려 홀로 쓸쓸하게 늙어 가야 하는 것은 아닌지 매일같이 마음을 졸여야 했다. 그렇기에 손자인 환이 그 이야기를 들먹이는 것이 몹시 불쾌했다.

"그저 보고 싶은 것뿐 간섭하고자 함이 아니옵니다, 할마마마. 그저 소손에게 여인을 보는 안목이 있어 할마마마께서 마음에 흡족하게 여기시는 그 여인이 소손에게도 귀히 보일지 궁금할 따름이옵니다."

어떤 결과를 맞이하게 될지 짐작하는 것은 어렵지 않았다. 좀처럼 흠잡을 것이 없는 여인으로 고르려 나름 애를 쓰겠으나 여인을 보는 안목이라는 건 아무짝에도 쓸모없었다.

간택의 본 목적이 왕비에 적합한 여인을 선별하는 것이라고는 하나 고작 세 번 보아 무슨 덕성을 갖고 있는지 어찌 알 것인가.

결국은 외모가 기준이 될 수밖에 없으니 국모의 자격이란 얼마나 고운 용모를 지녔는가에 달려 있었다. 그마저도 최근 몇 대에 이르러서는 무용지물이었다. 비씨(妃氏)는 명문가이기는 하나 권세를 탐하지 아니하여 지위가 높지 아니한 이의 딸로 한다는 원칙 따위는 흩어진 지 오래, 심지어는 용모가 중요한 기준도 아니었다.

당장 지난번 맞아들였던 중전도 성품에 대한 것은 둘째치고 지극히 평범하여 여러 여인들 사이에 세워 놓으면 눈길 한 번 가지 아니할 것 같은 얼굴을 하고 있었다.

환이 제대로 알지도 못하는 오래전과 비교하여 변하지 않은 것은 단 하나, 그 아비가 누구인가 하는 점이었다. 동시에 변한 것도 단 하나였으니 득세한 이들의 뜻과 그 아비가 지닌 뜻이 얼마나 부합하는가 하는 점이었다.

세상을 떠난 중전이 누구의 친척이고 인척이었던가. 이번 중전도 크게 다르지 않을 것이다.

대왕대비의 일가와 뜻을 같이하고 있거나 혹은 집안이 한미하여 무언가를 도모할 수도 없는 집안에서 내게 될 것이다. 아직 초간이 있기도 전이지만 이미 정해졌다고 해도 이상하지 않았다.

지금은 돌 하나를 던져 놓고 파문을 바라보며 즐기는 셈이었다. 기껏해야 커다란 호수 한가운데에 조약돌을 하나 던져 넣어 보는 것에 불과하겠지만 좀처럼 당황하는 법이 없는 할마마마의 눈길에 당혹감이 스쳐 간 것으로도 만족할 만했다.

"누구를 간선하는지는 내명부에서 정할 일이오."

김 씨가 당황스러운 마음을 추스르는 데는 오랜 시간이 걸리지 않았다. 다시 평소의 어조로 돌아와 다짐받듯 강조했다. 환이 고개를 끄덕였다.

"그야 당연한 것 아니옵니까. 다만 한 가지, 소손이 미욱하여 보이는 것에 쉬이 현혹되니 할마마마께서 그 점 굽어살펴 주시었으면 하옵니다. 아무리 지극한 여덕(女德)을 갖추고 있다 하여도 그것을 담고 있는 그릇이 지나치게 질박하면 가치를 알아보기 어려움은 당연하지 않겠사옵니까."

"그러합니까."

김 씨의 입가에 설핏 심술궂어 보이는 미소가 떠올랐다 사라졌다.

"요 근래, 주상이 궁인을 찾지 아니하는 대신 자주 걸음 하는 곳이 있다 들었습니다. 궐에서 오직 승은을 입기만을 바라며 밤낮으로 치장하려 드는 궁인보다 더 고운 이가 있을 리 없으니, 필경 주상이 화려한 것에 지쳐 소박하고 수수한 것을 찾게 된 모양이라 여겼는데 말입니다."

"산해진미에 지치면 거친 밥을 찾는 일도 있지 않겠습니까."

능청스레 대꾸한 환이 자리에서 일어나 공손하고 우아하게 인사를 해 보이고 돌아섰다.

타고난 위엄에 품위가 밴 걸음걸이를 보며 김 씨가 잠시 심란한 표정을 했다. 가끔, 무엇이 더 중요한지 헷갈릴 때가 있었는데 지금이 꼭 그러했다.

대비전을 나서며 환이 참고 있던 숨을 한꺼번에 몰아쉬었다. 대왕대비의 당황스러운 표정에 만족해하던 것은 이미 기억에서 지워진 지 오래였다.

그의 머릿속은 온통 조금 전 자신의 행동에 이상한 점은 없었는지 속마음을 은연중에라도 내비치지는 않았는지 되새겨 보느라 분주했다.

'혹시 다 알고 하신 말씀일까.'

환이 미간을 좁혔다. 정사(政事)를 뜻대로 할 수 없는 사내가 정사(情事)를 즐기는 것쯤이야 고금의 진리나 다름없는 데다 그의 기행(奇行)이야 유명한 것이어서 대비가 모르는 게 오히려 이상한 일이었다.

다만 어린 소녀에 대해서라면 이야기는 또 달랐다. 행동 하나하나에 주의를 기울이고 그조차도 소녀에 대해 알려고 하지 않았을 정도로 마음을 썼다.

그러나 마음만 먹으면 소녀에 대해서 알아내기는 어렵지 아니할 터였다. 늙은 내관들을 이용하든 그 모르게 소녀의 뒤를 밟든.

'이제는 찾으면 아니 될 모양이구나.'

어차피 오래 지속할 생각이 없던 유희였다. 그를 위해서건 소녀의 안위를 위해서건 이쯤에서 그만둘 때도 되었다. 그럼 에도 마음 한구석이 쿡쿡 쑤셔 왔다.

❉   ❉   ❉

"조만간 간선이 있을 거라던데, 누이도?"

치서의 목소리에 유연이 고개를 끄덕였다. 열셋에서 스물까지 전주 이씨와 왕의 팔촌 이내 친척, 과부의 딸이나 고아는 제외한 반가 규수라면 빠짐없이 단자를 올릴 것. 그 범주

안에는 유연도 들어 있었다.

딸의 단자를 올리는 것을 내켜하지 않는 집에서는 간혹 칭병을 하거나 서둘러 정혼을 하는 일도 있었지만 재청은 그런 마음을 먹기에 지나치게 고지식한 사람이었다.

"벌써 그렇게 되었구나. 누이는 늘 어린아이 같아서 나이도 잊고 있었는데."

빙글거리는 치서의 목소리에 유연이 새초롬한 표정을 지었다. 말끝마다 누이, 누이 하는 것을 그대로 묵인해 주었더니 진짜 오라비라도 되는 것처럼 생각하고 있는 모양이었다.

그러는 저는 얼마나 성숙해 보인다고. 가벼운 비난의 눈길을 쏘아 주고는 들고 있던 책을 소리 나게 덮었다.

"응? 벌써 가려고?"

"좀 있으면 해가 넘어갈걸."

유연이 오래도록 같은 자세로 앉아 있어 굳어진 몸을 쭉 폈다. 보는 눈을 의식하지 않는 동작을 보던 치서가 빙그레 웃자 유연이 자리에서 발딱 일어났다.

"훈계는 사절이야."

치맛단이 나풀대도록 빙글, 몸을 돌린 뒤쪽에서 느긋한 목소리가 들려왔다.

"남의 눈 닿지 않는 데서 그쯤이야 뭐. 하지만 어쩌나, 누이가 좋아하는 세상 구경도 이젠 끝이구나."

유연의 발이 잠깐 멈칫했다. 상반신만 반쯤 돌려 여전히

앉은 채 그녀를 응시하고 있는 치서를 향해 화사한 미소를
지어 보였다.

"기껏 두어 달인걸. 기다린 끝에 다시 만나는 바깥공기는
얼마나 근사할까 기대하고 있어. 특별히 그땐, 치서와 같이
가 줄게."

소녀가 빠져나간 자리에 외로이 남은 소년의 얼굴에서 여
유롭던 미소가 지워졌다.

유연이 옥신각신하느라 미처 제자리에 돌려놓지 못한 책
을 집어 들고 천천히 책등을 쓰다듬었다. 아직 식지 아니한
온기가 남아 있는 것만 같았다.

후궁조차 두지 않은 젊은 왕의 곁을 채우기 위한 간택이
조만간 있으리라는 이야기는 사랑에 드나드는 손님들도 입
에 올리는 사실이었다.

이미 세상을 떠난 중전마마가 대왕대비와 동성동본이었으
니 친인척은 간선치 못할 것이라, 과연 그 자리가 누구의 것
이 될지 사랑 문밖으로 이야기가 조심스럽게 흘러나오기도
했다. 그러니 유연의 집에서 단자를 올린다는 것은 전혀 이
상하지 않았다.

알고 있던 사실을 확인하는 정도에 그치는데도 마음이 기
묘하게 아려 왔다.

그럴 리 없겠지만 만약 소녀가 비씨가 된다면, 이곳에 와
도 더는 그 모습을 볼 수 없다면. 지극히 당연하여 잊고 있었

던 그 존재감이 지난번 충고가 불러왔던 적막함을 상기시켰다.

"돌아와라, 꼭."

치서가 책을 제자리에 돌려놓으며 중얼거렸다.

소년을 홀로 방에 남겨 두고 나선 소녀의 입가에는 여전히 화사한 미소가 남아 있었으나 눈빛에는 조금의 웃음기도 없었다.

기껏 두어 달, 그 뒤로 맞이하게 될 '진짜' 반가 규수의 생활에 대해서는 기대도 근심도 없었다. 몸 가볍게 나들이를 하는 것도 아마 지난 외출이 마지막이었다고 보면 옳았다.

벌써, 아직 계례(筓禮)는 올리지 아니하였어도 어엿한 어른이나 다름없으니 행동거지를 조신하게 해야 한다는 당부도 들었다. 직접 입에 올리지는 않았으나 금족령이 내린 것과 다르지 않았다.

맥없이 돌아와 혼자 앉아 있는 방 안, 유연이 치마폭 위에 올려놓은 노리개를 내려다보았다. 소녀의 눈길을 잡아당기는 것은 정교한 매듭이나 풍성한 술이 아니라 언뜻 그냥 둥근 돌멩이처럼 보이는 것이었다.

겨울에 내리는 눈을 연상시키는 흰빛이나 녹음을 연상케 하는 푸른 빛깔은 더위를 누그러뜨릴 수 있는 서늘한 느낌을 주었다.

유연이 매끈하게 다듬어져 물방울을 닮아 있는 돌의 윗부분을 손바닥에 올리고 꼭 감쌌다. 고개를 들고 아무것도 없는 벽을 물끄러미 바라보며 꼭 쥔 손을 꼼지락거렸다. 손가락에 닿는 것은 모나게 깎여 있는 부분이었다.

굳이 눈으로 보고 손으로 만져 확인하지 않아도 이미 마음에 또렷하게 새겨진 그 글자를 한참이나 손끝으로 더듬다가 손바닥을 펼치고는 눈길을 떨어뜨렸다.

"너를 만나게 됨이 좋은 벗을 얻는 이상의 연이라고 믿는다 하지 않았느냐."

그적에 조금 불그스름하게 물들어 있던 글자는 언제 그런 빛깔을 띤 적 있느냐는 듯 하얗거나 푸른 빛깔이 섞여 빛나고 있었다.

아까운 마음에 찍어 보지도 못하고 손으로만 내내 만지작거렸더니 어느샌가 본디 갖고 있던 빛깔을 되찾은 것이었다. 더 문지르면 아직은 조금 날카로움이 남아 있는 획도 반들거리게 될까 생각하던 유연은 손에서 치마폭으로 노리개를 떨어뜨렸다.

"아기씨."

문 바깥에서 삼월이의 목소리가 들려왔다. 유연이 치마를 정돈했다. 치마 주름은 술도 한 가닥 남기지 않고 노리개를 소중히 품어 숨겼다.

문이 먼저 열리고 옷가지가 든 바구니가 문 옆에 놓였다. 이제 갓 불씨를 담아 그다지 뜨겁지는 않으나 제법 무거운 화로를 끙끙거리고 들고 와서는 유연과 거리가 좀 떨어진 윗목에 내려놓았다. 지나는 바람이 탁 소리가 나게 문을 밀어 닫았다.

"아직 더위도 가시지 아니하였는데 벌써 화로가 들어오는구나."

유연의 웃음에 삼월이가 머쓱한 표정을 했다.

"더우십니까, 아기씨? 그러실 줄 알았으면 그냥 제 방에서 할 걸 그랬습니다."

"그런 건 아니야."

유연이 가볍게 도리질했다. 그녀가 앉아 있는 자리까지 화로의 열기는 닿지 않았다. 삼월이가 기거하는 작은 골방은 화로를 놓고 일하기는 불편할 터였고 혼자 있으면 번잡스러운 생각만 밀려올 것 같아 가볍게 손짓했다.

삼월이가 유연의 표정을 살펴보더니 더운 게 아니라는 말이 빈말이 아님을 확신했는지 분주하게 옷을 다릴 준비를 시작했다.

탁탁 털어 쭉쭉 펴서 말려도 옷감에는 쭈글쭈글한 주름이 남았다. 철이 맞지 않아 오래도록 개켜 두었던 옷에도 없어지지 않을 것 같은 진한 자국이 있었다. 인두가 지나가면 그

렇게 선명하던 주름은 거짓말처럼 없어지고 반드럽다 싶을
만큼 고운 천이 모습을 드러냈다.

유연은 마음에 팬 자국도 저렇게 지워 주는 것이 있다면
참 좋겠다고 생각하다 몸을 일으켰다. 치마폭 사이에 숨어
있던 노리개가 떨어졌지만 보료 위에 떨어진 덕에 소리가 나
지는 않았다.

'이건 갖고 있어도 괜찮겠지.'

유연은 힐끗 삼월이의 눈치를 살폈다. 인두를 집어 든 삼
월이는 다른 데 눈길을 줄 여유가 없었다. 한눈을 팔면 엉뚱
한 데 새 주름을 만들어 버리거나 고운 옷에 흉한 얼룩을 만
들고, 심하면 구멍을 뻥 뚫어 놓을 수도 있는 탓이었다.

유연이 발끝으로 조심스럽게 노리개를 밀어내며 보료 아
래에 파묻듯 감추었다. 그러고는 삼월이 옆에 가서 앉았다.

"삼월이는 늘 바쁘구나."

별생각 없이 던진 말이었지만 삼월이는 그 말에서 뭔가 떠
오른 게 있는 모양이었다. 인두를 도로 화로에 파묻고 옷가
지가 든 바구니를 뒤적거렸다. 저 아래쪽에서 조그만 쪽지가
하나 모습을 드러냈다.

"저, 아기씨……."

삼월이가 머뭇거리는 목소리로 무엇인가를 이야기하려 했
지만 유연은 전혀 듣고 있지 않았다. 잠깐 망설이는가 싶더
니 반으로 접혀 있는 종잇조각을 펼쳐 볼 생각도 하지 않고

그대로 화로 위에 떨어뜨렸다.

종이 끄트머리부터 까맣게 타들어 가는 모양을 바라보다가 부젓가락으로 잔뜩 달아오른 숯 사이에 종잇장을 밀어 넣었다.

불긋불긋한 점들이 종이 위를 어지럽게 수놓았다가 까맣게 변해 갔다. 눈을 몇 번 깜박거리는 사이에 작고 얇은 종이는 흔적도 없이 사라졌다.

"아기씨……?"

"가지 아니할 것이니 처음부터 보지 아니하는 것이 나아."

유연의 목소리에는 기운이 없었다. 부젓가락으로 계속 찔러 댄 탓에 종이가 산산조각이 나서 없어지다시피 한 마지막 자리를 뚫어져라 바라보았다.

'날짜를, 시간을 알고 나면 틀림없이 가고 싶어질 테니까.'

아무 때고 불쑥, 소녀의 귓전을 울리는 목소리가 있었다.

"오늘은 내가 받아 가마."

그 말에 이어지던, 입술 위를 가볍게 누르던 부드러운 감촉이 입술 위에 계속해서 머무르고 있는 것 같았다.

어릴 적 수염이 잔뜩 난 아버지의 볼에 얼굴을 비비던 것과는 전혀 다른 느낌이었다. 얼굴을 간질이는 숨결조차 달콤하던, 손끝 하나 까딱할 수 없을 듯한 나른함이 온몸을 훑어

내려가던 그 기묘한 느낌을 무어라고 설명해야 할지 알 수 없었다.

지금도 그때를 떠올리기만 하면 가슴이 내려앉을 것 같고 숨을 쉬는 게 버거워지는 느낌이 들었다. 잘 알지 못하는 감정이 자꾸만 밀려들어 오는 것이 두려웠다.

남녀 관계라는 걸 잘 알지는 못했지만 그 정도에서 끝나는 것이 아님을 어렴풋하게 짐작했다.

"오늘 받은 건 다음번에 돌려주마."

유연은 머릿속을 어지럽히는 다정한 목소리를 애써 지웠다.

"그리고 앞으로는 기별을 받을 필요도, 할 필요도 없어."

아무렇지 않은 척 일어나서 원래 앉아 있던 자리로 돌아갔다. 보료 끄트머리를 딛는 버선발 아래로 깜박 잊고 있던 것이 밟혀 잠시 몸이 비틀거렸다.

"괜찮으세요, 아기씨?"

삼월이가 허둥지둥 일어나려 했지만 유연이 자리에 주저앉으며 손을 내저었다.

"괜찮아. 잠깐 발을 헛디뎠나 봐."

균형을 잃어 잠깐 당황한 것뿐이지 넘어지지도 않았고 다치지도 않았다. 마음도 마찬가지였다. 돌부리에 걸려 휘청거린 것처럼 갑작스러운 일에 잠깐 혼란스러웠을 뿐이다. 다음 순간부터는 뒤돌아보지 않고 마음을 다잡아 걸어가면 그만이었다.

유연이 앉은 채로 보료 끄트머리를 꾹 누르자 둥그스름한 돌이 불쑥 솟아올라 덮어 두는 것으로는 감추어지지 않는 제 존재감을 드러냈다.

조심스럽게 보료 아래쪽에 손을 넣어 매듭을 잡아당겼다. 매듭 아래쪽에 단단하게 묶인 돌이 비죽 삐져나왔다. 뒤돌아보지 않으면 그만이라 생각했던 조금 전의 확신은 바람결에 연기가 흩어지듯 사라져 버렸다.

유연은 아무리 살펴도 인장처럼은 보이지 않는 돌을 손바닥 안에 꼭 쥐었다. 해사한 선비님의 고운 얼굴과 상냥한 목소리가 자꾸만 떠올라 주변을 배회했다.

분명히 제 것인 마음인데도 아무리 애타게 불러도 저만치서 얼쩡거리기만 할 뿐 원래대로 돌아오지 않았다.

'나갈 생각 같은 건 처음부터 하지 말걸.'

처음으로 제 행동을 후회했지만 시간을 되돌릴 길은 어디에도 없었다.

"송구하옵니다."

"괜찮다."

자세에도 표정에도 한 치의 흐트러짐이 없는 환의 모습을 곁눈질로 훔쳐본 덕해가 뒷걸음질로 물러났다. 환을 오래 보아 온 덕해라 하더라도, 화를 내지도 아니하고 비웃듯 입꼬리를 한쪽만 끌어 올려 빈정거리지도 않는 모습을 보고는 어떤 기분인지 종잡을 수 없었다.

노심초사하는 티가 역력한 희봉의 얼굴을 보고 고개를 저은 뒤 입술 위에 손가락을 올려 조용히 하라는 시늉을 했다.

괜히 쓸데없는 소리를 해서 심기를 거스르기라도 하면 그게 더 골치 아픈 상황을 불러올 것이 분명한데, 덕해가 알고 있는 희봉은 그런 상황을 기가 막히게 만들어 내는 불필요한 재능을 갖고 있었다.

"전하."

그리고 덕해가 건네는 무언의 충고는 무시한 채로 방에 살그머니 머리를 들이민 희봉은 절대로 현실로 옮길 수 없을 것 같은 말을 환에게 건네고 있었다.

"아가씨께서 오시도록 다시 기별을……."

'저, 저 등신. 그 뒷감당은 너 혼자 해라, 나는 끌어들이지 말고.'

덕해가 희봉의 뒷모습을 노려보았지만 뒤이어 들려오는 환의 목소리는 제법 사납게 쏘아보던 그를 무안하게 할 만큼 평온했다.

"아니다. 혼자 있고 싶구나."

내관을 물리치고 난 환이 가볍게 숨을 내뱉었다. 먹을 갈아 놓고 책을 펼쳐 놓은 채 단아하게 앉아 있는 소녀의 모습은 어디에서도 찾을 수 없었다.

"주상이 궁인을 찾지 아니하는 대신 자주 걸음 하는 곳이 있다 들었습니다."

모르는 척 눈감아 주고 있을 적에도 마음이 놓이지 않았다. 대비가 직접 언급한 이상 그보다 더 조심할 필요가 있었다.

시위들의 눈에 띄는 것을 막으려 소녀보다 늦게 도착해서 먼저 떠났지만 그런 어리숙한 임시방편은 아무짝에도 쓸모가 없었다.

사람을 더 붙이거나 혹은 시위 중 하나를 포섭하기만 해도 소녀의 뒤를 밟는 것은 식은 죽 먹기보다 더 쉬운 일이었다. 꼬투리가 잡히면 소녀에게든 그에게든 좋은 일이 생길 리 없었다.

혼담이라도 오고 가게 되었나, 아니면 뒤늦게 진짜로 '반가 규수'라는 자각이라도 생긴 걸까. 제 발로 걸어오는 것이야 마다하지 않았지만 억지로 끌어낼 수는 없는 노릇이었다. 어차피 오래도록 지속할 생각이 없던 만남이었으니 차라리

다행이라 여겨 마땅했다.

냉정하게 생각하려 애썼지만 마음이 쉽게 평온해지지는 않았다. 이곳에 소녀가 없었던 적은 단 한 번도 없었다.

단정하게 앉아 책을 읽던 목소리며 조심스럽게 획을 그어 내려가던 자태, 몸을 돌려 미끄러지듯 다가오더니 그대로 허리를 끌어안던 기억이 선명했다. 그 기억의 끝에서 필연적으로 만나게 되는 것은 다음번에 다시 돌려주마 하고 약속했던 그날 있었던 일이었다.

벌써 한참이나 시간이 흘렀는데도 마치 조금 전에 있었던 일처럼 생생했다. 당황한 듯 크게 뜬 소녀의 눈망울이 흔들리는가 싶더니 이내 가볍게 감아 버려 파르르 떨리는 긴 속눈썹을 마주하게 되었다.

가볍게 누른 입술에서 전해 오던 온기며 부드러운 피부를 상기한 환이 자기도 모르게 입술을 쓸어 냈다.

'다음이라는 건 오지 않을지도.'

삼간이 끝날 때까지 어떤 식으로든 행동에 제약이 따를 것이고, 곧 겨울의 문턱에 닿게 될 것이다.

짧다면 짧은 두어 달의 시간이겠지만 눈에서 멀어진 이를 마음에서 지워 내기에는 충분했다.

환이 한숨을 쉬며 자리에서 일어났다.

"이만 돌아가겠다."

✤　　　✤　　　✤

아직 날이 채 밝지도 않은 이른 때였지만 잠들어 있는 사람은 아무도 없었다. 신 씨가 기거하는 안방에서는 하나뿐인 아기씨를 곱게 꾸미느라 분주했다.

유연은 곧은 자세로 선 채 몸에 휘감기는 옷을 슬그머니 내려다보았다. 다홍 빛깔의 치마는 평소 입던 것에 비해 올이 훨씬 더 가늘고 촘촘하게 짜인 천으로 만들어져 있었다. 엷은 분홍빛의 속저고리 위에 걸쳐져 삼작노리개를 매단 채로 고름이 매듭지어지는 송화색 저고리도 마찬가지였다. 옆에서 잔뜩 상기된 얼굴을 한 삼월이가 들고 있는 연둣빛 곁마기까지 훑어본 유연이 도로 고개를 들었다.

시키는 대로 얌전하게 몸을 돌리거나 팔을 올렸다 내리고 나니 방 한가운데에는 성장(盛粧)을 마친 소녀가 단아한 자태로 서 있었다.

아렴풋한 기억 하나가 밀려 올라와 유연이 드러나지 않게 입술 안쪽을 깨물었다. 그날도 오늘처럼 곱게 치장을 했더랬다. 손끝 하나 까딱하지 않았는데 초라한 소녀가 화려한 아가씨로 둔갑하듯 바뀌어 있었다.

"우리 아가가 벌써 다 자랐구나."

신 씨가 눈물을 글썽거렸다. 슬하에 단 하나뿐인 딸아이는 언제까지고 자라지 않은 채로 곁에 있을 것만 같았는데 이리

입혀 놓고 나니 어린 티가 나기는 해도 의젓한 여인의 느낌이 났다.

간택 때문에 이리 곱게 차려 놓지 아니하였으면 아마 시집가는 날까지도 그저 어리고 귀엽기만 한 꼬마 아가씨처럼 생각하였을 것이다.

언젠가는 딸을 떠나보내야 한다는 것을 생각하면 위안이 되지는 아니하여도 그런 마음의 준비를 조금이나마 일찍 할 수 있으니 다행인가 싶기도 했다.

가마에 의복까지 준비하는 데 드는 비용은 여간한 집에서도 만만하게 볼 수 없었다.

어차피 뽑히지도 않을 터인데, 괜한 비용이 드는 것이 부담스러워 남편에게 싫은 소리를 했지만 일단 결정한 이상 격식을 모두 갖추어 준비하는 것이 도리였다.

다행히 가세가 기울었다고는 할 수 없는 집이어서 빚을 낼 정도까지는 아니었으나 의복 일습을 온통 새것으로 마련해 줄 수 있을 만큼 여유롭지도 않았다.

혹시라도 딸아이가 옷차림 때문에 기가 죽을까 봐 구할 수 있는 가장 좋은 옷감으로 겉옷을 지었지만, 안에 받쳐 입는 속옷은 다소 거칠거나 낡은 감으로 지을 수밖에 없었다. 겉옷을 들추어서 속옷까지 들여다보는 일 따위는 없을 것이라 믿는 데서 오는, 일종의 눈가림이었다.

"행동거지는 단정하게 하고."

신 씨가 딸의 여린 어깨를 가볍게 쓸어내려 옷매무새를 정리하며 엄격함이 깃든 목소리를 냈다. 그러면서도 혹시나 괜한 기대감을 안고 갔다가 실망한 채 돌아오게 될까 염려스러워 미소를 지어 보였다.

"이 어미도 궐에 가 본 적이 없는데 좋은 구경을 하고 오겠구나. 다녀오면 무엇을 하였는지, 보았는지 이야기해 주려무나."

"네, 어머니."

원래도 수다스러운 딸은 아니지만 유달리 더 얌전하게 대꾸하고 있다고 생각한 신 씨는 금방 납득했다.

여자아이가 궐에 들어가는 건 평생 한 번 있기도 힘든 일인데 심지어 그 사유는 간택이었다. 아무리 대범한 이라 하여도 긴장될 법한 일이니 기껏해야 어미 눈을 피해 마을 구경이나 다니는 게 고작인 어린아이가 어찌 긴장하지 않을 수 있을까.

신 씨는 고운 옷에 구김이 가지 않게 주의하며 딸의 어깨를 가볍게 안아 주었다.

"가마꾼이 오려면 시간이 좀 남은 것 같으니 잠시 앉아 있으렴."

신 씨가 유모 삼아 부른 이에게 당부의 말을 건네려 바삐 방을 나섰다. 유연이 눈으로 신 씨를 배웅하고는 조심조심 자리에 앉았다.

별빛이 채 스러지지도 않은 이른 새벽부터 서두른 탓인지 몸이 물을 잔뜩 머금은 솜처럼 무겁고 두통도 조금 있었다. 그러면서도 피곤하다거나 졸립다는 생각이 들지는 않아서 눈을 잠시 감았는데도 정신은 또렷하기만 했다.

"아기씨, 눈 좀 떠 보세요."

뭔가 부산스럽게 움직이는 소리가 들리는가 싶더니 삼월이가 유연의 팔을 가볍게 흔들었다. 앉은 자리 조금 앞에 펼쳐진 좌경을 바라보았다.

나이가 어려 쪽을 지고 비녀를 꽂아 낭자머리를 하고 분칠까지 하는 것은 과한 느낌이 있다고 했다. 대신 깨끗하게 세수한 뒤 새앙머리를 하는 것으로 마무리한 얼굴은 평소에 비해 어른스럽고 차분한 느낌이 났다.

멍하니 바라보고 있던 좌경 안의 얼굴에 미묘한 변화가 일어났다. 엷게 분칠이 된 듯 조금 희어진 얼굴이며 연지를 바른 듯 말간 기가 사라진 입술은 낯설면서도 본 적이 있는 것이었다.

하나로 땋아 접어 올린 새앙머리 대신 양옆으로 풍성하게 땋아 올린 가래머리를 보는 순간, 눈가에 주름이 잡힐 정도로 눈을 꼭 감았다.

시간이 얼마간 지나고 나서야 다시 조심스레 눈을 떴다. 깨끗한 맨얼굴에 도투락댕기로 새앙머리를 묶어 놓은 소녀가 의아하다는 듯 그녀를 빤히 바라보고 있었다.

유연이 가볍게 한숨을 쉬며 좌경을 닫아 허리를 꼿꼿하게 세우고는 손끝이 닿지 아니할 만큼 멀찌감치 밀어 놓았다.

"마음에 아니 드십니까?"

바느질을 퍽 잘한다는 이가 지어 옷감부터 작은 바늘땀까지 어디 하나 흠잡을 데 없이 고운 옷을 입고 있는 아기씨는 옷이 날개라는 말을 실감하게 할 만큼 예쁘고 청초했다.

그런데 얼굴을 찡그리고 거울까지 닫아 버리는 모습에 썩 마땅치 않게 여기는 것인가 싶어 삼월이가 조심조심 물었다.

"아가, 이제 그만 나와야겠구나."

유연이 무어라 대답할까 생각할 새도 없이 바깥에서 신 씨의 목소리가 들려왔다. 삼월이가 얼른 안방 문을 열어젖혔다.

자리에서 일어난 유연이 서늘하다 못해 쌀쌀하게까지 느껴지는 공기가 흘러드는 쪽으로 발걸음을 옮겼다.

옷자락이 스치는 사락거리는 소리가, 눈을 내리깔 때마다 보이는 치마저고리의 고운 빛깔이, 찰랑거리듯 흔들리는 노리개의 술을 볼 때마다 자꾸만 떠오르는 것들이 있어 마음이 무거워지기만 했다. 심란하고 복잡한 마음에 자꾸만 흐려지는 표정을 긴장감에 그러하다 여기는 것이 그나마 다행이었다.

방에 앉아 있을 때보다 훨씬 서늘한 공기가 얼굴에 부딪쳤다. 재청이나 신 씨가 대놓고 이야기한 건 아니었지만, 유연은 오늘의 입궐에는 큰 의미가 없을 것이나 돌아온 뒤의 생활이 예전과 같을 수 없음을 깨닫고 있었다.

아버지의 사랑에 몰래 숨어드는 대신 어머니의 안방에 불려 가게 될 것이고, 글자가 가득한 책을 읽고 붓을 쥐는 시간보다 천 조각과 바늘을 들고 씨름해야 하는 시간이 늘어나게 될 것이다.

직접 부엌 아궁이 앞에 앉아 삭정이를 던지고 불쏘시개로 뒤적거리는 일은 없을 것이나 일이라는 건 할 줄 알아야 시킬 수도 있는 법이었다.

살림을 꾸리는 법에 대해 귀에 못이 박히도록 듣기 시작하는 날이 조만간 다가오게 되리라.

그러니 제가 먼저 매몰차게 등 돌려 버린 신원을 알지 못하는 사내에 대해 자꾸만 떠올리는 것은 부질없는 짓이었다. 아는데도 마음이 쉽게 그를 놓아주지 못하고 있었다.

"조심해서 다녀오너라."

인자하게 미소 짓는 재청에게 엷은 미소를 지어 보인 유연이 자세를 고쳤다. 치마폭 위에는 꼭 모아 쥔 제 두 손밖에 없었으나 마치 묵직한 주머니 하나가 치마폭 가운데를 눌러오는 것 같아서 몇 번이나 치맛자락을 잡아당겼다.

어떤 일을 처음 겪게 되면 보일 수 있는 반응은 대개 둘 중 하나였다. 무엇이든 신기하여 두리번두리번 그 모든 풍광을 하나하나 눈에 새길 듯 담거나, 갑작스럽게 닥쳐오는 일들이 얼떨떨하여 정신도 차리지 못하고 휩쓸려 다니거나.

유연의 경우는 후자였다. 가마에서 내려 궐문을 지나 이런저런 건물 사이를 가로지르고 방에 들어와 앉아 있기까지의 과정이 전혀 기억나지 않는 것은 아니었으나 선명하게 떠올릴 수도 없었다.

작지만 깔끔한 방을 독차지하고 앉아 있으려니 이제야 조금은 실감이 나는 것 같아 유연이 심호흡을 몇 번 했다.

상궁인지 나인인지도 알 수 없는 여인 하나가 조그만 상을 하나 유연의 앞에 내려놓고 뒷걸음질로 방문을 나섰다. 그 문 바깥쪽에서 살며시 방을 들여다보는 삼월이를 유연이 손짓해서 불렀다.

"쇤네가 들어가면 아니 되는 것 아닐까요, 아기씨?"

"그렇게 정해진 것이 있었으면 진즉에 이야기를 했겠지."

집에서 머무르는 방은 이것보다 더 컸지만 여기처럼 낯선 곳은 아니었다.

마음을 안정시킬 수 있도록 다담상을 내려 주시는 것이니 편안하게 있으면 된다고 궁인이 상냥하게 이야기해 주었으나, 낯선 곳에 홀로 뚝 떨어져 있으니 편할 리 만무했다.

삼월이가 조심스럽게 방 안에 발을 들인 다음에야 유연이 상 위로 눈을 떨어뜨렸다. 조그만 다담상 위에는 한 사람 몫으로는 조금 많고 두 사람 몫으로는 턱없이 부족하다 싶을 만큼의 차와 과일 조각, 유밀과가 놓여 있었다.

은은한 빛깔의 액체가 담긴 찻잔에서 가지런하게 썰어 놓은 과일, 소담하게 쌓여 있는 몇 종류의 유밀과로 옮겨 가던 유연의 눈길이 돌연 멈추었다.

"유밀과에는 손도 아니 대더구나. 무엇을 주면 좋으랴?"

만들어 놓은 것을 먹지 아니하면 버려야 하니 그것 또한 낭비가 아니냐며, 반을 쪼개어 건네주던 약과와 똑같은 것이 접시 위에 놓여 있었다.

같은 틀을 쓰면 모양이 같아지는 것은 당연한 일이었지만 그럼에도 의외의 장소에서 발견하게 되는 공통점은 마음을 욱신거리게 했다.

유연이 조심스럽게 집어 양쪽 끝을 잡고 가볍게 힘을 주었다. 반으로 쪼개진 약과 한쪽을 입안에 넣었다. 깨물 새도 없이 녹아드는 달콤함은 그때와 마찬가지인 것 같은데 무엇 때문인지 목이 메어 오는 느낌이 들어서 삼키는 일이 쉽지 않았다. 남은 반쪽을 접시 위에 도로 올려놓고 접시를 살짝 밀었다.

"아기씨, 아침도 안 드셨잖습니까."

겨우 입안에 든 약과를 목으로 넘기고 아직 온기가 고스란히 남아 있는 차를 한 모금 흘려 넣은 뒤에야 유연이 입을 열었다.

"별로 먹고 싶지 않아. 삼월이라도 좀 먹어. 누가 오기 전에."

유연이 접시를 다시 한 번 저쪽으로 밀어냈다.

서른 명이나 되는 소녀들이 마루에 잇댄 보계(補階)에 한 줄로 섰다.

발이 드리워진 저 안쪽에는 소녀들의 일거수일투족을 살피는 이들이 모습을 감추고 있을 것이었다. 대비며 종친이나 외척, 궁녀들은 아마도 날카로운 눈길로 소녀들의 용모, 서 있는 자태, 옷차림이나 몸가짐 등을 낱낱이 관찰하고 있으리라.

그 시간은 길지 않았다. 낙점자는 그날 바로 발표하는 것이 본디의 법도라고 했다. 서른이나 되는 이 중에서 예닐곱 명을 골라내려면 논의할 시간이 필요했다.

간택에 참예하기 위해 한양뿐 아니라 먼 지방에서까지 올라온 이를 바로 내보내는 것도 마땅한 처사는 아니었다. 게다가 허울뿐인 절차에 가까운 만큼 단자를 올리는 것도 극도로 꺼리는 분위기임을 궐에서도 잘 아니 적당히 대접을 할 필요도 있었다.

독상으로 차려질 낮것상이 준비되기까지 남는 시간 동안 궐 구경을 해도 좋다는 이야기가 전해졌다.

잔뜩 긴장하고 있던 소녀들의 얼굴에 화색이 돌았다. 본디 알고 있었거나 조금 전 몇 마디 이야기를 나누며 알게 된 다른 소녀와 함께 두셋씩 모여 가벼운 걸음을 딛기 시작했다.

상궁이나 나인이 뒤를 따라붙었지만 그 정도는 전혀 신경 쓸 필요가 없었다.

딱히 마음이 내키지 않아 멍하게 서 있는 유연의 소매가 가볍게 잡아당겨졌다. 유연이 고개를 돌렸다.

"긴장을 많이 했던 모양이구나. 나도 그랬는데."

짐작하기로 열너덧 살쯤 된 것 같은 소녀는 생글거리는 얼굴 어디에도 긴장했던 티가 전혀 남아 있지 않았다. 하지만 상냥한 목소리며 퍽 친근하게 구는 태도에 반박하여 기분을 거스르고 싶은 마음이 들지는 않아 유연이 고개를 끄덕거렸다.

"이렇게 만난 것도 인연인데 이름, 알려 줄 수 있어?"

"유연."

제 이름자 둘만 입에 올려 대답한 유연은 무뚝뚝하게 들리는 대답에 상대방이 혹시 마음 상한 것은 아닐까 신경 쓰여 힐끗 얼굴을 들여다보았다. 그러나 소녀는 이름을 기억하려는 듯 입술을 몇 번 달싹이더니 환한 미소를 띠고 유연을 바라보았다.

"예쁜 이름이구나. 부드럽게 흘러가고 다정한 느낌이 드는 걸. 내 이름에 불만이 있는 건 아니지만 조금 더 유순한 느낌이라면 좋았을 텐데 싶어 아쉬울 때가 있거든."

난데없는 이름 품평에 유연이 당황했다. 철들기 전부터 줄
곧 불리어 온 이름에 대해 딱히 생각을 해 본 적 없지만 예쁘
다느니 다정하다느니 하는 말은 왠지 낯간지러웠다.

상대가 이름을 물어 대답을 하였으니 그녀 역시도 이름을
물어야 할까. 하지만 쉽게 입이 떨어지지 않았다. 나이도 비
슷할 것 같고 차림이 크게 다르지 않은데도 여유로운 소녀를
눈앞에 두니 왠지 위축되는 느낌이었다.

"내 이름, 자경이야. 스스로를 경계하고 조심하라는 뜻을
담아 딸 이름을 짓는 아버지라니, 고지식한 선비는 어쩔 수
없다니까. 고지식한 샌님이라 하고 싶었지만 엄연히 진사인
아버지를 그리 부를 순 없지."

농담인지 아닌지 알 수 없는 말까지 섞여서 초면에 남의
집 사정을 듣게 된 유연이 눈만 깜박였다. 다른 의미에서 소
녀에게 어울리는 이름이라고 생각했다. 그러나 스스럼없이
남에게 다가설 수 있는 성품이 부럽기도 했다.

자경이 유연의 팔 위에 가볍게 손을 얹었다. 나비처럼 가
벼운 발놀림으로 멀어지는 소녀들의 비슷비슷한 뒷모습만
보고도 어느 댁 누구, 모 씨 댁 몇째 딸 따위를 쉽게 읊어 냈
다. 유연이 엷은 탄성과 함께 조심스레 질문했다.

"다, 아는 사이?"

"아니."

자경이 시원스레 웃었다.

"아까 들은 거야. 사람을 한꺼번에 이렇게 많이 볼 일이 별로 없었으니까, 얼마나 기억할 수 있을까 궁금해서 시험해 보는 중이야."

자경의 손끝이 마지막으로 혼자 있는 처녀를 향했다. 곧은 자세로 선 모습이 도도했다. 소녀라 일컫기에는 키가 제법 크고 몸태도 확연히 달라 완전히 성숙한 여인의 느낌이 물씬 묻어났다.

"대사성 댁 따님, 아마 이 중 가장 연상일 거야. 이름이 아마 혜원이라 했던 것 같은데. 아까부터 줄곧 말도 없이 저러고 있었어. 외롭지 않을까."

"같이 가자고 말해 보면."

조심스러운 유연의 말에 자경이 고개를 가로저었다.

"내가 같이 갈까 권해 보기도 했는데 보기 좋게 거절당했어. 여기에 딱히 오고 싶지 않았던 모양이야."

제 기억력을 확인한 자경이 말을 돌렸다.

"후원의 풍광이 몹시 좋다 하던데. 지금이 봄이 아니어서 좀 아쉽긴 하지만 우리가 언제 또 그런 데를 가 볼 수 있겠니? 함께 가자."

유연의 팔에 놓인 손에 살짝 힘이 들어갔다. 유연이 반쯤 끌려가다시피 걸음을 옮기기 시작했다.

"전하. 초간의 절차가 거의 끝난 모양이옵니다."

종종걸음으로 다가온 내관 하나가 아뢰는 말에 환이 한숨을 삼켰다.

대왕대비에게 간선에 참여하겠다고 주장하기는 했지만 김이 빠졌다고 해야 할지 마음이 영 내키지 않는다고 해야 할지 알 수 없는 마음의 동요가 일었다. 그 까닭에 초간택이 있다는 것을 알면서도 후원을 배회하고 있었다.

"하면 이쪽으로도 오는 이가 있겠구나."

환이 가을빛으로 물들어 갈 채비가 되어 있는 후원을 다시 둘러보았다. 봄빛이 사그라진 건 벌써 반년도 훌쩍 지났는데, 나비처럼 나풀대는 소녀의 모습을 떠올리면 가을 따위는 간데없이 연초록의 신록이 우거지기 시작하는 봄빛이 주변을 감싸 안았다.

간택에 오른 처녀들을 보고 싶은 마음도 그가 그리고 있는 풍경에 누군가가 난입하는 것도 보고 싶지 않았다. 환이 몸을 돌려 조금 더 깊은 곳, 왕이나 비빈이 아니라면 들어올 수도 없을 저 안쪽으로 향했다.

두 소녀가 그 자리에 나타난 것은 약간의 시간이 흐르고 난 후였다.

"이제 어찌하실 생각이십니까."

신 씨의 목소리에는 남편에 대한 원망과 당혹감, 체념이 동시에 묻어났다. 재청은 묵묵부답 대꾸가 없었다. 남편이 어떻게 생각하든 말든 신 씨가 이마를 찌푸리며 관자놀이 위에 손을 올렸다. 머리가 지끈거리고 아파 오는 것 같았다.

"차라리 혼기를 놓친 노처녀라도 되면 덜 억울하겠습니다. 아직 제대로 피어 보지도 못한 아이 아닙니까. 혹여 삼간에라도 오르면 어쩝니까."

"별걱정을 다하오."

재청이 근심 가득한 신 씨의 마음을 달래려는 듯 부드럽게 웃어 보였지만 그도 확신이 있는 것은 아니었다.

내정된 이가 있다는 사실은 암암리에 떠돈다고도 할 것 없이 누구나 알고 있었다.

다만 그 내정된 이가 누구인지 권력과 동떨어진 재청으로서는 알 수 없었고, 마찬가지의 이유로 자신의 딸이 아니라는 사실만 분명하게 알고 있을 뿐이었다.

설령 그가 그토록 미미한 존재감을 갖고 있기 때문에 다루기 쉬워 딸아이가 내정이 되었다손 치더라도 지금쯤은 알 수 있어야 했다.

대개 내정된 이에게는 삼간을 준비하기 위한 옷감이나 이미 지어진 옷, 노리개 따위가 내려오기 마련이었으니까. 그렇기에 어떻게 생각해도 제 딸 유연은 그냥 단자를 올린 처녀 중에 우연히 뽑힌 한 명일 뿐이었다.

"지난번에도 궐 구경이나 시키는 셈치고 보내면 된다고 말씀하셨잖습니까."

신 씨의 얼굴은 여전히 심각했다. 딸이 국모가 된다는 것은 상상조차 해 본 적 없는 일이고 불가능하다는 것도 알았다.

걱정스러운 것은 딸아이였다. 재간에 오르게 되었다는 사실 때문에 혹여 이루어질 리 없는 꿈을 꾸기 시작했다면 어린 마음에 상심이 얼마나 클까.

혹 정말 삼간에 올라가기라도 하면 어떻게 하나. 만일 삼간까지 오르고 나서 떨어지게 되면 이미 혼인을 한 것이나 진배없어 처녀인 채로 늙어 가야 했다.

간혹 왕이 삼간까지 올랐던 처녀를 후궁으로 들이는 일이 있기는 하였으나 극히 드문 일이었다.

"하나뿐인 딸자식이 청상과부만도 못한 신세가 되어도 지금처럼 웃음이 나오시겠습니까."

"지키는 사람도 별로 있지 않은 구습이오."

재청이 웃음을 거두고 잘라 말했다. 본디 정해진 법도야 그러한 것이었지만 지금 세상이 어디 예전과 똑같은가. 지극히 엄격하였을 반상의 구분도 엄정하게 지켜야 할 도리도 모래성처럼 허물어지고 있는 시기였다.

기껏해야 이삼 년, 길어도 사오 년이면 딸아이가 간택에 올랐다는 사실은 대부분의 머릿속에서 지워질 것이다. 딱히 입신양명을 꿈꾸지 않고 끼니 걱정을 하지 않아도 되는 소박한 양반가와 혼약을 맺고 그 댁 안주인이 되는 것쯤은 어렵지 아니할 것이다.

아무래도 한양보다는 지방이 될 확률이 높으니 딸아이의 모습을 보는 것은 일 년에 한두 번도 쉽지 않겠지만.

신 씨는 그 대답도 썩 마음에 들지 아니한 눈치였다.

"지금이야 그리 말씀하시지만 선비의 도리를 찾아 기어코 단자를 올린 분께서 퍽이나 지키지 아니하시겠습니다."

"단자를 올리려는 이가 워낙 적어 여기저기서 끌어모았을 것이니 재간이야 어찌 올라갔을지 몰라도 삼간은 딱 셋이오, 셋. 괜한 근심으로 속 끓일 이유가 없소, 부인."

"처음부터 칭병하든 누구하고든 일찌감치 정혼을 해 두었어야 옳았습니다."

신 씨는 재청의 이야기는 귓등으로도 듣지 않으면서 걱정만 쏟아 냈다. 염려하는 마음을 모르는 바 아니어서 재청도 굳이 더 무슨 말을 하지는 않았다.

사실은 자기 마음속에도 그와 비슷한 걱정이 자리하기 시작했다는 것을 알리면 가뜩이나 심란해하는 부인에게 근심을 더 얹어 주는 꼴이 될 터였다.

좋지 않은 예감이 현실이 되는 일은 무척이나 흔했다.

바깥에서 살짝 끄는 발걸음 소리가 들려왔다. 잠깐 신경을 곤두세웠던 유연은 이내 자세를 편안하게 하고 벽에 기대었다.

무릎 위에 놓여 있던 손은 살그머니 내려 치맛자락과 보료 사이의 공간에 숨기듯 밀어 넣었다. 치맛자락 옆으로 몇 가닥의 술이 삐져나와 있었지만 딱히 신경 쓰지 않았다.

어차피 문과 반대쪽인 데다가 앞에 놓인 서안으로도 가려질 것이어서 손바닥 안에 든 것만 어루만지는 일을 반복했다.

책을 읽는 것도 글을 쓰는 것도 시들해졌다. 멍하니 앉아 노리개에 매달린 반 토막 난 돌을 만지작거리는 건 손톱을 물어뜯는 것과 큰 차이 없는, 무의미한 습관에 가까웠다.

"아기씨, 과일이라도 좀 드세요."

생기 있는 목소리는 삼월이의 것이었다. 평소라면 바느질감을 안고 들어왔을 삼월이의 손에 제철을 맞이한 사과 따위가 놓인 작은 소반이 들려 있었다. 유연은 노리개를 보료 아래쪽에 감추어 둔 채로 일어나 삼월이 맞은편에 가서 앉았다.

삼월이의 칼끝에서 새빨간 사과 껍질이 기다란 실처럼 늘어뜨려지는 것을 보다가 연한 노란 빛깔의 사과 조각을 하나 베어 물었다. 시큼한 맛이 조금 남아 있기는 해도 꽤 단 과즙이 흘러들었다.

"혹시 더 좋은 일을 맞이하게 되시는 건 아닐까요, 아기씨."

삼월이의 말에 유연이 어깨를 움츠렸다. 당치 않은 이야기였다.

신 씨가 단자 올리는 것을 마땅치 않게 여기고 있다는 것은 알고 있었다. 비용이 많이 드는 것도 원인이었겠지만 그보다 근본적인 이유가 있다는 것을 알게 된 건 재간(再揀) 때였다. 초간 때 서른 명이던 처녀는 일곱 명으로 줄어 있었다. 삼간이 시작될 때면 다시 셋으로 줄어 있을 것이다.

잔뜩 긴장해서 숨도 제대로 쉬지 못하고 있었던 데다가 생각이 온통 엉뚱한 데 쏠려 있었던 자신이 어떻게 이 자리까지 오게 되었는지 알 수 없었다.

당시 유연의 옷차림은 초간 때와 별반 차이가 없었다. 교전비로 따라왔던 삼월이가 눈여겨본 다른 아기씨들의 옷차림처럼 한껏 재주를 부려 소매 끝이나 치맛단에 보일 듯 말듯 작은 꽃 따위를 수놓은 게 변화의 전부였다. 누구나 그런 것은 아니어서 차림이 화려해진 이들도 있었다.

성적(成赤)할 수 없다는 규범을 모르는 척 입술이며 볼을 연하게 물들이고 이마의 잔털을 정리해 더 돋보이게 하려는 노력을 기울인 흔적이 역력한 이도 있었다.

"예서 또 만나는구나."

자경은 웃음기 어린 목소리에 허물없는 태도로 유연을 대했다. 유연이 멋쩍은 듯 미소를 지어 보였다.

자매 없이 혼자 자란 데다 또래의 누군가와 잘 어울려 본 일이 없는 탓에, 구면이라 해도 말 한마디 제대로 나누어 본 적 없는 처녀들과 함께 있는 것이 불편하고 어색하기만 했다.

그 까닭에 입은 꼭 다물고 있었지만 귀는 열려 있었으니 속닥이며 나누는 이야기는 고스란히 귀에 들어왔다. 대개는 지난번 누구는 어찌 떨어졌을까, 재간 때는 한 명씩 따로 부른다는데 무슨 이야기를 듣게 되고 어찌 대답해야 할까 따위의 이야기였다.

그 화제가 바뀐 것이 딱 한 번이었는데 바로 자경이 부름을 받고 자리를 비운 사이였다.

"기대 같은 것은 애초부터 하지를 말아라."

언뜻 보아도 스물이 가까워 보이는, 이미 성숙한 여인의 느낌이 물씬 풍기는 이가 내뱉듯 던지는 말에 소녀들의 시선이 일제히 그녀에게로 꽂혔다. 유연이 기억을 더듬었다. 자경이 마지막으로 손을 뻗어 가리켰던 대사성 댁 따님, 혜원이었다.

"사기꾼들이 짜고 친다는 투전판에 뛰어든 뜨내기나 진배없단 말이다, 나는 물론이고 너희 모두."

"그 무슨 불경스러운 소리예요!"

누군가가 발끈한 것처럼 화를 냈지만 혜원이 여유롭게 손짓하며 목소리를 낮추라는 시늉을 했다.

바깥에서 지키는 상궁이나 나인이 들어서 좋을 것이 없는 이야기이기 때문이었다.

"너희는 나이가 어려서 분위기라는 것을 읽을 줄도 모르는 모양이구나."

비웃는 것 같기도 하고 가엾게 여기는 것 같기도 한 오묘한 목소리에 다들 입을 다물고 그녀의 입술만 빤히 들여다보았다. 한쪽 입술이 비스듬하게 치켜 올라가는가 싶더니 뜸 들이듯 천천히 열린 입술에서 목소리가 흘러나왔다.

"조금 전에 자리를 비운 그 아이 말이야. 나야 나이를 먹을 만큼 먹었으니 그렇다 치더라도, 이제 겨우 열네댓이나 되었을 그 아이의 태도가 너희보다 훨씬 여유로운 까닭이 원래 성품이 대범해서일까? 나인들이 유달리 공손하게 대한다는 건 못 느꼈니?"

다들 약속이라도 한 것처럼 입을 다물었다. 과연 그러하다는 생각이 든 것이다.

집안의 문벌이 대단한 것 같지도, 아비가 높은 벼슬을 하고 있는 것 같지도 아니한데 자경의 태도는 자연스럽고 당당했다.

"옛날 옛적부터 이런 건 그냥 허울이었단 말이다. 이미 정해 놓은 것은 있지만 그렇다고 대충 처리해 버리면 나라님 체면이 말이 아니니까 복잡한 절차며 법도를 따져서 쓸데없는 짓을 하고 있는 거라고. 삼간(三揀)에 올라 중전마마가 될 궁리 같은 허황된 꿈은 꾸지도 말고, 재간에서 떨어지게 해 주십사 하고 비는 게 나을걸. 삼간에 올라 봤자 뒷배를 보아 줄 이 따위 없는 힘없는 아비를 두고 있다는 증좌밖에 더 될까."

혜원은 다섯 명의 시선이 일제히 자신에게 쏠려 있음을 만족스럽게 여기는 눈치였다. 전혀 거리낌 없는 말투로 어린 소녀들의 마음에 비수처럼 박히는 말들을 쏟아 냈다.

"오늘만 지나면 금혼령도 해제되겠지. 꿈에 그리던 고운님이든 집에서 정한 낯선 사내하고든 혼인이라도 할 수 있으려면 지금 떨어지는 게 나아. 이미 내정자가 있는 삼간에 올라가서 좋을

게 무어람? 평생을 집구석에 갇혀서 처녀로 늙어 죽을 텐데. 행실이 조금이라도 문제가 있다 싶으면 차라리 자진(自盡)하라고 할 테고."

때마침 화제에 올라 있던 소녀가 돌아온 탓에 이야기는 그쯤에서 끝났다. 당사자를 앞에 두고 정확하지도 않은 소문을 수군거릴 용기는 그 누구, 심지어 혜원에게도 없는 모양이었다.

아무 이야기도 듣지 못하고 알지 못하는 것처럼 다들 태연을 가장했지만 공기는 미묘하게 달라져 있었다.

"……이상을 삼간택에 들게 하고 나머지는 모두 혼인을 허하노라."

전교가 내려졌을 때 유연은 재간에서 떨어지도록 빌라 시큰둥하게 말하던 혜원의 얼굴과 내정되어 있다는 소문의 주인공인 자경의 얼굴을 힐끔 쳐다보았다.

예사로운 표정으로 제 아비의 이름자가 불리는 것을 들은 자경이 유연을 향해 미소를 지어 보이고는 주변에 들리지 않게 낮은 목소리로 속삭였다.

"우리, 다음에 또 보게 되겠구나."

유연은 궐에서 단정한 자세로 앉아 마주해야 했던 대왕대
비마마며 왕대비마마를 떠올려 보고 무슨 이야기가 오고 갔
나 기억해 보려고 했지만 역시 긴장이 과했던 탓인지 아무것
도 기억이 나지 않았다.

초간 때 긴장했다고 여겼던 것이 무색할 정도로 바짝 얼어
있었다는 생각만 들 뿐이었다. 그런데 왜 최종 후보에 들어
있는 것인지 이해할 수 없는 노릇이었다.

"삼간에 올라 봤자 뒷배를 보아 줄 이 따위 없는 힘없는 아비
를 두고 있다는 증좌밖에 더 될까."

자연스럽게 그 말이 떠올랐다. 그날 집에 돌아와서 보았던
이러지도 저러지도 못하는 표정의 어머니와 평소답지 않게
착잡한 얼굴을 하고 있던 아버지의 모습을 그려 냈다.

'적어도 누군가를 마음에 담아 둔 채로 다른 사람과 혼약
을 맺는 일은 없겠구나.'

그렇게 생각하면 조금 위안이 되었다. 유연을 볼 때마다
복잡 미묘한 얼굴을 하는 부모님의 마음을 생각하면 이런 생
각은 당치도 않은 것이었지만.

그런 사정 따위를 알 리 없는 삼월이가 활기찬 목소리로
무엇인가를 재재거리고 떠들고 있었지만 유연은 거의 대부

분을 건성으로 흘려들으며 남아 있는 사과 조각을 입에 넣었다.

입안에서 더 작은 조각으로 으깨지며 나는 아삭거리는 소리가 유난히 크게 들렸다.

＊　　　　＊　　　　＊

역모. 역도.

하루 종일 소(疏)를 들여다보고 있던 환이 피곤한 표정이 되어 얼굴을 찡그렸다.

대신이든 백성이든 적당히 세상을 볼 줄 아는 눈을 가진 자라면, 누구든 그가 자리나 보전하고 있는 허울뿐인 왕이라는 사실을 알고 있었다.

어릴 적에는 대왕대비의 치마폭에 감싸였고 나이를 먹어서는 권력의 달콤함을 알아 움켜쥔 손에서 떨어뜨릴 생각이 없는 외척에 둘러싸였다. 기껏 인장이나 찍어 주는 게 그가 할 수 있는 일의 전부.

"아바마마께서 보위를 이어받으셨다면 과인보다는 나았을까."

환의 목소리에 한숨이 섞였다. 대답을 요하는 말이 아니어서 대답이 들려오기를 기대하지는 않았다. 그를 모시는 내관이 그렇다고 대답할 수 없을 것이고 아니라는 대답이 돌아온다고 해서 마음에 위안이 되는 것도 아니었다.

조부께서 대리청정을 맡길 정도로 신임을 받던 부친이 그렇게 갑작스럽게 죽지만 않았어도 지금과 같지는 아니하였을 것이다.

왕대비의 친인척은 대왕대비의 친인척과 비슷한 정도의 세력을 형성했을 것이고, 그들을 적당히 이용해 가면서 뜻을 펼치는 것도 현명했다는 부친에게는 어렵지 않았으리라.

환이 왕위에 오른 것은 고작 여덟 살이었다. 선왕의 왕비였던 할마마마가 세자빈이었던 어마마마보다 더 큰 권위를 가져 무거운 관에 고개가 꺾일 것 같은 어린아이 뒤에 발을 드리우고 앉아 수렴청정하는 것은 당연한 일이었다. 그다음의 일이야 굳이 입 아프게 언급할 것도 없었다.

일의 처리에 공정함이 결여되고 중요한 일의 우선순위는 너무도 쉽게 바뀌었다.

그런 현실에 불만을 품는 자가 생겨나는 것은 이해할 수 있었다. 왕이 바뀌면 세상이 바뀔 것이라는 기대감을 품는 그 마음도 일면 이해했다.

하지만 그런 이들이 내세우는 후보가 환 자신보다도 더 한량처럼 노니는 부스러기들이라는 사실을 상기하면 헛웃음이 나왔다.

우스울 만치 세력이 미약한 역도들은 오합지졸만도 못한 관군에게 쉽게 제압당했다. 그 공을 치사(致謝)해 달라는 요

구는 또 다른 반발을 불러왔지만 환으로서는 어쩔 수 없었다.

마음대로 할 수 있는 일은 숨을 쉬는 것, 그리고 여인을 품에 안는 것.

아니, 여인을 품에 안는 것도 어디 그의 마음대로 할 수 있는 일이던가. 과하다 싶으면 여색을 탐한다 비난하고 멀리하고 있으면 건강을 의심했다. 그가 가까이하는 여인의 친인척이 세를 형성하게 될까 경계하는 눈길도 제법 날카로웠다.

아주 오래전, 숙부에게 자신의 왕위를 빼앗기고 어린 나이에 사사(賜死)당했다는 어린 왕의 처지가 그와 비슷하지 않았을까 싶은 생각이 들었다.

다른 점이 있다면 왕위를 탐내는 이들의 세력이 극히 미약하여 변변한 수를 써 보기도 전에 번번이 제압당하는 것뿐. 그나마 그가 지금껏 이 자리에 버티고 있을 수 있는 이유일 터였다.

하기는 그적과는 상황이 많이 달랐다. 그때 권세를 쥐고 있던 것은 선대왕의 적자인 대군이었지만 지금은 이씨가 아닌 외척이었다.

국성(國姓)이 아니어서 왕이 될 수는 없으나 허수아비 같은 왕 덕분에 모든 실권을 쥐고 있는데 구태여 바꾸려 들 까닭이 없기도 했다. 아니, 그 허수아비를 잘 지켜 주어야 오래도록 부귀영달을 누릴 수 있을 터이니 적극적으로 비호하려 드는 것이 옳았다.

"전하, 대왕대비마마께서 전하를 모셔 오라 이르셨사옵니
다."

나라 안도, 나라 바깥도 어지러움이 극에 달해 있었다. 그
런데도 장락전(長樂殿)에서는 한가롭게 간택이 이루어지는 중
이었다.

이유야 후사가 없음을 염려하는 것이라지만 정말로 그걸
염려하는지도 확신할 수 없었다. 허수아비는 어디서든 구해
올 수 있는데 굳이 후사까지 마련할 필요가 있을까.

"알겠다."

환이 자리에서 일어났다. 던져 놓은 말이 있으니 내키든
그렇지 않든 가야 했다.

초간도 재간도 건너뛰었는데 삼간이 끝날 때까지 모습을
보이지 않으면 실없는 소리나 던져 놓은 철없는 사내아이 취
급을 받을 터였다. 실상은 이미 그보다도 못한 존재로 각인
되어 있겠지만.

내키지 않는 발걸음은 몹시 느릿했다. 서늘한 바람은 여름
따위는 흔적도 없이 날려 버린 뒤 가을을 불러들여서 붉거나
누렇게 물든 것은 물론이고, 때 이르게 시들어 버린 낙엽을
이리저리 굴리고 있었다.

봄이 이미 잡을 수 없을 만치 멀어진 탓인지 덮어 놓은 기
억의 구석을 시도 때도 없이 불쑥 치고 올라오던 어린 소녀

에 대한 생각도 예전보다는 덜했다.

그럼에도 예비 중전을 선보러 가는 것처럼, 매파가 드나들며 그 모습을 살펴보리라고 생각하니 조금 전 발치의 시든 잎새를 굴리던 바람이 마음으로 세차게 불어 드는 것만 같았다.

양반의 끄트머리라도 밟고 있으면 혼사에 이해관계가 따르기 마련이었지만 간혹 마음이 통해 이루어지는 혼인도 없지는 않았다.

귀한 따님을 아무리 내당 안에 꽁꽁 숨겨 놓아도 눈이 맞으려면 무슨 일이든 벌어지는 법이었다.

어느 쪽에서든 상사병에라도 걸려, 기왕이면 지체가 높은 쪽의 자제가 앓아누우면 매파가 발이 부르트고 문지방이 닳도록 드나들어 혼담을 성사시키는 일이 가끔 있다고 했다.

적법하게 부인을 맞이하는 절차는 간택 하나뿐인 왕에게 그런 허황된 소설 같은 이야기가 적용될 수 있을 리 없었다.

설령 그가 여염의 사내였다 치더라도 결국은 재취를 얻는 셈이다. 꼬장꼬장한 선비 같으면 딸을 그런 자리에 보내려 하지 않을 것이니 결과는 마찬가지인가.

젊은 내관의 뒤를 따라 전혀 빨라질 기미가 없는 느린 걸음이 전각으로 향하고 있었다.

삼월이는 허리를 옹송그리고 있으면서도 눈을 굴려 주변

을 살피는 것을 잊지 않았다.

분주하게 오가는 상궁이며 나인, 내관 같은 이들의 엄숙한 태도에 눌려 숨을 쉬는 것조차 조심스러웠다. 그러나 여간한 사람이라면 꿈도 꿀 수 없을 궐 안에 있다는 사실이 숨 막히는 느낌을 조금 희석시켜 주었다.

커다란 건물 안으로 빨려 들듯 사라진 아기씨가 나오려면 시간이 좀 걸리리라고 했다.

주인 댁 눈치로 미루어 오늘 궐에 들어오는 것을 마지막으로 주인 아기씨가 처녀 과부가 되어 독수공방하게 된다는 모양이었지만 사람 일은 알 수 없는 것이었다.

제 아기씨가 엉덩이가 좀 가볍긴 해도 신중한 면도 있고 책을 많이 읽어 아는 것도 많다고 했다. 그런 점이 귀엽게 보이면 중전마마가 될 수 있을지도 모른다.

그러면 저는, 아낙들이 모여 호들갑을 떠는 빨래터에 앉아 중전마마가 된 아기씨를 모신 적이 있다고 자랑스럽게 이야기하는 것으로 그 모든 잡담을 멈추게 할 수 있으리라.

물론, 그 아기씨가 웬 선비를 만나러 다녔다는 이야기만큼은 무덤까지 가져가야 할 비밀이 되겠지만.

저만치에 손톱보다도 작은 붉은 형체가 나타났다.

"전하께서 납시니 예를 갖추거라."

삼월이는 카랑카랑하게 울리는 추상같은 목소리에 얼른 허리를 더욱 구부리고 고개를 조아렸다. 주변을 배회하던 이들도 일제히 벽이나 구석에 붙어 서서는 자세를 바로 했다.

저벅거리는 발걸음이 다가올수록 삼월이의 마음에 호기심이 일었다. 용안을 바라보는 것은 용서받을 수 없을 만큼 불경스러운 일이라고 했지만 지금이 아니면 또 언제 왕의 모습을 볼 수 있을까. 얼른 살펴보고 고개를 숙이면 아무도 눈치채지 못할 것이다.

삼월이가 곁눈질로 주변 눈치를 살피다가 후딱 고개를 들어 얼른 붉은 옷자락 위에 있는 얼굴을 보고는 고개를 숙였다. 그대로 숙이고 있었어야 했는데 당황스러운 마음에 고개를 들어 다시 그 얼굴을 바라보았다.

슬금슬금 옮아간 시선이 그 뒤를 따르는 이의 얼굴을 힐끔거렸다. 저도 모르게 입을 반쯤 벌렸다. 벌어진 입술 사이로 새어 나오던 신음인지 한숨인지 알 수 없는 소리는 얼른 입을 틀어막는 것으로 꿀꺽 삼켰다.

삼월이가 만든 주머니를 받고 일언반구 말이 없던 그 사내가 관복을 입고 몸을 구부린 채로 지나쳐 갔다.

삼월이는 초면이 아닌 게 분명한 상감마마가 전각 안으로 들어간 뒤에야 허리를 꼿꼿이 폈다.

점잖은 얼굴을 하고 아기씨를 꾀어내는 심부름을 부탁하던 늙은이가 바쁜 걸음으로 휘적휘적 걸어가는 것을 보고는 하마터면 쫓아가서 소리쳐 부를 뻔했다. 그러나 결국 아무것도 하지 못한 채 입술만 붙였다 뗐다 했다.

한참 만에야 삼월이가 생각을 정리했다. 한량 같은 선비는 왕, 사람 좋은 늙은이며 헌칠한 사내는 내관이었다. 아파라던 그 여인은 틀림없이 상궁쯤 될 것이었다. 말도 안 되는 일이었다.

그와 동시에 제 아기씨가 중전마마가 될 것이 분명하리라는 확신을 얻었다.

가벼운 유흥이라고 보기에는 퍽 진지한 태도로 일관하던 모습이 떠오른 탓이었다. 그래 놓고 다른 여자를 중전으로 맞이하면 제아무리 상감마마라지만 상종하지 말아야 할 몹쓸 종자였다.

❈ ❈ ❈

"어차피 한 벌쯤은 좋은 옷을 갖고 있는 것이 좋지 아니하냐."

슬쩍 고개를 내린 유연의 눈에 발끝에 걸린 다홍빛 치맛자락이 보였다.

신 씨가 고운 비단으로 만든 치마를 그녀의 앞에 펼쳐 놓으며 웃어 보이던 얼굴이 선하게 떠올랐다.

언젠가 유연이 혼례를 올릴 때가 오면 해 줄 것이라면서 가끔 보여 주던 것들 중 하나일까 생각하면 별것 아닌 것 같은데도 눈앞이 흐려지는 느낌이 잠깐씩 들었다.

혼례 때 쓰겠다고 소소하게나마 준비하고 있던 것들을, 되지도 않을 간택에 쓰겠다고 허물어 내는 행동은 기껏 만들어 놓은 예복을 상복(喪服)으로 써야 할 처지에 놓인 것과 별반 다르지 않았다.

마음에도 없을 혼인보다 나으리라는 생각은 순전히 제 감정에만 충실한 철없는 의견일 뿐이었다.

옷이야 새것이지만 연노랑 저고리에 붉은 치마인 건 내내 마찬가지였다. 다만 곁마기가 당의로 바뀌어 있는 것이 다를 뿐이었다.

궐에서는 익숙하게 입는 것이 당의인지 몰라도 민가에서는 혼례 때나 입어 볼 수 있는 귀한 예복이었다. 제법 오래 머리 위에 이고 있으니 수시로 존재를 잊게 되는 족두리도 있었다.

가례(嘉禮)에 미치기에는 어림도 없겠지만 혼인을 올리는 신부의 차림과 크게 다르지 않았다. 이런 차림이니 삼간에 오른 여인의 혼인을 금하는 것도 일견 납득이 갔다.

교전비로 온 삼월이며 가짜로 고용된 유모는 바깥에서 기다리고 있었다. 삼간택에 올라온 처녀가 둘 더 있지만 제각기 다른 방에 있어 아까 전 잠시 스치듯 보며 가볍게 목례를 나눈 것이 전부였다.

오롯이 혼자인 방 안에서 유연은 아무것도 놓여 있지 않은 빈손으로 살짝 주먹을 쥔 후 손가락을 꼬무락거렸다. 손바닥이 감싸고 있어야 할 매끈한 느낌도 손끝에 닿아야 할 단단하고 각진 모서리도 없어 나지막하게 한숨을 쉬었다.

"조금만 늦게 오셨으면 헛걸음이 되셨겠습니다."

"늦지 아니하였으니 된 것 아니겠습니까, 할마마마."

환이 대왕대비 옆의 빈자리에 앉으며 천연스레 대꾸했다.

"어떤 이들이옵니까?"

환의 질문에 펼쳐진 두루마리가 미끄러지듯 옮겨졌다. 대사성의 딸이 끼어 있다는 사실이 조금 흥미로울 뿐 하나는 품계도 낮은 주부의 딸에 다른 하나는 관직에도 올라 있지 않는 진사의 딸이었다.

"고르고 고르느라 애쓰셨겠습니다."

두루마리가 본디 자리로 밀려오는 것과 동시에 들려오는 목소리는 퍽 공손하고 다정했지만 은근하게 비꼬는 빛이 서려 있었다.

건너 듣고 있는 왕대비 조 씨의 얼굴이 살짝 찌푸려 들었지만 정작 대왕대비 김 씨는 아무렇지도 않은 듯 대꾸했다.

"조신하고 음전하여 내전의 주인이 되기에 부족함이 없는 이들이니 누가 되든 주상의 어심에 흡족하리라 생각하오."

"할마마마의 안목을 믿사오니, 무엇을 염려하겠사옵니까."

조금 전과 전혀 다르지 않은 말투로 대꾸한 환이 자세를 바로 했다.

길게 뽑는 목소리에 이어 조심스러운 기척이 새어 들었다. 눈을 살짝 내리깐 소녀가 앞에 단정하게 앉는 모습을 바라보았다.

후사를 얻기 위함이라는 목적에 부합하기에는 조금 어리다 싶은 생각도 들었지만 자색이 썩 고왔다. 아마도 보이는 것에 쉽게 현혹된다는 말만큼은 분명하게 기억하고 고른 모양이었다.

'이 아이가 중전이 되는구나.'

환은 김 씨의 자상한 태도와 다감한 말투로 미루어 짐작하며 예사로 고개를 끄덕거렸다.

누가 되든 그에게 그다지 중요한 일은 아니었다. 다만 눈앞의 소녀는 진사의 딸이었으니 대사성의 딸을 처녀 귀가 되도록 할 수는 없을 터, 간택 후궁까지 들이게 할 셈인가 싶은 생각이 들기는 했다.

긴 시간이 흐른 것도 아닌데 벌써 지루한 느낌이 들기 시작했다. 내정해 놓은 이에게는 할 말도 많겠지만 나머지 처녀들에게는 많을 리 없다고 자신을 다독거렸다.

첫 번째 소녀가 자리를 뜨고 얼마 지나지 않아 다시 문이 열렸다. 환이 아무런 기대 없이 고개를 들었다.

"음......."

저도 모르게 살짝 벌어진 입술 사이로 새어 나오는 목소리를 서둘러 도로 끌어 넣고 입술을 굳게 다물었다.

눈앞에 서 있는 이는 잔뜩 긴장한 듯 뻣뻣하게 굳어 있었다. 설렘이나 기대감 따위가 요만큼도 묻어나지 않았고 고개는 폭 수그리고 있어 얼굴을 알아볼 수 없었다. 그럼에도 눈길을 뗄 수가 없었다.

"자리에 앉거라."

김 씨의 목소리에 소녀가 조심스럽게 앉았다. 가볍게 모아 쥔 손이 미미하게 떨리는 것이 조금 떨어져 앉은 환의 눈에도 선명하게 보였다. 이 자리를 감당하기에는 아직 몸도 마음도 덜 자란 어린아이였다.

'그냥 닮은 아이일지도 모르지.'

부인하려고 들수록 확신만 강해지는 것이어서 환이 마음을 가다듬고 입을 열었다.

"고개를 들어 보아라."

대비의 시선이 제 얼굴로 향하는 것이 느껴졌지만 환은 개의치 않았다. 가늘게 떨리던 소녀의 손이 굳어지는 것을 보며 같은 말을 고집스럽게 반복했다.

찰나가 몇 시진은 되는 것처럼 느껴지는 조바심의 끝에 다다를 즈음 소녀가 고개를 들었다.

지금 당장 혼례를 올려도 이상할 것이 없을 차림을 한 소녀의 주체할 수 없이 떨리고 있는 눈동자를 마주하는 순간, 환이 입술을 깨물며 눈을 감았다.

✿   ✿   ✿

서늘한 바람 사이로 내리쬐는 햇살이 따갑게만 느껴졌다. 걸음을 옮기던 환이 그 자리에 멈추어 섰다.

뒤따르던 내관이 아슬아슬하게 환에게 부딪치는 사태를 면하고 서둘러 멈추었다. 환이 몸을 돌려 다른 방향으로 딛기 시작했다.

"전하?"

"대왕대비마마를 뵈러 갈 것이다."

엷은 바람을 일으키며 붉은 용포를 펄럭이는 뒷모습에서 결연한 의지가 묻어났다. 내관이 눈을 끔벅거리다가 비로소 정신을 차리고 바쁘게 종종걸음을 치기 시작했다.

"전하께서 드셨사옵니다."

"그래?"

김 씨가 눈썹을 살짝 치켜 올렸다. 누구를 낙점할지는 이미 일러 주지 않았던가. 영상을 불러 뜻을 전달하면 그만이었다. 굳이 그녀를 찾아올 이유는 어디에도 없었다.

전각에서의 태도가 미묘하게 신경에 거슬리기는 했지만 예사롭게 넘겼다.

용모가 곱지 아니하면 싫다는 환의 의견에 따라 아무리 고르고 골랐어도 미색이 뛰어난 궁인이라든가, 한때 그렇게 끼고 돌았다는 기녀에 비해 눈에 차지 아니하여 그러려니 생각하면 납득 못 할 것도 아니었다.

"모시거라."

말이 떨어지기 무섭게 문이 활짝 열리고 거칠 것 없이 성큼성큼 걸어 들어온 환이 김 씨의 맞은편에 허리를 펴고 앉았다.

"어인 일이시오, 주상?"

"청이 있어 왔사옵니다, 할마마마."

환의 태도가 전에 없이 공손했다. 김 씨가 환의 얼굴을 똑바로 바라보았다.

얼굴에 띠고 있는 표정을 보아서는 무슨 생각을 하고 있는지 좀처럼 짐작할 수 없었지만 눈빛에 서린 기운이 간절하기도 하고 굳은 뜻을 품고 있는 것 같기도 해서 내심 긴장했다.

"주상께서 이 늙은이에게 청해야 할 일이 무엇이 있단 말이오?"

환이 입술을 다문 채로 김 씨의 얼굴을 응시했다. 그에게 있어 할마마마는 평생을 친정의 명운을 짊어지고 살아온 여인이었다.

왕실보다는 본디 속해 있던 문중의 안위를 더 우선으로 고려할 것이고 손자의 뜻보다는 가문의 뜻이 더 중할 것이다.

알고 있다. 하지만 시도조차 하지 않고 물러설 수는 없다. 환이 양쪽 무릎 위에 단정하게 얹은 주먹에 힘을 준 뒤 천천히 입을 열었다.

"주부의 딸을 중전으로 맞이하게 해 주십시오."

환의 또렷한 목소리가 얇은 장지를 뚫고 바깥까지 울렸다. 부복한 채로 숨죽이고 있던 상궁이며 나인들 사이로 술렁임이 번져 갔다.

세자빈 간택이나 나이가 많은 왕이 어린 왕비를 맞이하는 것이라면 자신의 의사를 개진해도 이상하지 않았으나 지금의 왕은 아직 스물도 채 되지 않았다.

내명부의 수장은 대왕대비였고 나이 어린 왕이 맞이할 왕비를 간택하는 것 역시도 그녀의 몫이었다.

김 씨의 눈빛이 출렁였다.

"그적에 분명 어떤 이를 간선하느냐는 내명부 소관이라고 주상도 그리하겠다 약조하지 않으셨습니까."

기가 막힌 말투로 대답한 김 씨는 환이 맞이하고 싶다 이야기하는 주부의 딸이 누구였는지를 떠올려 내기 위해 이맛살을 찌푸렸다.

주부의 딸은 단 세 명이 올라온 삼간에서도 가장 존재감이 흐릿하던 소녀였다.

한껏 긴장하여 굳어 있던 아이에게서 무슨 매력을 찾아낸 것인지 알 수 없었다.

그에 비한다면 홍 진사의 딸은 태도며 행동거지도 제일 나았거니와 마땅하다고 생각했던 셋 중에서도 미색이 가장 고운 아이였건만.

입을 굳게 다문 채 앉아 있기만 하자 김 씨가 마지못해 덧붙였다.

"여덕(女德)이 부족하고 얌전하질 못하니 그런 이가 어찌 장차 내명부를 이끌어 갈 수 있을까요."

"그런 이라면 어찌 삼간까지 올라올 수 있었겠습니까. 할마마마께서는 분명 누가 되든 소손의 마음에 흡족할 것이라 말씀하시지 않으셨사옵니까."

김 씨가 가볍게 한숨을 내쉬었다. 성인이 된 손자는 충심으로 가득 찬 그녀의 친척들을 유난히 경계했다.

이미 정해 놓은 것을 지금에 와 반대하는 모양새는 혹시 간택을 통해 세(勢)를 확장하고자 함은 아닌지 의심할 수밖에 없었다.

혹 그녀가 아는 것과 달리 주부에게 줄을 대는 이가 생기기라도 했는지 알아보아야겠다고 생각했다. 김 씨가 여전히 미간을 좁힌 채로 엄격하게 말했다.

"이미 정한 바를 바꿀 수 없습니다. 인물도 덕성도 가장 훌륭한 이를 골랐는데 지금에 와 불분명한 연유로 손바닥 뒤엎듯 바꾸는 것은 이 늙은이의 권위를 부정하는 일이오. 산해진미가 질리면 거친 밥도 찾기 마련이라 이야기한 것은 주상이나 그것이 간택의 기준이 되어서는 곤란하지 않겠습니까."

"소손의 원(願)이옵니다."

여전히 공손한 환의 목소리에 쉬이 꺾이지 않을 고집스러움이 실렸다. 당황스러웠다.

정무에서 제 고집을 부리지 못하는 치기 어린 마음이 왕비를 간택하는 일에라도 관여를 해야겠다 비뚤어진 억지를 부리고 있는 모양이었다.

김 씨의 마음이 조금 흔들렸다. 못마땅한 표정을 얼굴에 드러내고 시큰둥한 조소를 띨지언정 어떤 경우에도 강하게 자기주장을 펼치는 적 없었던 환이었다.

하지만 이미 결정된 일을 바꿀 수는 없었다. 이미 대신들과 머리를 맞대어 가장 적합한 이를 골라 놓았다. 논의의 결과를 주상의 부탁으로 뒤엎는 것은 옳지 않았다.

"국모를 맞이하는 일은 여염의 혼사와 다르오, 주상. 이일은 이미 대신들과도 논의가 끝난 터, 그들이 찬동하지 아니하면 왕비로 맞이하는 것이 불가함을 주상도 잘 알지 않습니까."

환도 당연히 알고 있었다. 모르지 않았다.

왕이 계비(繼妃)를, 혹은 세자가 빈(嬪)을 맞이할 때 누군가를 맞이하고 싶노라 이야기하면 대신들이 극렬 반대한 일들은 선대에도 얼마든지 있어 왔다.

반대하는 사유도 한결같았다. 지금 김 씨가 그러하듯 여인의 부덕(不德)을 논하거나 집안의 흠결을 악착같이 찾아내어 자신들의 뜻을 관철시켰다.

표면적으로는 그러한 이유를 내세웠지만 왕이 마음에 담아 맞아하는 여인이라면 그 집안에 힘이 실릴 것이 분명하고, 자신들의 위세가 약해짐을 두려워하기 때문인 것 역시 똑같았다.

"할마마마께서 소손의 소원을 들어주실 수 있을 것이옵니다."

지금의 환이 의지할 수 있는 것은 단 하나였다. 대신들이 반대하려 들어도 김 씨의 말 한마디면 모두 잠재울 수 있을 터였다.

소녀의 아비에게 친인척이 얼마나 있는지 몰라도 그 나이가 되도록 고작 주부 자리에 있다는 건 문벌이나 세력이 썩 내세울 만큼은 되지 못한다는 증거였다. 이미 내정되어 있는 진사의 딸과 비교하여 더하지도 덜하지도 않은, 비등비등한 정도이니 굳이 경계할 필요도 없었다.

환은 입술 새로 무언가를 도모하고자 함이 아니라 그저 그 소녀를 곁에 두고 싶은 것이라는 말이 흘러나올 것 같아 애써 삼켰다.

그 말이 품은 순수한 의도가 얼마만큼 전달될 수 있을지도 장담할 수 없었지만, 혹 그의 말이 빌미가 되어 김 씨가 그나 소녀의 뒤를 캐어 보려 들면 곤란했다. 소녀가 몸 가볍고 경솔하다 여겨지면 실낱같은 바람조차 품을 수 없으리라.

"주상."

"지금 이 뜻을 관철하게 된다면 이후 신료들의 간언에 귀 기울이고 더욱 마음에 새기게 되지 아니하겠습니까."

'제 바람을 들어주신다면 할마마마의 뜻을 거스르지 아니할 것입니다.'

에둘러댄 말 속에는 차마 직설적으로 표현할 수 없는 뜻이 담겨 있었다. 그 뜻을 알아차리지 못하였을 리 없는 김 씨가 짧게 한숨을 쉬었다.

한 번의 예외는 두 번이 되고 세 번이 되다 여상한 것이 되는 경우가 허다했다. 저 간절해 보이는 얼굴에 넘어가 정한 뜻을 번복하게 되면 환은 앞으로도 그 틈을 파고들어 제 뜻을 이루려 들 것이다.

잠깐의 동정심에 훗날의 큰일을 그르칠지도 모를 일이니 불필요한 여지를 만들어 놓을 이유가 없었다. 김 씨가 마음을 정하고 단호하게 잘라 말했다.

"아니 될 말입니다."

"할마마마."

"혹 더 일찍 이야기하였으면 재고의 여지가 있었을지 모르나 지금은 너무 늦었습니다. 주상이 이런 식으로 내명부의 일에 간섭하는 것이 불쾌하오."

'하오면 할마마마를 등에 업고 조정을 쥐락펴락 제멋대로 구는 신료들은 어찌하오리까. 저 역시도 할마마마의 그림자

가 조정에 남아 있음이 불쾌하옵니다.'

환은 혀끝까지 밀려 올라온 말을 꾹 눌러 참았다. 그 자신
이 허수아비임은 모두 아는 사실이지만 제 입으로 인정하는
말만큼은 도저히 꺼내 놓을 수 없었다.

"정녕, 아니 되겠사옵니까."

다시 입을 연 환의 목소리가 미묘하게 변해 있었다. 목소
리에 담긴 간절함은 여전하였으나 어렴풋한 냉기가 스며들
어 있었다.

김 씨가 환의 얼굴을 바라보았다. 목소리의 온도가 바뀐
것처럼 서늘해진 표정에서 조금 전까지 꼭 사랑에 빠진 청년
이라도 되는 것처럼 간절하게 애원하던 기색은 찾을 수 없었
다.

"몇 번을 확인하여도 이 늙은이의 대답은 하나뿐입니다."

대왕대비의 냉엄한 목소리에 환이 고개를 떨어뜨렸다. 그
자신도 이렇게 절실하게 원하게 되리라고는 미처 생각하지
못했다.

아마 삼간의 자리에 유연이 나타나지 않았다면 앞으로도
한참 동안 깨닫지 못하였을 것이다. 어느 누구라도 소녀의
옆에서는 빛이 바랠 수밖에 없음을, 그 작은 소녀가 얼마나
깊이 마음에 스며들었는지를, 자신이 진정으로 품을 수 있는
이는 단 하나뿐임을.

"할마마마의 뜻이 그러하시고 대신들 역시 마찬가지의 생

각을 품고 있다면 전례에 비추어서도 제 뜻을 이루기 어려울 것이니 그 말씀, 따를 수밖에 없겠사옵니다."

환이 잠시 말을 멈추고 숨을 들이쉬었다.

"하오나 할마마마, 저는 이 나라의 무엇이고 할마마마께는 또 무엇이옵니까."

대왕대비의 처소를 나서자마자 환은 반쯤 끌려가듯 왕대비의 거처로 향해야 했다.

그리고 그 결과, 생각을 정리할 잠깐의 짬도 없이 바로 어머니 왕대비 조 씨와 마주 앉았다.

"경솔했습니다, 주상."

발 없는 말이 천 리 간다더니 궐내의 소문은 그보다 훨씬 빨랐다. 환이 주부의 딸을 맞이해 달라는 이야기를 입 밖에 낸 순간과 그 이야기가 왕대비의 귀에 들어가는 순간의 시간 차이는 그리 크지 않았다.

고개를 반쯤 떨어뜨린 채로 대답할 생각이 없어 보이는 환을 향해 조 씨가 조금 더 상냥하게 말을 건넸다.

"중전으로 내정된 처자는 분명히 주상의 곁을 안온하게 지켜 줄 수 있는 성정을 갖고 있을 것이오. 대왕대비마마께서 친히 묘선(妙選)하는 그 자리에 줄곧 함께 계셨으니 그것만큼은 분명하게 말할 수 있소."

다정하게 회유하려는 제 어머니의 목소리에 환이 무겁게

입을 떼었다.

"알고 있사옵니다, 어마마마."

내정된 소녀에게 딱히 관심을 갖고 있지는 않았어도 장차 비(妃)가 될 것이니 그 생김이며 행동거지를 보기는 했다.

당당한 태도에 상냥한 어조를 갖고 있었으니 궁인들이 존경할 만한 중전이 될 수 있을 법도 하고, 두 대비가 다 마음에 들어 하는 눈치이니 궐 생활도 순탄하게 할 것 같았다. 하지만 아무리 좋은 사람이라 하여도 마음이 가지 아니하는 것을 어찌할 것인가.

"한데 어찌 쓸데없는 행동을 하였단 말이오."

"어마마마."

환이 반쯤 떨어뜨리고 있던 고개를 들어 올렸다. 조 씨의 가슴이 덜컥 내려앉았다.

때로는 지극한 공손함으로 제 마음을 감추고, 때로는 조소를 머금고 건들거리듯 말을 던지던 아들의 모습은 간데없었다.

제 손에 쥐고 있는 것이 아무것도 없어 절망한, 금방이라도 무너져 내릴 것 같은 표정을 한 환의 얼굴은 그녀도 처음 보는 것이었다.

"주상."

"어마마마께서 아무것도 하실 수 없는 것처럼 소자 역시 마찬가지이옵니다. 강산이 바뀐다는 십 년 동안 제 처지는 조금도 변한 것이 없으니 더 바라고 싶지도 아니하옵니다. 하지만, 제 곁을 지킬 여인을 맞이하는 것조차 제 뜻은 등한시하는 것이옵니까."

"어차피 다른 혼처는 구할 수도 없는 상태이니 후궁으로 들이면 되지 않습니까. 국혼을 치른 직후라도 주상이 원하면⋯⋯."

"그리할 생각이었으면 처음부터 할마마마께 말씀드리지도 아니하였을 것입니다."

환은 말을 끝까지 듣지도 않고 일축했다. 조 씨가 환의 얼굴을 물끄러미 바라보았다.

미색이 고운 궁인이면 내버려 두지 않고 품에 안는다는 아들은 그 누구에게도 첩지를 내리지 아니하였다. 마음을 주지도 않고 문제가 될 여지도 만들지 않는다는 뜻이었다.

여인에게 줄 마음 따위는 애초부터 갖고 있지 아니하여 몸은 동해도 마음은 흔들리지 않는 것일까 생각하곤 했다. 하지만 지금의 태도는 그 생각을 뿌리부터 흔드는 것이었다.

초간 때도, 재간 때도 환은 모습을 드러내지 않았다. 소녀를 본 것은 삼간 때 일각이나 될까 말까 한 그 순간뿐이었다. 예쁘장하다고는 할 수 있었지만 평범함에서 과히 벗어나지 않는 소녀의 어디가 마음에 들어서 저런 표정을 짓고 강경하게 말하는 것인지 알 수 없었다.

"간혹 기녀나 여염의 규수를 찾는 일도 종종 있으시다 하옵니다."

환의 근황을 묻는 말에 언젠가 상궁 하나가 지나가듯 한 말이 떠올랐다.

'설마.'

"주상, 혹시 그 아이를 본 적이 있소?"

"그러한들 그렇지 아니한들 무슨 의미가 있겠사옵니까."

'어느 쪽이든 곁에 둘 수 없다는 사실에는 변함이 없는데.'

환은 김 씨의 앞에서라면 결코 대답하지 않았을 질문에 힘없이 대꾸했다. 절망감 섞인 생각을 입 밖에 꺼내지는 않았다.

"더 하실 말씀이 없으시면 소자 이만 물러가겠사옵니다."

환이 정중하게 물러나는 모습을 조 씨가 말없이 바라보았다. 저리도 간절한 아들의 마음을 알면서도 아무것도 해 줄 수 없는 어미의 마음이 편할 리 없었다.

하지만 그와 동시에, 자신이 대왕대비와 같은 입장에 있었어도 크게 다르지 않은 결론을 내렸으리란 것도 분명히 알고 있었다.

아무런 힘이 없어 그 누구의 손도 들어 줄 수 없는 상황을 한스러워하는 것이 그녀가 할 수 있는 일의 전부였다.

대비전에서 나와 제법 내려앉기는 하였으나 여전히 따가운 빛살을 쏟아 내는 태양을 올려다보던 환이 한숨을 내쉬었다.

그의 입술로 누구를 간택할 것인지 이야기한 뒤 그 내용이 담긴 교서를 친히 써서 내려야 했다.

한참이나 태양을 올려다본 탓에 눈앞이 어리어리했다. 불명확한 시야를 가득 메우듯 떠오르는 것은 혼란스러움이 가득한 눈망울로 그를 바라보다가 눈이 마주치는 순간 얼른 내리깔던 소녀의 모습이었다.

단둘이 있었으면, 아니, 그의 옆에 둘이나 되는 대비가 버티고 앉아 있지만 아니하였어도 무어라고든 말할 수 있었을 텐데.

'너를 여기서 보게 될 줄은 몰랐구나.'

'너를 속이기 위함이 아니라 지키기 위함이었음을 이해해 주겠느냐.'

말 따위가 무어 필요하겠는가. 손톱만큼이라도 힘이 있어 그의 뜻을 조금이라도 관철시킬 수 있었다면 내정자 따위, 절차 따위는 깡그리 무시한 채로 그 자리에서 일어나 힘껏 안아 버렸을 것이다.

현실은 그 어느 것도 용납하지 않았다. 그가 할 수 있었던 행동은 고작 고개를 들어 보라는 그 한마디를 건넨 뒤에 아픈 눈빛을 보고 침묵해 버리는 것이었으니까.

'진작부터 알고 있던 것이지만 왕을 지존(至尊)이라 이르는 것도 다 거짓이구나.'

환이 눈을 깜박거렸다. 소녀의 모습이 시야에서 흐릿하게 사라져 갔다. 그의 반 보쯤 앞, 약간 비껴 선 자리에 허리를 굽히고 있는 내관이 무언의 행동으로 재촉하고 있었다.

아무리 내쉬어도 편안해지지 않는 숨을 고르는 행동은 그만두고 장락전에 갈 적보다 배는 더 무거운 걸음을 억지로 바닥에서 떼어 내기 시작했다.

대전까지 끝도 없이 길어 영원히 도착할 수 없었으면 싶은 마음과는 정반대로, 커다란 건물이 흔들거리며 눈앞에 바싹 다가들었다.

✢   ✢   ✢

"얼른 나아야 할 텐데."

"괜찮습니다, 어머니."

"무리하지 말고."

몸을 일으키려는 유연을 신 씨가 제지했다. 심한 건 아니지만 아직 열이 조금 남아 있었다.

초간에서 재간을 거쳐 삼간에 이르기까지, 딸아이의 어깨는 얼마나 무거웠을 것이고 마음은 또 얼마나 초조했을 것인가. 긴장이 일시에 풀려 버렸으니 몸이 지치는 것도 당연한 일이라고 생각하며 신 씨가 유연의 손을 잡아당겨서 가볍게 쓰다듬었다.

"아가."

다정하게 부르는 목소리에 유연이 풀기 없이 웃어 보였다. 그 미소를 보는 신 씨의 가슴이 미어졌다. 입술은 미소에 가까운 곡선을 그리는데 눈빛이 처연했다.

'네 상심하여 그러한 것이지.'

괜한 소리를 입에 올려 겨우겨우 제 마음을 다독이고 있을 딸의 마음을 흔들어 놓고 싶지 않아 혀끝까지 올라온 말을 꿀꺽 삼킨 신 씨는, 남아 있는 한 손으로 살짝 헝클어진 유연의 머리칼을 부드럽게 쓸어 냈다.

아무리 현실을 직시하게 하려고 해도 꿈을 꾸는 나이의 소녀였다. 초간은 정말로 궁궐 구경이나 가듯 가벼운 마음으로 나섰을지 몰라도, 재간에 가고 삼간까지 오르면서 틀림없이 조그맣던 소망이 크게 부풀어 오르는 일을 겪었으리라. 그 한껏 부풀었던 마음이 한순간에 산산조각 나게 되었으니.

마음의 상처는 시간이 해결해 주리라 믿었지만, 남편이 기우라며 웃어넘기던 일이 현실이 되어 버렸다는 사실만큼은 어떻게 대처해야 할지 판단할 수 없을 정도로 혼란스러웠다.

이 작은 아이가 평생토록 사내에게 사랑받는 것이 무엇인지, 어미가 되는 것은 어떤 느낌인지 전혀 모른 채로 쓸쓸하게 늙어 가게 될 것일까.

그 생각만 하면 목이 꽉 막히고 가슴을 저며 내는 느낌이 들었다.

삼간에 오른 처녀를 후궁으로 들이는 일이 드물게 있기는 했지만 흔한 일은 아니었다. 그럴 생각이 있다면 뭔가 기별이나 언질이 있었어야 하지 않나 싶었다.

국혼을 한창 준비하고 있으니 여염으로 치면 첩실에 불과한 후궁에게까지 관심을 쏟을 수 있는 상황이 아니어서 그럴 수도 있겠지만, 성년에도 이르지 아니한 어린 소녀를 후궁으로 삼으려 들 것 같지 아니하다는 생각이 들었다.

"지키는 사람도 별로 있지 않은 구습이오."

꼬장꼬장하게 구는 남편의 언사치고는 꽤 너그러운 입장 표명이었다. 그런 남편의 입에서 흘러나온 말이니 믿을 만하다 생각하면서도 마음이 놓이지는 않았다.

소례복이어도 예복은 예복이었다. 이미 부부의 연을 맺기 위한 절차로 삼간에 입고 간 것이니 왕의 여인이 되어 혼인을 한 셈이나 다름없다고 여겼다.

짧으면 이 년, 길어도 사오 년이면 삼간에 올랐던 한미한 벼슬아치의 딸 따위를 기억하는 사람은 아무도 없게 되겠지만, 혹여 꼬투리라도 잡히면 그다음에 벌어질 일에 대해서는 아무도 장담할 수 없었다.

그깟 일신의 안위라든가 가문의 명예 따위보다는 어린 딸의 행복이 더 우선이라고 몇 번씩 되뇌었어도 그런 상황이 오면 딸이라고 무사할 수 있을 리 없었다.

"곧 좋은 날이 올 게야."

신 씨가 자신의 마음을 에둘러 표현했다. 유연이 건성으로 고개를 끄덕였다. 아마도 조금 전 제 미소에서 뭔가 감출 수 없는 기색이 있었나 보다. 그 까닭에 어머니가 저런 이야기를 하는구나 싶어 말갛게 웃어 보였다.

신 씨가 나가기를 기다려 저만치서 지켜보던 삼월이가 가까이에 다가앉았다.

"아기씨, 미음이라도 좀 갖다 드릴까요."

"아니."

조금 전에 괜찮다고 한 목소리는 딴사람이었던 것처럼 유연의 말에는 기운이 하나도 없었다.

눈동자에 가득하던 심란한 기운은 눈을 감아 감추어 냈지만 감추지 못한 마음은 고스란히 얼굴에 남았다.

유연의 얼굴을 바라보던 삼월이가 조심스럽게 입을 열었다.

"아기씨."

자고 있을 리도 없고, 삼월이의 목소리를 듣지 못한 것이 아닐 텐데도 대답이 들려오지 않았다.

삼월이가 가볍게 한숨을 내쉬었다. 저도 본 것이 있어 유연이 왜 이런 태도를 취하는지 알았다. 종종 만나던 이들이 왕이며 내관이며 상궁이 되어 있는 것도 어리둥절한 일이었지만, 더 납득할 수 없었던 건 왕이 다른 이를 중전으로 삼겠다고 했다는 점이었다. 그리 귀애하는 태도를 보여 놓고. 어째서, 왜.

"아기씨, 혹 아기씨께서는 그간 어떤 분을 만나 오신 건지 아십니까."

그간 줄곧 앓고 있어서, 마님이 있어서 묻지 못했던 것을 삼월이가 조심조심 물었다. 용안을 바라보는 것은 몹시 무엄한 일이라고 했으니 아기씨는 못 보았을지도 모른다. 그래도 목소리로 사람을 구분할 수는 있었을 것이다. 유연이 미미하게 고개를 끄덕였다.

"본디 알고 계셨습니까."

이번에는 고개를 저었다.

"무슨 일이 일어난 건지도 잘 모르겠구나."

한숨처럼 가느다란 목소리였다. 삼월이가 유연의 어깨에 가볍게 손을 얹었다. 무어라 위로의 말이라도 건네고 싶었지만 마땅한 말이 떠오르지 않았다.

일이 이렇게 된 데에는 제 탓도 있었다. 잠깐의 풋정이고 먼 훗날 아스라하게 떠올릴 추억 정도에 불과하리라고 생각했다.

이렇게 호된 열병이 되리라고는 짐작하지 못했다. 유연이 몸을 살짝 흔들어 삼월이의 손을 떼어 내고는 흐릿한 미소를 지었다.

생각은 저만치 두어 달 전으로 흘러가고 있었다. 초간 때도, 재간 때도 잔뜩 긴장해서 아무 생각이 없었다. 삼간에 오른 후에는 평생토록 집 안에만 갇혀 지내게 되리라는 각오도 했다.

마음의 준비는 다 되었다고 생각했다. 사랑에 잠시 다녀가는 아버지의 손님을 제외하면 사내를 만날 일이 없었다. 굳이 따지고 들자면 치서도 남이었으나 누이라고 부르는 소리에 익숙해진 탓인지 사내라 여겨 본 적 없었다.

한 달에 한두 번이나 만날까 했던 선비님은 꿈인 것처럼 아스라하게만 느껴졌다. 그렇기에 혼인하지 못하고 평생 혼자 살아가는 것이 고통스럽거나 힘겨우리라 생각하지 않았다.

허울뿐인 평가를 받아야 하는 자리이니 마음을 놓아도 되는 것이겠건만 절로 긴장이 되는 건 어쩔 수 없었다. 의례적인 인사와 형식적인 질문을 내놓는 목소리에 별반 감정이 실려 있지 않은데도 겪어 본 적 없는 위엄 있는 말씨에 숨이 막힐 것처럼 움츠러들었다.

그저 빨리 시간이 흘러서 나갈 수 있기만을 기다렸다.

"고개를 들어 보아라."

그 목소리를 듣는 순간 시간이 멈추고 몸이 굳어지는 것 같았다. 한 번, 어쩌면 두 번 정도 더 채근하는 목소리가 들려와 고개를 들었다.

그토록 마음에서 지워 내려고 애쓴 모습이 그녀의 앞에 앉아 있었다. 용안을 오래도록 바라보는 것은 불경한 짓이란 소리를 들은 기억이 있어 얼른 고개를 떨어뜨렸다.

무슨 이야기를 들었는지 무어라 대꾸했는지는 전혀 기억에 남지 않았다. 그의 목소리가 더는 들려오지 않았다는 것만 기억할 뿐이었다. 잠깐이었지만 마주쳤던 눈동자에 뜻을 알 수 없는 미묘한 빛이 스쳐 간 것만이 어렴풋하게 생각났다.

마음에 실낱같은 바람이 깃든 건 그 모습을 보고 난 후였다.

"너를 만나게 됨이 좋은 벗을 얻는 이상의 연이라고 믿기 때문이니라."

그의 옆자리에 그녀가 머물게 될 수도 있을 것인가. 그 소망이 이루어질 수 없음은 당연한 일인데도 막상 결과를 듣고 나니 마음이 아팠다.

초간 때 상냥하게 손을 잡아끌고 재간 때 다시 만나게 될 것 같다며 웃던 소녀는 제 또래여도 훨씬 성숙하고 의젓했다.

자기처럼 궐의 위용과 사람들의 위엄에 짓눌려서 옴짝달싹 못 하는 법 없이 당당하고 우아했다. 얼굴이 퍽 예쁜 것은 물론이고 예의범절도 제대로 갖추고 있었다.

그 소녀라면, 혼자 집을 나갈 생각 같은 건 하지 않을 것이다. 겁도 없이 낯선 집에 덜컥 발을 들여 동기(童妓)라는 말을 듣지도 아니할 것이고, 화가 난다고 손부터 치켜드는 나쁜 습관 같은 건 처음부터 지니고 있지 않겠지. 사내의 미색에 홀려서 날을 정해 놓고 집을 빠져나가는 일 따위도 하지 않을 테니, 누군지도 모르는 사내에게 입술을 내어 주는 일 따위도 없을 것이다. 그것이 진짜 반가 규수가 지녀야 할 모습이었다.

유연이 몸을 돌려 베개에 얼굴을 파묻었다. 이불을 끌어당겨 베개 위로 드러날 옆얼굴을 가렸다. 부르면 쪼르르 달려 나가는, 손목도 입술도 마음도 쉬이 내주는 가벼운 여인은 혼인 상대로는 별로였던 것이다. 그렇지 않고서야 그녀를 알아보고도 외면할 리 없었다. 마음이 있었다면 다른 여인을 맞이하겠노라고 전교를 내릴 리 없는 것이다.

작은 소녀의 몸을 숨기고 있는 얇은 이불이 잔잔한 파문이 일듯 흔들렸다.

구름 한 점 없이 맑은 날이었다. 이제 갓 산등성이를 넘어 모습을 드러내기 시작한 달이 부드러운 빛을 흘려 냈다. 호수 같은 밤하늘 가득 흩뿌려진 별은 물기를 머금고 있는 것처럼 녹진하게 반짝이고 있었다.

모든 것을 덮어 낼 듯한 어둠은 온 마당을 채우는 것으로 모자라 방 안까지 슬금슬금 들어가려 들었다. 책을 읽거나 글을 쓰는, 혹은 고뇌에 잠겨 있는 이는 그 어둠을 몰아내기 위해 등잔에 불을 당겼다.

장지문에 발린 창호지를 뚫고, 혹은 그 문틈으로 새어 나오는 불빛은 이따금 흔들리며 문살 모양의 흐릿한 그림자를 대청마루에 그려 냈다.

바람도 불지 않는데 마룻바닥에 깔려 있던 그림자가 크게 흔들리더니 부드럽게 주름진 옷감 위로 기어 올라갔다. 새로 나타난 형체가 가벼운 기침 소리를 냈다.

"아버지, 들어가도 괜찮겠사옵니까?"

"들어오너라."

문이 열렸다. 한숨을 토해 내듯 쏟아져 대청으로 흘러내리던 빛은 문을 닫는 것과 동시에 잦아들었다.

"이 시간에 어인 일이냐."

재청이 서안 위에 펼쳐 놓았던 책을 덮으며 맞은편에 앉아 치맛자락을 정리하고 있는 유연을 바라보았다.

"잠이 오질 않아 아버지께서 혹 침수에 들지 아니하셨으면 말씀이라도 좀 여쭐까 하고 왔습니다."

유연이 생긋 웃어 보였다. 해맑갛게 빛나는 눈동자는 익히 보아 온 것이지만 조금만 주의 깊게 들여다보면 이전에 없었던, 그리고 결코 지워지지 않을 그늘진 흔적이 고스란히 남아 있었다. 재청이 가볍게 한숨을 내쉬었다.

"네 어미 말대로 단자를 올리지 않았으면 좋았을 것을 그랬구나."

나라의 녹을 받는 관료이고 떳떳한 선비라는 자신의 입장만 생각했다. 가진 것이 별로 없어 제 딸이 삼간까지 오르지 않으리라 확신했다. 틀렸다. 가진 것도 잃을 것도 없는 한미한 처지로는 불합리에 반박조차 할 수 없으니 이용하기 쉬운 존재였다.

잘못된 판단이 어린 딸을 한순간에 나락으로 떨어뜨리는 결과를 불러왔다.

"아닙니다, 아버지."

유연이 웃으며 고개를 저었다.

"그때가 아니면 언제 궐을 구경하고, 대비마마께 다정하신 말씀을 들으며, 상감마마를 뵈올 수 있었겠습니까."

그 말을 입에 올리는 순간 몹시 오래된 일인 듯 희미해진 기억 하나가 치고 올라왔다.

"선비님께서는 혹 상감마마를 뵈온 적이 있으십니까?"

"먼발치서 뵈온 적이 있기는 하다."

거짓말이었다. 본 것이 아니라 그 자신이었던 것이다. 곰곰이 생각해 보면 그때 태도가 조금 수상쩍기는 했다.

먹을 갈다가 먹물을 종이에 튀겨 내지 않나, 임금에 대해 물으려고 하면 마땅치 않은 표정으로 시큰둥하게 혹은 허둥거리면서 대꾸질 않나. 그것을 조금도 이상하게 여기지 아니한 것은 소견이 좁고 눈치가 둔한 탓이었다.

유연이 순간적으로 흐려졌던 표정을 애써 밝게 했다. 그녀의 머릿속을 스쳐 간 생각을 알 길 없는 재청이었지만 딸의 눈빛이나 표정이 미미하게 흔들린 사실은 알아챘다.

집 안에서 한 발짝도 나가는 법 없는 딸아이라도 세상 모두가 아는 일을 혼자만 모르고 있을 리가 없었다.

집안사람들은 다들 함구한다지만 담을 넘어 들어오는 호기롭고 와자지껄한 목소리나 이따금 찾아오는 객의 눈치 없는 커다란 목소리까지 들리지 아니하게 할 수는 없었다.

벌써 거의 보름 동안이나 국혼과 관련된 일들이 이어지고 있었다. 납채(納采), 납징(納徵), 고기(告期), 책비(冊妃)에 이어 오늘은 친영(親迎)이 있는 날이었다.

"무슨 이야기가 하고 싶어 이 깊은 밤에 건너 왔느냐?"

재청이 화제를 돌렸다. 유연이 얼굴에 띤 미소를 지우지 않은 채 입을 열었다.

"어찌 생각하시는지 몰라도 아마 소녀는 평생 부모님께 몸을 의탁해야 할 것 같습니다."

재청은 유연의 목소리에 애매한 표정이 되어 고개를 반쯤 끄덕였다.

법전에는 전하고 있으나 지키는 것이 무의미한 구습이었지만 그렇다고 몇 년만 지나면 괜찮으리라는 말을 쉽게 입에 올릴 수도 없었다.

"구설에 오르지 아니하도록 신중하게 행동해야 하겠지만……."

유연이 말을 잠깐 끊고 머뭇거렸다. 아버지가 과연 그녀의 말을 듣고 어떻게 생각할지, 부탁을 하면 들어주기는 할지 가늠하려 애썼다. 재청이 용기를 주듯 고개를 끄덕거리며 눈 꼬리에 가느다란 주름을 잡았다.

"여덕을 닦는 것은 아무런 의미가 없지 아니하겠습니까."

아마 반평생은 부모에게, 그 이후는 양오라비와 그 자손들에게 기대야 하는 신세가 되어야 할 터였다.

그런 상황에서 보통의 소녀들이 그러하듯 현모양처가 되기 위한 덕을 쌓고 예법을 배우고 살림을 꾸려 나가는 방법을 익히는 것은 무의미했다.

그럴진대, 관심도 흥미도 아니 이는 것보다는 평소부터 아쉽게 여기고 있었던 것을 익히는 쪽이 낫지 아니할까.

"어찌하고 싶은 것이냐."

"아버지께서 소녀에게 글을 가르쳐 주셨으면 합니다."

또렷하게 울리는 딸아이의 목소리에 재청이 대답을 미룬 채 생각에 잠겼다.

기운이 빠져 있던 딸아이가 사랑까지 찾아와 생글거리는 표정을 하고 낭랑한 목소리를 내며 분명하게 제 의사를 밝혔다. 그 변화 하나로도, 무엇을 해 주어도 좋을 것 같았다.

"아니 되옵니까, 아버지?"

"천자문 이후로 퍽 오랜만이 되겠구나."

눈을 동그랗게 뜬 유연이 활짝 웃더니 몸을 일으켜 재청에게 다가와서는 목에다 팔을 감고 가볍게 매달렸다.

이렇게 다정하고 살갑게 구는 딸아이의 앞날에 펼쳐진 것은 끝도 없을 긴 외로움이고 그런 길을 열어 준 사람은 아비인 자기 자신이었다. 죄책감을 떨쳐 버리려 재청이 짐짓 엄한 목소리를 냈다.

"열심히 하지 아니하면 즉시 그만둘 것이다."

"이를 말씀이겠습니까."

화사한 목소리가 그의 마음을 무겁게 내리눌렀다.

환은 자신의 맞은편에 앉아 있는 여인의 모습을 보았다. 여인이라기보다는 아직 소녀에 가까운, 대례복에 감싸인 채로 눈도 들지 아니하고 단정하게 앉아 있는 모습에서 기묘한 익숙함을 느꼈다.

단아한 자태는 평소 엄하게 자라 온 흔적인 동시에 거의 한 달에 가까운 시간 동안 상궁들에게 혹독하게 교육을 받은 결과일 것이다.

눈을 내리깔고 있는 것은 용안을 함부로 보아서는 안 된다는 법도와 첫날밤을 보내야 한다는 긴장감에서 오는 것일 테고, 어쩌면 그것 역시 교육의 결과일지도 몰랐다.

얼굴이 보이지 않으니 떠올라 있을 표정도 알 수 없다. 하지만 대례를 올리려 머리 위에 얹어 놓은 수식(首飾)을 보고 있자 자연스레 한 여인의 모습이 겹쳐졌다.

그저 문중의 명운을 짊어져야 하는 의무에 온 마음을 다 기울이듯 그가 무엇을 하든 전혀 관심을 내비치지 아니하던 전 중전의 모습이.

상궁이 무어라 중얼거리면서 건네는 첫 잔, 몇 방울을 가볍게 흘려 내고 입술 위에 얹었다. 코로 스며드는 내음은 지극히 향기로운데 입술 사이로 새어 들어 혀끝을 자극하는 맛은 지극히 썼다. 그 느낌은 두 번째 잔에도, 반 갈라놓은 표주박에서 찰랑이는 세 번째 잔에서도 변하지 않았다.

마음에 담아 곁에 두고 싶은 아이가 있었다. 부질없는 바람일 것 같아 그 마음 접으려 무던히도 애썼건만 전혀 예기치 못한 상황에서 맞닥뜨리게 되었다.

꽃잎 위에서 날개를 접고 쉬던 나비는 소년의 손끝이 막 닿으려는 찰나 저 멀리로 날아가 버렸다. 그 대신 그에게 건네어진 것은 남들의 시선으로 볼 때 전혀 뒤처짐이 없는, 오히려 더욱 훌륭하게 보일지도 모를 것이었으나 이미 마음이 다른 곳에 있었다.

"너는 이 밤이 어떤 밤인지 아느냐."

환은 자리를 떨치고 일어나며 누구에겐가 묻던 말을 얼른 뇌리에서 지웠다. 전례를 깨고 왕이 삼간에 모습을 드러냈고 왕비로 누구를 맞이하겠노라고 친히 전교를 내렸다.

연유가 무엇이고 과정이야 어떻게 되었든 결국은 그가 결정한 일이었다. 결정에는 책임이 따랐다. 그러니 최소한 노력은 해 보아야 했다. 이번에 맞이하는 여인은 집안을 걸머지고 오는 이도 아니었으니 더욱더.

온종일 어깨를 짓누르고 무겁게 치렁거리던 면복(冕服)이 몸에서 떨어져 나갔다. 옷을 벗어 내고 먼지를 털어 내듯 마음도 그렇게 쉬이 떨쳐 낼 수 있다면 얼마나 좋을까. 환이 걸음을 딛기 시작했다. 차림은 가벼워졌는데 발걸음은 한없이 무거웠다.

대전의 공기가 묘하게 술렁거리고 있었다. 왕이 다가오는 것을 보고 상궁들이 얼른 허리를 굽혀 예를 갖추었지만 혼란스러워하는 것이 명백하게 보였다.

환은 입을 열지 않은 채 눈으로 질문을 대신했다. 한참 만에야 기어들어 갈 것처럼 낮은 목소리가 들려왔다. 궐에서 수십 년간 잔뼈가 굵어 온 상궁에게 전혀 걸맞지 않은 목소리였지만 그만큼 당황했다는 뜻이기도 했다.

"중전마마께서 아직……."

문이 굳게 닫혀 있었다. 안에서 바깥으로 새어 나오는 불빛을 보니 문 가까이에 사람 형상의 그림자가 일렁였다.

몸을 휘감고 있던 적의(翟衣)를 벗겨 내기가 무섭게 방에서 쫓겨나다시피 한 상궁들은 혹시 안에서 문을 꼭 잡고 있는 왕비가 다치기라도 할까 선뜻 힘을 주어 문을 열지도 못했다. 몇 번이나 애타게 불렀지만 결국은 왕이 올 때까지 그 고집을 꺾지 못해 이런 상황이 되어 버렸다. 난감하고 곤란했다.

"물러들 가라."

"법도가 있사온데……."

"하면 지금 당장 법도에 어울리는 처신을 하도록 할 수 있겠느냐?"

상궁을 내려다보던 환의 고개가 살짝 굳게 닫힌 문 쪽으로 향했다가 돌아왔다. 상궁이 말없이 고개만 조아렸다.

"굳이 입 아프게 옆에서 떠들어 대지 않아도 왕비를 맞이하며 지켜야 할 법도 따위는 이미 잘 알고 있다."

목소리에 조소가 담겼다. 여태 왕비를 달래고 구슬리려 애썼지만 결과가 이러하였으니 자리를 더 지키고 있을 명분도 없었다.

저만치에서 지켜보고 있던 박 상궁이 다가와 나머지 상궁이며 나인들을 소리 없이 몰아내고 물러갔다. 텅 빈 복도에 혼자 서 있었다. 상궁들의 입단속을 시키는 것은 생각도 하지 못했지만 애초에 그게 가능할 리도 없었다. 아침이 되기도 전에 이 사실이 온 궐 안을 떠돌아다니게 될 것임이 자명했다. 그 수습은 어떻게든 될 것이다.

"여시오."

"몸이 부정하오니 금일은 불가하옵니다."

당혹감은 아주 잠시, 환이 입술 꼬리를 비스듬히 올렸다.

엄밀하게 따지고 들자면 왕이 왕비 된 이와 혼인을 하는 것이 국혼이지, 왕이 맞아들인 여인이 왕비가 되는 게 아니었다.

왕비에 봉하는 책비가 신부를 데려오는 친영보다 먼저 이루어지는 까닭도 그 때문이었다.

애초에 그런 날을 잡지도 아니하겠지만 만에 하나 그런 일이 생겼다면 곁을 지키는 상궁들이 바로 알았을 것이고 길일을 다시 잡아 친영이 이루어지는 날을 옮겼을 것이다. 중전의 말은 거짓이었다.

"그러하오?"

그의 목소리에서 냉기가 뚝뚝 흘러내렸다.

"날짜는 일관이 정하기는 하나 다만 하루를 정해 놓는 것

은 아닐 터, 틀림없이 그중에서 택일하여 고기(告期)한 것이
아니었소?"

문을 잡고 있는 자경의 가슴이 두방망이질 쳤다. 제가 지
금 가당치도 않은 짓을 벌이고 있다는 사실은 알고 있었지만
도저히 문을 열 자신이 없었다.

별궁에 머무르며 궁궐에서의 예법과 행실에 대해서 배울
적에 사실 전하께서 다른 이를 마음에 두고 계셨다더라고 궁
인들이 속살거리는 것을 들었다. 그러니 다른 사람의 눈에
자신의 행동은 아마도 투기에 가깝게 비치리라. 그러나 그것
만이 원인은 아니었다. 속상하고 분한 마음이 든 건 사실이
었지만 얼마간은 각오하고 있던 일이기도 했다.

여염의 사내도 돈푼이 생기면 기녀를 찾아가고 후실을 들
이며 본처를 모른 체하는 이가 허다했다. 하물며 궐에 있는
헤아릴 수 없을 만치 많은 궁인은 모두 왕의 여인이었다. 누
구에게 마음을 주고 밤을 내어 준다고 해서 하나하나 마음
쓰다가는 제명에 죽지 못했다.

상궁이 일러 주는 것들이 두려웠다. 감당할 자신이 없기도
했다. 들으면 들을수록 겁이 나서 피하고 싶었다.

가장 내밀한 사생활도 누군가의 눈길이 닿지 아니하는 것
이 없고 작은 한숨 소리도 누군가의 귀에 들어가는 것을 피
할 수 없으며, 일거수일투족을 낱낱이 옳다 그르다 말하는
소리를 들어야 한다고는 생각지 못했다.

"다시 한 번 묻겠는데 정녕 문을 열 생각이 없소?"

환의 목소리가 조금 부드러워졌다. 후일에, 자경은 그때 문을 열고 솔직하게 그 마음을 고백했어야 옳았다고 생각했다. 그랬으면 그녀의 삶도 그와의 관계도 조금은 달라졌으리라는 생각이 들었다. 지나가야만 알 수 있는 일이 있는데 그때도 그러했다고 생각했다.

방 안에서 대답이 들려오지 않아 환이 다시 입을 열어 나지막한 목소리를 냈다.

"그리 방자하게 행동하는 것은 반드시 너를 중전에 앉히겠다던 할마마마의 위세를 믿는 것이냐. 하나 어찌하랴. 네 행동은 호가호위(狐假虎威)에 지나지 아니하는 것을. 지금 네 행동을 할마마마께 고하면 감히 왕을 능멸하려는 여인을 왕비로 맞이하라 보낸 네 집안은 어찌 될까."

더는 공대할 이유가 없다는 듯 거침없이 쏟아 내는 목소리가 싸늘했다. 문에 발린 얇은 종이 너머 그림자가 굳어지고 주춤거리며 물러나는 모습이 보였다.

환이 문을 열어젖혔다. 손을 뻗어서 턱을 틀어쥐어 내리깔고 있던 눈을 자신에게로 향하게 했다. 거부, 혹은 두려움. 어느 쪽으로도 읽힐 수 있는 눈빛을 들여다보자 마음이 차분하게 가라앉았다.

사람을 물리쳤어도 그리 멀지 아니한 곳에서 그들의 동태를 주시하는 눈길이 있을 것임을 상기했다.

"네 뜻대로 소박을 맞는 사내가 되는 것도 나쁘지 않겠으나 그리되면 곤란해지는 사람이 퍽 여럿이어서 말이다."

환의 목소리에 자경이 정신을 차렸다. 그의 말에 틀린 데가 없었다. 그 많은 상궁이며 나인을 앞에 두고 문을 닫아걸고 있었으니 지금쯤이면 소문이 파다할 것이다.

혼인 첫날에 지아비를 거부했다. 여염에서도 그대로 넘어가지 않을 일이 대전 안에서 일어났다. 그대로 날이 밝으면 무슨 일이 벌어지게 될까. 추상같은 호령을 듣고 고개를 조아려 용서를 빈다고 끝날 리 없었다.

원해도 원하지 않아도 수습할 수 있는 방법은 단 하나였다. 그나마 그가 상궁이며 내관을 모두 물리친 게 다행이라면 다행이었다.

혼담이 오고 갈 나이가 되고 나서 너도 이제 알 건 알아야 한다며 어머니가 속삭이던 이야기와 엄격한 표정의 상궁들이 낯빛 하나 바뀌지 않고 또박또박 읊어 내던 이야기들을 기억해 냈다. 몸에서 힘이 빠져나갔다.

환이 턱을 지탱하고 있던 손을 놓고 아직도 깜박거리며 빛을 흘려 내고 있는 등잔 쪽으로 성큼성큼 걸어갔다. 자경이 그 자리에 쓰러지듯 주저앉았다.

환이 소매를 크게 휘두르자 방 안에 어둠이 내려앉았다. 내키지 않아도 해야만 하는 일. 몸서리를 쳤지만 방을 가득 메운 어둠이 그의 행동을 집어삼켰다.

아무것도 보이지 않아 공포감만 극에 달했을 적, 얼마간 사이를 둔 제 옆에 무엇인가가 풀썩 주저앉는 것을 느끼며 소스라치게 놀라 몸을 떨었다. 냉담한 목소리가 자경의 지척에서 울렸다.

"교전비는 데려왔소?"

자경이 고개를 끄덕였다. 빛도 제대로 새어 들지 않는 어둠 속에서 그 모습이 보일 리 없건만 환은 별 감정이 실리지 아니한 목소리로 말을 이었다.

"아침이 밝아 오면 수습할 수 있을 만한 분별력이 있는 자이길 바라오. 입이 무거워야 할 것은 물론이고. 마땅치 아니하면 지밀상궁을 보내겠소."

수습이라니, 무엇을 어떻게 하라는 것일까. 초야를 치르는 것은 고통스럽다고, 그럼에도 참아 내야 할 일이라던 말이 떠올랐다. 금방이라도 제 곁의 사내가 육중한 무게로 우악스럽게 짓눌러 올 것 같아 숨이 막혔다.

입술을 달싹여도 목소리가 나오지 않았다. 이렇게는 싫다. 자경이 몸을 잔뜩 웅크렸지만 사내는 더 가까이 다가오지 않았다.

환은 앉아 있던 자리에서 그대로 체중을 실어 누웠다. 보지 않아도 알 수 있는 베개의 수놓인 모양을 떠올린 환의 입가에 조소가 떠올랐다. 그러나 그것도 잠시, 시름겨운 표정으로 스르르 눈을 감았다.

그의 마음을 논외로 하면 곁에 앉아 있는 여인에게는 잘못이 없었다. 어디 하나 흠잡을 데 없는 단정한 여인이니 마음을 주도록 노력해 보자며 석연치 않은 감정을 억누르려 애썼다.

그러나 중전의 거부로 인해 자신의 마음을 분명하게 들여다볼 수 있었다. 진정 마음을 줄 생각이 있었다면 겁먹은 마음을 부드럽게 달래며 그리 행한 연유가 무엇인지 물어 근심을 덜어 주었을 것이다.

아직 어려 마음의 준비가 덜된 것이라면 앞으로 함께 지낼 순간이 많으니 서두르지 않겠다고 어깨를 다독여 주었어도 되었다.

하지만 그렇게 하지 않았다. 마음을 줄 수 없기 때문이었다. 그도 알지 못하는 사이에 자리를 차지한 주인이 있었다.

암흑 속에서 희부옇게 떠올랐다 선명해지는 그림자에 미간을 좁혔다. 지금 이 자리에서만큼은 떠오르지 않기를 간절히 바라던 그 얼굴이 투명하게 그를 응시하고 있었다.

"전하."

사랑스러운 입술이 낯선 모양을 그려 냈다. 소리로 화하지 아니하였어도 분명히 알아볼 수 있는 입 모양이 많은 것을 이야기하고 있었다.

철없는 소녀를 속여 넘기는 것이, 순진한 그 마음을 손바닥 위에 놓고 쥐락펴락하는 일이 그리 즐거웠느냐고 물었다. 실없는 한량처럼 행세한 이를 일컬어 과연 일국의 군왕이라 믿고 섬길 수 있겠는가 꾸짖었다.

'아니다, 그렇지 않아.'

주눅 들지 않고 '선비님' 하고 부르는 목소리가 듣기 좋았다. 승은을 기대하는 요염함 대신 순수한 경탄을 담은 눈빛이 사랑스러웠다.

의무감 따윈 조금도 섞이지 않은 감정으로 그를 대하는 모습을 눈에 담았다. 그것을 잃을까 봐 진실을 말할 수 없었던 것이다. 그러나 안일하게 생각했던 것은 인정할 수밖에 없었다. 때가 되면 끊을 수 있는 마음이라 생각했다.

순진한 소녀는 그에 어울리는 길을 가고 자신도 선택지 없이 주어지는 방향을 따라가면 그만이라 여겼다. 간선의 자리에서 어린 소녀를 보는 순간 제 마음을 알아차렸지만 그때는 너무 늦었다.

곁에 두는 것으로 만족할 것 같으면 대비의 말대로 후궁으로 맞이하면 되었다. 그러나 그의 마음을 차지하고 있는 이를, 중전의 위세에 눌려 제대로 기 한 번 펴지 못할 후궁의 자리에 놓는 것이 가당한가. 하지만 저대로 놓아두는 것은 또 옳을까.

'너는……'

소녀의 모습이 서서히 흐려지기 시작했다. 가물거리는 사이로도 눈망울이 젖어 든 게 느껴져 가슴이 아파 와 더 보고 있을 자신이 없었다.

결국 환이 눈을 뜨고 시커먼 천장을 응시했다. 그가 가례를 올린다는 것을 알고 있는 소녀는 어떤 밤을 보내고 있을까.

혼야에 어울리지 않는 무거운 침묵만이 방 안을 맴돌았다.

일곱 엇갈리는 마음

여명이 밝아 오기 시작한 이른 새벽이었다. 바깥에서 인기척이 들려오는 것이 교대할 시간이 다 된 모양이었다. 밤새 거의 붙이지 못해 피곤한 눈을 꾹 누르고 있던 재청이 주변을 정리하기 시작했다.

지금껏 들여다보고 있던 책이며 서류 따위를 차곡차곡 포개 놓은 뒤에는 집에 가져가야 하는 것들을 한데 쌓아 올렸다.

"노고가 많소."

지척에서 들려오는 목소리는 좀처럼 들어 본 일 없는 낯선 것이어서 재청이 뒤를 돌아보았다. 몸에 걸치고 있는 옷은 꽤 호사스러운 선비의 차림으로 여기에 들어오기에 썩 어울리지 않았다.

의아함을 품은 채 마저 올라간 시선의 끝에서 마주한 얼굴
은 전혀 예상하지 못한 이의 것이었다. 몇 번 보지 못하였어
도 그 얼굴을 기억하지 못할 리 없다. 얼른 자리에서 일어나
절을 올리려 하는 재청의 황망한 움직임을 환이 부드럽게 손
을 저어 막았다.

"공석(公席)이 아니니 사양하겠소."

환이 재청의 어깨를 가볍게 눌러 자리에 앉히고 자신도 근
처의 의자 위에 자리를 잡았다. 그의 뒤에는 품에 무엇인가
를 안고 있는 젊은 내관이 허리를 구부린 채 서 있었다.

환의 눈길은 재청이 정리해 둔 서책과 서류에 쏠려 있었
다. 팔을 뻗어 가까이에 있는 것을 집어 들고 한 장씩 넘기기
시작했다. 이따금 종이를 넘기는 손길이 멈추면 짧은 문답이
오고 갈 뿐 숨소리도 거의 들리지 않는 침묵이 그들의 주변
을 감싸 안았다.

한 무더기의 종이 더미가 위아래 뒤집힌 채 쌓이고 나자
환이 다른 데 쌓여 있는 것들에 손을 올렸다. 맨 위의 것을
들어 제목을 훑어보고는 의문이 담긴 눈으로 재청을 쳐다보
았다. 재청이 조금 난감한 표정을 하고 고개를 조아렸다.

"송구하옵니다. 퇴청 시간이 가까워 준비 중이었사옵니
다."

환이 다시 책 제목을 들여다보았다. 이미 관직에 올라 있

는 이가 보기에는 다소 쉬운 책이었다. 줄곧 마음에 담고 있던 얼굴이, 그 목소리가 선명하게 떠올랐다.

환이 책을 들고 있는 팔을 천천히 뻗어 원래의 자리에 돌려놓았다. 짧지 않은 침묵이 흐르고 난 뒤에 환의 목소리가 낮게 울렸다.

"그대의 여식은 어찌 지내는가."

"집 안에 머무르고 있사옵니다."

"과인을 원망하는가."

자신의 생각을 묻는 것 같기도 하고 딸아이의 상태를 묻는 것처럼도 들리는 말에 재청이 잠시 고민했다.

며칠 앓아누웠던 딸은 자리를 털고 일어난 뒤로 생기발랄한 모습을 되찾았다. 어찌 보면 전보다 더 밝아진 모습으로 집안에 활기를 불어넣고 있었다.

재청이 간혹 일찍 귀가하여 곧바로 안채로 향하는 날이면 부엌에서 안방에 이르기까지 안마당을 가로세로 종종거리며 활보하는 모습을 볼 수 있었다.

예전부터 와방에 숨어들어 책을 읽는 일이 자주 있었다는 사실은 집안사람 누구나 다 아는 공공연한 비밀이었지만 지금은 그때보다 더 거침없는 태도였다.

재청이 사랑에 앉아 있으면 책을 한 권 안고 오거나 책장에 꽂힌 책을 태연스레 뽑아 들어 그의 앞에 내려놓고는 생긋 웃어 보이기도 했다. 그렇게 그의 앞에서 책을 읽을 적에는 허리를 쭉 펴고 정좌하고 앉아서 몹시 진지하게 몰두하다 이따금 고개를 갸웃거리기도 했다.

마음의 동요를 숨기기 위해 태연을 가장하는 것인가 싶어 주의 깊게 살펴보았지만 딸아이와 함께 있는 시간이 길지 않은 탓인지 이상한 점을 찾지는 못했다. 어린 만큼 회복 속도도 빨라서 쉬이 털어 버리는 것이 가능한 모양이거니, 안심했다.

"아비의 덕이 얕아 제대로 가르치지 못한 탓이니 어찌 감히 그러하겠습니까."

환의 눈길은 낮게 쌓여 있는 책 더미에서 쉽게 떠나지 못했다. 재청이 환의 시선이 향하는 곳을 보며 웃음기가 어린, 그러나 다소간의 염려도 섞인 목소리로 공손하게 말을 이었다.

"딸아이에게 어렵지 아니한 글을 조금씩 가르치고 있사옵니다. 본디도 부덕을 갖춘 것과는 조금 거리가 있던 아이였는데 오히려 기회라고 생각하고 있는 듯하옵니다."

'기회라고 생각하는 듯……하다고.'

글을 가르치고 있음을 변명하는 그 말은 웃음엣말인 것처럼 가벼운 어조에 실려 있었지만 어투 속에 담긴 무게는 결코 가볍게 흘려들을 수 없을 만큼 묵직했다. 무어라 대답할 말도, 더 건넬 말도 찾지 못한 환은 입을 열지 않은 채로 가볍게 손짓했다.

내내 존재감을 잊어버릴 정도로 조용하게 자리를 지키고 있던 내관이 책상 위에 보퉁이를 내려놓은 뒤 재청의 앞으로 밀어 놓았다. 무엇이 들었는지 그 모양으로는 짐작도 할 수 없었다. 선뜻 손을 뻗지 못하는 재청을 향해 환의 목소리가 울렸다.

"감제 때 유생들에게 내리고도 남아 번(番)을 서는 이들에게 하사하고 있네."

내관의 품에는 아직 주인을 찾지 못한 보 하나가 남아 있어 거짓이 아님을 알리는 증좌가 되어 주고 있었다.

"하오나……."

"그대의 노고를 치하하는 것이니 사양하지 말게."

환은 그것으로 이야기를 마치고 자리에서 일어나 읍하는 정도의 가벼운 인사를 받고 돌아섰다. 사라지는 그의 뒷모습을 물끄러미 바라보던 재청이 책상 위에 덩그러니 남아 있는 이질적으로 화려한 보를 바라보았다. 가져가고 싶은 마음이 썩 드는 것은 아니지만 아니 들고 갈 수도 없었다.

그날 저녁이었다. 재청과 마주 앉은 신 씨가 고운 보의 매듭을 풀어내기가 무섭게 매끈하게 다듬어진 함 하나가 모습을 드러냈다. 다소 빡빡한 뚜껑을 여느라 과하게 힘을 준 탓인지 함이 한 번 기우뚱하더니 뚜껑이 튀어 오르듯 열렸다.

이때가 기회라는 듯이 둥그스름한 것들이 우르르 굴러떨

어졌다. 다소 납작한 모양새 때문에 대부분은 근처에서 작은 원을 그리며 뒹굴다 멈추었다.

"황감이오."

한 번쯤 본 적이 있는 것 같기도 하고 처음 보는 것 같기도 한 황금빛 과일이 신 씨의 눈앞에 굴러다니고 있었다. 한껏 깊어진 겨울, 주변에서 볼 수 있는 과일이라곤 쪼글쪼글하게 말린 대추라든가 하얗게 분이 슨 곶감이 전부였다.

황감은 저 먼 남쪽의 섬에서 진상되어 오는 귀한 과일이어서 저자에서 쉬이 볼 수 없었다. 그러니 그 출처를 짐작하는 것도 어렵지 않아 신 씨의 목소리에는 자연스레 떨떠름함이 묻어나고 있었다.

"혹 부(府)의 관원들에게 하나씩 주어진 것을 빼돌리셨습니까."

"그럴 리 있나."

부인의 목소리에서 느껴지는 못마땅함은 모르는 척하고 재청이 황감을 하나 집어 손에 쥐어 주었다. 단단한 배나 사과는 물론이고, 무른 홍시와도 사뭇 다른 말랑한 감촉이 손끝에 닿았다. 신 씨가 한숨을 쉬며 치마폭 위에 황감을 내려놓았다.

"귀한 것을 어찌 이리 많이 가져오셨습니까."

"당직 중에 전하를 뵈었소."

"차라리 두고 오시지 그러셨습니까."

"어명인데 어찌 그럴 수 있겠소."

"지극한 충심을 품고 계신 나리이니 그러실 수밖에요."

신 씨가 빈정거리듯 말해도 재청은 나무라지 않았다. 이른 아침에 집에 들고 왔음에도 저녁이 오기까지 사랑에 놓아두고 고민한 것은 그도 마찬가지였다.

"이미 가져오신 걸 어쩌겠습니까. 귀한 과일을 버릴 수도 없고."

신 씨가 투덜거리며 때깔이 고운 것을 몇 개 골라냈다. 호되게 앓느라 몸이 마른 뒤 다시 살이 붙지 아니하는 어린 딸은 입도 확연히 짧아졌다. 새콤한 과일이 입맛을 돋우어 주기를 기대하며 가지런하게 줄지어 놓았다.

유연이 서안 위에 놓여 있는 것을 물끄러미 내려다보았다. 재청이 가져온 책 위에 주먹보다 작은 동그스름한 것들이 몇 개 놓여 있었다.

그녀의 마음이 아파도, 하루하루가 몹시도 길어 더디 가는 것처럼 느껴져도 시간은 쉼 없이 흘러갔다. 이어지는 나날을 설렘으로 채워 갈 적에도 결코 오지 아니할 것 같았던 겨울이 이미 깊어 있었다. 그리고 그가 황감을 보내 왔다.

"왜 그러십니까, 정말."

듣는 사람도 없는데 유연이 중얼거렸다.

지난 시간을, 일어난 일을 돌이킬 수 있는 이는 아무도 없었다. 언제까지고 풀이 죽은 채로 있으면 부모님의 근심만 깊게 할 뿐이었다. 직접적인 말로 표현한 것은 아니어도 간택의 결과를 기대하면 안 된다는 암시를 넌지시 받은 적이 여러 번이었다.

오래도록 상심하고 있으면 이상하게 여길 것이고 그러다 예전의 외출이 외간 사내를 만나기 위함이었음을 들키기라도 하면 그게 더 문제였다.

자신의 마음을 감추는 것은 크게 어렵지 않았다. 아침에 문안 인사를 드릴 적에 잠깐, 낮에 집안을 활보하는 짧은 시간 동안, 저녁나절 아버지께 글을 배우러 사랑에 가서 책을 펼치기 전의 또 그 잠시간만 표정을 밝게 하면 그만이었다.

방 안에 머무르는 대부분은 혼자 아니면 삼월이가 곁에 있었다. 무슨 일이 있었는지 비교적 상세하게 알고 있는 삼월이 앞에서는 제 마음을 숨기지 않아도 괜찮았다. 마음을 편안하게 해 주는 어떤 행동이나 말을 꺼내는 것은 아니었지만 속내를 드러내도 괜찮은 사람이 있다는 것 자체로도 위안이 되었다.

지금은 혼자였다. 겨울이 오면 황감을 주마 하고 약조했던 것은 환과 유연, 둘만이 아는 일이었다.

태연한 척해도 그리 쉽게 잊히지는 않았다. 서안 앞에 앉으면 먹을 갈아 놓고 한 글자씩 짚어 내리며 그를 기다리던 시간이 새록새록 떠올랐다.

붓을 쥐면 붓을 받거나 건네줄 적에 가볍게 스치던 손가락의 감촉이 살아나고 글을 읽다 모르는 글자라도 나오면 스스로 익혀 보라 말하던 목소리가 들려오는 것 같았다.

그런 이가 이제는 황감까지 보내서 악착같이 곁에 머무르며 떠나지 않으려 들었다.

'정말로 아버지의 노고를 치하하려던 것에 불과할지도.'

재청은 권력을 쥔 자들의 곁에 있지 못하다 뿐이지 근면성실한 관료였다. 게다가 그날은 번을 서느라 온밤을 청에서 지새웠다. 그저 우연의 일치일 뿐인데 혼자 넘겨짚고 있는 것이 분명했다.

유연이 책 위에 놓여 있는 황감을 하나씩 들어 서안 구석에 내려놓았다. 책장을 펼쳐도 글자가 눈에 들어오지 않았다. 한숨을 쉬며 저만치에 가지런하게 늘어놓은 황감 중 하나를 골라 들고 껍질을 벗겨 냈다.

눈에 보이지도 않는 조그마한 물방울 같은 것이 피부 위에 내려앉는 느낌과 함께 새콤한 향이 코끝으로 스며들었다. 하얀 실낱같은 것이 드문드문 붙어 있는 금빛 과육이 껍질 안에서 모습을 드러냈다. 유연이 여러 조각 다닥다닥 붙어 있는 알맹이를 손바닥 위에 올려놓았다.

"올 겨울에도 감제가 있을 것이니, 그때 받게 되면 너에게 하나쯤 주마."

무슨 맛인지 전혀 궁금하지 않다가도 스치듯 말한 그 약조를 혹시 잊지 아니한 것인가 하는 당치 않은 기대감이 결국 손을 움직이게 했다. 한 조각을 떼어 입안에 넣고 천천히 깨물었다. 얼굴이 살짝 찌푸려 드는 신맛이 입안을 가득 채웠다.

사내라기에는 너무 고운 이에게 눈이 미혹되고 마음을 빼앗겼지만 결국 그는 그녀에게 곁을 내어 주지는 않았다. 시리게 빛나는 태양만큼이나 고운 빛깔을 자랑하는 과일이 안에 품고 있는 것은 미각을 의심하게 하는 신 과즙이었다.

모든 정황이 그이는 평범한 소녀 따위가 감히 바라보아서도 아니 되는 사람이었다고 말하는 것만 같아 한 조각만 떼어 낸 채로 도로 내려놓았다. 자기도 모르는 새에 눈물이 고였다.

"그게 사실이더냐?"

"그러하옵니다, 마마."

대왕대비 김 씨의 눈초리가 사뭇 날카로웠다. 앞에 앉은 상궁은 마치 제가 큰 잘못을 저지르기라도 한 것처럼 납작하게 부복한 채로 숨소리도 제대로 내지 못하고 있었다.

톡. 톡.

대비의 손톱 끝이 매끈하게 다듬어진 나무판 위를 신경질적으로 두드렸다.

"어찌하여 그때에 바로 고하지 아니한 것이냐?"

"그것이……."

대답을 듣지 않아도 알 법했다. 궐에서 거의 평생을 살아온 이들이 중전이라고는 하여도 어린 소녀의 고집 하나를 꺾지 못해서 그 사달이 나게 했으니 후폭풍이 두렵지 아니할 수 없었을 것이다. 날이 밝고 조심스레 발을 들이니 전하께서 또 말끔하게 수습해 놓지 않으셨는가.

심지어는 함께 밤을 보낸 증좌로 합례(合禮)의 흔적까지 남아 있었다. 괜히 긁어 부스럼을 만드느니 입 다물고 아무 일 없었던 듯 지나 보내는 것이 가장 안전하리라고 판단했을 터였다.

세상에 비밀 따위 없다는 것쯤은 뻔히 알고 있으면서도 당장 눈앞에 닥친 위기를 모면하는 임기응변이 달콤하게 여겨지는 것은 누구나 마찬가지인 모양이었다.

"지난 일이니 변명하려 들지 말거라."

냉엄한 목소리에 상궁이 입을 닫았다. 김 씨가 생각에 잠겼다.

손이 귀한 왕실이었다. 중전이 회임하여 원자를 품에 안겨 줄 날을 기다리던 온화한 마음은 궁인들 사이에서 암암리에 떠돌다가 김 씨의 귀에까지 들어온 이야기 하나로 순식간에 싸늘하게 식어 갔다.

'요망한 것. 그런 얼굴을 하고 감히 그딴 일을 획책하였단 말이지.'

혼례를 올린 첫날에 문을 걸어 닫고 지아비를 거부하다니. 사삿집에서도 일어나서는 아니 되는 일이었다. 고르고 고른 보람도 없이 이런 사달이 일어났으니 몰랐을 때야 그렇다 치더라도 알고 난 이상은 그대로 둘 수 없었다.

누구를 중전으로 간택할 것인지는 집안이며 용모를 따져 초간 때 이미 마음을 정해 두었다. 삼간에 오를 처녀들도 신경을 써서 골라 두었다. 대사성의 딸은 이미 혼기를 놓치다시피 하였고 주부의 딸은 감히 이의를 제기할 수 없을 정도로 그 세가 약한 집안이었다.

문제가 될 성싶으면 어느 아이든 후궁으로 들어앉히면 그만이었다. 어차피 궐 안 궁인 중 환의 눈길을 받지 아니한 이는 극히 드물었다. 하나가 더 생긴다고 해서 문제가 될 리 없었다.

재간 때, 미리 정해 둔 아이를 불러 가까이 앉혀 손을 잡고서는 몸가짐이 단아하고 태도가 조신하니 아름다운 손부(孫婦)를 얻게 될 것 같다고 은근슬쩍 언질을 주었다.

그뿐이었던가, 재간이 끝나고 나서는 다른 후보들은 언감생심 꿈도 꿀 수 없을 고운 옷이며 장신구를 따로 보내어 주기까지 했다. 이전까지의 전례를 따른 것이기도 하지만 마음의 준비를 하고 행동을 조심하라는 뜻을 담았다.

한데 어린 계집아이가 그것을 기회로 알아 제 분수를 모르고 주제넘게 굴었다는 사실이 더욱 괘씸했다. 분명히 그 첫밤을 걸고 제 집안을 일으키기 위한 모종의 거래라도 할 생각이었으리라. 실권조차 지니고 있지 아니한 환이 무엇을 약조하였을지 어떻게 해서 그 닫아 건 문을 열었는지는 알 수 없었지만 궁금하지도 않았다.

일이 벌어진 이상, 순순히 그 장단에 놀아나게 놓아둘 생각은 없었다. 철없는 계집아이가 후에 혹시라도 제 자식을 믿고 기세등등하게 구는 일이 없도록 신중을 기할 생각이었다.

"주상께서 내전에 드는 날을 택일할 적에 신중을 기하라 이르라."

손가락으로 상을 두드리는 것을 그만둔 김 씨가 낮게 말했다. 그 뜻을 모를 리 없는 상궁이 말없이 고개를 조아리고는 뒷걸음질로 김 씨의 앞에서 멀어져 갔다. 한동안 정좌하여 있던 김 씨가 다시 목소리를 냈다.

"밖에 누구 있느냐."

문이 열리고 나이 든 내관 하나가 모습을 드러냈다.

"대비전을 찾을 생각이니 속히 기별을 하여라."

원자를 품에 안을 수 있다면 좋겠다는 바람은 있었다. 그러나 그 원자가 요망한 중전의 태에서 나올 필요는 없었다. 장성한다는 보장만 있다면 원자는 하나로 족했다. 그 이상은 도리어 문제가 생길 수도 있었다.

품에 안지 아니한 궁인이 없다던 주상이 한동안은 금욕을 실천하는 것처럼 계집에게 향하는 발길을 딱 끊었다. 중전을 자주 찾지는 아니한다 하고, 밤을 함께 보내기는 하는가 의심스러울 정도로 일찍 나서는 일이 잦다 하였으나 남녀가 한공간에 있으면 일이 벌어지는 것은 한순간이었다.

중전이 회임하기 전 새로 후궁을 들이도록 언교를 내릴 셈이었다. 며느리인 대비를 찾는 것은 그 논의를 위함이지만 이미 마음은 정해져 있었다.

대사성의 여식. 나이가 약간 많기는 하나 오히려 그것이 더 적당했다. 혼기가 약간 지난 데다 사내를 향한 그리움에 눈뜨고도 남을 나이이니 첫날밤 문을 걸어 잠그는 만용 따위는 부리지 않을 터였다. 삼간 자리에서 여인치고는 성품이 다소 강할 성싶은 인상을 받았지만 중전의 기에 눌리지 않으려면 어느 정도 강단은 있어야 했다.

강샘을 부리는 것도 주상의 면전에 직접 대고 하는 것이 아닌 다음에야, 한 사내를 두고 여러 여인이 그 눈길을 붙잡으려 애쓰는 상황에서는 당연히 일어날 수 있는 일이었다.

잠깐, 뇌리를 스쳐 간 주부의 딸은 곧바로 흘려보냈다. 환이 김 씨에게 직접 그 아이를 중전으로 맞게 해 달라고 청한 이상 과연 쉽게 생각해도 좋을지 확신할 수 없게 되었기 때문이었다.

가뜩이나 방자하게 군 어린 중전 때문에 심기가 불편한데 환의 총애를 믿고 오만하게 구는 후궁까지 가세하면 곤란했다. 머리 아프게 구는 계집아이는 단 하나라도 차고 넘쳤다.

"정말입니까."

그의 말을 믿지 못하겠다는 듯 되묻는 딸을 향해 치수가 피봉 하나를 내밀었다. 봉투를 여는 혜원의 손길이 가늘게 떨렸다. 몇 번이고 내용을 읽어 보다 종내는 가장 중요한 부분에서 눈이 멈추었다.

숙원(淑媛) 윤 씨(尹氏). 젊은 왕이 처음으로 첩지를 내려 맞이하는 간택 후궁. 한창때의 혈기 왕성한 사내가 중전이 아닌 다른 궁인을 품에 안지 아니하였을 리 없는데도 중전이 두 번이나 바뀌도록 후궁의 품계를 받은 이는 아무도 없었다. 그러니 그녀를 후궁으로 맞이하겠다는 전교에 아무 의미가 없을 리 없다.

혜원의 눈꼬리에 매달리는 어렴풋한 미소를 본 치수가 단호하게 선을 그었다.

"후사를 생산하는 것이 후궁의 책무, 손이 귀한 왕실이니 대비마마께서 조바심을 내신 것에 불과하다."

어린 나이에 즉위하여 두세 해 전에야 수렴청정에서 벗어난 왕은 아직 어렸다. 정사를 돌보는 데 있어 판단력이 부족할 젊은 왕보다는 삼정승 육판서의 입김이 더 세게 작용했다.

간택도 예외가 아니었으니 제 딸의 입궐에 영향을 준 것은 두 대비의 뜻이지 환의 뜻이 아니었다. 딸의 기대감이 실망을 넘어 원망으로 바뀐다면 파란을 불러올지도 모를 일이었다. 그의 딸 혜원은 여느 여자아이와 견주어 온순하다 할 수 없는 성품을 지니고 있었다.

아비의 말은 혜원의 귀에 들어오지 않았다. 숙원. 제가 받을 품계를 몇 번이나 뇌어 보던 혜원의 머릿속은 시간을 거슬러 삼간 때로 돌아가고 있었다. 그녀가 상감마마의 용안을 처음으로 뵌 순간이었다.

얼굴 한 번 본 적 없는, 태어나자마자 정혼을 하였다는 정혼자의 몸이 약해 혼인이 차일피일 미루어진 게 벌써 몇 년이었다. 그러다 결국 파혼하였을 적에는 이미 혼기를 놓쳐 여간한 대가 댁에는 매파조차 보낼 수 없는 나이가 되어 있었다. 그러더니 느닷없이 단자를 올렸다며 궐로 가는 가마 안으로 떠밀었다.

간선 장소에 잠깐 앉아 있는 것만으로도 결과를 예측하는 것은 어렵지 않았다. 나이 먹고 눈치 빠른 처녀는 잔뜩 긴장하고 있는 다른 계집아이들을 비웃었다.

그런 제가 삼간에 올랐을 적에도 심드렁하기는 하였으나 분노하지는 않았다. 혼기가 지난 지 오래니 좋은 집에 시집가기도 어려울 것이고 시집가든 집에 머무르든 규방에 갇힌 신세인 건 마찬가지이니 크게 서럽지도 않았다.

상감마마의 용모에 대해 궁인들이 속닥거리는 소리를 들었어도 시큰둥했다. 이목구비 갖추어진 사람의 생김새라는 건 거기서 거기인데 그것이 무어 그리 대단할까 생각했다.

마지막으로 입궐하였던 날, 그녀를 불러들인 두 대비의 옆에 한 명이 더 앉아 있었다.

젊은 왕이 왕비를 간택하는 자리에 친림하리라고는 생각지 못하여 크게 당황했다. 그러나 어차피 결과는 정해져 있으니 태도를 지적받아 아쉬울 게 무엇이냐 생각하여 눈을 들고 용포를 입은 젊은 사내의 얼굴을 보았다.

무언가 깊은 생각에 잠긴 것처럼 눈을 지그시 내리깔고 있는 사내의 얼굴을 보는 순간 그대로 주변의 모든 것이 흐려졌다. 첫눈에 반한다는 게 어떤 말인지 그날 처음 알았다.

반악의 재래인가 싶은 준수한 외모의 남성을 보자 그때까지의 모든 생각이 산산조각 났다. 모를 적에는 간택이 되든 말든 아무 상관 없었으나 일단 그 모습을 보고 나니 분했다. 왜 그의 옆자리가 제 것이 아닌가. 대사성이나 되는 그의 아비는 왜 그런 짜고 치는 노름판 같은 자리에 제 딸을 밀어 넣었단 말인가.

그날 늦은 저녁이었다. 혜원은 어미의 따가운 눈총을 견뎌내며 사랑 근처를 서성이다 퇴궐하는 아비를 잡고 패악을 부리듯 소리 질렀다.

"혼기를 다 놓치고 나서야 파혼하시더니, 과년한 딸자식을 평생 끼고 살게 되시니 속이 시원하십니까!"

치수는 사랑이 떠나갈 듯 악을 쓰는 딸의 얼굴을 의아한 듯 바라보다 짧게 말을 던졌다.

"일단 들어오너라."

주인의 성품을 닮아 단려한 멋이 있는 사랑이었지만 혜원은 그 모든 것을 싹 다 뒤집어 놓고 싶은 마음뿐이었다.

"궐에서 무슨 일이 있었느냐."
"대사성의 여식은 처녀 귀신으로 늙어 죽으라 명을 받잡고 왔사옵니다."

혜원의 빈정거리는 어조에 치수가 눈살을 찌푸렸다.

"너는 네 아비를 그 정도로밖에 생각지 아니하는구나."
"삼간에 오른 처녀는 사내도 모른 채로 평생 갇혀 사는 것이 정해진 법도 아니었사옵니까."

"그건 상감마마께서 거두어 주지 않으실 경우에 그리되는 것이지."

눈썹 하나를 까딱하지 않고 평온하게 대꾸한 치수가 손을 저었다.

"긴말하지 아니하겠다. 근신하고 기다리면 소식이 올 것이니라."

오늘, 기다리던 그 소식이 도착한 것이었다. 가슴이 두근거렸다. 마음이 설레었다. 깊은 생각에 잠겨 있던 그 얼굴이 그녀를 향해 미소를 지어 준다면, 그 눈에 들고자 못할 것이 없었다.

봄빛이 절정으로 물든 어느 날이었다. 국혼을 한 지 반년도 지나지 아니한 날이기도 했다. 스치듯 통보받았을 뿐 관심조차 갖지 아니하였던 가례가 있던 그 밤, 환은 곱게 단장하고 수줍은 듯 눈을 내리깐 한 여인을 마주하는 순간 형언할 수 없는 기분에 휩싸였다.

마음에 품은 이는 저 아득한 곳에 버려둔 사내에 대한 분노, 그 마음 훤히 들여다보고 있을 대왕대비가 비웃듯 들이민 다른 여인을 맞이하는 이에 대한 환멸, 그 모든 감정이 향하는 자기 자신에 대한 조소.

창백한 달이 구름 뒤로 숨어든 짙은 암흑 속에서 환은 팔을 붙잡는 손을 뿌리치며 몸을 일으켰다. 어린 중전이 문을 닫아걸던 것과는 반대로 사내를 유혹하려는 빛이 역력한 여인의 곁에서는 오래 머무를 수도 없었다.

그를 거부하는 여인이든 간구하는 여인이든 마음이 동하지 아니하는 것은 마찬가지였으나 이대로 시간을 끌다가 소요라도 일면 곤란한 상황에 처하게 될지도 몰랐다.

자경과의 동뢰연이 있던 밤은 소란의 사유가 그에게 있지 아니하였기 때문에 그대로 넘어갈 수 있었으나 지금은 아니었다. 잠깐 보는 것만으로도, 나이가 찬 처녀인 혜원이 자경이나 유연과는 또 다른 성품을 지닌 이임을 쉽게 짐작할 수 있었다.

"전하."

당황스러움이 물든 혜원의 목소리를 듣자 여러 갈래로 나뉘어 복잡하게 얽힌 죄책감이 환의 마음에 스며들었다. 그 감정은 지금의 그에게는 지독하게 불쾌하여 여인의 마음을 헤아릴 여유가 없었다.

"아무것도 기대하지 마오."

냉랭한 목소리는 혜원의 온몸에 한기를 불러일으킬 정도로 시렸다. 혜원이 손을 살며시 거두어들였다. 아직 기다란 비녀도 뽑지 아니하였다. 단꿈에 젖을 새도 없는 냉담한 태도에 목 안쪽에서 치밀어 오르는 무엇인가를 꾹 삼키고 힘겹게 입을 열었다.

"어찌하여······."

"귀가 있으면 듣게 될 터."

자리를 벗어나는 환의 동작에는 한 치의 망설임도 없었다. 그는 뒤돌아보지 않고 그대로 사라졌다.

제 눈앞에 펼쳐진 광경에 혜원은 망연했다. 손도 대지 아니한 상, 그저 잠깐 앉았던 자리가 옴폭 들어갔을 뿐 누운 흔적조차 없는 금침, 그리고 두근거리는 마음으로 사내를 기다리던 때와 꼭 같은 흐트러짐 없는 자신의 옷차림.

"대비마마께서 조바심을 내신 것에 불과하다."

문득, 그녀에게 충고하듯 말하던 아비의 목소리가 떠올랐다. 별궁에 있을 적에 상감마마께오서 주부의 여식을 중전으로 맞이하고 싶다 하시었다는데 그리 고우시더냐 묻던 나인의 호기심 어린 목소리도 기억났다.

혜원이 눈을 꼭 감고 입도 꾹 다물었다. 약한 모습을 보여서야 살아남을 수 없으리라. 남에게 들키지 않기만을 기대하며 삼키고 삭이는 것 외에는 도리가 없었다.

어깨를 쭉 펴 손을 위로 올리고 비녀를 움켜쥐었다. 곧, 삼단 같은 머리가 어깨를 지나 물결치듯 흘러내렸다.

수려한 외모의 젊은 왕에게 마음을 빼앗겼다. 처음 정식으로 맞이하는 후궁이니 관심을 가져 주리라 생각했다. 그러나 그 기대는 아침 햇살을 받은 이슬이고 따사로운 볕에 녹아내리는 눈에 불과했다.

이미 그의 마음이 간 곳이 있었다. 성숙한 여인의 몸도 마다할 정도로 깊은. 무슨 수를 써도 돌려세울 수 없는 마음이라는 것을 깨달았을 때 깊은 절망감이 혜원의 마음을 갉아들었다.

"그렇다 해도, 쉽게 포기하지 않아."

혜원이 억눌린 목소리로 자신에게 다짐하듯 중얼거렸다.

여덟 그때, 마음에 피어난 꽃이여

　아침저녁으로 부는 바람은 제법 싸늘했지만 한낮의 햇볕에 바닥이 달구어지는 낮 동안에는 온기를 머금고 살랑거리며 옷자락을 흔들었다.

　가만히 앉아 있기에는 날이 몹시 좋았지만 이 댁 아기씨는 품에 한 보따리는 될 것 같은 책을 안은 채 위태위태한 걸음을 옮기고 있었다.

　절반이 조금 넘는 책이 품에서 덜어졌다. 유연이 눈을 돌렸다. 온화한 표정의 치서가 유연을 바라보고 있었다.

　"누이는 몸종을 또 쫓아낸 모양이지?"

　"어디 먼 데를 가는 것도 아니고 지척에 있는 사랑에 가는데 무어."

생글거리며 웃음 짓는 유연을 보던 치서가 그 뒤를 따라 천천히 와방으로 발을 옮겼다. 간선이 끝나고 나서도 유연을 자주 볼 수 있었다.

간택되었다면 입궐하였을 것이고, 그게 아니라면 의젓한 안방마님이 되기 위한 교육을 받고 있어야 할 소녀가 예전처럼 생활할 수 있는 연유는 단 하나였다. 삼간까지 올라갔으나 떨어져 평생 처녀로 늙어 가야 하는 처지.

치서는 그런 처지에 놓인 것치고는 쾌활함이 지나쳐 보이는 유연의 표정이 진심인지 아닌지 도통 분간할 수 없는 제 눈썰미를 탓했다.

대청마루 앞에 선 유연이 몸을 돌리더니 치서가 나누어 들어 준 책 위에 제 품에 안고 있던 책을 겹쌓았다. 갑작스레 실리는 무게에 치서가 잠깐 휘청거렸다. 유연이 키들거리며 먼저 섬돌 위에 신을 벗어 놓고 치서를 내려다보았다.

"아버지께 배우던 글이 있어서 그것 좀 찾아볼게. 정리, 부탁해도 되지?"

치서를 섬돌 아래에 세워 놓은 채 유연이 재청의 방으로 사라졌다. 잠깐 멍하니 그 모습을 바라보던 치서가 고개를 흔들며 대편 와방의 문을 열었다.

하나씩 원래 자리로 되돌아가던 책의 목록을 가만히 상기한 치서가 고개를 갸웃했다.

유연이 닫힌 문을 등지고 서서 한숨을 내쉬었다. 뜻하지 않게 만난 치서에게 마음의 동요를 들킬까 싶어 피신하듯 들어왔을 뿐 배우던 글을 찾으러 온 것은 아니었다.

치서에게 정리를 맡겨 버린 책들은 죄다 경서였다. 경전은 어렵기도 하거니와 흥미도 떨어졌기에 더 이상 방에 둘 필요가 없다 싶어 모조리 챙겨서 들고 온 참이었다.

집 안에 틀어박혀 세상 물정도 모르는 철부지 아이가 정치를 논하고 군왕과 신하의 도리를 이야기하는 것은 쉽지 않았다.

계집아이가 글을 읽는 데 필요성 따위는 처음부터 논외의 것이었지만 과거를 볼 것도 아닌데 더 보아서 무엇하랴 싶기도 했다.

"네 사내가 아니니 과거를 볼 것도 아니고 조정에 출사를 할 수 있는 것도 아니지 않으냐."

"논어를 읽는 자는 과거를 보아 입신양명을 하려는 것이 그 목적의 전부입니까?"

"어찌 그러하겠느냐. 글 읽는 목적이 출세에만 있는 것은 아니니."

"하온데 어찌 소녀에게는 사내가 아니어 과거를 볼 수 있는 것이 아니니 그만두라 말씀하십니까?"

언젠가 주고받았던 이야기가 아슴푸레하게 떠올랐다 사라

졌다. 재청이 유연에게 글을 일러 주는 서안 옆에는 서간집
이며 시문집이 몇 권 놓여 있었다.

처음 그런 책을 뽑아 들었을 때 재청은 유연을 앞에 앉혀
놓고 이것저것을 설명해 주었다.

어떤 시대를 살던 누가 무슨 마음으로 쓴 것인지, 이것이
당대의 정치 상황과 어떠한 관계가 있는지 따위의 내용은 잠
깐 머리를 스칠 뿐 오래 머무르지 않았다. 경서를 멀리하기
로 결심한 것과 같은 맥락이었다.

대신 그런 글들의 껍데기만 읽어 눈에 담았다. 사내가 썼
으면서도 여인의 마음을 섬세하게 아는 것 같은 표현이, 절
절한 그리움이 맺혀 있는 글귀들이 좋았다. 은근슬쩍 그 뜻
을 제 아비에게 전하자 재청이 고개를 저었다.

"계집아이는 어쩔 수 없구나."

웃음을 잔뜩 눌러 참고 있는 재청의 목소리에 비아냥이 담
긴 게 아니라는 것은 유연이 더 잘 알았다. 여인의 마음을 품
게 되어 사내를 그리워하는 나이에 이른 딸아이에 대한 안타
까움이 희미하게 배어 있었다.

바깥에서 발소리가 들려왔다. 그 소리의 주인을 알아챈 유
연이 재빠르게 몸을 돌리고 문을 열어젖혔다.

재청의 모습을 확인한 뒤 몸을 돌려 나붓나붓한 몸놀림으

로 인사를 했다.

고개를 숙이며 발끝에서부터 올라오던 시선은 재청의 얼굴까지 향했다가 꾸러미를 들고 있는 손으로 자연스럽게 향했다. 재청은 유연을 확인하고 맞은편 방에서 얼굴을 내미는 치서의 모습을 보았다.

"나눌 말이 있으니 잠시만 기다려 주겠느냐."

재청은 치서가 도로 와방 안으로 들어가는 것을 본 뒤 몸을 돌려 유연에게로 향했다. 여전히 유연의 눈길이 꾸러미에 고정되어 있자 작게 웃었다.

"아비가 아니라 아비가 갖고 온 게 무엇인지 궁금한 게로구나."

재청이 자리에 앉으며 유연을 고갯짓으로 불렀다. 매듭이 끌러지고 몇 권의 책이 모습을 드러냈다. 유연의 손이 살그머니 책 위에 닿았다. 화려하고 매끄러운 비단으로 책가위를 씌운 것은 처음 보았다. 손끝이 닿는 것조차 사뭇 긴장이 되어 도로 손을 떼었다.

글을 가르쳐 달라고 한 이후로 재청이 책을 가져오는 일은 꽤 여러 번 있었다. 대개는 더 이상 그런 책들을 보지 않는 이들에게 받아 오는 것으로 새 책을 사 오는 일은 흔치 않았다.

책은 살 마음을 쉬이 먹을 수 없을 정도로 비쌌고 이렇게 호사스러운 모양을 한 책이 얼마나 할지는 상상조차 할 수 없었다.

"이것들은 어찌 된 것입니까, 아버지?"

"너를 보여 줄까 하고 빌려 온 것이니 책이 상하지 않게 주의하여라."

유연이 제일 위에 놓인 한 권을 들어 조심스레 펼쳐 보았다. 재청의 얼굴에서 거북함이 묻어나고 있었지만 이미 책에 정신이 팔린 유연은 미처 알지 못했다.

환이 넓지 않은 방 안을 둘러보았다. 이곳을 다시 찾은 건 아마도 반년 만인가 싶었다. 매일 쓸고 닦기라도 한 것처럼 깨끗한 방이었지만 놓여 있는 집기가 극히 단출하여 휑한 느낌이 들었다. 사실 가구 따위에 관심을 두어 본 적은 없었지만.

환이 천천히 시선을 떨어뜨렸다. 먼지 한 톨 앉지 않은 서안 위에는 아무것도 놓여 있지 않았다. 발을 떼어 몇 걸음 옮겨 주인이 앉는 자리에 좌정했다.

오래도록 비워 두었는데도 방 안에는 묵향이 가득했다. 좁은 서안 옆에는 진하게 갈아 둔 먹물이 깔린 벼루가 내려 놓여 있었고 서안 한가운데에는 책이 펼쳐져 있었다. 가느다란 손가락이 한 자 한 자 짚어 가며 움직이다 멈추었다.

"어찌 읽어야 할지 기억나지 않습니다."

대답하지 않고 그 모습을 바라보았다. 샐쭉한 표정이 되어 입술을 삐죽 내민 소녀가 무어라고 하는지도 모르게 작게 투덜거렸다. 가볍게 손을 뻗었다.

저 입술 위에 손가락을 얹으면 틀림없이 당황해서 입술을 깨물고 고개를 숙일 것이다. 다가가서 가볍게 입 맞추면 어찌할 줄 모르고 눈을 꼭 감겠지.

손끝이 닿기 무섭게 눈앞에 있던 모든 것이 허물어졌다. 언젠가 비슷한 경험이 있었던 것 같다고 생각하며 허공을 배회하던 손을 도로 거두어들였다.

지금은 소녀가 누구인지 알고 있었다. 어디에 사는지를 알아보는 것도 어렵지 않았다. 아니, 실은 그것도 이미 알고 있었다.

이제는 소녀가 그의 정체를 눈치챌까 봐 걱정할 필요도 없었다. 그런데도 소녀를 불러낼 수 없어 이렇게 빈 방에서 환상을 그려 내고 있는 처지였다.

"밖에 있느냐."

젊은 내관, 언이 발을 걷어 올리고 모습을 드러냈다.

"혹 과인이 없을 때라 하여도 주부가 책을 가져오거든, 다른 것을 내주거라."

긍정의 뜻으로 고개를 조아려 보인 내관이 도로 발을 내려 모습을 감추었다.

썰렁한 방 안에서 환이 한숨을 내쉬었다. 목소리도 내지 않고 앉아 있어도 사라진 소녀가 다시 모습을 드러내지는 않았다.

황량한 방 안에는 그 혼자뿐이었다. 오싹한 냉기가 몸을 휘감아 돌았다. 바깥 날씨는 완연한 봄이었는데 방 안은 아직도 겨울에 머물러 있는 것 같았다.

'네가 없으니 봄도 오지 않는구나.'

작은 사랑에 형제가 단정하게 마주 앉았다. 치서는 전에 비해 다소 거칠어진 치상의 얼굴을 바라보았다. 시간 가는 줄 모르고 밤낮없이 책을 붙잡고 있던 결과일 것이다.

어릴 때는 그를 놀리고 골리는 데 여념이 없던 장난꾸러기 형이었지만 일곱이나 되는 나이 차이는 상상외로 커서, 치서가 그것을 되받을 수 있을 즈음에는 이미 혼인하여 슬하에 아이까지 둔 의젓한 어른이 되어 있었다.

문리가 트이고 마음에 품은 야망도 있으니 치서에게는 닿을 수 없는 머나먼 존재처럼 여겨지기도 하는 것이었다.

"이제 완전히 돌아오신 것입니까."

"그래."

치상이 어린 동생을 바라보며 다정하게 웃어 보였다. 그의 배움이 아직 완벽하다 할 수는 없었지만 어느 순간 깨달아 버렸다. 앎이 세상 누구보다 깊더라도 그가 닿을 수 있는 자리에는 한계가 있었다.

장원이니 차상이니 하는 갑과 급제의 이룰 수 없는 꿈을 좇는 것보다는 눈을 약간 낮추어 목표를 다시 설정하고 그 끄트머리를 쥔 뒤에 다시 계획을 세우는 쪽이 합리적이었다.

일단 급제하여 성균관 입교 자격을 얻고 왕이 친림하는 감제 따위에서 두각을 드러내는 편이 더 승산이 있어 보였다.

"형수님께서 기꺼워하시겠습니다. 형님이 계시지 아니하여 어려움이 있지 아니하였겠습니까."

별다른 사심이 담기지 않은 치서의 목소리에 치상이 살짝 눈살을 찌푸렸지만 못마땅한 마음을 크게 드러내지는 않았다. 그에게도 어린 시절이 있었고 치서의 말은 그 나이 즈음에 한 번쯤 해 볼 법한 생각을 담고 있었다.

"집안을 다스리는 것이 아낙의 본분이며 장부가 집안일 따위에 얽매여서야 어찌 뜻을 이룰 수 있겠느냐."

"형님의 뜻은 어디에 있사옵니까."

"상감마마께서 선정을 펼치실 수 있도록 보필하는 것이 모든 선비의 목표일 터."

치상의 목소리에 치서가 잠시 입을 다물었다. 그는 치상이 이야기하는 '모든 선비'에 속하지 아니하는 사람인 모양이었다. 과거에 급제하여 조정에 나아가는 데 큰 관심이 없고 기껏 어느 한적한 지방에서 선정을 베푸는 수령이나 되면 좋겠거니 생각했다.

제법 문벌이 갖추어진 집안이라 의정부 대신이며 육조 판서 따위가 될 생각이 아니라면 과거에 연연하지 않아도 상관없었다.

형님의 뜻은 존중하고 때로 존경스럽기도 하지만 그 뒤를 밟고 싶은 생각은 없었다. 대신 치상이 내뱉은 '상감마마'라는 말에서 다른 방향으로 움터 가는 생각의 꼬리를 잡은 치서가 몹시 조심스럽게 말을 꺼냈다.

"형님, 삼간에 올랐던 처자는 진실로 처녀로 살아야 합니까."

치상은 갑작스러운 화제 전환에 당황했다. 중전의 자리를 오래 비워 둘 수 없어 간택이 있었던 사실은 알고 있었으나 제법 시일이 흐른 일이었다. 질문의 의도는 알 수 없으나 일단 고개를 끄덕였다.

"어찌 다른 이와의 혼인을 바라겠느냐."

삼간의 자리에서 입는 소례복은 여염의 혼례복이었다. 지아비가 될지도 모를 왕의 얼굴은 대개 볼 수 없었으나 그 어머니이거나 할머니인 대비를 만나 인사를 드리는 자리이기도 했다.

말하자면, 혼인하지 아니하였으되 혼인한 것과 진배없는 상황에 놓이게 되는 셈이었다. 그런 여인이 어찌 다른 이의

품에 들 엄두를 낼 것이며 감히 데려가려는 자가 있어서도
안 되었다.

"시일이 흐르면 잊히지 아니하겠습니까."

"불경이고 불충이다."

"불합리한 일 아닙니까. 평생을 수절 과부처럼 홀로 지내
야 한다는 것은요."

"정해진 법도가 그러한 것을 어찌할 수 있겠느냐."

단호하게 대꾸하던 치상은 문득 제 아우가 담장 하나를 사
이에 둔 이웃의 사랑에 자주 드나든다는 사실을 상기했다.
음양의 구분 따위는 무의미한 어린 시절, 이웃에 사는 어린
계집아이와 소꿉동무처럼 다정하게 지냈다는 사실도 떠올렸
다. 치상이 표정을 굳혔다.

"설마……."

치서는 대답하지 않았다. 성년에 가까워진 소녀가 사랑에
별다른 거리낌 없이 드나드는 것이 정상적인 상황은 아니었
다.

유연은 생기발랄한 얼굴을 하고 있었지만 가끔 몹시 서글
픈 표정을 짓곤 했다. 얼토당토않은 관습에 매여 피어나는
꽃송이처럼 고운 소녀가 맥없이 시들어 가는 날들을 헤아려
야 한다는 사실에 분노했다.

치서는 그 끝에 마주한 자신의 진심을 인정했다. 재청의
사랑에 드나든 사유를 책 때문이라 포장하고 있었으나 기실

은 그 사랑스러운 소녀의 얼굴을 한 번이라도 더 보고픈 마음 때문이었다.

서로가 어른이 되어 간다 인정하면 만날 수 없을까 봐 되도 않게 '누이'라고 불러 조심스럽게 연정을 숨기고 있었다. 언제부터인가 그의 곁에 소녀가 함께 있는 모습을 그리는 것이 자연스러워졌다.

그 마음은 유연이 삼간에 오르는 것과 함께 조각났다. 현실을 인정할 수 없었다. 차라리 중전마마가 되어, 못해도 후궁이라도 되어 입궐하였으면 순순히 포기할 수 있었을지 모른다.

하지만 처녀로 쓸쓸히 늙어 가야 하는 처지를 두고 보기만 하여야 한다니. 납득할 수 없었다.

소년의 머릿속이 분주해졌다. 한양에 터를 잡고 사는 이라 하여도 궁벽한 시골에 먼 친척이 없을 리 없다.

피접한다 둘러대고 멀리 보내었다가 병이 들었든 사고가 있었든 안타깝게 되었다고 하면 그것으로 끝, 더 관심을 둘리 없었다.

기껏 고을의 원님이나 되어 먼 지방이나 전전할 그가 맞이한 아내에게 관심을 갖는 이는 없다고 보아도 무방하리라. 그마저도 마음에 걸릴 것 같으면 어느 고을에 자리를 잡고 땅뙈기를 조금 사들여 유지 노릇이나 하면 그만이었다.

나이 마흔쯤 먹어 해묵은 진사나 생원이라도 되면 혹여 뜻을 품을지도 모를 제 자식의 출사를 염려하지 않아도 되리라.

"안 될 일이다."

마치 치서의 머릿속을 꿰뚫어 보듯 치상이 준엄한 목소리를 냈다.

그의 머릿속도 복잡하기는 마찬가지였다. 치서의 눈빛에서 읽히는 생각은 터무니없는, 금기를 깨는 것이었다.

대개 삼간에서 떨어진 처녀는 수절하며 늙어 가는 것이 보통이었으나 후궁으로 들이는 경우도 없지 않았다. 만에 하나, 치서가 위험한 생각을 실천으로 옮기고 그 사실이 들통나게 되면 꿈꾸는 모든 것이 허사가 될 터였다.

겨우 손끝을 대어 볼까 생각했던 야망 따위 흔적도 없이 스러져 버릴 것이고 집안의 안위도 염려해야 할지 모른다.

"벌써 뭔가를 도모한 건 아니겠지."

치상의 말에 치서가 고개를 저었다. 혼인에 대한 생각을 구체화하기에는 유연이 삼간에서 떨어진 지 그리 오랜 시간이 흐르지 않았다.

무엇보다 유연의 마음을 알 수 없어 쉽게 말을 꺼낼 수 없었다. 불과 일 년 전쯤, 저자에서 만난 소년의 모습과 그 곁의 해사한 청년을 떠올리면 마음이 답답해졌다.

그 아이가 누이였던 것은 맞나, 그저 비슷한 아이를 착각한 것은 아닐까. 만약 자신의 생각이 옳다면 그는 누구일까.

유연은 그에게 마음을 주었을까.

"이제 그곳에 가지 말아라."

치상이 엄격하게 선언했다. 상념에 잠겨 있던 치서가 깜짝 놀라 자세를 바로 하고 치상을 바라보았다.

"자칫 너의 어리석음이 집안에 화를 불러들일지도 모르겠구나. 계집아이의 행실이 과히 좋지 아니한 것을 알고 있었으면 진즉에 막았어야 할 일인데."

"누이, 유연이는 그런 아이가 아닙니다."

유연을 가차 없이 깎아내리는 말에 치서가 발끈했다. 그 반응이 더욱 심상치 않게 보여 치상이 표정을 더욱 굳혔다.

"그런 아이인지 아닌지가 중요한 게 아니다. 눈이 팔린 네 녀석이 문제일 뿐. 만에 하나 다시 그 집에 드나들 것 같으면 내가 직접 찾아가 이야기하마. 딸자식을 제대로 건사하지 못하여 창창한 네 앞길을 가로막으려 드는 후안무치한 행태를 그대로 두고 볼 수만은 없다고."

"형님!"

치서의 분노에도 치상은 눈썹 하나 까딱하지 않았다. 안타까운 일이었다. 아무리 어리다 하여도 사내가 되어 어찌 저리 아둔하게 굴 수 있는지 이해할 수 없었다.

행랑아범에게 치서가 어딜 가든 항시 눈을 떼지 않도록 단단히 일러야겠다고 생각하며 치상이 자리에서 먼저 일어났다. 성큼성큼 밖으로 나가는 그 걸음을 노려보던 치서는 문이 닫히는 순간 얼굴을 감싸 쥐었다.

치상의 반응은 예상한 것이었다. 그럼에도 어린 아우를 사랑하는 마음에 이해해 줄지 모른다는 실낱같은 기대로 이야기를 꺼내어 보았으나 결과는 바뀌지 아니하였다.

당장 행동으로 옮기지 아니하면 치상이 제 부모든 유연의 집에든 이야기를 하지 않을 것은 확신하고 있었다. 하지만, 이 순간부터 유연의 얼굴을 볼 수 없으리라는 사실은 미처 대비하지 못한 것이었다.

높다랗게 쌓인 책을 잔뜩 안고 위태롭게 걸음을 옮기던 모습, 그 책을 반 정도 덜어 내었을 때 잠깐 마주했던 얼굴 위로 어렴풋하게 떠올라 있던 우울감과 그런 표정 따윈 지은 일 없다는 듯 화사하게 피어나던 미소를 떠올리자 마음이 욱신거렸다.

"누이, 이제 어쩌면 좋을까."

듣는 이도 없는 외로운 방 안에서 치서가 낮게 중얼거렸다.

구름 한 점 없는 하늘에 달을 가릴 만한 것은 아무것도 없었지만 새까만 먹물 같은 어둠이 조금씩 밀려들어 달을 잘라 내고 있었다.

처음에는 정말 손톱만큼이나 조금 뜯어먹는 것 같더니 점점 대담하게 베어 물었다. 모양이 다르기는 해도 보름 동안 기울어 가는 달을 하룻밤도 채 아니 되는 짧은 시간에 볼 수 있다니.

그녀는 치켜든 고개가 아픈 것도 모르고 정신없이 하늘만 바라보았다. 달이 완전히 어둠에 삼켜졌다. 맑은 밤하늘에 떠 있던 별들은 제 경쟁자가 없어진 것을 반가워하는 듯이 더욱 반짝거렸다.

그러나 별빛이 안마당을 밝히는 것은 어림도 없는 일이어서 한층 짙어진 어둠을 몰아내고 있는 것은 아무도 없는 방 안에서 이따금 흔들거리고 있는 등잔불이었다.

유연이 하늘만 정신없이 바라보고 있는 동안 좁은 마루에 엉덩이를 걸치고 앉아 있던 삼월이가 툭툭 털고 일어나서 소매를 가볍게 잡아당겼다.

"아기씨, 그만 들어가 주무셔야지요."

"조금 지나면 달이 또 나오지 않을까?"

"거의 한 시진은 예서 기다리고 계셔야 할걸요."

시작될 때부터 지금까지 줄곧 버티고 있었는데 또 한 시진 넘게 있을 생각을 하니 좀이 쑤시는 느낌이었다.

여름에 접어들고 있다고는 해도 아직 밤공기는 꽤 차가웠다. 제 팔뚝에 오스스 돋은 소름은 분명 아기씨의 팔에도 돋아나 있을 것이다. 삼월이가 막무가내로 잡아끄는 손길에 유연이 몸을 돌리다가 아쉬운 눈길로 다시 달을 힐끗 보았다.

"저걸 좀 봐."

유연이 들뜬 목소리를 냈다. 틀림없이 어둠에 삼켜졌던 달이 은빛을 띤 연한 붉은빛으로 빛나고 있었다. 달빛은 평소에 비해 훨씬 미약하였으나 그 속에 박힌 계수나무의 모습을 선명하게 드러내어 아직 하늘에 남아 있음을 과시했다.

마치 눈을 감고 태양을 바라보아도 눈꺼풀 안에 비쳐 드는 붉은빛으로 태양이 하늘에 떠 있음을 알려 주는 것처럼. 필사적으로 노력해도 잠시만 긴장을 늦추면 바로 마음 깊은 곳에서 불쑥 올라오는 그리움처럼.

"아기씨. 이런 일은 작년에도, 그 작년에도 있었습니다. 틀림없이 내년에도 있을 거예요. 그러니 오늘은 이만 들어가세요. 날이 추워요."

감상에 빠져 있는 유연이 못마땅하다는 듯 투덜거린 삼월이는 지치지도 않고 그녀의 소매를 잡아끌었다. 유연이 마지못해 방 안에 발을 들여놓았다. 잠깐 실랑이가 이는가 싶었지만 방 안이 곧 조용해졌다. 삼월이가 문을 열고 나와서 제 처소로 종종거리며 사라지고 방 안을 줄곧 밝히고 있던 불이 꺼졌다.

어둠이 파도처럼 밀려들었다.

아직 등잔 불빛이 스러지지 않은, 시간도 미처 그곳을 발견하지 못하고 무심하게 지나친 것 같은 방이었다. 의관을 정제하고 마주 앉아 있는 두 남녀는 퍽 밤이 깊었음을 깨닫지 못하고 있는 양 보이기도 했다.

"금일은 평안하였소?"

무미건조한 어투에 실린 다정한 말은 형식적인 것 같기도 하고 마지못한 것처럼 들리기도 했다. 환의 목소리에 자경이 공손하게 대꾸했다.

"염려해 주시는 덕분에 무탈하옵니다."

"날이 더워지니 조심해야 할 것이오."

여전히 환의 목소리에서는 어떤 감정도 읽히지 않았다. 그는 늘 그러했다. 무감한 목소리는 때로 냉대받는 것보다 더 서늘한 느낌이 들게 했다. 대놓고 자경을 무시하거나 멀리하는 건 아니었지만 그렇다고 해서 썩 가깝지도 않았다. 길일이면 상궁이나 환관의 안내를 받아 내전에 들고 새벽이 밝아 올 즈음 자리에서 일어나 돌아가기는 했으나 아무 일도 일어나지 않았다.

동뢰연이 있고 시일이 좀 지난 후 그가 처음 발걸음을 하였을 때도 자경은 그렇게 의관을 정제한 채 앉아 있었다. 그녀를 내려다보는 그의 입가에 설핏 미소가 스쳐 지나갔다. 그 뒤로 내내 그러하였던 것 같다.

의례적인 인사가 오가고 나면 침묵이 내려앉았고 자경은 그 침묵이 길어지면 다음에 무슨 일이 생길까 봐 겁이라도 나는 것처럼 기를 쓰고 화젯거리를 찾아내곤 했다.

"전하께오서는 평안하셨사옵니까."

"별다른 일은 없었소."

더 할 말이 없었다. 신기할 정도로 대화는 좀처럼 길게 이어지지 않았다. 자경이 입 밖으로 새어 나오려는 한숨을 눌러 삼켰다.

궐의 생활에 적응하는 것은 단 하나만 제외하고는 생각보다 어렵지 않았다. 예전에 주부의 딸에게 은근슬쩍 자랑하였던 기억력이 큰 도움이 되었다. 사람에 대한 눈썰미가 좋은 편이어서 한두 번 보아도 누구인지 어떤 사람이었는지 정확하게 떠올릴 수 있었다.

제 행동 하나하나를 기억하고 있는 상전에 대한 경외감은 자경이 중궁전의 주인으로 인정받게 하는 데 큰 도움이 되었다.

그러나 다만 그뿐이었다. 가장 중요한 것은 그녀의 지아비, 환과의 관계일 것이나 전혀 진전이 없었다. 마주 앉는 일은 종종 있으되 오누이처럼 다정하지도 못하니 생판 모르는 남남과 크게 다르지 않았다.

환은 먼저 다가올 생각도 없어 보였지만 그녀가 먼저 다가간다 하여도 받아들여 주지 않을 것 같은 단호하고 서늘한 표정을 지었다.

정해진 날 꾸준히 찾아오는 것은 중전에 대한 일종의 책임

감처럼 보였고, 그녀가 대왕대비의 눈 밖에 난 점을 조금은 안쓰럽게 여기는 것 같았다. 그렇다고 하여 자경의 앞에 정좌하는 그 이상의 다정한 접근을 하는 일은 없었지만.

자경의 기억이 조심스럽게 시간을 거슬러 문을 닫아걸었던 그 밤으로 향했다. 두려움에 또 두려움이 더해지기만 했던 그 밤, 저가 달리 행동하였다면 그들의 관계는 또 다른 모습일 수 있었을까. 그러나 오래 생각할 수는 없었다.

환이 자리에서 일어나며 무뚝뚝한 목소리를 냈다.

"이만 돌아가 보아야 하겠소."

자경이 조심스럽게 일어나서 떠나는 뒷모습을 말없이 배웅했다.

이 상황이 절대 자연스러운 것이 아님을 알고 있었다. 처음부터 잘못 꼬인 매듭을 풀어내려면 적지 않은 노력이 필요했고 먼저 시도해야 하는 쪽은 그녀였다. 그러나 그가 그녀의 마음을 받아 주지 아니하면 그때는 어찌해야 할지 알 수 없는 혼란으로 실천에 옮길 용기가 나지 않았다.

아무런 상처도 받지 아니한 것처럼 흐트러짐 없는 자세로 자리를 지키는 것이 그나마 그녀가 할 수 있는 유일한 일이었다.

환은 천천히 호흡하며 자신이 어좌에 있음을 상기했다. 그러나 사신의 의복을 내려다보는 것만으로도 불쾌한 기억이 스멀거리듯 올라와 절로 얼굴이 일그러졌다.

'이자는 그자가 아니다. 달은 이미…… 기울었다.'

마음으로 되뇌며 가볍게 손을 몇 번 쥐었다 펴는 것으로 감정을 가라앉혔다.

열다섯, 혹은 열여섯. 치기 어린 소년일 적에 쉽게 미혹되었던 마음은 그 자신도 놀랄 만큼 빨리 회복되었다. 가끔 반달 모양으로 눈을 접어 교태를 흘려 보내던 여인의 모습이 떠오르는 날도 있었으나, 사랑스러운 소녀를 만나게 된 연후에는 잠깐 상기하는 일조차 없을 정도로 완전히 잊고 있었다.

'고약한 달 때문이지.'

전날 밤 월식이 있었다. 자신의 침소로 발을 옮기던 중에 올려다본 하늘에는 어둠 속에 숨어들었다가 조금씩 모습을 드러내는 달이 박혀 있었다. 시시각각으로 모습을 바꾸고 있는 그 모습은 어느 여인이 그에게 흘리는 조소처럼 보였다.

사람의 마음은 그토록 쉬이 바뀌는 법이니 함부로 마음을 주는 것 따위가 얼마나 부질없는 일인지 그에게 진저리 날 만큼 확실하게 알려 주던 여인이 달 안에 있었다. 환이 말없이 그 모습을 노려보았다.

저만치 아래에 서 있는 사신의 동그란 모자가 모든 기억을 일시에 끌어냈다. 환이 불쾌감을 털어 내려 애썼다.

과거에 사로잡혀 있는 것만큼 어리석은 일은 어디에도 없었다. 마음을 주는 것만큼 어수룩한 행동 역시 마찬가지다. 알고 있으면서도 그는 같은 실수를 반복하고 있었다.

성인이 되어 이성이라는 것이 생기고 감정을 조절할 수 있게 되었다고 믿었다. 여인을 품에 안을지언정 마음에 품지는 않는 날들이 이어져 확신을 굳혔다. 착각이었다. 충동적이고 치기 어린 소년의 마음을 거두어들이는 것이, 냉소적으로 바뀌었다고 믿은 청년의 마음을 거두어들이는 것보다 훨씬 쉬운 일이었다.

지금도 아차 하는 사이에 사신의 둥근 모자에서 떠올린 불쾌감은 소녀에 대한 그리움으로 변질되어 있었다.

잠깐만 딴생각을 해도 새초롬한 표정을 하고 있거나 부드러운 눈웃음을 흘리는 소녀의 모습이 손을 뻗으면 닿을 거리에서 떠올랐다. 잡을 수 있으면 잡아 보라는 듯 흔들거리다가 손끝이 닿을 순간이면 흔적도 없이 사라져 버리는 것도 익숙하게 겪고 있는 일이었다.

환이 숨을 가볍게 몰아쉬고 여전히 무어라 떠들어 대고 있는 사신의 얼굴에 시선을 고정했다. 사신의 말, 정확하게는 통역하여 전하는 역관의 목소리에 귀를 기울이려 애를 썼다.

듣는다는 것에 무슨 의미가 있을까마는, 닿을 수 없는 것에 미련을 버리지 못하는 용렬한 제 모습을 계속 상기하는 느낌이 들어 견딜 수가 없었다.

"이만 물러간다 하옵니다."

역관의 느릿한 목소리에 환이 비로소 정신을 차렸다. 기품이 넘치는 자세로 인사를 받고 엄숙한 표정으로 동그란 모자를 쓴 뒷모습이 멀어졌다.

그의 앞에 아무도 남지 아니한 것을 확인한 연후에야 손바닥 아래쪽으로 미간을 꾹 눌렀다. 피로감이 일시에 몰려왔다. 사신 접견으로 다른 일정이 모두 취소되거나 연기된 것이 그나마 다행이었다.

천천히 자리에서 일어나 바깥으로 걸음을 옮겼다. 볕이 좋은 날이었지만 해가 천천히 기울어 가고 있었다. 소요하듯 걷는 걸음은 어느샌가 시문과 서화, 인장이 가득하게 들어찬 누각으로 향했다.

누각 안에 들어서서 책이 가득 꽂힌 장 앞을 어슬렁거리다 도착한 큰 탁자 위에는 갈 곳을 잃은 책들이 가지런하게 쌓여 있었다.

한직에 있는 충직한 관료가 빌려 갔던 것이거나 빌려 갈 예정인 것들이었다. 되돌아온 책은 본디 있던 곳에 꽂아 두면 그만이겠으나 어찌된 까닭인지 그럴 마음이 들지 않았다.

'잘 지내느냐.'

가까이에 놓인 책 위에 가만히 손을 올려 보았다. 처음 보았을 적과 마지막으로 삼간 자리에서 보았을 때를 제외하고 소녀는 늘 깨끗한 피부를 드러내고 소박하다 싶을 만치 수수한 차림을 하고 있었다.

소녀의 향취는 여인의 것이라기에 무리가 있는 싱그러움이었다. 그 풋풋한 내음이 이미 짙은 묵향이 배어든 종잇장에 스며들기를 기대하는 것은 무리였다. 그럼에도 환은 책장을 넘겼을 소녀의 손길을, 글자 위를 달음질쳤을 눈길을, 행간을 훑고 지나갔을 숨결을 그리워하는 자신을 발견했다.

조그만 풀꽃 한 송이를 쥐고 향을 느끼고자 하는 시도는 부질없다. 그러나 하나가 열이 되고 백이 된다면 미약하고 연한 기운들이 모여 존재감을 분명하게 드러내지 않겠는가. 그러려면 다른 향기들로부터 분리해 내는 것이 우선이었다. 아무런 향취도 지니지 아니한 빈 공간을 마련하여야 미약한 향기가 더욱 선명하게 느껴지리라.

"먼저 할마마마께 고해야 하겠지."

중얼거린 환이 풀기 없이 웃었다. 꼭꼭 감춘 그리움을 조심스레 흩어 놓을 소박한 공간조차도 허락을 구하지 아니하면 가질 수 없었다.

무엇보다 그가 품은 감정을 들키지 않아야 할 일이다. 눈에 띄지 아니하는 어린 소녀를 중전으로 맞이하고 싶다 의견을 표하였던 순간부터 이미 걸려든 마음이지만 그것이 그의 행보를 더욱 옭아매는 빌미가 되어서는 아니 될 일이었다.

"오랜만에 잠행이라도 가 볼까."

무엇인가를 도모하려 신중히 생각을 거듭하기에는 마음이 너무도 피로했다. 머릿속을 어지럽히고 있는 생각들을 모두 털어 낸 연후에야 무엇을 해도 할 수 있을 것 같았다. 환이 우아하게 몸을 돌렸다.

기울고 있던 해는 이미 산자락에 걸쳐진 채로 마지막 남은 붉은빛을 내뿜고 있었다.

"다 됐다."

유연이 서안 위쪽에 펼쳐 놓았던 책을 덮었다. 조그만 무늬가 아로새겨진 고운 비단 책갑(冊甲)에 혹 얼룩이라도 지면 곤란한 일이었다. 유연이 제 손을 펼쳐 손가락이나 손날, 손바닥 어디에도 먹물 흔적이 없는 것을 확인하고는 책을 조심조심 들어 옆에다 사뿐하게 내려놓았다.

서안 위에는 여전히 한 권의 책이 남아 있었다. 유연이 손바닥으로 종이 위를 가볍게 부채질했다. 그렇게 한다고 먹물이 빨리 마를 것 같지는 않았지만 가만히 앉아서 기다리는 것보다 나으리라.

무의미한 손부채질을 하고 있던 유연이 조금 전에 내려놓은 책을 내려다보고 제 앞에 펼쳐져 있는 책장도 다시 들여다보았다.

글도 쓸수록 느는 것인지 예전에 써 놓은 것들과 비교하면 필체가 제법 유려해졌다는 느낌이 들기는 했다. 그렇지만 어느 정도 익숙해져 자신만의 서체라고 할 만한 게 생긴 이후로는 그 이상 진전이 없었다.

경서에 비해 두께도 얇고 구하기도 쉽지 아니하다는 말에 흥미가 일어 필사를 시작한 게 달포쯤 전의 일이었다.

서간집이나 문집 따위를 빌려 오던 아버지의 손에 글자며 그림이 채워진 두루마리가 섞여 들기 시작한 것도 그쯤이었다. 남의 것을 들여다보는 일도 의미가 있다 하여 하나씩 펼쳐 놓고 살펴보았다.

처음에는 명필의 글을 놓고 힘차게 내리 그은 획을 따라 써 보기도 하고 흉내를 내 보려 애쓰기도 했지만 오래가지 않았다. 따라 하려고 애쓰다 보니 손에 머뭇거림이 생겼고, 그 모양이 마음에 들지 아니한다고 덧대기라도 하면 제가 서툴게 그은 것보다 훨씬 더 추한 몰골의 글자가 덩그러니 놓여 있었다.

쓴 글자를 벽에 크게 붙여 놓을 일이 없으니 명필의 글은 그냥 감상으로 만족하기로 했다. 글에서 눈을 떼고 나니 그림이 보였다. 모든 그림에는 뜻이 있었다. 화공이라고도 할 수 없는 무명의 그림쟁이가 그린 그림도 예외가 아니었다.

고양이와 나비, 돌멩이 따위에는 장수를 기원하는 마음이 담기고 청춘을 뜻하는 패랭이꽃과 만사여의(萬事如意)를 뜻하는 제비꽃을 그려 넣어 지극한 축원을 표현했다.

말로 옮기고 글로 전하는 것보다 더 괜찮은 마음의 표현

같기도 했다. 그런 재주를 타고나지 못했으니 그림도 역시 눈으로 하는 것에 그쳤다.

유연이 자리에서 일어나 방 저편의 낮은 장 위에 얌전하게 놓인 두루마리들을 한데 그러모았다. 한 번 빌려 오면 짧으면 열흘, 길면 한 달 남짓 그녀의 방에 머무르는 책과 그림, 글자는 다시 펼쳐 보지 않아도 고스란히 기억에 남아 있었다.

맨 위에 나란히 놓여 있는 것들은 호방하고 거침없이 그려 나간 선비의 산수화가 아니라 동리에 사는 사람이 살아 숨 쉬고 있는 것 같은 풍속화였다.

몇 번 나가서 보았던 거리의 풍경과 썩 다르지 않아 흥미롭게 쳐다보았다. 그러다 달 밝은 밤에 밀회를 즐기는 연인의 그림이라도 나오면 은근슬쩍 얼굴을 붉히는 일도 있기는 하였으나. 빠진 것이 있는 건 아닌가 꼼꼼하게 챙겨 확인하고 보를 꾸려 매듭을 짓던 유연이 고개를 갸웃했다.

재청이 대체 누구에게서 이것들을 빌려 오고 있는지에 대한 호기심이 다시 고개를 들었다. 재청은 벗에게서 빌려 오는 것이라며 가볍게 흘렸지만 제 아비에게 이리 사치스런 취향의 벗이 있을 것 같지는 않았다.

유연이 그림이나 글을 들고 사랑에 가면 재청이 친절하게 그것들이 누구의 것인지 그들이 얼마나 유명한지를 이야기해 주곤 했다. 개중 간혹 책에서 보았던 중국 문인의 글이며 그림이 끼어 있을 때도 있었다.

보통 이상의 소양을 갖춘 돈 많은 호사가가 아니라면 이렇게 모아 댈 수도 없을 터였다. 그렇게 생각하다 보면 끄트머리에는 꼭 집에서 내어놓은 한량 같았던 가짜 선비가 생각나서 쓸쓸한 미소를 지어야 했지만.

꾸려 놓은 보를 안은 유연이 서안 앞으로 다가왔다. 먹물이 다 마른 책이 그녀를 기다리고 있었다. 손끝으로 조심스럽게 눌러 온전히 마른 것을 확인한 후에 책을 덮었다. 품에 낀 보퉁이를 떨어뜨리지 않도록 조심해서 방문을 열고 좁은 마루 위에 나섰다.

열기를 머금고 있는 공기에 조금씩 서늘한 기운이 배어들고 있었다.

환이 있지도 않은 돌부리에 걸린 것처럼 가볍게 휘청거렸다. 언이 재빠르게 몇 발을 디뎌 팔을 붙잡았다.

"전하."

"괜찮다."

부축하려 드는 언의 손길을 환이 뿌리쳤다. 다소 허정대는 환의 걸음걸이는 언이나 눈치채고 있는 것이지 남들의 눈에는 평소와 썩 달리 보이지 않았다.

한동안 하지 않던 미복잠행을 나서는가 싶더니 추레한 주막에 앉아 한 시진도 넘게 술이나 퍼 마실지 누가 알았겠나.

불경스런 언사지만 머릿속에 떠올리는 생각을 탓할 사람은 아무도 없었다. 그림자처럼 따르던 시위들도 몹시 당황하였을 것이라 언이 생각했다.

"옥체가 상하시오면 그 감당은 소신의 것이 되옵니다."

왕에게 건네는 목소리로는 어울리지 않게 불퉁했다.

환이 고개를 돌리더니 픽 웃었다. 느슨하게 치켜 올라간 입매에 무방비하게 반쯤 풀어진 눈빛은 누구의 마음이라도 흔들 수 있을 것처럼 보였다. 환이 언에게 무거운 몸을 기대었다.

"하면 이리하여 네게 의지하면 되겠느냐."

한 치의 망설임도 없이 제 어깨에 실려 오는 묵직한 무게에 언이 당황하는 것도 잠시, 이내 환이 몸을 바로 세우고는 아무 일도 없었다는 듯 꼿꼿한 자세로 걸음을 딛기 시작했다.

"꼭두각시에 불과한 것 같은 신세라도 과인은 왕이지 않느냐. 설혹 마음으로는 무시하고 있다 하더라도 앞에서만큼은 지극히 공손한 태도를 취하는 것도 그 때문이지. 허울뿐인 지존이라도 고작 환관 따위에게 몸을 의지해서야 그 누가 어렵게 여길까."

껍데기만 쓰고 있다 해도 왕은 왕이었다. 곁을 지키는 내관에게 가끔 마음을 내비치는 일이 있기는 해도 마음으로 정해 둔 선은 결코 넘지 않았다.

정무를 볼 때는 물론이고 수라를 들 때며 어침에 들 때, 가장 은밀해야 할 모든 순간까지도 궐의 눈과 귀는 그에게 쏠려 있었다.

마음 가는 대로 아무 말이나 뱉어 버리면 돌고 돌아 그에게 다시 돌아올 때쯤에는 커다란 폭풍이 되어 있을 게 분명했다. 단정한 걸음은 한 치의 망설임도 없이 희정당으로 향했다.

가만히 서서 몇 번 팔을 까닥이는 것으로 야장의 차림이 되었다. 바르게 누워 눈을 감았으나 방을 밝히고 있는 등잔불에서 번지는 희미한 빛이 느껴졌다. 고른 숨소리를 냈다.

어렴풋하게 옷자락 스치는 소리가 조금씩 멀어졌다. 멀어진다 한들 기침 소리만 내도 바로 다가올 수 있을 만큼 가까운 곳에서 주시하고 있겠지만.

소리 나지 않게 긴 숨을 내쉰 환이 몸을 틀었다. 요 며칠간 경연의 주제는 갱장록(羹墻錄)이었다. 부쩍 심란해지는 마음을 감추려고, 그 마음을 어떻게든 다른 쪽으로 돌려 보기 위해서 더 열성적으로 경연에 임했지만 언제나처럼 동반하는 것은 허탈감이었다.

'변화를 원한다 하지만 주변에서 그것을 가로막고 있어서야.'

제 몫을 놓치기 싫어하는 신료들이 그러한 것은 어찌할 수 없는 일이었다. 개국 이래로 줄곧 왕이 무엇인가를 도모하려 할 때 신하들과의 알력이 생기는 것은 피할 수 없었다.

백성들을 깨우치기 위한 글자를 만들 적에도, 불합리한 조세제도를 고치려 할 때에도, 한쪽으로 자꾸만 쏠리는 권력을 고르게 배분하기 위한 정책을 펼치려 할 때에도 양손 가득 쥔 게 많은 이들은 그 내용을 검토하지도 않고 한사코 반대 의견부터 내놓았다.

그에 대적하려면 그들의 뜻에 맞지 아니하여도 일단 따르는 시늉이라도 할 수 있게 만들 권위가 필요했다. 꽤 높은 직위의 신료 중 하나라도 왕의 뜻을 이해하는 이가 편을 들어 우직하게 밀고 나가 줄 수 있어야 했다.

조정 신료의 대부분은 대왕대비의 친인척이니 그녀가 그의 입장을 조금만 옹호해 준다면 미약하게나마 무언가를 할 수 있으리라.

그러나 그에게는 아무것도 없었다. 뜻을 함께해 줄 수 있는 이들은 그 지위가 낮았다.

할마마마는 왕실이 아니라 가문을 짊어지고 있는 것처럼 외척들의 말이 모두 옳다고 했다. 어마마마도 그와 크게 다르지 아니할 것이고 맞이한 지 고작 일 년 된 중전도 비슷한 생각을 하고 있으리라고 짐작했다.

그의 주변에는 편이 되어 줄 이들이 아니라 어떻게든 숨을 조여 놓은 채로 제 뜻을 이루고자 하는 이들만이 가득했다.

"한때는 성군을 꿈꾸었는데."

환이 반쯤 몽롱해진 정신으로 웅얼거렸다.

"성군은커녕 내 뜻대로 할 수 있는 게 아무것도 없어 폭군
조차 되지 못하는구나."

문득 정신을 차려 보았을 때에는 발길이 어디론가 향하고
있었다. 옷을 갈아입고 누운 줄 알았는데 그게 아닌 모양이
었다.

비치적거리는 걸음걸이는 과하게 들이켠 질 낮은 독주의
탓이 분명했다. 땅이 갑자기 앞으로 훅 다가드는 것 같기도
하고 바닥이 울렁거리며 오르락내리락하기도 했다. 체면이
고 뭐고 혼자서 감당하기 버거운 현기증에 호기롭게 외쳐 불
렀다.

"가까이 와서 과인을 부축하라."

고개를 돌려 뒤를 바라보았지만 아무도 없었다. 아니, 아
무것도 없다고 하는 것이 더 옳으리라. 그의 뒤로 펼쳐진 것
은 심연처럼 아득하기만 한 끝없는 암흑이었다.

"간관보다 더 충심에 가득 찬 척하더니 부를 때에는 나타나지
도 않는 아무짝에도 쓸모없는 녀석이로구나."

환이 자리에 없는 언을 타박하는 말과 함께 가볍게 이마를 짚으며 몸을 돌렸다. 돌아본 뒤쪽은 한도 없는 어둠이 깃들어 있었지만 앞쪽이라고 해서 딱히 다르지도 않았다.

무엇을 향해 가는지, 어떤 것이 놓여 있는지 알지도 못한 채 저 멀리에 아슴푸레한 빛을 향해서 움직이고 있을 따름이었다.

"선비님."

허깨비처럼 소녀의 모습이 떠올라 흔들거렸다. 앉으면 담장에 그 얼굴이 보이고 음식을 먹으면 국그릇 속에 그 얼굴이 환영으로 보인다는, 견요어장(見堯於墻)이라는 말은 지극히 존경하는 스승이며 더없이 본받고픈 조상님에게만 쓰는 말인 줄 알았다. 연심에서 비롯되는 그리움이 이토록 지독할 줄 누가 알았으랴.

"유연."

만들어 낸 가짜 그림자에 불과한 그 모습은 목소리를 내고 손을 뻗는 순간 사라지는 것을 수도 없이 겪어 왔으면서도, 가슴에 담아 둔 채 한 번도 불러 본 적 없는 이름이 환의 입술 사이로 새어 나왔다. 환이 곧 입술을 깨무는 것으로 제 실수를 자책했다. 그림자라도 오래도록 보고 싶은 것이 그의 진심이었다.

저를 탓하며 눈을 꼭 감았다 다시 떴을 때, 손을 뻗어도 형체가 잡히지 아니하는 것은 마찬가지였으나 모습은 사라지지 아니하고 그대로 남아 있었다. 반가운 마음에 급하게 한 걸음 다가들었다.

"만수무강하옵소서."

소녀가 느닷없이 큰절을 올리더니 생긋 웃어 보였다.

"그 무슨······."

소녀는 대답 따위는 돌려주지 아니하고 몸을 돌려 표표히 걸음을 내디뎠다. 온 힘을 다해 뒤쫓았지만 비틀거리는 걸음 때문일까, 그 모습이 조금씩 더 멀어지는가 싶더니 시야에서 사라졌다.

당장 한 치 앞도 제대로 분간하기 어려운 어둠 속에 파묻혀 있었지만 아까부터 목표로 삼아 온 빛이 조금 더 환해진 것으로 보아 가까워지기는 한 모양이었다. 그리로 가면 소녀가 있을 것 같아 환이 다시 걸음을 재촉했다.

빛에 가까워질수록 주변의 풍경이 조금씩 선명해지기 시작했다. 반반하게 다져진 흙길 양쪽으로 썩 높지 않은 돌담이 늘어서 있었다.

담장 안쪽에서 환한 빛이 번져 나오고 대문간에는 횃불이 타올랐다. 꽤 밤 깊은 시간인 것 같은데 사람들이 모여 웅성대었다. 등롱을 든 자 하나가 환의 모습을 보더니 반갑게 맞이했다.

"나리께서도 오셨사옵니까?"

기억에 전혀 없는 얼굴이어서 환이 눈썹을 찡그렸다. 등롱을 든 사내도 똑같이 얼굴을 찌푸렸지만 진심으로 못마땅하기보다 가볍게 놀리는 것처럼 보였다.

"이런 날에도 술에 취해서 오시니 실로 나리다운 행동이십니다."

이런 날? 무엇인지 모르지만 마뜩잖은 느낌이 등줄기를 훑어 내려갔다. 사내는 환의 반응은 아랑곳 않고 뒤로 돌아섰다. 성큼성큼 내려딛는 걸음이 꼭 쫓아오라는 말을 대신하는 것처럼 보였다. 환은 제 의지와 관계없이 홀린 듯 그의 뒤를 따르기 시작했다.

등롱의 빛이 향하는 쪽은 집 안에서도 퍽 깊은 쪽이었다. 평소라면 절대로 외부인을 들이지 아니할 안채나 별당 쪽에서 웅성대는 사람들이 여기저기에 모여 있었다.

등잔불이 만들어 내는 것치고는 무척 환한 빛이 방에서부터 흘러나왔다. 문살 사이를 바른 창호지 위로 단아하게 앉은 그림자가 아른거렸다. 사모관대로 의관을 정제한 남자가 저쪽에서 나타나자 사람들이 일제히 움직여 갈 길을 터 주었다.

"신랑이 참 준수할세. 저 어미는 마음이 아파서 어찌 장가를 보낼꼬."

"자네가 색시를 못 보아서 그리 이야기하지. 참한 규수더만."

"선남선녀라는 소리가 이럴 때 쓰라고 있는 것이지 무얼."

마지막에 끼어든 목소리가 오가는 이야기를 매듭지었다. 환은 그 이야기들을 귓등으로 흘려 넘긴 채 마루 위로 올라가는 뒷모습을 노려보는 한편, 얼굴도 모르는 남자를 향해 솟아오르는 까닭 모를 적개심을 의아하게 생각했다.

남자가 문을 열고 망설이는 것처럼 그 자리에 우뚝 서 있었다. 환이 서 있는 쪽에서는 그 방 안의 모습이 들여다보였다.

문이 열리자 고개를 숙인 채로 앉아 있던 신부가 눈을 들어 남자에게 시선을 맞추었다. 입가에 고운 미소가 떠올랐다. 그 고운 웃음을 건네받은 남자가 고개를 돌리더니 환이 있는 쪽을 정확하게 바라보았다. 남자의 입가에 미소가 걸리는 순간 환이 호흡을 잊었다.

"저, 저……"

환이 황망해하며 한 걸음 앞으로 내딛자 억센 손길이 그의 팔을 잡았다.

"왜 그러십니까, 나리. 술이 과하셨나 봅니다."

등롱을 들고 있던 그 사내였다. 환이 다시 고개를 돌렸다. 사모관대로 차리고 있던 이가 막 방에 들어서며 문을 닫는 모습이 보였다.

그의 얼굴을 본 적 있었다. 사람들로 붐비는 저자에서 또렷하게 소녀의 이름을 부르며 뚫어지게 뒷모습을 응시하던 소년이었다.

여인의 그림자 하나만 비쳐 들던 문살 사이로 남자의 그림자가 난입하더니 여인의 그림자 앞에 다가 앉아 머리 위에 얹힌 족두리 쪽으로 손을 뻗었다. 다들 탄성이 담긴 웃음을 보내는 가운데 환이 제 팔을 잡고 있는 억센 손을 떨쳐 내려 팔을 휘저었다.

"나리."

"내 여인이다, 내 여인이란 말이다."

"나리께서는 그리 말씀하실 자격이 없으십니다."

헤실헤실 웃음을 흘려 내던 사내의 목소리가 갑작스레 차가워졌다. 열이 잔뜩 오르던 머리에 갑자기 찬물이라도 뒤집어쓴 느낌이 들어 환이 잠시 행동을 멈추었다.

"나리께서 내치지 않으셨습니까."

환이 눈을 껌벅거렸다. 모든 풍경이 일시에 사라지고 익숙한 침전의 모양이 눈에 들어왔다.

아직도 꿈인지 생시인지 몽롱한 가운데 묵직한 돌덩이 하나가 가슴을 내리눌렀다.

'꿈이었나.'

꿈치고는 지나치게 생생했다. 족두리를 풀어내던 손길은 틀림없이 머리를 틀어 올리고 있는 비녀를 뽑아낼 것이고, 그다음으로는 옷깃을 여미고 있는 고름을 잡아당기겠지. 그러고 나면 돌이킬 수 없다.

"밖에 있느냐."

환이 벌떡 일어났다. 방을 가로질러 옆에 딸린 방과 연결된 문을 열었다. 서안 앞으로 가서 지필을 준비했다. 상궁 하나가 엷은 졸음이 매달린 눈으로 나타나 환에게 고개를 조아렸다.

"내관을 들라 이르라."

아무에게나 시킬 수 있는 일은 아니었다. 환은 굳이 누구를 정하지는 않았지만 언이 나타날 것을 확신하고 있었다.

급히 갈아 아직 물기가 묻어나는 먹물 위에 붓을 올려 지그시 눌렀다. 취기가 아직 남아 있어 가볍게 흘려 쓰는 글씨는 평소에 비해 호방한 느낌을 주었다.

"부르셨사옵니까."

"지금 시간이 얼마나 되었는가."

"삼경에 이른 지 오래지 않았사옵니다."

"늦지는 않겠구나."

환이 서랍을 열어 인장을 꺼내었다. 먹물이 채 덜 마른 글귀 아래쪽에 붉은 물감을 듬뿍 묻힌 인장을 꾹 눌렀다. 침전에 두고 있는 것들은 지극히 간소했지만 그가 보냈다는 증명으로는 부족함이 없었다.

어보(御寶)는 아니어도 벼슬아치라면 누구나 알 법한 임금의 인장이 찍힌 종이는 전달되는 순간부터 효력을 갖기 마련이었다.

대충 마르기를 기다려 종이를 접고 친히 단단하게 봉하는 모습을 언이 말없이 바라보았다.

"속히 전하도록 하라."

"전하, 밤이 깊었사옵니다."

언이 조심스럽게 입을 열었다. 누구에게 전하라는 것인지 환이 직접 말하지 아니하였어도 쉽게 알 수 있었다.

그 안에 무슨 내용을 적었는지는 알 수 없었지만 아직 술에서 덜 깬 것이 분명한 제 주군이 저리 허둥거리는 모양새를 보니 날이 밝아 정신을 되찾으면 후회할 일일 듯싶었다.

"지금 당장. 그리되지 아니하면 네게 책임을 묻겠다. 어명이니라."

환이 엄격하게 말하며 봉통을 내밀었다. 언이 공손하게 받들어 들고는 침전을 빠져나갔다.

환은 머리를 감싸 쥐었다. 손을 뻗어도 닿지 아니하는 환영이 아니라 입 맞추고 안아 줄 수 있는 실상이, 그 본체가 필요했다.

후궁으로 맞아들이면 그만이라던 모친에게 그럴 수 없다고 하였으나 더는 견딜 수 없을 것만 같았다.

❈ ❈ ❈

"이걸 어찌 받아들여야 하겠소?"

재청의 목소리에는 당혹감이 깊게 배어 있었다. 신 씨는

재청이 서안 위에 내려놓은 채 손끝으로 조금 밀어낸 봉함을
바라보았다.

봉함이 이미 뜯어져 있는 것은 그 내용을 그가 먼저 확인
했다는 뜻이었고 다시 넣어 둔 것은 받지 않았다 여기고 싶
은 마음을 드러내고 있었다.

붉은색으로 찍힌 인장은 본 적 없으나 누구의 것인지는 구
태여 듣지 않아도 알 수 있었다.

"무슨 내용이기에……."

재청은 대답하지 않았다. 신 씨는 머뭇거리며 종이를 집어
들었다.

붉은색 인장이 찍힌 자리에 손이 닿는 순간 달구어진 돌이
나 쇳덩이에 덴 듯한 뜨거움이 느껴졌으나 애써 무시한 채로
종이 틈으로 삐죽 고개를 내미는 다른 종이를 잡아당겼다.

까만 글씨가 한 치의 흐트러짐도 없이 정갈하게 줄을 지어
달려가고 있었다. 어릴 때 소학이며 내훈 따위를 배웠으니
그 글자들을 모르는 바 아니건만 눈앞이 아득해지는 것처럼
흐려지는 탓에 제대로 읽어 내지 못하고 있었다.

아니다. 실은 읽지 못하는 것이 아니었다. 읽고 싶지 아니
한 것뿐.

한참 눈을 깜박거리다가 한숨을 쉬며 내려놓았다. 마치 보
면 아니 되는 것을 훔쳐본 듯 얼른 원래대로 봉투에 넣는 것
도 잊지 않았다.

"대체 갑자기 왜 이런 것을……."

제 어투가 힐문조임을 깨달은 신 씨가 입을 다물었다. 넓지 아니한 집이라 안채에 있어도 사랑이며 바깥을 오가는 사람들의 기척 정도는 느낄 수 있었다.

남편은 퇴궐하고 나서도 아무 말 없었으며 반 시진도 채 지나기 전에 누군가가 분주하게 사랑을 오가는 소리를 들었다. 그러니 남편도 지금에야 이 사실을 알게 되었을 테고 알게 되자마자 그녀를 부른 것이리라. 신 씨가 애써 마음을 다스렸다.

"전해 듣기로는 대사성 댁 아가씨께서는 지난번에 이미 입궐하셨다고요."

얼핏 엉뚱하게도 들리는 말이었지만 입 밖에 낸 사람이나 듣는 사람에게는 그 의도나 목적이 분명했다. 재청이 무겁게 고개를 끄덕였다.

"그럼 우리 아가만 이대로 남아 있는 것 아닙니까."

해쓱해진 얼굴을 한 신 씨는 머리가 어지러워지는 것을 느끼며 살짝 바닥을 짚었다.

"부인."

"이건 말도 아니 되는 처사입니다."

"어명이오."

재청의 목소리에도 힘이 실려 있지는 않았다.

"어명이어도 따를 수 없습니다. 이제껏 아무 소식도 없다가 갑자기…… 아닌 밤중에 날벼락도 이런 날벼락이 따로 없습니다. 이후에 대한 약조라도 있다면 또 모르겠습니다만, 이건 밑도 끝도 없지 않습니까. 전하께서는 우리 아가에게 무슨 억하심정이라도 있으신 겁니까."

강경하게 시작한 신 씨의 목소리는 말이 끝날 즈음에는 넋두리처럼 바뀌어 있었다. 충동적으로 내뱉은 말이라 하여도 거두어들이기 전에는 국법이나 다름없었다.

하물며 인장까지 찍혀 도착했으니 그야말로 옴짝달싹할 수 없게 얽어매는 것이어서 감히 어찌 반론을 제기할 수도 없었다.

"실은 처음부터 각오하고 있었던 일 아니겠소."

재청의 목소리가 무거웠다.

"나리께서는 각오하셨는지 모르겠으나 소첩은 그렇지 아니하였습니다. 분명히 말씀하지 않으셨습니까. 그것은 사문화(死文化)된 지 오랜, 이제는 아무도 지키지 아니하고 지키라고도 하지 아니한 구습에 불과하다고 말입니다."

"이제 와서 그 이야기를 해서 무엇하겠소."

부부의 시선이 동시에 봉투 위로 떨어졌다. 붉은 인장 자국이 달구어진 인두처럼 가슴 위를 짓누르는 느낌에 누가 먼저랄 것도 없이 긴 한숨을 내쉬었다.

"아가에게 가 보아야 하겠습니다."

신 씨가 자리에서 벌떡 일어났다.

"무슨 의미가 있겠소."

"아가가 싫다면 그리하지 않을 것입니다."

"부인!"

"멸문지화를 염려하십니까? 충이니 불충이니 하는 것은 허울 좋은 소리이고 소첩에게는 하나뿐인 딸아이가 더 중합니다. 누가 보아도 불행해질 것이 자명한 일인데 어미가 되어 그대로 두고 보란 말씀이신지요."

재청은 입을 다문 채 제 아내가 치맛자락을 펄럭이며 문을 요란하게 여닫고 가는 모습을 바라보았다.

신 씨가 아무리 열을 낸들 딸을 만나면 한풀 꺾이리라는 것을 알고 있었다. 그러니 이후의 일을 걱정할 이유 따윈 없었지만 그래서 더 마음이 불편했다.

차라리 떼를 쓰고 눈물 바람으로 호소를 하면 매정하고 단호하게 말할 수 있을 것이건만, 의연하게 받아들이는 모습을 보노라면 내가 왜 저런 아이를 그런 궁지에 몰아넣어야 하는지 마음이 심란해 오는 탓이었다.

"그만 자러 가는 것이 어떠할까?"

"아기씨께서 앉아 계신데 쇤네가 어찌 먼저 가옵니까?"

"네가 가지 아니하여 내가 잠자리에 들지 못하고 있다고는 생각지 않느냐?"

"아기씨께서 주무실 것 같으면 쇤네도 진즉에 갔습니다."

등잔 두 개가 가물거리며 빛을 내뿜고 있는 방 안에서는 한담 같은 이야기가 오가고 있었다.

언뜻 버릇없게 들리는 몸종의 말에 하는 대꾸며 목소리는 그 내용에 비해 퍽 부드러웠고, 몸종 역시 예의를 심하게 벗어난다 싶은 수준은 아니었다.

"쉬이 잠이 오질 않는구나."

낮은 책상을 살짝 밀어낸 유연이 조금 전보다 훨씬 부드럽게 대답했다. 이번에는 몸종 삼월이도 침묵한 채 듣지 못한 척 바느질에만 열중하는 시늉을 했다.

안방마님은 전혀 모르는 일이겠지만 그녀는 조금이나마 알고 있었다. 잠이 오지 않음은 어쩌면 당연한 일 아니겠는가.

"아까 보니 손님이 다녀가시는 것 같았습니다."

방에 내려앉은 침묵이 어색해 삼월이가 입을 열었다.

"아버님을 찾아오신 분이셨을 테지."

유연이 아무 일도 아니라는 듯 가볍게 대꾸했다. 관직이 썩 높다 할 수 없고 요직에 있다고 보기도 어려우며 사교적이라 하기 힘든 아버지를 한밤중에 찾아오는 손님은 보기 드문 일임을 잊은 듯한 태도였다.

대화를 이어 가기 싫은 것인지, 아니면 그만큼 신경이 무디어진 것인지 판단할 수 없는 대꾸에 삼월이가 망설이는 사이 마당에서 분주한 소리가 울렸다. 아무런 망설임 없이 다가와 문을 열고 들어오는 발걸음의 주인은 신 씨였다.

"아가."

삼월이는 바느질거리를 챙길 틈도 없이 잽싸게 자리에서 일어나 허리를 구부리고는 문밖으로 나갔다. 남의 집 종살이에 는 것은 눈치밖에 없었다. 괜히 이것저것 챙긴다고 어물어물대다가는 무슨 불호령이 떨어질지 알 수 없는 노릇이었다.

"어머니."

유연이 책상을 완전히 옆으로 밀어 놓고 자리에서 일어나려고 했지만 신 씨의 움직임이 조금 더 빨랐다. 아무것도 깔려 있지 않은 맨바닥에 그대로 주저앉다시피 하며 유연의 두 손을 꼭 잡았다.

곱디곱게 자라 세상 풍파 따위는 겪지 않고 좋은 집에 시집가서 아들딸 낳고 잘 살기만을 바랐던 딸아이는 이리 장성할 적까지 이름도 제대로 불러 보지 못한 채 그저 '아가'였다.

"아가, 어쩌면 좋을까."

신 씨의 눈길이 옆으로 치워 놓은 상 위에 머물렀다. 손가락 한 마디만 한 글자들이 빼곡하게 늘어선 책은 과거 준비를 하는 선비나 볼 법한 종류였다.

단 하나뿐이어서 조금은 오냐오냐 하며 키운 딸아이는 계집아이답지 않게 글줄에 대한 호기심이 많아 한가한 사내들이나 좋아할 시서화 따위에 관심이 많았다.

그렇다고 해서 또 여인이 갖추어야 할 덕성을 제대로 지니지 못한 것은 아니었다. 부엌살림 따위는 잘하지 못하고 수를 아주 매끈하게 잘 놓지는 못하겠지만 찬모며 침모는 다 그런 일을 도맡아 하기 위해 두는 것이었으니, 괜찮은 안목만 있으면 그만이었다.

"무슨 일이신가요, 어머니."

유연의 목소리는 신 씨를 달래듯 부드러웠다. 말간 미소까지 띤 얼굴에 신 씨의 가슴이 콱 막혀 왔다. 일 년 전에도 꼭 이렇게 앉아서 딸아이의 손을 붙잡았다. 누군가 방에 들어오는 기척도 듣지 못할 정도로 멍하게 앉아 있다가 아무 일 없다는 듯 오늘 같은 미소를 띠고 맞이했다.

감히 바랄 수 없는 일이라고 해도 사람일진대 어찌 한 조각 기대도 품지 아니할 수 있었을 것인가.

그 실망이 고스란히 느껴져 가슴이 시렸더랬다. 칭병을 하여서라도 막았어야 할 일이었다. 막힌 가슴이 그대로 무너져 내렸다.

"아가, 한양을 떠나자꾸나. 내게 가장 중요한 건 너란다."

그제야 신 씨가 무슨 이야기를 하는지 깨달은 유연이 엷게 웃었다. 앞으로 한두 해만 지나면 모두 잊어버릴 것이니 아무것도 염려할 필요없다는 이야기를 들었던 적이 꼭 일 년 전이었다.

체면을 지극히 중시하는 명문가나 난다 긴다 하는 세도가는 애초에 꿈도 꿀 수 없던 것이지만, 저 먼 지방에서 고을 유지 노릇을 하는 향반 정도라면 무난하지 않겠느냐는 뜻이 내포된 말이었다.

"어찌 염려하지 않을 수 있겠느냐."

"이미 처음부터 각오했던 일입니다. 그러니 괜찮습니다."

유연의 목소리는 차분했다. 신 씨가 이러니저러니 따로 설명할 필요도 없었다. 눈물이 그렁그렁해진 것 같은 목소리로 신 씨가 대답했다.

"미안하구나."

"그렇지 않사옵니다."

유연이 난처한 얼굴이 되어 도리질했다. 처음부터 기대하지 않았던 것은 사실이었다. 그래서 그 결과도 담담하게 받아들일 마음의 준비가 되어 있었다.

다만 마지막까지 가리라는 것도, 그 사람을 만나게 되리라는 것도 예상하지 못했던 것이 문제라면 문제였다. 그러나 누구를 탓할 것인가.

제 아비는 벼슬아치이기는 했으나 고관대작은 아니었다. 평생 곁을 내어 줄 여인을 직접 두 눈으로 확인하고 싶은 마음도 어찌 보면 당연했다.

누구인지 모른 채로 마음을 내어 준 열병 같은 풋사랑을 잘못이라 할 것인가. 그 누구라도 탓할 수 있었지만 그렇기에 또 그 누구의 탓도 아니었다. 다만, 인연이 아니기에 연이 닿지 아니한 것뿐.

"너는 아직 이리도 어린데."

딸의 작은 손을 다시 잡아 쓰다듬으며 되뇌는 신 씨의 목소리는 유연의 마음에 다른 목소리를 불러들였다.

"그 조그만 손으로 때린들 얼마나 아프겠느냐마는, 내 너에게 그리 쉬이 뺨을 내어 주어서는 아니 되니 막을 수밖에 도리가 없구나."

어린 소녀가 치켜든 손을 아무렇지도 않게 피하며 손목을 잡은 이는 반대편 손도 치켜들기 전에 덥석 잡아 자기 쪽으로 잡아당겼다.

작고 가느다란 손이 귀엽고 또 반쯤은 신기한 것처럼 얼굴 가까이에 끌어당겨서 바라보더니 잠시 머뭇거리다가 허리를 쭉 펴고는 손을 가지런히 모아 내려놓았다.

소녀의 손목에서 손등으로, 손가락으로 천천히 미끄러져 내리던 커다란 손. 맞닿은 피부로 전해 오는 따스한 체온이 옮겨 가는 느낌은 기묘하게 가슴을 두근거리게 했다.

"묵향이 배어 있구나. 언문은 당연히 쓸 줄 알 테지만, 혹 진서도 배웠느냐?"

그 말에 대꾸하지 않았어야 했다. 다시는 바깥출입 따위 할 염도 내지 않았어야 했다. 그전에 낯선 풍경에 도취되어 쓸데없는 용기를 부리지 않았어야 했다. 아니, 그날 외출 따위는 꿈도 꾸지 않았더라면 같은 결과를 받아 들게 되었어도 이렇게 마음이 아프지는 않았을 것이다.

마음에 연정을 품어도 그이와 맺어질 수 없다는 것 정도는 누가 알려 주지 않아도 잘 알았다.

가슴이 두근거리고 마음이 설렐 적마다 이 모든 건 일장춘 몽이고 백일몽이라고 몇 번이고 스스로에게 다짐을 했다.

그 꿈의 한 조각을 잡을 수 있을 것인가 어렴풋하게 기대 하면서도 결코 그 기회가 자신에게 오지 않으리라는 것도 알 았다.

그럼에도 시려 오는 마음은 어쩔 수가 없었다. 신 씨를 위 로하기 위함인지 자기 자신에게 들려주기 위함인지도 분명 하게 알지 못한 채 유연이 천천히 조금 전의 대답을 되풀이 했다.

"전 괜찮으니 심려치 마세요, 어머니."

날을 헤아리려 들지 않아도 가슴에 남은 상처가 쿡쿡 쑤셔 댔다.

그날 이후, 꼭 일 년이었다. 방으로 뛰어든 신 씨의 마음을 부드럽게 달래고 나서 누웠지만 본디도 없던 잠기운은 숫제

달아난 모양인지 점점 더 정신이 맑아지기만 했다.

망설이던 유연이 결국은 자리에서 일어났다. 잠옷 차림으로 갈 수는 없어 손으로 더듬어 잘 개어 놓은 옷을 찾았다. 불을 켜지 않고 손끝의 감각에만 의지해 옷을 차려입고 문을 나서는 데에는 꽤 시간이 걸렸다.

어둠이 한껏 제 세력을 자랑하는 밤 깊은 시간이나 사랑은 아직 환했다. 유연이 자박자박 신발 끄는 소리를 내며 대청 앞에 가서 섰다.

"아버지."

"들어오너라."

유연이 장지를 열고 방 안에 들어갔다. 붉은 인장이 찍힌 봉투가 서안 위에 덩그러니 놓여 있었다.

"소녀가 보아도 괜찮겠사옵니까?"

아까 그의 부인이 딸을 보러 갔다. 잔뜩 흥분해서 갔으니 하려던 말 따위 제대로 꺼내지도 못한 채 손만 붙잡고 통곡했을지도 모를 일이지만 딸아이는 무슨 일이 벌어지고 있는지 이미 짐작한 눈치였다.

숨길 수 있는 일도 아니었고 당사자에게 굳이 숨길 것도 없었다. 재청이 고개를 끄덕였다. 이미 뜯어진 피봉 사이로 접힌 종이를 꺼내는 유연의 손이 파르르 떨렸다.

기묘한 흔들림이 묻어나는 필체는 기억하고 있는 것과 조금 다르긴 하였으나 못 알아볼 정도는 아니었다. 오래도록 생각하는 것을 금하기라도 하는 양 물결치듯 흘러가는 글자들을 눈으로 따라갔다.

그 글자들이 뜻하는 것은 단 하나였다.

이미 혼인한 것이나 다름없음을 잊지 말라.

"혹시 어디에 소녀의 혼담이라도 넣으셨습니까?"

다시 종이를 접어 봉투에 넣은 유연이 건네는 뜻밖의 말에 기가 막힌 듯 재청에게서 실소가 터져 나왔다. 그런 생각을 아니했던 것은 아니지만 이제 고작 일 년이었다. 직접 연관된 이들이 아니라면 기억하지 못할 수도 있겠지만 온전히 잊히기에는 너무 짧은 시간이었다.

"그럴 수 있을 리 없지 않으냐."

"그런데 어찌 이런 것을 보내오신단 말입니까."

"어심을 어찌 헤아리겠느냐. 다만 국법도 오래되면 지키는 자 줄어들고 잊히기 마련이니 한 번쯤 주의를 줄 필요가 있다 여기신 것 아닐까 짐작할 뿐이다."

"그렇겠지요."

유연이 고개를 살짝 떨어뜨렸다. 재청의 말마따나 그저 한 번쯤 현실을 상기시켜 주기 위한 정도에 그치지 않았다. 그 글줄의 혼인한 사이나 다름없다는 그 말이 진심이라면 그다음에 반드시 따라야 할 것들이 없었다.

지금 당장, 혹은 나중의 언제가 되더라도 입궐하라든가 아니면 정반대로 네게 관심이 없으니 그 관계를 청산해 주겠다든가.

"그러려던 생각이 아주 없던 건 아니었다. 딸아이를 평생 홀로 두고 싶은 부모가 어디 있겠느냐."

재청이 고개를 숙인 딸을 향해 변명하듯 말했다.

"아니옵니다, 아버지."

유연이 고개를 들었다.

"국록을 받고 계신데 어찌 국법을 어길 수 있겠사옵니까. 그적에도 말씀드렸던 것처럼 소녀를 보고 부모님께서 마음 아파하실 것이 걱정이지, 소녀는 괜찮습니다."

'괜찮기는 뭐가, 어딜 보아서.'

유연은 밤새도록 눈도 제대로 붙이지 못하고 고민을 거듭했다. 일단 만나 보아야 하겠다는 생각이 들기까지 시간이 오래 걸리지 않았고 마음의 결정도 빨리했다.

다시 그 모습을 마주하게 되면 과연 입이나 열 수 있을까 하는 생각이 들어 고민스럽기는 했지만, 무엇이 되든 확실하게 하려면 종잇장이 오고 가는 것보다 대면하는 편이 나았다.

문제는 그다음이었다. 과연 만나서 무슨 말이 하고 싶은 건지, 그가 어떻게 해 주기를 바라는지는 명확하지 않았다.

서늘하다 못해 추위가 밀려들기 시작한 날씨와는 전혀 관계없이, 온몸에서 열이 오르는 것 같은 갑갑함에 몇 번이나 한숨만 쉬기를 반복했다. 아직도 마음이 혼란스러웠다.

'일단 만나고 나면 그때, 마음 가는 대로.'

유연이 실상은 아무것도 정해지지 않은, 텅 빈 백지나 마찬가지인 그런 결정을 내리고는 자리에서 일어났다. 방의 구석을 차지하고 있는 장 앞으로 가서 가볍게 숨을 내쉰 뒤 서랍을 열어 안쪽을 더듬기 시작했다.

원하는 것을 찾아 손에 꼭 쥐었을 때 조심스러운 기척과 함께 계집종이 불쑥 얼굴을 들이밀었다.

"삼월아."

느닷없이 이름이 불린 삼월이가 조심조심 유연을 살폈다. 어젯밤 손님이 다녀갔고 표정이 심상치 않은 안방마님이 아기씨의 방에 들이닥쳤다.

시간이 흘러 다시 방에 와 보았을 적에는 이미 불이 꺼진 뒤였기에 무슨 일이 있었는지 잘 알지 못했다. 눈가에 내려앉아 있는 그늘로 잠 한숨 제대로 이루지 못한 모양이라는 점을 짐작할 뿐이었다.

"삼월아."

평소 같으면 그만 좀 부르고 말씀을 하시라며 툴툴거렸겠지만 어제 일도 마음에 걸리고 표정도 심상치가 않았다. 삼월이는 재촉하는 대신 유연이 하고 싶은 말을 입 밖에 내기까지 끈기 있게 기다렸다.

"혹시 근래에 운종가까지 나가 본 적 있느냐?"

어른이 될 준비를 하는 중인 아기씨는 때로 아직 어린 소녀인 듯 천진난만하게 말하기도, 가끔은 마님 흉내라도 내는 것처럼 퍽 근엄하게 이야기하기도 했다. 지금의 말투는 그 언제 적보다 무거운 것이어서 왠지 조마조마해진 마음으로 고개를 끄덕였다.

"그 가게, 아직도 그 자리에 있는지 궁금하구나."

"······달포 전만 해도 있었습니다."

아기씨가 바깥나들이를 하지 않는다고 해서 삼월이도 집 안에만 있는 것은 아니었다.

손끝이 야문 것을 인정받아 대개는 집에서 얌전하게 바느질을 했지만 손이 부족한 날이면 물을 긷고 빨래를 하는 소소한 일을 위해 나설 때도 있었고, 심부름을 하느라 제법 먼 길을 갈 때도 있었다.

꼭 궁금해서는 아니었지만 혹시나 하는 기대를 품고 그 가게 근처를 은근슬쩍 지나쳐 가기도 했다.

한가한 가게 주인의 탈을 쓴 늙은 내관의 모습을 먼발치서 보고는 잽싸게 몸을 돌려 집으로 바삐 돌아오기는 했지만.

"그러면, 네가 연통을 넣어다오."

"아기씨?"

"가서 내가 뵙기를 청하였다고 언제쯤이 좋을지 여쭤 보거라. 당장 답을 얻기는 어렵겠지만 최대한 빠를수록 좋다는 이야기도 잊지 말고."

"아기씨."

삼월이가 난처한 얼굴을 하고 유연을 불렀다.

"나갈 방도야 어떻게든 마련할 수 있겠지. 벌써 일 년이나 집에 얌전히 들어앉아 있었으면 하루쯤 아니 허락해 주실까. 너도 알겠지만, 내가 함부로 불러낼 수 있는 분이 아니지 않으냐."

그적에도 불러낸 적은 없었다.

그가 날을 정하면 제 어미를 찾아가는 조그만 짐승 새끼라든가 주인의 말을 잘 따르는 어린 강아지인 양 조르르 달려 나갔다. 하물며 그가 누구인지를 알고 있는 지금, 할 말이 있으니 당장 눈앞에 나타나라고 호통을 칠 수도 없는 노릇이었다.

기다림. 그때나 지금이나 그를 만나기 위해 그녀가 취할 수 있는 유일한 태도였다.

유연의 눈빛이나 표정이 결연해 그 뜻을 바꾸기 어려울 것을 안 삼월이가 고개를 몇 번 끄덕여 보이고는 방을 나섰다.

혼자 남게 된 유연이 한숨을 쉬면서 벽에 머리를 기대었다.

✼   ✼   ✼

오랜만에 대문 바깥으로 나왔다. 얼굴이며 머리가 드러나지 않도록 쓰개치마를 턱 아래쪽에서 꼭 쥐어 여민 채로 걸음을 옮겼다.

조금 앞장서서 가는 삼월이의 뒤통수를 보고 있노라니 일 년이 넘는 시간의 간극 따위는 사라진 채 설레던 어린 소녀로 돌아간 것 같은 느낌이 들었다.

유연이 쓰개치마 안쪽 턱 아래에서 모아 쥔 손 중 조금 더 느슨하게 쥔 한쪽을 풀어 반대편 소맷부리 안으로 살짝 넣었다.

밀려들기 시작한 추위를 막기 위해 더 톡톡해진 소매 안쪽에서 팔목을 간질이기도 하고 가볍게 피부를 긁어 내기도 하는 것이 제 존재감을 자랑하고 있었다.

혹시라도 떨어뜨릴까 고리 부분을 새끼손가락에 걸고 손가락을 구부려 꼭 움켜쥐고 있었지만 괜히 한 번 더 매듭 부분을 손끝으로 쓸어 보았다.

"아기씨."

앞서 가던 삼월이가 어느샌가 저만치 뒤처져 있는 그녀를 발견하고는 종종걸음으로 다시 되돌아왔다. 유연이 얼른 손을 빼내고 느려졌던 걸음을 재촉했다.

일 년 만인데도 전혀 그런 느낌이 들지 않았다.

주인인 척하는 늙은이들의 머리가 조금 더 희어졌나 싶기도 하고, 꼿꼿한 자세로 자리를 지키고 있는 아파 여인의 얼굴에 희미하게 주름이 생긴 것도 했지만 그들이 유연을 대하는 태도는 마치 어제 본 사람을 대하듯 자연스러웠다.

전에 본 적 없는 젊은 사내 하나가 문 밖에 서 있었으나 삼월이는 아무것도 아니라는 듯 유연을 잡아끌었다.

유연이 쓰개를 벗어 삼월이의 팔에 안겨 주고 방 안에 발을 들여놓자마자 뒤쪽에서 발을 길게 내렸다.

방 안에는 이미 사람이 있었다. 늘 기다려야만 나타나던 이가 오늘은 어찌 된 일인지 자리에 앉아서 그녀를 기다리고 있었다.

"오랜만이구나."

짧은 한마디를 들었을 뿐인데 가슴이 벌써부터 두근거리기 시작했다. 유연이 감정의 동요를 드러내지 않으려 애쓰며 맞은편에 앉았다.

"그간 강녕하셨사옵니까."

환이 앞에 앉은 유연을 바라보았으나 눈길을 떨어뜨리고 있어 얼굴은 물론이고 어떤 눈빛을 하고 있는지 볼 수가 없었다.

반짝거리는 눈망울로 그의 얼굴을 똑바로 바라볼 적과 지금은 상황이 다름을 알려 주는 듯도 하고 그들 사이에 놓인 거리감을 확인시켜 주는 듯도 해 마음이 시큰거렸다.

침묵이 흘렀다. 눈길이 자신에게 꽂혀 있는 것을 알고 있어 고개도 들지 못한 채로 유연이 조금 전 방에 들어올 때 보았던 그의 모습을 천천히 떠올렸다.

여전히, 아니, 어느 때보다 더 고운 용모를 지니고 있었다. 얼굴을 보는 것만으로 가슴이 내려앉고 목소리를 듣는 것만으로도 설레었다.

마음을 정리한 유연이 천천히 상 위에 손을 올리며 입을 열었다.

"더는 갖고 있을 수 없으니 돌려 드리겠습니다."

달그락거리는 소리와 함께 서안 위에 무엇인가가 놓였다. 환이 시선을 내렸다. 서늘한 기운이 배어 나오는 둥근 돌이 매달린 노리개가 시야에 들어왔다. 서안 맞은편 치맛자락이 꼬물거리듯 움직이더니 소녀가 자리에서 일어났다.

"선비님."

이리 부르면 안 된다는 것은 알고 있지만 그녀가 마음을 주었던 이는 왕이 아니었다.

대책 없는 한량 같은 풍모를 하고 입술 꼬리를 느슨하게 올린 미소로 어린 소녀의 가슴을 설레게 하던 해사한 선비였다.

유연이 다시 한 번 마음을 다잡기 위해 두어 발짝 뒤로 물러났다. 혹여 표정을 들키기라도 할까 봐 몸을 반 바퀴 빙그르르 돌렸다.

환은 소녀의 목소리에 퍼뜩, 며칠 전의 꿈을 떠올렸다. 꿈속에서 꼭 저런 말투로 그를 '선비님' 하고 불렀다.

다시는 만날 일이 없을 것처럼 인사말을 남기고 배례하던 모습이 아직도 진짜 겪은 일처럼 생생했다. 그리고는 저렇게 몸을 돌리고 표표히 멀어졌다. 그다음의 일은 생각하기도 싫었다.

'고작 이것만을 남기고 뒤돌아설 셈이냐. 나를 남겨 두고.'

환이 자리에서 일어났다. 폭이 좁은 서안을 둘러 갈 필요도 없이 곧장 그 위를 가로질렀다. 옷자락에 쓸려 상 위에 놓여 있던 노리개가 바닥에 떨어지는 소리가 났지만 신경 쓸 겨를이 없었다.

눈앞에 하얗고 매끈한 목덜미 위를 하나로 땋아 길게 늘어뜨린 까만 머리칼이 있었다. 옷에 감싸인 가느다란 어깨는 몸을 조금만 움직여도 닿을 듯 가까웠다.

아무리 애써도 잡을 수 없었던 소녀의 모습이 바로 앞에 있었다.

유연이 뒤로 돌아서려는 순간이었다. 사내의 단단한 팔이 그녀를 감싸 안았다. 몸을 뒤틀어도 빠져나갈 수 없을 만큼 굳건했지만 숨을 조일까 염려하는 것처럼 부드럽기도 했다. 닿아 있는 온몸으로 열기가 번져 왔다.

"유연."

엷은 숨결에 실린 다정한 목소리가 귓가에 닿았다. 등 뒤로 다가드는 기척에 한 번, 갑작스러운 포옹에 또 한 번 놀라 잠깐씩 숨을 멈추어야 했던 소녀는 제 이름이 들려오자 그대로 굳어졌다.

어릴 적에 부모가 불러 주기는 하여도 그 이후로는 부인이니 어머니니 마님이니 하는 호칭에 묻혀 없었던 것처럼 잊히는 것이 여인의 이름이었다.

단자를 올릴 때도 계집아이의 이름자를 적어 보내지는 아니했다. 그의 입술에서 자신의 이름이 흘러나오는 것은 그 이전부터 이미 알고 있었음을 뜻했다. 조금 전 돌려준 인장에 적혀 있던 글자도 결국은 염두에 둔 것이었던가.

유연이 눈을 깜박거렸다. 기분에 취해서 계속 이대로 있으면 아무 말도 하지 못하고 또 다음을 기약하게 될 것만 같았다. 아무것도 결정짓지 않은 채 다음을, 그다음을 기약하는 것만큼 어리석은 일은 없었다.

빠져나가려 힘겹게 비트는 유연의 몸을 끌어안은 팔에 조금 더 힘이 실렸다. 귓가에 다시 한 번 다감한 목소리가 흘러들었다.

"가지 마라, 김유연."

철없는 어린 소녀일 적에도 마음을 녹아내리게 할 것처럼 감미로웠던 목소리는 지금은 더했다. 혹여 아무런 목소리를 들려주지 않았어도, 귓전에 닿는 그 숨결만으로도 정신이 아득해졌다.

유연은 등 뒤에서부터 번져 오는 따스함에 온몸이 나른해지는 느낌을 애써 무시하며 반바퀴를 돌아섰다. 뺨이 그의 가슴께에 닿았다. 조심스럽게 팔을 뻗어 그의 허리를 휘감았다.

갑작스러운 움직임에 당황한 것은 환이었다. 무슨 꿍꿍이를 숨겨 놓기라도 한 것인가 의심스러워 더 거세게 끌어안았다. 소녀의 입술에서 새어 나온 짧은 숨결에 가느다란 성음이 섞여 흘러나왔다.

환은 짧지 않은 시간 동안 그 자세가 유지되자 팔의 힘을 느슨하게 풀었다. 소녀가 꼼지락거리는 것이 혹시 그에게서 벗어나기 위해서인가 싶어 단단하게 안고 있었지만 안심해도 좋을 듯싶었다.

살짝 뒤로 물러나 가느다란 어깨 위에 손을 얹었다. 허리를 감고 있던 손이 스르르 미끄러져 허리 양옆을 가볍게 눌러 왔다.

얌전하게 서 있는 소녀의 얼굴을 내려다보았다.

가르마가 시작되는 정수리가 천천히 뒤로 젖혀지며 둥근 이마와 부드러운 호선을 그리는 눈썹이 드러나더니 긴 속눈썹이 그림자를 드리우는 까만 눈동자가 그를 향했다.

"이대로 지금처럼 내 곁에 머무르지 않겠느냐."

환이 고개를 숙이며 다정하게 속삭였다. 소녀의 말간 눈동자에 파랑이 일었다. 걷잡을 수 없이 흔들리는 그 눈빛조차 사랑스럽다.

얼굴을 보는 것만으로도 할 말을 잊게 하고 가볍게 감싸 안는 것만으로도 견딜 수가 없었다. 마치 처음으로 여인을 마음에 담아 보는 어린 소년처럼.

이 아이를 곁에 둘 수만 있다면 다른 건 상관없다. 손에 쥔 게 없는 나약한 왕의 무엇을 더 결박하고 비끄러맬 수 있단 말인가. 마음에 품어 굳건하게 한 뜻을 다시 생각하게 할 까닭이 어디에 있으랴.

환이 다시 입을 열었다. 여전히 부드러우나 조금 전보다는 확고한 뜻이 담긴 목소리로 다시 한 번 속삭였다.

"내 곁에 있어다오."

"돌려주십시오."

그의 목소리가 유연의 조그마한 목소리를 덮어 냈다. 유연이 환의 허리께를 덮은 옷자락을 꼭 부여잡고 까치발을 들었다.

아래쪽으로 가볍게 잡아당기는 무게에 환이 조금 더 몸을 구부렸다. 엷은 숨결이 보송한 솜털을 살래살래 흔들어 간지럽힐 정도로 가까이에 있던 그의 얼굴이 더 가까워졌다. 시야에 오롯이 담은 것은 서로의 눈동자와 그 안에 담긴 자신의 얼굴이 전부였다.

무언가 따스한 것이 환의 입술에 닿더니 살포시 눌러 왔다. 일 년도 더 전에, 소녀가 지금보다 앳된 얼굴을 하고 있을 적에 이렇게 입술을 앗아 온 적이 있었다. 그때와 다름없는 떨림이 그의 몸을 훑어갔다.

유연의 입술이 환에게서 살짝 떨어졌다. 뒤늦게 부끄러움이 밀려들었다. 미숙하여 서툴기 짝이 없는 주제에 대담하게 군 제 행동이 어찌 보였을까 생각하면 그대로 숨고 싶었다.

'어차피 그럴 생각이었는걸.'

마지막이라 생각하지 않았으면 이렇게 용감하게 굴 수 없었다.

유연이 반 발짝쯤 뒤로 물러서자 어깨 위에 가볍게 놓여 있던 환의 손이 미끄러지듯 움직여 다시 그녀를 품 안으로 끌어당겼다. 벗어날 수 없게 허리를 당겨 안고 고개를 돌려 피하지 못하게 목덜미 뒤쪽을 받쳐 들었다.

"서······."

목소리가 미처 형체를 갖추기도 전에 환이 다가와 그녀의 입술을 머금었다. 유연이 당혹감에 입술을 꼭 다물었다.

환은 제 품에 온전하게 파묻힌 소녀를 단단하게 잡아 조그만 몸에서부터 옮아오는 따스한 체온을 만끽했다. 눈 덮인 겨울 수풀 틈에서 발견하였으나 여전히 봄의 싱그러움을 가득 품고 있는, 살짝 깨물기만 해도 부서질 붉은 열매 같은 입술을 가볍게 자분거렸다.

한껏 까치발을 든 채로 거의 매달리다시피 한 유연이 그를 밀어내려 했지만 역부족이었다. 도리어 그의 팔이 더욱 세게 허리를 감아 왔다. 몸 안에 남아 있는 숨을 모조리 토해 내도록 죄는 거센 힘에 유연의 입술이 살짝 열렸다.

기회를 엿보던 사내는 그 틈을 놓치지 않았다. 더없이 상냥한, 나른하고 유혹적인 움직임으로 잔뜩 긴장하고 겁에 질려 움츠러든 소녀의 마음을 정성스레 달랬다.

밀어내던 소녀의 손이 부질없는 시도를 멈추고 살며시 그의 허리를 지나 등마루에 가볍게 얹혔다. 비슷한 때에 끈기 있게 얼러 내던 그의 혀끝을 조심스러운 움직임이 두드렸다.

아직도 망설임은 남아 있었으나 그가 이끄는 대로 사푼히 움직여 입술을 스치고 곰실거리듯 조금씩 그 안으로 파고들었다.

맨 처음 여인을 품에 안을 적에도 이만큼 떨렸던가. 더할 나위 없이 정중하게 불러들인 것도, 이 모든 경험이 처음일 소녀에 대한 배려도 잊고 수줍게 스며들어 온 움직임을 옭아맸다.

머뭇거림은 찰나에 스치듯 사라지고 달콤한 열정이 감돌았다. 그에게 그녀가 안겨 있는 것인지 그가 그녀에게 잠긴 것인지도 구분할 수 없을 만큼 아득했다.

등줄기를 꼭 누르는 소녀의 손가락이 조금씩 그를 현실로 데려왔다. 소녀의 입안을 맴돌고 있기는 하나 제대로 뜻을 표현해 내지 못하고 있는, 뜻을 담으려는 시도조차 무의미할 성싶으나 몹시 매혹적으로 들리는 소리 위로 조금 전 그의 목소리가 덮어 냈던 음성이 고스란히 살아났다.

"돌려주십시오."

갈급하게 간구하던 환의 움직임이 서서히 멈추었다. 줄곧 바닥에 닿은 듯 허공에 떠오른 듯 아슬아슬하게 하느작거리던 유연의 발끝이 땅에 온전하게 닿았다.

팔을 풀면 그대로 흘러내릴 것 같은 소녀의 상태를 짐작해 여전히 환의 팔은 허리를 감고 있었다. 그러나 한 치의 떨어짐도 용납할 수 없다는 듯 꼭 안고 있던 조금 전에 비하면 느슨했다.

환이 천천히 입술을 떼어 냈다. 발갛게 물들어 빛나는 입술은 다시 머금고 싶을 만큼 사랑스러웠지만 조금 전 진한 입맞춤의 여운 따위는 남아 있지도 않은 것처럼 굳게 다물린 채였다.

까만 눈동자는 금방이라도 눈물을 쏟아 내려는 듯 위태로웠고 항시 그를 향하던 부드러운 찬탄이나 미소가 괴어 있지 않았다.

"무슨 뜻이냐."

"받은 것 돌려 드리고 드렸던 것 되돌려 받아 모두 제자리를 찾았사옵니다. 무엇을 더 말씀드리오리까."

유연의 대구는 차분했고 애정 어린 접촉 따위는 무의미했다는 듯 건조했다. 어린 소년으로 돌아간 것처럼 주체할 길 없이 울려 대던 가슴의 고동이 거짓말처럼 잦아들었다.

소녀가 그에게 한 발짝 다가온 것은 함께하겠다는 약속을 들려주기 위함이 아니라 이제 마지막이라는 선고를 내리기 위한 것이었다.

환이 가느다란 어깨를 감싸고 고운 뺨이 가슴에 닿도록 끌어안았다. 잦아든 두근거림은 소녀의 몸이 품에 다시 들어오는 순간부터 되살아나기 시작했다.

"말하지 않았느냐. 내 곁에 있으라고."

'조금만 더 일찍 말씀해 주시지 그러셨습니까. 혼인한 것이나 다름없다는 말씀만 전하실 것이 아니라 너를 곁에 두겠노라 전언해 주셨으면, 그러면 조금은 다른 마음을 가질 수 있었을 텐데요.'

유연이 울컥 치밀어 오르는 감정을 눌러 삼키고 숨을 고르며 몸을 떼어 냈다. 완강한 거부의 몸짓에 환이 자신을 올려다보는 까만 눈동자를 뚫어지게 들여다보았다.

"대사성 어른 댁 따님도……."

좀처럼 뜻을 알 수 없다 생각한 소녀의 눈망울에 깊이 아로새겨진 상처 하나가 드러났다. 함께 삼간에 올랐던 이 중하나는 중전이 되고 다른 하나는 입궐하여 숙의에 봉해졌다는 이야기를 전해 들었다.

남겨진 것은 그녀 하나였다. 혼례를 올리지 못하였어도 왕

의 여인은 맞으나 찾아주지 아니하니 소박맞은 것이나 진배
없었다. 그런 모습이 얼마나 초라하고 하잘것없게 느껴지는
지 그는 알 수 없으리라.

"그건……."

알지 못하는 새 벌어진 일이었다 말한다면 무책임하다 여
기리라. 하지만 그것이 진실이었다.

그가 여인을 품에 안아도 첩지를 내리지 아니한다는 이야
기는 틀림없는 사실이기는 했다. 하지만 아주 엄밀하게 이야
기하면 내명부의 일이기에 그의 소관이 아니었다. 만약 그가
누군가를 마음에 두어 봉작을 내리려고 한다면 중전이나 대
왕대비를 통해야 했다.

대왕대비라면 경우가 좀 다르겠지만 중전이 봉작을 내리
는 것을 반대할 경우 투기가 심하고 마음이 좁다는 흉을 잡
히니 좀처럼 반대 의사를 표할 수 없어 그대로 뜻을 관철할
수 있었다.

이 말을 뒤집어 보면 그의 뜻이 아니어도 후궁을 들이는
데에는 큰 문제가 없다는 의미이기도 했다.

대사성의 딸은 입궁하였으나 주부의 딸은 그러지 못한 사
유도 복잡하지는 않았다.

대왕대비는 왕이 간청할 정도로 마음을 준 여인을 궐에 들
이는 것이 마땅치 아니하였고 왕대비는 후궁으로 맞이할 것
같았으면 처음부터 이야기하지 않았을 것이라던 왕의 단호

한 태도를 기억했다. 이제 갓 중전이 된 자경이 후궁을 들이는 문제까지 신경 쓸 수 있을 리 없었으니 자연스레 유연의 이야기는 논외가 되었다.

"이날이 오도록 남겨진 것은 다만 소녀 하나뿐이지 아니하겠습니까."

환은 유연이 이어 간 이야기에 입을 다물어 버렸다. 태연한 척하고 있어도 목소리에 미세하게 섞여 든 떨림이 마음 깊이 새겨진 상흔을 고스란히 드러냈다.

환의 가슴에 떨어진 무거운 돌덩어리는 소녀가 그 이전부터 안고 있던 것이었다.

그녀의 존재 따위는 까맣게 잊어버린 듯 아무렇지 않게 지내다, 일 년이 지나 갑자기 전해 온 말은 그녀를 얽어매기 위한 것이었다. 심지어 그 어느 것도 기약해 주지 아니했다.

그의 곁에는 이미 지위 굳건한 중전이 있었고 삼간에 오른 처녀 하나를 맞아들이고 난 이후였다. 그렇게 주변의 모든 것을 죄다 둘러보고 나니 그제야 그녀의 존재가 생각난 것이다.

"그러니 이제는 소녀를 놓아주십시오."

"그럴 수 없다."

잠깐의 틈도 없이 즉답이 돌아왔다. 유연이 쓰게 웃었다. 이제 와서 다정함을 가장하는 이유는 알 수 없으나 즉흥적인 그 마음은 결코 오래가지 아니할 것이다.

봄이 한창 깊었을 적 들판에 꽃이 지천으로 피어나듯 궐에도 수줍은 봉오리에서부터 만개한 꽃송이처럼 탐스러운 여인이 가득할 것이니.

"하면 소녀에게 무엇을 주시렵니까. 중전의 자리라도 약조하여 주시겠사옵니까, 상감마마."

이루어질 수 없음이 분명한 말을 소녀가 아무렇지도 않게 입에 올렸다. 정말 원하는 것 같지도 아니한, 그러나 그가 결코 들어줄 수 없음을 확신하며 요구하고 있음이 분명한 그런 말.

"소녀가 보기에 전하께서는 이미 양팔 가득 안고 있으면서 떨어뜨린 하나를 아쉬워하는 어린아이와 다름없으시옵니다. 어찌어찌 집어 먼지를 털어 내고 보니 마음에 들지 아니하더라 하면 다시 버리셔도 누가 감히 무어라 말씀 올리겠사옵니까. 하오나 소녀, 여러 여인을 마음에 품은 사내의 하잘 것없는 여인 하나가 되고 싶지 아니하옵니다."

말을 마친 유연이 보이지 않게 입술 안쪽을 깨물었다. 거짓말이었다. 일 년 만에 만나러 오는 발걸음은 가벼웠고 마음은 설레었다.

정표를 돌려 달라는 앙큼한 이유를 들어 먼저 입을 맞추었을 만큼 그가 좋았다. 일 년에 하루를 찾아 주어도, 먼발치서 바라보는 게 허락된 전부라도 좋았다. 마음에 없는 모진 말을 태연하게 쏟아 내고 있는 입술과는 별개로 마음은 칼로